THE MADMAN'S DAUGHTER

疯人之女

[美]梅根·谢菲尔德——著

徐凡——译

蔑视——被伦敦全城所鄙视，因父亲劣迹斑斑

坠爱河——忆往昔情深款款，逝水东去

决然——家庭隐情一探究竟别无选择，朱丽叶向着答案的方向启程，

但前方是无法预测的危险与黑暗

二十一世纪出版社
21st Century Publishing House
全国百佳出版社

图书在版编目（CIP）数据

疯人之女 /（美）谢菲尔德著；徐凡译 . -- 南昌：二十一世纪出版社，2012.12（2022.4重印）

ISBN 978-7-5391-8265-0

Ⅰ . ①疯… Ⅱ . ①谢… ②徐… Ⅲ . ①长篇小说—美国—现代 Ⅳ . ① I712.45

中国版本图书馆 CIP 数据核字 (2012) 第 276931 号

疯人之女　　　　[美] 梅根·谢菲尔德/著　　徐凡/译

策　　划　张　明
责任编辑　刘　刚
出版发行　二十一世纪出版社（江西省南昌市子安路 75 号　　330009）
　　　　　　　www.21cccc.com　　cc21@163.net
出 版 人　张秋林
经　　销　新华书店
印　　刷　北京金康利印刷有限公司
版　　次　2013 年 2 月第 1 版　　2022 年 4 月第 4 次印刷
开　　本　720×1000 mm　1/16
印　　张　18.75
字　　数　252 千
书　　号　ISBN 978-7-5391-8265-0
定　　价　30.00 元

赣版权登字—04—2012—846
如发现印装质量问题，请寄本社图书发行公司调换 0791-86524997

目　录

1. 皇家大学医学院地下室

皇家大学医学院地下室的走廊，白天都漆黑一片，到了夜晚简直就是个墓穴。

冰冷潮湿的廊道里，成群结队的老鼠在乱窜。地下渗出的寒气透过破旧的层层裙衬，冻得我手脚麻木，不过标本却因此而免于腐烂。夜深时分，医学院的学生都回家睡觉了，我的工作才要开始——在地下室做清洁。硬毛刷子来回往复的声音在手术室回响，随旋梯围成的空洞传入储藏室。那儿于他们来说如梦魇，于我却不然。毕竟虎父无犬女，比起冰冷的尸体和锐利的手术刀，我的噩梦，是那些更黑暗的东西。

一阵熟悉的声音从门洞传来，钢刷随之乱了节奏。那令人讨厌的脚步声响起，宣告着哈斯丁教授又要留到很晚。我狂暴而卖力地擦洗，却无奈血污总是渗入地砖之间，让我数小时的劳作化为泡影。

脚步声逐渐逼近，在我身后戛然而止。

"朱丽叶，你还好吗？"他温热的气息扫过我的后颈。

我告诫自己不要抬眼，继续用力地擦洗砖缝里的血污，手指都渗出血了。

"教授，我很好。"我简略地答道，但愿他能早早走人，可他却没有。

头顶的灯泡劈啪作响，视线扫过他擦得锃亮的银色鞋尖，我瞥见倒映出的秃顶和那双盯着我的浑浊眼珠。他不是唯一一个工作至深夜的教授，也不是唯一一个将视线逗留在我时俯时倾的后背上的人，但其他人对我身上刺鼻的碱液和药剂气味都退避三舍，只有他却对此情有独钟。

他苍白的手指搭上我的手腕，吓得我丢掉了刷子。"你的手指在流血。"他一边说着，一边拉起我。

"是这儿太冷了，冻得我皮肤开裂了。"我试图抽回手，但是他却牢牢将我抓住。我只好说："不过没关系。"

他的视线从我裙装的袖口移到污迹斑斑的围裙上，围裙的褶边都已经磨损破烂，这样的衣服连我家最穷的女仆都不会穿。但那都是很多年前的事了，那时我们还住在贝尔格雷夫广场的大房子里，我的衣柜里塞满了皮草、丝绸和柔软蕾丝缝制的华丽衣服，母亲清理过的衣裳如流水一般，那些好看的衣服也只穿了不过一两次而已。

但那都是丑闻传出之前的事了。

现在，人们的目光在我的衣装上鲜有停留。若一位姑娘家道中落，男士们总是关心她背后的秘闻，而不是她破烂的裙装。哈斯丁教授也不例外。他盯着我的脸。

露西曾称赞说我的脸蛋就像《布里斯顿》里的女一号，一个颧骨高挺、肤若凝脂的法国女人，尤其她盘起瑞士发髻的长直黑发，总是衬得她肤白胜雪。而我就绑个辫子，简单了事，尽管总有几撮头发会掉出来。

哈斯丁教授抬手将头发捋到我耳后，他羊皮纸般粗糙的手指在我的太阳穴处揉蹭，我往另一侧闪躲着。千万不能为之所动，否则他会得寸进尺的。但我颤抖的双手出卖了我。

哈斯丁教授轻声一笑，舌尖在唇上舐动。

这时，门外铰链的撞击声突然响起，他猛地吓了一跳，我的心也狂乱跳动。这是溜走的大好时机。女仆总管贝尔嬷嬷从门边探出她花白的脑袋，犀利的目光冷冷地射过来。见教授跟我在一起，她撇嘴蹙眉，但我却十分高兴看到她皱着的脸。

"朱丽叶，出来一下。"她厉声喊道，"灯泡打碎了，玛丽走了，我们需要人帮忙。"

我迈步从哈斯丁教授身边走开，瞬间的解脱还是让我惊出了一身冷汗。走进门厅前我与贝尔嬷嬷对视了一眼，我甚解其意。她不可能这样一直照看我。终有一天，这里可能再没有人来给我解围。

从黑暗门洞中脱身出来，我便飞快朝着考文特花园的方向奔去。

月亮在天际低垂。我等在路边，为一辆马车让路。刺骨寒风穿过羊毛长袜狠狠冻蚀着我的小腿。街对面一个巨大的木质音乐台下，有个身影伫立在楼梯的背风处。

"你个坏东西。"露西从阴影里探出身子，拢了拢皮草外套的领子，将颀长的脖颈裹得严严实实的。法式水粉的柔亮光彩之下，她的脸和鼻子都被冻得通红，"我已经等了你一个小时了。"

"对不起。"我与她贴了贴脸颊。要是知道她溜出来见我，她父母怕是要大惊失色。父亲还是伦敦最出名的外科医生时，他们十分鼓励我们来往，但父亲被驱逐后，他们很快便禁止我们见面。

幸运的是，露西生性叛逆。

"他们又新启用了几个旧房间，害我天天都打扫到很晚，"我解释道，"头发里粘的蜘蛛网都够我忙活好几天了。"

她随之假装把什么恶心的东西从我头上扒拉下来，冲着我做鬼脸。我们相视大笑。"说真的，我不明白你怎么受得了那种工作，整天和老鼠、臭虫为伴。天呐，谁知道暗处还潜藏着什么鬼东西。"露西蓝色的眼睛调皮地闪烁着，"算了，跟我来，还有男生在等我们呢。"她抓过我的手，急匆匆地穿过花园，来到一处红砖建筑面前。石阶蜿蜒而上，露西上前拾起马头型的门环敲了两下。

门应声旋开，一个年轻男子出现在眼前。他穿着一身精致合体的西装，栗色的头发浓密厚实，皮肤跟露西一样白皙，双眼宽平。这应该就是她跟我提过的表兄。我有些羞怯地打量着他：前额高耸，双耳有些招风，总体评价也算是一表人才。他也一言不发地审视着我：三易其手的旧外套，手肘处已经磨损。绸缎装饰也炸线开口了，与一旁露西精心剪裁的礼服显得格格不入。但值得赞扬的是，他一直微笑着欢迎来客。露西一定提前提醒过他不得对人无礼。

"亚当，快带我们进去吧。"露西推他进门，"我的脚都要冻在地上了。"

我跟在露西身后进去。她扭身脱下外套，介绍道："亚当，这是我跟你说过的那个朋友。她的名字无关紧要，反正也不能拿来做什么，只消看着她，光是她的相貌就足够惊为天人了。"

我的脸烧得通红，无奈地瞪了露西一眼，但亚当只是微笑。"要是口有遮拦，她就不是露西了。"他说道，"别担心，我早习惯了。从她嘴里我还听到过比这糟糕千百倍的话。而且她所言确实非虚，至少最后那句不假。"

我猛地扭头冲着他，料想他正图谋不轨地瞄着我。但他眼里满是真诚，这让我更加无言以对。

"他们在哪儿？"露西无视我们两个，径直问道。不堪入耳的嚎叫声从后面的房间传来，露西会心一笑，朝声源走去。我还以为亚当会紧随其后，他却杵在原地凝望着我，嘴角又一次浅浅地上翘。

时间在此停顿了足有一秒之久，我有些受宠若惊。这还真是新鲜，没有粗野的鄙夷眼神，也没有朝我胸部不安分的偷瞄。我应该愉快大方地说些什么，但只深吸了口气，像是有些秘密不得不缄口相守。我知道怎么处理残暴，对友善却手足无措。

"需要为你接过外套吗？"他问。我这才意识到自己的胳膊正紧紧地抱在胸前。

我不情愿地松开双臂，将外套脱下。"谢谢。"声音小得几不可闻。

我们随露西穿过门厅来到大厅，一群瘦高的医学院学生，七歪八扭地坐在羽毛沙发上，小口啜着蜜色的酒水。冬季的考试刚刚结束，他们显然正沉醉于庆贺当中。这是露西最喜欢干的事情——混到男生们中间，在他们惊诧的表情中喝着清酒，打着纸牌，狂欢闹饮。尽管这里离和表兄会面所在的会客室还有好一段距离，但她总是打着探望表兄的旗号出来。

亚当上前加入了他们，与大家一同哄笑着。我试着让自己在陌生人面前表现得轻松些，但自己寒酸的裙子和皲裂的双手却时刻让我尴尬不安。我暗自告诉自己：要微笑——母亲在时都是这样低声叮嘱我的，你也是他们当中的一员，至少曾经是。但我首先得知道他们到底有多醉，知道房间的布置，知道谁最有可能会取笑我穷困潦倒的衣装。我左思右想——只有了解清楚我面前的方方面面，我才会安心。

母亲在众人面前一直十分自信得体，总能游刃有余地与人高谈阔论，从早上教堂的布道，到乡下涨价的咖啡。但我在社交方面，却只继承了父亲的特质：古怪、羞怯，更适于像做社交实验似的从旁观察你来我往的人群，而不是去加入其中。

露西坐在沙发上，旁边的男生一个长着一头金发，一个脸红得像苹果一般。半瓶朗姆酒随着她优雅的指尖轻晃。她看到我在门口游荡，站起身朝我信步走来。

"你越早钓到个金龟婿，"她半开玩笑地咆哮道，"就能越早从擦地板的工作中脱身。所以从他们中间选一个吧，说点让人迷醉的话就行。"

我咽了咽喉头，目光游移向亚当。"露西，像这些人是不会娶我这种女生的。"

"你不懂男人们的小心思。他们才不会想要一个趋炎附势、面如白纸的刁妇，整天让他们如坐针毡。"

"是没错，可我终究只是个仆人。"

"这只是暂时的。"她挥手纠正到，似乎我这几年的辛苦劳作都只是一时新鲜的嬉耍取乐。她暗自戳了戳我，"你是为钱而来、为权而来的，所以你得表现一下自己。"

她将酒瓶递给我，我想告诉她直接对着瓶子啜饮是根本不能体现出什么身份地位的，但我的迟疑只是又招来她一记猛戳。

我的目光从亚当身上滑过。揣摩别人的感情从来都不是我拿手的事，我只有通过他们的反应来了解一二。这样的话，结论显而易见：尽管露西执拗地想将我打造成那样，但我根本不是让这些男士感兴趣的那块料。

但也许我能假扮成那样，于是迟疑地在瓶口抿了一口。

那位金发男子将露西拉到沙发处挨着他坐下。"拉德克里夫小姐，你得帮我们裁决这场争端。塞西尔说人体由二百一十块骨头构成，而我坚持是二百一十一块。"

露西扑扇着她迷人的睫毛，"唔，我确信我不知道。"

我轻叹一声，无所适从地靠在门框上。

那人伸手捏着露西的下颌，"如果你能乖乖地保持不动，我就可以在你身上数数了，然后我们就能知道答案了。"他将手指划过她的前额，"一"。我注视着他的手逐渐下移，落在她的双肩，"二，还有三"。他的指触随后顺着她的锁骨缓慢而撩人地游移，"四"。接着向更低的位置探寻，指尖触碰着她胸骨之上的薄嫩肌肤，"五"。他醉醺醺地大声数着，即便是身处一旁的我都能从他的鼻息间闻到朗姆酒味。

我清了清嗓子。随着他的指触在露西的领口上方游移得越来越低，其他人纷纷看了过来，目不转睛地盯视着。干嘛不跳过这个借口直接去占领她的酥胸呢？露西看上去再好不过了，咯咯地笑着，似乎正沉醉其中。怒火中烧的我终于忍不住，上前扇开了他那只蓄意掩饰的脏手。

整个房间霎时鸦雀无声。

"亲爱的，该翻个面数了。"那醉汉厚颜无耻地继续着，大家亦哈哈大笑。他转到露西的背后，那根可笑的手指依然挺立。

"二百零六块。"我说道。

在场各位随之将注意力转移了过来，露西跌坐在羽毛沙发上，气恼地轻哼一声。

"能否再说一遍？"那人说。

"二百零六块，"我重复道，脸颊变得滚烫。"人的肢体由二百零六块骨头构成。我在奇怪，作为个医学生，你应该是知道的。"

露西失望地对我摇着脑袋，不过双唇还是碎裂成一抹微笑。而金发男子则对这一幕有些瞠目结舌。

他还未来得及多作思考，我又继续回击道："如果你要质疑我的话，就先告诉我，人的手掌上一共有多少块骨头吧。"男生们并未因我的言辞冒犯而感到气愤，相反，他们看上去对我更感兴趣了。也许我原来就是他们想要上手的那种女生。

而在我的这套做法里，只有那翻倒的朗姆酒瓶得到了露西的首肯。

"我们来打这个赌吧。"亚当插了句嘴，英俊的绿色眼眸平视向我。

露西跳起来将手搭在我肩上，"噢，真棒！那赌注是什么呢？要是少于一个吻，我可不会拿朱丽叶的名声冒险。"

我的脸刷地通红，但亚当只咯咯地笑着。"我的奖励嘛，如果我是对的，就请献上一枚香吻。要是我错了——"

"要是你错了，"——我不计后果地打断了他，从露西手中夺过那瓶朗姆酒，瓶底朝天地咕咕灌着，任那液体的温热驱散我的不安——"你就得戴着女帽来见我。"

他也走到沙发边，拿起一瓶酒豪饮。动作间的自信向我宣示着他并没有输的打算。他将酒瓶放在一边，食指在我的手背上沿着细小的骨块挑逗似的穿梭往来。我愤怒地呲着牙，用力地紧握着拳头，克制着因激愤而颤抖的手臂。那只是一次无心的触碰。

"有二十四块。"他说道。

我的内心得意地膨胀着，"你错了，是二十七块。"露西掐了我的腿一下，我随之挤出了一弯微笑。这本应是调情的桥段吧。真是有趣。

亚当的眼睛难以置信地闪动着，"一个女孩怎么会知道这些东西？"

我挺直了身子。"是非对错和性别没有关系，"言语顿了一顿，"何况，我是对的。"

亚当轻笑一声，"女孩们是不学这些理论的。"

我的自信不禁有些踌躇慌乱。知道人类手掌上共有几块骨头都是因为我是父亲的女儿。我还是个孩子的时候，父亲会向我们的小男仆蒙哥马利教授生物学的课程，以驳斥那些断言下等人无能学习的言论。然而，他却认为女子生来就成事不足，所以父亲授课时，我只能躲在实验室的壁橱里偷听，蒙哥马利会悄悄将课本塞给我。但我无法跟他们说起那个医学生们人尽皆知的名字，莫洛。他们都记得那桩丑闻。

露西跳起来维护我：**"朱丽叶知道的东西比你多多了。她在医学院的那栋大楼里工作，她与死尸打交道的时间可比你们这些小白脸要多。"**

我咬着牙，希望露西不要告诉他们这些。女仆的身份是一回事，在他们一片狼藉的解剖课后清扫实验室又是另一回事了。但亚当却弯起眉毛，似乎对此相当感兴趣。

"真是这样吗？那好，我又有个新赌约了，小姐。"他的眼里闪烁着比一个吻还要危险的东西，"我有那栋楼的钥匙，而且你一定很熟悉里面的结构路线。不如去找一架人体骨架模型，然后我们自己数数到底有多少块骨头吧。"

其他男孩互相交换着视线，空气中仿佛火花四溅。他们捅捅彼此，为能有机会秘密潜入医学院的大楼而兴奋不已。

露西顽皮地耸耸肩，"有何不可呢？"

我有些犹豫。在那潮湿的门厅里，我已经待得够久了，那里的黑暗肆无忌惮地将人侵蚀，阴冷渗入我的骨骼。门厅里如影随形的黑暗像是父亲的影子，散发出甲醛和他最爱的杏脯的味道。今晚本该是逃离那处阴暗的——如果不是在未来夫君的臂膀中度过，至少也应享受片刻轻松欢愉。

我摇了摇头。

但男孩们早已做好了决定，我根本没有办法让他们改变主意。"那你是准备献吻了？"亚当戏谑道。

我没有回应他。提及国王大学地下室的那一瞬间，我调情的欲望就已然蒸发殆尽。但如果露西不反对去看人体骨架，我当然也不能提出阻挠。每晚从那些老朽的骨架上清理蛛网的人是我，我还有什么理由退缩呢？

露西探身过来在我耳边低语："亚当是想要让你记住他有多勇敢，你个笨蛋。看见骷髅骨架的时候你要突然惊厥，然后倒入他的怀中。男人都喜欢这套。"

我的内心纠结翻腾着，天呐，这是个正常女孩该做的事吗？扮娇弱？我无法想象品行端庄的母亲会冒险闯入禁地做这些失礼的事。但父亲——他一定不会犹豫。他肯定还要在旁推波助澜。

管它呢。我抢过朗姆酒，将最后几口灌进喉咙。男孩们起哄欢呼，我无力去理睬胃里作呕的感觉——不是因为朗姆酒，而是因为想到我们很快就要再次踏入那黑暗的石窟。

2．手术室里的灯光

我们套上外套，步入寒冷的黑夜中，穿过斯兰德大街向大学的砖石拱门而去。夜色已深，街道两旁的窗户只有很少的几扇还亮着灯。男孩们互相传喝着烈酒取暖，为几小时后又重返校园而窃窃私笑。我挽着露西的手，试图融入这欢乐的游行中，但那一抹温暖的笑容只是僵在嘴边。对男孩们来说，这种偷偷干丑事的奇妙滋味让他们兴奋难耐。他们从未见识过什么是真正的丑事，也会不明白如何将一个人肢解离析。

亚当带着我们穿过一道篱笆，来到一扇黑色的小门前——目标大楼的一侧，随后开了门放我们进去。犹豫让我的双脚踌躇不前，露西轻拽着，将我拖了进去。侧门关上，黑暗瞬间将我们笼罩，只有一处高窗里透出的烛光在微微发亮。

四周都是闲置的房间，寂静在走廊里回荡，令人心生恶寒。这是我理应拿着抹布和钢刷的地方，如今我却冒着丢掉工作的危险，嬉闹着闯进来，只是为了揭晓一场赌局的答案——这让我心里总觉得惴惴不安。

露西朝黑暗深处好奇地张望，而我则低头凝视着地上的瓷砖。走廊尽头的景象我早已了然于心。

亚当问道，"走哪条路才能见到人体骨架模型呢，主事的小姐？"

我刚准备带路向储藏室的那扇小门走去，但走廊另一头的灯光晃过我的眼睛。是手术室。真奇怪，这么晚了，不应该有人在那儿。

灯光下潜藏的东西让我觉得全身冰冷——那里只怕会有大麻烦。

亚当迈步向那间手术室走去，但我却抓住他的袖口将他拉回。往常，门廊中弥漫的味道——化学试剂和尸肉陈腐的气味——通常不会对我造成困扰，但今晚这股气味却明显地令我头晕目眩。一阵虚弱感袭来，我将他的手腕攥得更紧了。

"你还好吗？"他问。

几秒过后，晕眩的感觉才逐渐散去。这种感觉并不少见，总是在深夜时突然席卷而来，但我并不打算向他解释自己虚弱的原因。"骨架模型在另一边。"我说道。

"放学这么久了都还有人在手术室里，他们一定在干些精彩刺激的事。"他的声音兴奋异常。我意识到，这就是他们的游戏。要是他们被抓了，院长会跟他们进行严肃的谈话，而我则会丢掉生计。

他昂首前进，"你不会害怕的，是吗？"

我皱眉，不情愿地松开了他的袖口。我当然不会害怕。大家也都悄悄地朝走廊尽头摸过去。随着步伐逐渐靠近，一种声音开始折磨着我的耳膜。它让我想起童年时，自己常爱躲在父亲的实验室外偷听，趁着家仆来赶走我之前，琢磨着里面究竟发生着什么。

那声响逐渐清晰，是手术刀刮擦的声音。不了解实验室情况的露西面带疑惑地看着我。我听出那是解剖刀在石头上刮擦的声音，外科医生通常都会用这种方法来清理手术刀上的碎肉。

亚当推开门，里面有六七个学生正围着房间正中的一张桌子，上方吊了一盏孤灯，弱弱地投射着光亮。他们抬头查看，认出是熟人后才松了一口气。

"亚当，你个臭小子，快把门关上过来。"其中一人开口说道，随后又气恼地瞥了我和露西一眼，"她们来这儿干嘛？"

"她们不会惹麻烦的。对吧，姑娘们？"亚当挑了挑眉，我却没有回应。身体里纯良的那部分正教导着我应该开门出去，远离他们这种病态的寻乐方式。但我没这么做，随着大家小心迟疑地逐渐向中间挪近，我开始感受到自己骨子里所释放的顽固，似乎那久被压抑的、滑头的好奇正从各处关节蔓延而出。

他们干嘛要等到天黑之后才来手术室？

亚当越过人群的肩膊探视着里面的情形。他们的身体将手术台层层围住，但那股鲜血的腥味却准确地钻进了我的鼻息，让我头晕目眩。露西也抽出了手绢，捂住口鼻。

有关父亲的记忆向我席卷而来。作为一个外科医生，血就像他的媒介，我们的家产都是建立在血泊之上的，那尖刻的气味融进了我家的每块砖石，我们的每件衣裳。

对我而言，血液闻起来就是家的味道。

我摇头驱散着这种感觉。父亲已经离开我们了，我提醒着自己，他背叛了我们。但我还是不可抑制地会想念他。

"他们不该在这儿的，"我呐呐地说，"这栋楼晚间是不对学生开放的。"

但露西还没应声，手术刀的刮擦声又重新响起。我的双眼一动不动地盯向手术台，又往前靠近了几步。其他男孩已没有闲工夫注意我们，只有亚当留心地给我俩让了点地方。我屏住了呼吸，只见手术台上躺着一只死兔子，雪白的皮毛被溅上了血点。它的腹部被切开，内脏流到了台子上。露西惊恐地喘着粗气，紧紧闭上了眼睛。

我的眼睛则睁得大大的，对于这只已逝的兔子，内心依稀地感到些许的抱歉。但这些都扯太远了，是母亲才可能想到的东西。我并不天真幼稚，解剖是探索这门学科的一个必要的组成部分，它的核心在于医生如何开发药剂、拯救生命。我只有几次亲眼见过解剖——透过父亲实验室的钥匙洞或者在医学生散后去打扫手术室。下班之后，我都会在寄住的小房间里学习父亲朗文旧版的解剖参考书，但那些黑白的插图始终难以替代真实的场景。

我全神贯注地凝视着兔子的躯体，努力将这些鲜活的器官和骨肉与心中所记的油墨插图一一匹配对应。内心平静，竟没有丝毫不适，一种强烈的快感沿着静脉袭向我的心脏，让人血脉贲张。

露西捂着胃，脸色苍白。我奇怪地看了看她，觉得实在没有必要像淑女一般别过脸去躲闪。母亲早已对我灌输过年轻小姐合宜得体的礼仪标准，但我天生就不爱顺从，所以就只学会了如何将这些甩到一边。

目光转回到兔子身上，细看之后，惊惧如藤蔓般将我裹挟。

"有些不对头。"

主刀的学生趁换刀的间隙抬眼瞥了我一眼，恼怒地继续解剖。

"嘘。"亚当在我耳边轻声提醒。投在兔子身上的目光开始让我胸闷气短，我紧紧攥着露西的手，感到血液直冲头顶。

混乱的大脑只能断断续续地运转分析，似曾相识的古怪感觉在我脑海里隐约浮现，而后我明白了，喘着气说道："它还活着。"

它通透的眼睛还在眨动，我的心紧紧揪作一团。我头晕眼花地转向亚当，手术台边的学生还在继续。他们对我的话，对兔子的动弹毫无反应。我脑门一热，抓着手术台的边缘使劲摇晃，"它还没死！"

那人恼怒地朝亚当吼话："你最好让她们安静点。"

"解剖是不该用活体的。"露西嗫嚅着说，脸色苍白，手帕从手间滑落，她梦呓般道，"为什么它是活的？"

"活体解剖！"蹦出的这词肮脏得让人想要竭力逃离，"就是要解剖活着的生物。"我退后一步，不想插手任何事。解剖与这个完全是两码事，他们在手术台上所进行的勾当只是宣泄了残忍。

"只不过是只兔子而已。"亚当嘘声道。露西开始摇晃不稳，我仍然无法将眼睛从手术台上移开。他们给兔子麻醉了吗？

"这是违法的。"我喃喃道，脉搏因惊惧而突突地颤动着，正如兔子那颗仍在跳动的心脏。我看着手术台上器官的摆放和工具的排列，对我来说，一切是多么熟悉。

太过熟悉了。

"学校禁止活体解剖。"我提高声音说道。

"女人进手术室也是被禁止的。"主刀学生看着我，"可你还是在这儿了，不是吗？"

"两个乖乖女。"一个黑发男孩狞笑了一声，其他人也跟着笑了起来。他放下一张卷曲的纸，是张解剖图。我瞥见上面画着兔子的切面轮廓，切口处标着虚线。那对我来说仍然十分熟悉。我迅速夺过那张纸，那人想要伸手抢回，我却转身挡住。耳蜗里荡漾着温暖的脆裂声，整个房间霎时被我无视，仿佛只有我一个人在这里心潮起伏。我认识这张图，这紧凑的字迹，这黑色的切口虚线，一直都深藏在我的心里，我一眼就能认出。

身后的主刀学生正对另一个学生低语道："肠子呈鲜肉色，脉搏微弱，像是未消化完。对——在那里，能看到肠道里的东西在动。"

我颤抖着展开图纸右下的折角，上面草书着姓名缩写：H.M.。血液在我的耳边沸腾，学生们的嚷嚷、兔子的悲鸣、吊灯的静电声都已模糊不清。H.M.——亨利·莫洛。

是我的父亲。

父亲的灵魂从纸上复活，盘旋在他曾传道解惑的手术室中。局促不安的颤抖裹挟了整个的我。小时候我十分崇拜父亲，而现在我只恨他抛下我们不管。母亲一直在热忱地否认谣言的真实性，但我却疑惑这是不是因为她根本承受不了嫁给了一个怪物的事实。

突然间，兔子剧烈地抽动起来，发出凄厉的叫声，让我本能地划着十字祈祷。

"天呐，"亚当宽平的眼睛看着他们，"琼斯，你这家伙，他醒了！"

琼斯冲到桌边，上面摆放着钢刀和足有前臂长的针头，"我明明打了足量的麻醉剂的。"他结结巴巴地说道，翻找着玻璃药瓶。

兔子的尖锐鸣叫刺痛着我的头皮，我狠狠地一掌砸在桌上，解剖图被震落一边，"快停下！"我哭喊道，"它很痛！"

露西啜泣着，主刀学生却没有任何表示。挫败之余我揪扯着他的衣袖，"干点什么啊！快点结束它的痛苦。"

但是仍然没人有所行动。医学生应该学过如何应对任何突发情况的。但他们都僵住了，那就只有我来了。

身旁的桌子上放着一整套手术工具。我握住一把斧子的手柄——通常这是用来分离尸体胸骨的工具——深吸了一口气，朝着兔子的脖颈瞄准。我知道得速战速决，于是手起刀落。

兔子的惨叫声戛然而止。

内心的紧张不安滴落在潮湿的地板上。我遥望着那把斧头，大脑还未回过神来，不知手上溅满的血迹从何而来。斧头从我手中滑落，砰然落地，所有人都随之畏缩了一下。

除了我。

露西握住我的肩，"我们走吧。"她虚弱地说道。我努力克制着内心的局促和紧张。解剖图还放在手术台上，上面冷冰冰地记录着父亲的笔触。我一把将它抓起，冲到黑发男孩面前。

"你们在哪里得到这东西的？"我质问道。

他惊呆了，只是张着嘴。

我使劲摇晃他，主刀的学生这才开口了："比林斯门，蓝野猪旅馆。"他看了眼地上的斧子，"那里有个医生。"

露西紧紧抓着我，我凝视着脚下的斧子。有人缓缓地俯身拾起斧子，是亚当。我们眼神相视，他眼里流露出对我刚才举动的惊惧——甚至是反感。露西看错了，他才不会想要娶我，在他们看来，我冷酷、怪诞而可怖，就像父亲一样。没人会爱上一个怪物。

"快走吧。"她拽着我出了手术室，穿过漆黑的走廊来到外面。街上天寒地冻，我麻木的肌肤却几乎感觉不到冰冷。行人紧紧地裹着衣服，畏缩着从我们身边经过，严寒让他们都未能察觉我们身上的血迹。露西靠在砖墙上，手按着心口，"我的天呐，你把它的头砍了下来。"

血迹沾染在我的手上、磨损的蕾丝袖口上，甚至连母亲留给我的钻石戒指上都溅上了星星点点。我看着手里的解剖图，蓝野猪旅馆蓝野猪旅馆，我不会忘记这个名字的。

露西拉着我的双手，摇晃着我，"朱丽叶，说话啊！"

"他们不该这么做的，"我喃喃道，在寒夜的冷流中感觉像是发烧般滚烫，解剖图被我潮热的手浸湿，"我得……我得阻止他们。"

我感觉到她柔软的手搭在我的肩上。"当然是这样。我们家的厨师也经常宰杀野兔来给我们烹制美餐。你所做的没什么不同——都是杀掉一只将死的兔子。"她声线中带着颤抖，我们都知道我的举动并不正常。

一阵冷风从泰晤士河上吹来，还夹着刺鼻的汗臭味与露西的香水味。我深深地换了一口气，早年在街上流传的谣言，如今又复活了。有关父亲的零碎回忆涌上心头：睡前亲吻他花呢夹克的温热触感，他发丝中夹杂的烟草味道。我无法相信父亲是别人口中的疯子。但父亲出事时我还小，只有十岁。随着我逐渐长大成熟，更多的回忆在脑海中涌现，那是更为隐秘的有关那冰冷的无菌房间和夜晚的奇怪叫声的回忆。无论我把它们藏得多深，这段记忆始终未消散过。

我没有告诉露西解剖图上的签名首字母；没有告诉她，父亲从前是把这些图整理夹在实验室的一本书里的，我只是在家仆打扫的时候瞥见过一眼；没有告诉她，这些年，我一直努力强迫自己接受他已死的现实，但却始终怀疑会有其他可能。

也许，我父亲还活着。

3．蓝野猪旅馆的意外发现

伦敦社会对疯子的女儿并不怎么友善，对疯子的遗孤更是如此。我父亲曾是英格兰最有名望的生理学家，而我的母亲，总是把这个事实急切地告诉每一个愿意听的人。他们也常常举办优雅的聚会，邀请的都是父亲的教授同事。我每次假装睡下后，等上一会儿便偷偷罩着睡裙摸下楼去，从钥匙孔里窥探着客厅的欢声笑语、烟缭雾绕。然而，也正是这些人最先站出来指控父亲是个疯子，好不讽刺。

流言在伦敦炸开了锅，父亲也失踪了，曾经所谓的朋友对母亲和我避之不及，就连教堂也对我们关上了大门。政府宣称我父亲是罪犯，查封了我们的家产。几个月来我们身无分文，只能靠母亲的祷告和亲戚们忿忿不平的接济度日。

然而，突然间我们又有了公寓房子，那时我还很小，只有十岁，还不明白这是怎么一回事，只知道查令十字街旁的这套二层房间虽小，但却足够我们容身了。母亲又可以带我去上钢琴课，为我买合身的睡裙，给她自己购置不菲的胭脂和绸缎衬裙了。有一个年长的绅士时常过来探视，每周一次，精准得如同发条装置。每到那时，母亲就会送我到楼下的咖啡馆去吃巧克力饼干。他身上擦着浓重的古龙水，以掩盖身上刺激而陈腐的气味，但母亲对此从未说过一言半语。因此我断定他很有钱——没有人会嫌有钱人臭。

肺痨夺去母亲的生命时，这位老绅士没有打算过要将他死去情人瘦骨嶙峋的女儿留在身边。他为母亲的葬礼付了钱——尽管没有参加——还让我在公寓里多住了一个星期，然后便派了个举止粗鲁的女仆将母亲的东西打包卖掉，并塞给了我一张银行票据，上面清楚地写明了对他而言我的价值。他无疑觉得自己十分慷慨。我那时才十四岁，从此便全靠自己了。

所幸父亲之前的同事冯·斯坦教授听说了母亲的死讯后，向国王大学为我申请了一份适合背景特殊的年轻女孩的工作。大学方面知道了我父亲的身份之后，只提供了跟着贝尔嬷嬷清洁打扫的工作。事实上这已是我所能找到的最好的工作了，尽管工资只勉强够我和二十个同龄女孩一起居住。她们有的失去了双亲，有的为了养活弟妹只身来到城市，有的只露了几面又销声匿迹。我们的背景各不相同，但同样孤苦无依。

我和安妮共住一室，她来自都柏林，十五岁，在杂货店做店员。她总爱翻看我的东西，不管我在不在场。有一次她在壁橱后面发现我的锁着的盖着邮戳的木盒，无论她怎么乞求，我都没告诉她里面装着什么。

杀死兔子的那晚，我把溅有血迹的解剖图放在了枕头下面，第二天工作时又折好藏进衣服里。它就像是个护身符，浸润着我醒来时对父亲的每一寸回忆。

我把拖地的活儿放到一边，溜去找正在盥洗室拧毛巾的贝尔嬷嬷。她明亮的眼睛眯了起来，像是看出了我内心的翻滚起伏，知道我来没有什么好事。

我拿了块肥皂搓洗着指甲，我到底期待从那家旅馆找到些什么呢？发现我死而复生的父亲正穿着他的花呢夹克，抽着雪茄，等着给我讲睡前故事吗？

"贝尔嬷嬷，"我放下那块残破的肥皂，"你知道蓝野猪旅馆在哪儿吗？"

终于等到周日做完礼拜，我按照贝尔嬷嬷所指的路线，往卡勃街南边的方向走去。一路上躲避着公寓里不时泼出来的泔水。

在拐角处时我停了下来，觉察到有双眼睛在盯着我。是个和我年纪相仿的女孩，尽管脸上的胭脂水粉让她看上去比实际年龄大。瘦弱的身子撑着一条软塌塌的条纹绸缎裙，眼神空洞地凝视着我。我忙看往别处。如果国王大学没有雇用我，此时站在这个街角等待着下位顾客的的，大概就是我了吧。我有些反胃地靠在砖墙上，露西告诉过我妓院里都发生过些什么。那也曾是母亲绝望时的无奈之举，代价是放弃她曾无比珍视的美德。我大概没有那么多美德可失去，但我很确定，我的未来不会是那样。

那女孩在街上踱步晃着，从容不迫地向我走来。我不禁快步拐了方向，直到猛然停在一扇厚重的大门前，门上方褪色的蓝色招牌随风摇晃，画着尖牙的野兽，我猜那应该是头野猪。

蓝野猪旅馆是栋三层的木质建筑，屋子有点倾斜。我拉开笨重的铜制门闩，进了旅馆，里面只有微弱的光线透进窗户，烟雾缭绕，陈旧的橡木边框被擦得锃亮，我的眼睛半天才适应过来这里的昏暗。来到大厅，不少顾客正快快地吃着午餐，彼此低声说着话。除了一个比我年岁大一倍的瘦男人抬头，没人注意到我。那个男人脸上满是痘疤，他在看我的礼拜裙。从他眼神中看得出，蓝野猪旅馆大概没多少年轻女人光顾。

一个肥胖的女人从厨房出来，挑了挑眉毛，在围裙上擦了手，然后看着我。我的眉宇散发着贵族的气质，但是衣服却寒酸得可以。她问："是来住店吗？"

"不……我不是。"我结结巴巴道，"我是来找人的，他是一个医生。"心脏在胸腔里砰砰跳动，似乎在警告我不要抱有希望，"他叫亨利·莫洛。"

她奇怪地看着我，我的脸已红得像熟透的番茄。"请你明白，我们不会泄露房客的信息的。"但我必须得到答案，这对我来说不是一句问询而已。我迫切想知道父亲是否在这里。

"我没什么别的意思，就是想和他谈谈。"

她面不改色，"没人叫这个名字。"

我感觉脚下世界顿时塌陷。她搞错了，她肯定搞错了。不对，我才是傻瓜，看到一张旧纸就能证明父亲还在这里。他明明已被禁止踏入伦敦。

她握住我的胳膊把我从大厅拉到楼梯口，声线温和下来，"没人叫这个名字，但是有个医生。"

我的心又提了起来，"他在哪里？他长什么样？"

"镇定点！你说你没什么别的意思，我也不想惹麻烦。"她的视线滑向大厅中，神色有些紧张，"但如果你是找詹姆斯医生，你应该知道他来了之后就一直麻烦不断。"

是詹姆斯医生，而不是莫洛医生。也许是一个假名？我的心又揪紧了，试图找一个合理的解释。但唯一合理的解释只能是，詹姆斯医生不过是一个完全不相干的人，他只是成千上万来伦敦旅行的普通医生中的一个。可是我的好奇心还在作祟。

"真不好意思，麻烦请让我跟他谈谈。"

"也行。不过要提醒你，惹麻烦的不是那个年轻医生。他很绅士也很高雅，但他的同伴让客人们都很紧张。"

"我明白了。"我点头应和道，感到有些喘不过气来，没有人会用年轻来形容我父亲，所以他是老板娘所说的那个古怪的同伴吗？

她把注意力转向我的裙子，眯起眼缝，低声道："我不该问一个漂亮的年轻姑娘为什么会找那个人，但我有些怀疑你跟他的关系。这是有声誉的旅馆，我不想有任何麻烦，你明白吗？"

"我懂，夫人。"意识到她所暗示的意思，我的脸颊紧张得通红滚烫。

她对着楼梯口努了努下巴，"在二层左边的房间。"

我冲上二层，抓着栏杆以稳住身子。我要去的左边只有一扇门，门嵌在壁龛里，一面锈蚀的镜子放在门边，映出我的脸，宽平的眉眼和涨红的脸颊。我到底在干什么？竟如此冲动地追逐着一时的异想天开。现在的我应该在跟同住的其他女孩一起讨论着今早在教堂碰见的英俊公子哥。

但我却在这里。

我将圣经放进包里，然后小心翼翼地敲了敲门。

没有人应门。

我该继续等吗？

我重新用力敲了敲。

窃窃私语与觥筹交错在我身后的大堂中回响。

一个大胆的想法在我脑中出现。我扭了扭房门把手——上了锁。这不是把非常复杂的锁，任何小钥匙都可以撬开。我在包中摸着我木质盒子的钥匙，终于找到了那把铜制小钥匙，对着锁眼比了比，发现太小了。我蹲下身透过锁眼往里看，是一间小房间，有一张凌乱的床和一堆装船的箱子。我重新用钥匙试了试，想让钥匙够到锁芯处，差点就成功了，可惜最后滑丝了。

"该死。"我喃喃道。把眼前的头发拨开，从镜中看到了自己。我对自己的脸庞看了又看，仔细研究着我颧骨下的凹陷，眼眶的暗影，想着父亲现在是否能认出我来。突然，又一张脸出现在镜中，就在我身后，一张野兽般的脸上布满胡须，难以辨认脸廓，前额畸形地凸起，眉毛突兀地刺向前方，深沉的阴影笼罩着他的眼睛。我的呼吸急促起来，正要转身时，他野蛮的大手重重地箍住了我的肩膀，一块布捂住我的嘴，钥匙从手中滑落，昏过去前我最后看到的场景是这个人在镜中发亮的黄绿眼珠。

4．解剖图的主人是蒙哥马利

醒过来后，我发现自己躺在从锁眼里看到的那张木床上，心突突地跳着，嗓子里满是麻醉剂的味道。我猛地坐起，打量着房间，想找到一件防身的家伙，也想找出我躺在这儿的原因。这大概是袭击者的房子。

脑海里，片段式的记忆不断闪现：镜子里那张奇怪的脸，那块蒙住我嘴的布。

头好痛。

一阵恐慌让我目眩耳鸣。摸了摸衣服，发现没什么不对，这才舒了口气。尽管内心惊惧不已，但我还是得尽快找件防身的家伙——火钳或者开信刀什么的。莫名的一阵恶心，我又跌回枕头上，难受得眉眼紧锁。直到脑袋的眩晕渐渐褪去，这种感觉才得以缓解。

这房间很有可能就是那个怪物的，幸好我是被独自困在这里。喉咙里充斥着那种恶心的味道，不禁令人想起被那人毛茸茸的大手捂着的感觉。我呼吸急促，几乎要背过气去，牙齿打着颤，只是竭力忍住才没有尖叫出声。恐惧蔓延，充斥在周遭。

缓缓睁开眼睛，脑袋也清醒了些，总算能站起身来。检查下房门，发现果然逃不出去。房间里满是绑架者留下的线索：板条箱和行李箱堆放在门口，周围零散地放着些棕色纸包装的包裹。他是出来旅行的，从行李来看还是在远行。梳妆台上有只被关在笼里的鹦鹉，正警惕地看着我，不时用喙啄着铁笼。

挟持我的人还带着只鹦鹉同行！

另一扇门关着，那应该是通向套房的另一间。床边有个敞开的箱子，我忍着恶心试着俯过身去看。里面装着一排用稻草包着的玻璃瓶，我拨开稻草拿出一个瓶子：麇鹿山白兰地。一阵寒意顺着我的脊椎袭上头顶。这是我父亲最喜欢的牌子。

还没来得及理顺这些线索得到些有用的信息，旁边房间的门就打开了，镜子里的那个怪兽出现在门口。

"你！"我大叫一声，扶住床沿摇摇晃晃地站起来，紧紧握着手里的酒瓶，准备和他拼命。

他长得和我最初料想不同，是个怪物，但也是个丑八怪。厚厚的胡须杂乱地覆在他突出的下巴上，鼻子短平上翘，眼窝深陷。他趔趄着走过来，像不习惯用脚走路似的，大概还因为他端着一个托盘吧。托盘里放着些饼干和热茶。现在看起来他也没那么可怕了，不过就是面容丑陋了些。

尽管如此，我仍然全身紧绷。他慢吞吞地向我走来，只是远远地将托盘放在床尾，便急忙转身，抿了抿嘴，留下一个或许是微笑的表情。

这个陌生人的友善让我更加局促不安了。"走开！"我大喊道，拿起酒瓶向他掷去，但麻醉药让我看不清方向，瓶子只是无力地越过他的肩膀，砸在一箱衣服里。我慌乱地爬过床头，抓住他皱巴巴的亚麻布衬衫，一边用拳头狠狠揍他，一边大喊："有人吗？救命！"

那男人没说话，拳头砸在他身上，他也只是缩缩身子。侧门砰地一声又开了，另一个男人冲了进来，半扣着衬衫，裤子背带吊在一边。他伸手环抱住我，好制止我把那个丑八怪撕成碎片。

"放开我！"我哭喊道。但他强壮有力的胳膊紧紧箍着我的腰不放。

"朱丽叶！停下！"他喊道。

听到自己的名字，我僵住了。那个年轻男人松开了我。我回过身去看他：深棕色的脸，与伦敦的冬天有些格格不入，松散的金发散在他宽广的肩上。我深深地倒抽了口气。

我认识这张脸，这么多年过去了，我还是一直记得他。

"蒙哥马利！"我气喘吁吁地叫了出来。但他在这里干什么？还跟挟持我的人在一起。如果非要遇见故人，我宁愿他是父亲，而这位我家原先的仆人却是我最不想见到的人。

我惊呆了，打了个跟跄，他正好抓住我的胳膊，将我扶起。我以为这个世上只有我孤身一人，但他——那个最了解我，唯一能与我分享秘密的人——在这里出现了。只消看着他，我脸上的紧张僵硬便都纾解开来。

我从他怀里抽身出来——我还没准备好将心里深藏的脆弱向他敞开。

"这里很安全，你没有任何危险。"他向我伸出手，仿佛是在试着驯服一匹野马。英俊的面容带着深切的关心，那样的表情曾让我心绪起伏不宁。他比我大两岁，是我家洗碗女佣的儿子，很小的时候母亲便死了。父亲将他留在身边喂马，同时也协助他做些研究。那时我还不知道什么是爱情，只知道我对他有着比其他女孩更甚的难以自拔的迷恋。但就在六年前，父亲失踪的同时，他也跟着消失了。我只希望这个巧合与我家可怕的内情没有牵连。

蒙哥马利看了一眼那满脸毛发的男人，他正紧张地来回踱步。"你先下去吧。"蒙哥马利吩咐道，他便顺从地离开了。看着他畸形的身影消失在另一个房间，我逐渐放松下来，但紧接着，又意识到我正跟蒙哥马利独处一室，不禁有些张惶失措。头发在刚才的混乱中散得乱七八糟，我急忙遮住。该死，我看起来肯定像个疯子。

他扣好另一半扣子，把背带穿好背在肩上，扎起他金色的头发，同时向我投来了犹疑的目光。他不再是那个瘦削、寡言的男孩了。六年的时光让他变成了一位体格健壮的男人，有着能整个环罩住我的臂膀。尽管他是个仆人而我是主人家的小姐，但小时候我们在一起度过了很多时光。

我第一次不知道该对他说些什么。

"关于麻醉药的事，我很抱歉。"他终于开了腔。

我哽住了喉咙，"你不觉得这样问候老朋友有些奇怪？"

他正扣着袖口纽扣的手停在半空，"刚才是你要闯进来的。有时候巴尔达沙做事很冲动，但是他没有恶意。"

我重新把头发扎好，希望这样看起来能正常些。"巴尔达沙？那头野兽也有名字？"

"他是我的助手，别被他的外表给吓住了。"

助手这个词让我有些疑惑。蒙哥马利还未满二十，甚至都还不够格成为别人的助手呢。

他坐在一张脚凳上，手肘倚着膝盖，盯着我的眼神认真得一如当年那个不苟言笑的少年。我怕他看透我的心思，赶忙移开目光。

"没想到会在这里遇到你。"我说。

他的嘴角挂着似有若无的微笑，"你破门而入是无心的巧合咯？"

"当然。"我口是心非地说着，脸开始发烫。他变成了一位英俊的男士，此时就坐在我面前，离我只有一臂距离，我有些缓不过神来。我十分想知道我在他眼里的样子。与过去那个在庭院里被他欺负得闷闷不乐，又被他用独轮车推送逗笑的小姑娘相比，我也有了太多变化。

看见自己的背包放在梳妆柜的鹦鹉笼旁边，我过去拿出那张解剖图递给他。他只瞟了一眼，无需展开就认出了那是什么。

"你以前见过它？"我推断道。

"当然。"他的表情又严肃起来，"它曾经属于我，是我从你父亲的一个同事那里得到的。但是两周前和其他文件一起被偷了。巴尔达沙误以为你是个小偷，所以才会有刚才这些举动。"他把解剖图展开，挑了挑眉，"这上面的血迹是新溅上去的。"

我的脸烧得通红，该怎么解释这件事呢？我似乎还能感受到那斧子握在手中的重量，还能想起那些男生惊恐的表情。蒙哥马利肯定会和他们一样，觉得我疯了。他穿着精心剪裁的衣服坐在这里，有一位随时待命的侍从。周围的箱子满装着价值不菲的东西。那桩丑闻显然没有毁掉他的生活，却毁掉了我的。在他看来我一定十分可悲，但我不想放弃最后一丝残存的自尊，让他觉得我一无是处。

我站起身说道："我该走了，是我搞错了。"

"朱丽叶，等等。"蒙哥马利抓住我的胳膊，眼神在我的裙子和脸庞上停留了片刻。他沉吟道："莫洛小姐，我想说，我们六年没见了，终于在今天遇见你破门而入。"他的下颌收紧，"你欠我一个解释。"

我告诉自己，他曾是我的仆人，我不欠他什么。但小时候的秘密将我们的过去绑在一起，那时父亲不肯教我生物学的东西，是他偷偷地教我，也是他在夜晚为我讲故事，以转移我对实验室尖叫声的恐惧。

我重新坐了回去，有些不知所措。蒙哥马利蓝色的眼珠在窗外阳光的照耀下熠熠生辉。他将托盘移到小茶几上，给我倒了杯茶，放了两块半方糖，用勺子碾碎，缓缓搅拌着——这是我小时候喝茶的奇怪方式。我从未告诉过他，他却记得，让我莫名有些触动。尽管我已许久喝茶都不放糖了。我接过茶杯，与他粗糙手指的轻碰，使我不禁咬了咬唇。只消简单的一触便让我莫名紧张，渴望着与他的再一次触碰。

我喉头发紧，但还是勉强挤出句话来："我发现这幅解剖图时，认出是父亲的。我当时就想，或许他还在，还活着。"话音刚落，我便意识到这话显得自己分外愚蠢，心里已做好被他取笑的准备。

但他并没有笑，甚至没有躲闪回避，"十分抱歉，让你失望了，"他温柔地说，"只是我和巴尔达沙而已。"

我抿了一口冷茶，甜味将嘴里的麻醉药味冲淡，心里想着蒙哥马利会怎么看我——如此突兀地出现在这里，找寻一个死去的人。但父亲的死从未被证实，仅仅只是个推想罢了。整个世界都想让他死，或单纯地想将他遗忘。

但一个女孩很难就这么将她的父亲忘掉。

"你知道他都发生了些什么吗？"我问道。我想问他是否相信那些传闻，但话到嘴边却又说不出口。我害怕他的回答是肯定的。

蒙哥马利望向窗外，脚不自觉地磕着桌腿。身上笔挺的西装让他有些坐立不安，身体变得仿佛不属于他了一般。我有些诧异，上浆的袖口竟会让一个富裕的医学生如此不自在，于是开始疑惑他是什么时候得到这笔财富的。

似乎是察觉到了我的想法，他解开衣领透了透气。"他失踪的那天，我逃走了。因为我经常在实验室里协助他研究，我怕我也会被控告。至于他的死，我也只是听说过一些关于他死了的猜测而已。"

茶杯在我手中轻晃着，复杂矛盾的情绪快要将我撕裂。内心支离破碎——我想知道父亲失常之前是否也是这样的感受。茶杯震颤得更厉害了，我将它放在沾血的解剖图旁。"你要这个做什么？"我用肘戳了戳那绘成兔子状、星罗棋布的点和线。我知道这样很可恶，但却一直着迷地盯着那些黑线，缓缓顺着它身体的各处关节游移目光。

"我学医了，不再是一个随从了。"他的话一语道破。

"你研究这个？活体解剖？"跟他谈论这些很困难。我紧掐着胳膊内侧，想起了那只兔子，它抽搐的爪子，它的悲鸣。礼拜裙下的胸衣顿时让我感到窒息。即便是科学，也不能作为那些男孩所作所为的合理辩护。但是，我了解蒙哥马利，深入骨髓地了解。他跟他们不一样，他有一颗成熟的心，从不做他认为不对的事。

他的腿抖得更厉害了，目光在房间里游移，直到重新停在那只鹦鹉身上。他声音发紧，"那只是为了收集整理一些资料，仅此而已。"

他一直是个可怕的骗子，我怀疑地用余光打量着他。他又一次将目光停在那只鹦鹉身上。我站起来向笼子走去，想更近些，看清它艳丽的羽毛，好转移我的注意力。蒙哥马利的眼神实在太过真实，太能勾起回忆，太令人熟悉了。在他身旁我有些手足无措。

但我才刚靠近鸟笼，蒙哥马利就猛然发作了，他踢倒脚凳，将我撞向梳妆台，急忙用手遮住鹦鹉笼旁的一个银制小物件。我疑惑地眨了眨眼，震惊于他的行为。

我轻声问道，"那是什么？"

他的拳头像老虎钳一样死死攥着那物件，胸脯和手臂紧绷着。他一直以来都很强壮，而此刻的他变得更不容反抗。

然而好奇心也使我变得更加无畏。我把手从鹦鹉笼子上移开，在蒙哥马利紧握的拳头上方停留了片刻。我想要触碰他的手，感受彼此肌肤的摩挲，却无法让自己这么做。

"蒙哥马利，你手里拿着的是什么？"

他欲言又止，"莫洛小姐……"

这个称呼对他来说显得过于正式。朱丽叶，我希望他这么叫我。

我的手指微微颤栗着，"请……告诉我。"

他的表情随之起了些变化。他看上去那么成熟，但其实只是表象，我之所以知道，是因为这些年来我们都扮演着同样的角色。只有与他在一起，我才能撕下面具，将脆弱的自己暴露在人前，就像现在的他一样。

"别生气，莫洛小姐。"他低声说道，把目光移向别处，轻轻地摊开了自己的拳头，东西掉落到我的手掌。

那是一个怀表。我在手里翻来覆去地察看着：银色的，玻璃表面有一道凿痕，背面的铭文已被磨损殆尽。但没关系，我心里至今仍记得那些文字：汝必荣耀尔之父母。不像我的母亲，即便是做了情妇，对主也依旧保持着虔诚、恭敬，父亲对宗教的尊崇总是带着科学家式的质疑。这块表曾经是他父亲——英国教会的大主教——送他的礼物。《十诫》对于父亲来说没什么作用，但这条铭文却是他信奉的一条，他希望我能将它传承。

父亲曾经每天都随身带着这块怀表，从没落下过。这也就意味着这表不是蒙哥马利偷来的，就是……

蒙哥马利将我的手合握住表，又握住我的手。

"对不起，他让我发誓永远不告诉你他还活着。"

5．不能说破的两个秘密

"这块表已经坏了。"蒙哥马利解释道。他被派到城里来，就是到一家钟表匠那儿把表修好，再随同其余物品一起带回去给父亲。

但我并不在意他的解释。

"你在骗我。"我说。

他垂下头，躲避着我的目光。"我只是说听到了他去世的流言。这一点是完全真实的。"

"他还活着，你一直都知道。"我躺倒在床上，合上眼睛。父亲的怀表让我们心生隔阂，提醒着我，他已不再是当年那个无忧无虑的孩子了。我已不敢放下戒备，即使是对蒙哥马利。

他转向窗边，手里绕着表链，"他觉得如果这个世界认定他死了，就不会有人再叨扰他了。"

父亲在世，却从没打算来找我——痛苦的背叛感最终击溃了我的脆弱内心，"但我是他女儿！"

他只是为我和他自己各倒了一杯白兰地，又回复到故作成熟的模样。他拉过办公椅坐下，"尽管不再是他的侍从，但我仍在为他工作，我现在是他的助手。如果你还心存疑问，我可以告诉你，他不在这里，也不会再回来英国。我们凑合着住在一座小岛上的一家生物研究所里。"蒙哥马利咽下白兰地，对着空玻璃杯细细思量，"那里很远，他想在一个私人的地方继续他的研究，不被打扰。大约每八个月我就要出来一次，购置所需的物品。"

我将高脚杯放下，白兰地一口未喝，"那你的助手呢？都像巴尔达沙那样吗？"

"他们是那里的岛民，"蒙哥马利弯腰搁下杯子，头发松垂下来遮住了他的脸庞，"他们的确是那儿的岛民。你无需感到害怕，巴尔达沙没有恶意。"

似乎听到自己被提及，巴尔达沙端着一壶新泡的茶走了进来。他就像是头怪兽，体积是我的两倍大，双手粗壮得如同大头短棒。他把托盘放下，又恭敬有礼地将糖罐的小盖子打开。蒙哥马利表示过谢意便差他出去了。

他继续用童年时的方式为我备好茶水。水汽从茶里氤氲升起，就像神谕的经文，在我们之间朦胧成一片薄雾。我小啜了一口，希望热茶能缓解我的不安。我试着回想小时候的他。那时的他安静寡言，尤其对实验室里发生的事情只字不提。但我的母亲、其他仆人、我们所有人，谁又不是这样呢？没有人想要谈起手术室地板上的斑斑血渍、那些进去后就从未出来过的小动物，以及午夜惊醒我们的阵阵怪异的声音。父亲说那只是进行科学研究的方式罢了，我也就未曾起疑。至少，在动物们进去之前，蒙哥马利对它们照料得很悉心。

我又抿了口茶，问道："这么多年过去了，你是怎么找到我父亲的呢？"

"找他？我从未离开过他。故事要从那次出逃说起……也不完全是那样。"他将松垂的头发拨到耳后，"自从他的同事对他提起控诉，莫洛先生就知道他必须逃离这里。他认为澳洲会更乐意接纳他的研究，就带着我去了。我们找到了一个小岛，他很满意。我并不想离开你和你的母亲，但我别无选择，那时的我只有十岁啊。"

"然后你们就一直待在那里？"茶杯在我手中微微颤动。

"这其中有太多你不知道的事。"他说，"我当时还只是个孩子啊。"

"好吧，但你现在已经不再是个孩子了，"我厉声说道，其实我知道实际并不完全是这样。他将自己打扮得像个成年男子，但衣装下的他总显得太过拘谨不适。他不过是把自己装扮成了一位绅士，而且演技还相当一般。"你不必再为他效力，你可以回到伦敦，而他是无法回来的，会有警察等着逮捕他的。"

蒙哥马利汗毛直立，似乎回到伦敦就要将他关进牢笼一般。我意识到，他并不想回来。这座升腾着煤烟、处处机械化、教条呆板的城市，早已无法吸引他了。

但他什么都没说，只是紧咬着下颌，看向那块怀表，过了一会儿终于发话，"事情远不是你想的那么简单，他对我来说就像是父亲一样。"

"他算什么父亲！"我的手指紧紧嵌进靠椅扶手，父亲抛下我，养了个小男仆当儿子！我顿时暴怒，"你没听说吗？他是个疯子！"

他的脸紧绷起来，"莫洛小姐，他也是你的父亲。"

"有哪一位父亲会这样抛妻弃女？母亲死的时候他没有任何音信，也没给我留下一分钱，我差点就露宿街头！"愤怒的话语一股脑儿倾倒而出，我甚至都来不及制止自己，这些话在我心里埋藏了太久。

"很抱歉，"他的声线发紧，"我希望你能生活得更轻松些。如果我在的话，也许……"

也许我母亲就不会死吗？也许我不会过得这么一贫如洗？也许……也许什么呢？他的眼神滑落到我手肘处藏在袖子里的一块印记上。我防备似的用手挡住了那处敏感的地方。

他朝那印记点了点头，压低了声音问，"你还是在自己给自己注射吗？"

我将手抽回，紧握着胳膊，像是皮肤要被剥离，静脉和血肉脆弱地暴露于人前一般。蒙哥马利知道我很多事情，有一些甚至连露西都不知道，比如我的疾患。我摩挲着内侧的手肘，想起了租住的房间里被我放在壁橱后面的玻璃药瓶，安妮问个不停的那个盖着邮戳的木质盒子里装着的东西就是胰脏萃取物，是用来治疗的。我每天给自己注射一次。如果严格遵照时间表进行注射，就基本不会出现病征。但有几次我误了用药的时间，整个人便发热瘫软。有时，尤其是晚上，总是会特别虚弱。只消想想这些，我的额头就已经冒出一层冷汗。

还在襁褓中时，父亲便已诊断出我的病。这种糖原缺乏的病症十分罕见，以致到现在它都还没有名字。要不是父亲找到了治疗的方法，我恐怕早就死了。而现在的我，虚弱得像几个星期没有接受过治疗一样，几乎要昏迷过去。

我一直很犹豫，公开谈及我的病症让我感到有种暴露于人前的不适，它只是我和发了疯的父亲之间的又一桩联系而已。但这次——这次不同。蒙哥马利已经知道了有关我病症的所有情况，在他面前无需隐藏自己的念头，这对我来说既陌生又让人宽心。

我轻轻点头。

他欠身过来，关心之情溢于言表。"你的病并未发作，是吗？"他伸手过来想要拉过我的手腕，我却迅速抽开。即便是蒙哥马利，我的坦诚也是有限度的。

"我学了医，"他说，"请让我瞧瞧吧。"

我想起了那些医学院学生触碰露西时，以数骨头为借口玩的游戏。蒙哥马利曾教过我解剖学的课程，但并不像他们那样的。对于那可怕的游戏，他和我一样感到不适。我小心翼翼地将苍白的手掌放在他深褐色的手上，他轻轻卷起我的袖子，用手指摩挲着我手肘内侧那寸敏感的肌肤。我的呼吸开始变得急促，我竟然和这位年轻的男士独处一室，让他轻触着他本不该见到的地方。但他不只是位年轻男士——他是蒙哥马利。他的触碰让我蜷缩成一团。还没反应过来，我的身子便向前倾去，无可自拔地被他所吸引。

"很好，"他喃喃自语道。我回过神来，脸红得发烫。他的手指还停在我的胳膊上，心不在焉地游走着，我的皮肤仿佛被灼烧着一般。"你的治疗没遇到什么麻烦吧？"

我深吸了一口气，"没有。其实只要给他们详尽的说明和原材料，任何药剂师都能配好我的药剂，只不过他们看我的方式都太过古怪了。"

他点了点头，"我很高兴，一直以来我都很担心你的治疗。"他缓缓松开了我的手。我立刻将袖子放下来，整理好手腕处的褶边。

余下的就只是沉寂，显得十分沉重。

"你什么时候回去？"我马上出声。

"很快。"他也很快回答道，然后抽身坐回靠椅上，"也许后天吧。"

我咽了咽口水，试图掩盖那种油然而生的失望，"回岛上去吗？"

"是的。巴尔达沙已经在着手安排我们的回程航行了。没有多少航船愿意装载我们的货物。"

"货物？那些行李箱什么的吗？"

"那只是一部分，剩下的是些……呃，医生所需的用品。"

我的好奇心被猛然激发：是外科手术工具，还是实验样本？但我很快将这些问题抛诸脑后，我想知道的是父亲所隐瞒的真相，而不是他的科学研究。

"他提起过我吗？"话语不经意间脱口而出。

他咧嘴笑着，迟疑了一秒，但已经足够了，"当然了。"

我没有回以微笑。我认识他那种笑，一边的嘴角轻微后咧，下巴比平常抿得更紧些。之前我们的家猫走丢时，他就对我露出过这样的笑容。那时他向我保证农场里的老鼠都肥硕得像鸽子一般大，所有的猫都认得出城去往那里的路。但那只猫并没能出城，后来我发现是父亲嫌它给屋里带来了跳蚤，将它溺死了。

那笑容清楚地表明，蒙哥马利在撒谎。

我猛地站起身来，以至于茶壶都跟着微微震颤，转身推开椅子便去寻我的背包。我实在没有做好了解真相的准备。至于蒙哥马利……这么久以来我都没有感到过如此紧张迷惑，除了逃避，我不知道还能做什么。

"我得走了。我今晚得去打扫卫生。"

他惊讶地站了起来，"留下来吧。我们这么久都——"

"见到你真高兴，"我一边答道，一边跌跌撞撞地向房门走去。贝尔嬷嬷吩咐我在星期一早晨上课前去帮忙把手术室打扫干净，我竟忘了时间，现在她一定震怒不已。

巴尔达沙从另一间屋子探出头来，古怪地看着我。鹦鹉继续用喙啄着笼子。"很抱歉今天莽撞地打算溜进来。"我向他告别。

"莫洛小姐，请等一下。"

但话未说完，我已经出了房间，沿着楼梯匆忙逃跑，直到从旅馆出来，我才刹住了脚步。经过餐厅时，正在擦地的老板娘奇怪地抬头望了望我。

外面的街道上空无一人，圣保罗教堂的钟声在加农路上回响。我的脑袋像夜晚的雾霾一般浑沌不清。钟缓缓敲过八下、九下、十下——糟了，都十点了！贝尔嬷嬷非得活剥了我不可。已经没时间换衣服了，我整理了下自己的礼拜服——既然已来不及换下——穿过后面的小巷向寄宿的公寓匆忙跑去。安妮奇怪地看着我甩开门冲进来，抓住清洁篮子，但我没时间跟她解释了。

我又冲进无边的黑夜，径直向国王大学飞奔而去。贝尔嬷嬷跟玛丽说不定还在那里正为我的迟到火冒三丈。与此同时，我试着努力忽略那些令人阴郁的想法——父亲既然在世，却一次也没联系我。蒙哥马利回来了，却也很快就会回到父亲身边，我们主仆的关系似乎对调了个位置。

沿花岗岩的楼梯拾级而上，我急忙奔向医学院大楼的入口，上前去拉拽大门，不料却已经锁上了。我放下篮子，从街上找了些碎石掷向一楼的窗户，祈祷玛丽能听到我的动静。贝尔嬷嬷肯定会责骂我迟到，可这总比我不露面的下场要好。我的准头不太好，更何况双手被冻得瑟瑟发抖，但总算有灯亮了。

"谢天谢地。"我庆幸道，合掌焐了焐冻僵的鼻子，提起装着清洁用品的篮子。帮她们打扫完我要赶紧回家钻进温暖的被窝里，在松软的被窝里理顺自己的一堆想法。我得想办法把父亲的事告诉露西，她总是知道该怎么做。

大门震颤了一声猛地开了。我匆忙而入，却被烛光映照下的那张脸吓住了。

"哈斯丁教授——"我失声叫道。他关上了门，黑暗瞬间将我们吞没，只有些许烛焰的微光。关门的声音在空荡的走廊里回荡。

"朱丽叶，现在已经很晚了。"

"我是来帮贝尔嬷嬷的，"我端起我的篮子，结巴地说。他的目光停留在我的礼拜服上。没有大衣，也没有手套，在这样一个寒冷的冬夜里，我的到来看起来的确不合时宜，显得行迹可疑。我咽了咽喉咙接着说："我这就去找她们——"

正当我要移步绕过他时，他却伸手搭在了我肩上。"她们刚刚打扫完实验室，已经走了。"说话间他的手指紧扣住我的肩膀。"今晚这栋楼里只有我在。"

我的胃一阵痉挛。"那我想这里就不需要我了，真抱歉打扰到您。"说完我便转身向门口走去，但他又正好堵在了中间。

"你的手都冻僵了。"他边说边抓住我被冻得通红的手，"真是个傻姑娘，这么冷的晚上竟然连件外套都没穿。快到我办公室来，那里生着火。"

"谢谢您！但我该回去了。"

他羊皮纸一样的皮肤轻擦着我生茧的手掌，不像蒙哥马利的触碰那般坚实有力。我试着抽回手，他却丝毫不肯松开。我继续拉拽，但回应我的只有他越握越紧的大手。他笑着，愤怒和恐惧像会传染一般迅速在我体内扩散开来。

"现在，就是现在，"带着他那令人作呕的坏笑，"你只身一人穿着最好的衣服在半夜里出来是干了什么好事呢？"他舔着嘴唇，眼睛里映射出跳动的光，"你肯定和一个男人在一起，不是吗？我能嗅到他的古龙水味。这对贝尔嬷嬷来说一定是个羞耻，到时候她就只有解雇你了。当然，这也是为了国王大学的名誉。"

他的威胁让我手上汗毛直立，身子也开始颤栗摇晃。怒火从我的骨子里渗出，在体内团团燃烧，灼烧着我的五脏六腑，教唆着我痛打他一顿。我紧紧握着篮子提手，试图让自己冷静下来："我跟谁在一起与你无关。如果真是跟个男人一起的话，我很确定他不是个秃顶、干瘪的老废物。"

他轻笑一声。"干瘪的老废物？你是个漂亮姑娘，不过如果你不想贝尔嬷嬷知道这件事，最好还是收敛一下你的脾气。现在到我的办公室来，按我说的做，你还能得到六便士。"

我气急败坏，恐惧和恶心相互交织缠绕在喉头，但我的唇齿像被缝住一般。我得赶紧逃离这里。但他几乎有我两倍重，如果我逃跑，他立即就能扑到我。

他瘦削的手指撬开我的手，将篮子放在进门处的桌子上。各种念头随着狂乱的脉搏一同在脑海里闪烁，我竭力寻找着逃生的办法。他伸手缠过我的腰，我忙退后避开。

他的嘴紧咬成一条细缝，"我已经没耐心再跟你玩下去了，今晚我就要得到你。你最好乖乖听话，这样你还能捡到些好处。"蜡液从他手中那几乎被遗忘的烛台上滴下，跌落到地板上，明天之前我还得打扫干净那些硬化的蜡痕。我的恐惧开始加重，搜寻的视线捕捉到了篮子里砂浆刮刀的刀锋，于是在心里认真盘算着要怎样利用那柄利刃。除非他放我走，不然我可能还需要清理他四溅的血渍。

"你是个幸运的孩子，朱丽叶，即使你父亲犯下恶罪，我还对你有兴趣。不是所有人都会这么仁厚的。"

仁厚。我在内心苦笑。哈斯丁教授身上最不可能具有的就是仁厚。我的目光游移回篮子里，砂浆刮刀触手可及，手掌迫不及待地想要握住它磨旧的手柄，做些……我可能会后悔的事。

哈斯丁教授将我的沉默视作默许。他的手在我的胳膊上迂回摩挲着，手指像在压榨熟透的果实一般挤弄着我的肌肤。快跑开，我告诉自己。但接下来要怎么办呢？他一定会报复的，会更加不择手段地对付我。

不能再有下次了！

"你父亲的死是件好事,"他说着,手指缠绕在我的肩膀周围,挑逗地摩擦着旧蕾丝衣领与肌肤接触的地方。"这样他就不会知道我要对你做些什么下流的事了。"

我试着转过身子,但他将我推倒在门口的桌子上,臀部撞在锋利的桌角上,疼痛感袭遍全身。我抽搐着闪缩了一下,他趁机把我按压在桌上。他的手指贪婪地伸向我的脖颈,撕扯我的衣领,纽扣如雨注般落在地板上。

清洁篮子就在身后。他在我的锁骨处游移,唇舌间发出令人作呕的喘息声。尽管他让我无法动弹,但我的右手并没有受限。一个微小的声音在警告着,我接下来的所作所为会让我悔不当初,但我的内心早已被咆哮的愤怒堵塞。我的心智被疯狂占据,害怕和惊惧都被抛向一边。等到哈斯丁教授意识到发生了什么的时候,砂浆刮刀的刀口已抵住了他手掌的三角区,那是手部所有肌腱汇合的地方。

他的脸因愤怒而扭曲,而我则更用力地抵紧了刀锋,他的皮肤就快被利刃刺破。这并不是我想要的结果,但事实上我却这么做了,做得如此疯狂,刀刃无言地预示着我的所为。我的手颤抖不已。"别动,否则我就将你的肌腱逐根切断,"我咬牙低吼道,"我父亲是外科医生,我知道运动功能对你有多重要,教授。再刺深半个厘米你的事业就就此终结了。"

"我跟你说过我已经厌烦了这些把戏,"他咆哮道,"现在把刀给我放下,然后乖乖脱光你的衣服。"

"这不是刀,是我的清洁工具,不过我不希望你能体会到这两者的不同。"我更加用力地戳着,愤怒让我几乎失去自制。"除非你发誓不再碰我一下,不然我可就下手了。"刀刃随之陷入他的皮肤,深度足以划破他血液暗涌的静脉。

"你跟你的父亲一样是个疯子!"他叫吼道,重重地朝我脸上啐了一口唾沫,"我会看着你跟他一样,从城里消失的。"

紧紧握住砂浆刮刀,愤怒已经完全挟持了我的神经,向各处神经末梢传射着冲动的电流。

让一切都见鬼去吧。

我用力将刀锋刺向他的手掌，直至感觉到了与他食指肌腱的碰撞。只需要手腕轻轻地转动，就大功告成了——没什么比清洗干净泥砖上的血渍更让人费心了。噢，天哪，尽管这是如此的恶毒不当，但我却喜欢这样。

他抱着手，哭叫着在地上皱缩成一团。丢下砂浆刮刀，我意识到自己的所作所为，惊惧在心里开始疯狂蔓延。我不再需要那把刮刀了，这份工作已经丢了。

我找到身后的门把手，急忙拧开，跑进了十一月寒冷的夜色当中。

6. 闯了个大祸

第二天清晨，我带着一个破旧的毡布包和七先令——我全部的积蓄，坐在考文特公园里。毡布包是贝尔嬷嬷在我被解雇时送我的临别礼物，它的价值或许超过了里面所有东西——几件旧衣服、父亲的解剖学参考书、一本圣经，还有装着我的注射器和药剂的小木匣。只有母亲留给我的钻戒还值几个钱。我脱下手套，看着它闪闪发光。现在只能卖掉它了，即使卖得的钱只够我几个星期的食宿。

"噢，朱丽叶，我替你感到十分难过。"露西穿过草坪扑到长椅上来抱住我。她正过身子，戴着手套的纤纤细手抚摸着我的脸，"他们说的是真的吗？"

我点头不语。

她摇着脑袋，"他绝对应该遭到更狠的报应。"她说着，言语间充满了愤怒，"你没废了他的另一只手已经算他走运了。"

我虚弱地笑了笑。我们都知道，即便露西再怎么鼎力支持，我也没法儿从这一团糟中解脱出来。哈斯丁教授直接去报了警，一心只想将我逮捕伏法。天还没亮透，贝尔嬷嬷出现在我租住的公寓里，咚咚地使劲敲门，差点吵醒了安妮。她将这周的薪水和毡布包一并塞到我手里，让我在警察过来问话前赶紧逃走。

一个满身威士忌酒臭味的男人从我们坐的长椅前经过，我将毡布包放在怀里抱得更紧，心里空落落的。能去哪儿呢？我连搭火车的钱都没有。毫无疑问这桩丑事将令我名声扫地，以后也将如影随形，不会再有人雇用我了。

"那你以后打算怎么办？"露西问道。

我抓着毡布包的皮肩带，"以后不是去济贫院，就是……"后半句话无需再说，脑海里浮现出蓝野猪旅馆门口穿着污损绸裙、带着空洞眼神的女孩，那幅图景让人难以忍受。

露西将几枚硬币塞到我手里，"我从父亲书桌上拿的，这些钱够你去贝德福德了。那儿一定有你能做的事情，像店员什么的。"

我数了数硬币，坐火车是够了，但没有多余可住店和吃饭的钱了。今晚我得在火车站度过了，我会落魄到和母亲一样的境地吗？她当初那样做才让我们摆脱了绝望的挣扎，至少不用再衣不蔽体、食不果腹。父亲离开时没给我们留下任何东西，没有银票单据，没有只字片语。他真的是那种只顾自己逃跑的人吗？他真的是他们所说的怪物吗？

事实上，我对他几乎一无所知。我对他的印象除了一点模糊的记忆和一连串丑闻之外，几近空白。但他还活着，就在太平洋的另一边，生活着，呼吸着，我终于能直接问他我所听到的流言是否真实了。

露西抬眼环视着整个公园，正巧撞上她母亲的视线，夫人正穿过草地迈步朝我们走来。我有点儿紧张起来。如果说之前拉德克里夫夫人只是看不惯我，现在就一定是厌恶我了。

露西跳起来，脸变得刷白。她用力地与我贴脸告别，"要让我知道你要去哪儿，我会争取寄钱给你，去探望你，不管你在何处。"

拉德克里夫夫人已经近在眼前了，我可以清楚地看到她紧咬着上颔。我急忙推开露西，"赶紧走吧，我会给你写信的，我保证。"

露西从草坪上径直冲向她的母亲，想要拦住她靠近的脚步。我也拽过毡布包，沿着泰晤士河朝另一个方向跑开了。我能听到露西的母亲说的那些话，但只能难过地将其咽下，头也不回，向前跑去。

我不断走着，河上的桥和曾有拱门屹立的坦普尔栅门逐渐被我落在身后，穿过通往主干道的卡勃街，直到一家旅店映入眼帘，招牌在门上摇摇欲坠。我推门进去，穿过拥挤的饭厅爬上二楼，急切地敲过门后，我开始重捶门板，门边的镜子反射着我的粗鲁和绝望。

我应该告诉露西她不能探望我了。我要去的地方她来不了，那里比起贝德福德来说可有些远。

蒙哥马利打开门，惊讶地问："莫洛小姐，你在这里做什么？"

毡布包掉在他的脚上，我的心一阵狂跳。

"我要跟你一起走。"我说。

第二天一早，我们的马车便一路往南隆隆地驶向多格岛。撩开薄纱窗帘，巨型货船的汽笛在窗外正向天空喷射着白汽，小一点的船队则聚集在码头周围。到处都是蜂拥而上的人们，或在下船的乘客们中间猎寻着生意，或背着有他们两倍大的行李箱子。

旁边，蒙哥马利正在对账，皱眉验算着各项加和。我不知道他是否觉得我是个负担。

这时他抬起头来，仿佛感应到了我的疑虑。马车跟跄了一下，账本从他腿上滑落。我们都伸手去捡，两手相碰，我便迅速抽回了自己的手。

"你现在改变主意还不算太晚。"他说。

我摇摇头，凝视着窗外。我已经决定了。从我出现在他门前开始，我们争论了一天一夜。他最初对此断然拒绝，说那座岛不是一个大小姐该待的地方，而且航程很漫长，条件也很艰苦。我告诉他，多亏了父亲的抛弃，如果不跟他去岛上，我就只能露宿街头了，而且我早就

不 是小姐了，甚至，还是个逃犯。但我没有告诉蒙哥马利我此番前去的另一个原因，那个与我心脏共同跳动，被我深锁于心房的情结：整个世界都认为父亲是个坏蛋，但是我认识的却是那个在皇家卫队游行时会把我扛在肩上、穿着斜纹软呢西装的清瘦男人。我必须要弄清楚父亲究竟是一个怪物还是一个被误解的天才。

最后，我把蒙哥马利拽到窗边，指着那个跟我年纪相仿的妓女，他这才妥协让步。他对父亲会如何接纳我只字不提，我也没有多问。

"我们的船跟那些一样吗？"我向港口上列着队的有四根桅杆的巡洋舰努嘴问道。

蒙哥马利浅浅地瞥了一眼它们，微笑道："恐怕还不如呢。"

"那艘船更旧吗？"

"基本上是。好的船都不愿意载我们，他们接受不了巴尔达沙的长相，也不愿意去那座岛。"

窗外，根据码头工会的规定秩序，我们只能从一块十分破败的卸货港取道，死鱼烂虾腐烂的味道让我捂住了鼻子。码头上堆满了生锈的零部件和撕裂的渔网。这里没有女人，即便是妓女也会坚持在更好的码头上船。

转过弯时，蒙哥马利指着一艘停在多格岛旁的笨重的双桅帆船，说道："在那儿，库里蒂巴号。"我举目望去，太旧了！横跨半个太平洋对它来说实在太难了，一场风暴大概就能直接将它击穿。

马车停下，我们打发了车夫工钱，离开我们，他看起来似乎十分高兴。

抬头张望，"巴尔达沙在那儿！"我叫道。他正靠着一艘蒸汽船的舷梯坐着，参照他的体型，那船更像是个孩子的玩具箱。一群在集装箱旁游手好闲的邋遢水手向他投来狐疑的目光。他们尽管看起来粗鲁野蛮，但还是给巴尔达沙腾了个歇脚的大空位。一个骨瘦如柴的银须老人从舷梯上蹒跚走来，他身上有些霉变的黑色外套像是从死人身上偷来的。看到巴尔达沙时，他脚步稍停，走向了别处。

"那是我们的人吗？"我迟疑地向蒙哥马利问道。

"恐怕不是。"

"他们看起来像在暗中勾结。不过值得庆幸的是，如果他们想干些什么，巴尔达沙足以将他们打个鼻青脸肿。"而巴尔达沙正一手扛起货箱，将它搬上船。

"他并不好斗，不过幸好那些人并不知道。"看到他衬衫下线条分明的肌肉轮廓，我瞬间意识到或许他也可以将他们全都揍扁。蒙哥马利不再是那个生性温和的小男孩了，他再不会在厨房将老鼠从猫的尖牙下救下放生。

他接过我的毡布包。"来吧，尽管你是位小姐，我还是得把你留在船舱里，我实在不怎么信得过他们。"

我紧跟在蒙哥马利后面，刚踏上甲板，便感到有些晕眩。这短短几步已让我提心吊胆，船身奇怪的摇摆让我的腿不住颤抖。甲板上还有几个男人，我犹豫着是否该称呼他们为"水手"，因为"海盗"可能会更准确些。蒙哥马利将我从两个搬着货箱的男人中间拽了出来。

"过几天你就会适应这样的摇晃了。"他说完，带我来到船尾。他轻松的自信让我感到一阵晕眩。他将自己视作水手，胸有成竹，尽管他比他们中的大多数都要年轻很多。

一阵恐怖的狗吠声吓得我几乎跳进蒙哥马利的怀里。甲板上放着两只兽笼，里面是三只猎鹿犬，在张口乱吠；还有一只无精打采的牧羊犬，几乎懒得抬起头来，颌边还挂着不断流下的口水。

"安静点！"蒙哥马利冲狗喊道，然后转过身对我说："在这儿待着，我去找船长。"说完将货物向船后方运去。

听到他的呵斥，三只乱吠的狗应声止住了狂吠。在他们后边，我惊奇地发现还有很多兽笼。一只脏兮兮的黑豹耷拉着耳朵，垂头丧气地在铁栏后嘶嘶喘气。旁边是一只小树獭，惺忪的睡眼稍稍睁开，又沉沉合上。还有一只猴子、一些兔子和一只水豚——都是我知道的大型啮齿动物。

我凑近了些，手指扫过那只猴子的铁笼，难以置信，又有些心绪不宁。正巧巴尔达沙从船舱里探出头来，他见状急忙冲向我。

"小姐，离这些笼子远些。"他用他生硬的英语说着，"这里不安全。"树獭笼子上的防水油布滑落下来，巴尔达沙又小心翼翼地给它盖上。"它不喜欢阳光。"他解释道，轻轻拍了拍笼子。

"这些都是我父亲的，是吗？"我问道，开始局促不安，"给他研究用的吧。"

巴尔达沙搔了搔耳朵，有些讳莫如深，没有回答。

我告诉自己，科学家需要活体样本的正当理由有很多，而且这也不能代表这些动物们就是用来做活体解剖的。蒙哥马利正向我走来，我却不敢问他。我不确定自己是否已做好了准备去了解这黑暗宁静的大海那头父亲究竟跨越了什么样的边界。

"走，去见见船长。"蒙哥马利在船尾向我招手叫道。那儿有一个花白胡子老人，正在船舱等着。那人晃晃悠悠地站着，令人反胃的酒气就像伦敦黄色的迷雾一般笼罩着他。

我绕过兽笼和货物，跟跟跄跄地在摇晃的甲板上攀爬。

蒙哥马利伸手扶我迈过一圈套索，"莫洛小姐，这是船长克莱根，他会带我们去我们的船舱。"

船长盯着我看了一眼，眼神像是近视看不清，又像是在仔细打量。"见鬼的动物，"船长咕哝着，"见鬼的姑娘。我能说这真是走运吗？如果你们之前还没付清房费……"他朝旁边啐了口唾沫，然后沿直梯下到一处低矮的门厅，那儿比棺材里还黑。"船员的船舱在最尽头，我的房间则在上面，后甲板底下。货舱还在下面。"说着用脚磕了磕地上的活板门。

他停在一个锁着的房间门口，摇了摇门闩，没什么动静，又诅咒着用肩膀使劲撞门。门打开后是个有一床一桌的小房间，狭小得让我能感到蒙哥马利身体的温度。

"你们一直都要待在这里，嗯？"他斜眼道。我感到血液冲上脸颊。

"如果天气允许的话，我跟我的人会睡在甲板上。"蒙哥马利回答道，他的脸颊也透出绯红。一对未婚的年轻男女共处一室，对这些水手来说，只意味着那事儿。

船长轻笑一声离开了。

蒙哥马利把包放到床上。"要不是那些船员的船舱，我们本可以在船上自由来去的。但无论如何，我都希望你就待在这里，这里更安全些，曾谣传说有乘客消失在了克莱根船长的表下。"他犹豫着没有再说下去，我猜他大概是想说上次还没说完的话。多数情况下他总是显得成熟老练，现在的样子却十分少见。他没法儿在身上留下太多孩提时代的印记，现实需要他把那些脆弱和敏感藏起来。我正想得出神，他已与我擦身而过，走到门边，"船一离港我就回来。"

我在他身后关上房门，倒在床上，胃里翻江倒海。等我醒来的时候，我们已经在大海中航行了。

7. 到那可怕的小岛去

蒙哥马利说得没错，我确实需要一段时间来适应海浪的颠簸，最初的几天我几乎只能躺在床上来抵抗晕船。巴尔达沙体贴地给我捎来饭菜，但是船上的饭菜让人不敢恭维，那像石头一样硬的肉块和粘腻的罐头蔬菜让人无法消化。最后还是靠着蒙哥马利为我从给父亲带去的货物中找来的一盒沃辛顿的小面包果腹，那是除了淡水以外我唯一能够下咽的东西。两个星期之后，所带的淡水也都发臭了，自此我们只能喝苦啤了。

在黑暗狭窄的船舱里度过了一个月后，我终于可以每天到甲板上去呼吸一趟新鲜空气，拥抱一次明媚的阳光。但松脂和小便混合的气味实在刺鼻，经常是水手们还未瞥见我，我就已经匆匆撤回。蒙哥马利有时会下来看望我，但船上很缺人手，船长总爱叫他跟巴尔达沙去帮忙，船长支使乘客毫不客气。而蒙哥马利也默默地干着，毫无怨言。犬吠声连续不断地在船上回荡。我以为自己已经适应了船身的晃动，甚至还妄想这趟航程会一帆风顺地抵达终点——然而一场风暴来了。

航船在翻滚的巨浪下颠簸不已，我甚至无法入睡。船身的每次晃动，都让我不得不强忍反胃，紧抓船沿，以免自己掉下来。我无法想象甲板上的景象。那些动物们一定狂躁得失去了控制，要不就是蜷缩在铁笼的一角惊慌失措，总之跟我没什么区别。

外面传来一阵砸门声，我跟跄穿过黑暗的房间，开门让湿透了的蒙哥马利和巴尔达沙进来。我擦燃火柴打算去点提灯，但还没能点燃，船身剧烈的晃动就让刚扑腾两下的火苗随即化为青烟。

蒙哥马利将门锁好，以抵挡海水的涌入，一边咒骂着，一边颤抖着脱下衣衫。

这几个星期以来，我在甲板上停留了更久的时间，水手赤膊的样子并不少见。但他并不是那些陌生人，他是蒙哥马利，我的目光总不由自主地回落到他身上，偷瞥着他赤裸的胸膛。

他将衣服拧干，晾在木椅靠背上。"我们遇到了暴风，"他说，"船长安排大家下来躲避，只留了几个人在上面。"

我坐回床上，扯过一床毛毯裹在睡衣外面，毯子一直盖到脚踝上方。蒙哥马利可能早已习惯了赤身裸体，但我没有。

巴尔达沙滑坐到地板上，头倚着墙，似乎并不在意自己已浑身湿透。他的长裤和白衬衫上沾满了斑驳的泥印。

蒙哥马利拉过椅子坐下，他的皮肤在煤油灯下灼热发光。在伦敦第一次见他的时候，我就注意到，对于一位冬日里的绅士而言，他的皮肤显得格外黝黑。而现在的他看起来更加不像一位绅士了：肩膀晒伤，盐粒环绕在他裤子的下摆，头发松散地笼罩在他迷人的蓝眼睛周围——让他有一种野性的魅力。

我们沉默地坐着，静静听着风暴的怒号。我想起了露西经常唱的一首歌谣，是关于一个渔夫的故事，风暴中丧命的痴情人终以鬼魂的身份回到了他的挚爱身边。直到蒙哥马利斜靠着闭上眼睛，我才意识到我正哼着曲子的旋律。

"很好听。"他说。

"只是首老歌。"

"哦，请别停下来。"

但我已不好意思再继续了。蒙哥马利拨弄着提灯灯芯，火苗一会儿被挑成熊熊烈焰，一会儿又被压成闪闪微光。我们还是孩子的时候，无需言语，我就能知道他心中所想，而现在他对我来说完全是个谜。

"你还弹钢琴吗？"他终于开口问道。

我有些惊讶，"那是好多年前的事了。"

"我们在岛上有一架钢琴，可能已经走调了。我还从来没听到过你弹奏的音乐呢。"

想到他还记得我弹钢琴，我的脸颊不禁发烫，"你们是怎么把钢琴搬到岛上的？"

"的确不容易。关于我是怎么做到的我也没头绪，但我并不打算告诉那家老板，钢琴运到岛上时，它已折了三枚琴键，还瘸了一条腿。"他顿了顿，我抬眼望他，发现他正盯着我因露在毯子外而被我藏在身下的脚踝。

"我应该说，是钢琴的一脚才对，"他清了清喉咙，将话草草带过，"很抱歉，我已经很久没在女士面前说过话了。"

我笑了。确实有段时间"腿"这个字不适合在礼貌的场合提及，即使是指非生物都不行。我的母亲以前总尽心尽力地教蒙哥马利礼仪，很明显有些东西到现在都还留有烙印。

"你离开伦敦实在是太久了，"我说，"现在没有人会因为提及'腿'而感到难堪不雅的。"我的脖子也在不断灼热。"而且，你忘了我不再是位小姐。"

"别说笑了，朱——莫洛小姐。"

"詹姆斯先生，不知你是否注意到，自从那天我流落街头，我就一直穿着睡衣和两个男人共处一室。"我轻轻将指尖从干裂的唇前滑过，塞有泥污的指甲参差不齐，露西都叫它们爪子。"你给他带了些什么呢？"我问。

他大笑着，几乎狂笑出声。"四箱黄油硬糖、莎士比亚全集、他位于贝尔格雷夫广场的书阁里的藏书副本。你记得那些书吗？我费了九牛二虎之力才把它们一一找全。有一次他还叫我给他带一只铜质浴缸，不过在我们装船的时候，浴缸从箱里掉出来沉入海底了。"

"真是些奇特的东西。"

"是的，他总有些古怪。"他的下颌收紧，"我相信你还记得。"

我把毯子绕肩裹得更紧些了。古怪的性情并不就能说明他是个疯子。但也并非仅此而已。

"蒙哥马利，你对……"我顿住了，试探的话语一出口就显得如此生硬呆板、不知所措，"那项指控……"我的喉咙紧张干涩得说不出话。我能感受到他灼热的凝视，但就是无法让自己开口相问。如果我还只有十岁，我便不会犹豫了。但我们之间已然经历了岁月变迁。

"岛上只有你和他吗？"我换了个问题。

"还有岛民。"他答道。巴尔达沙在角落里挪了挪身子，我几乎快忘了他还在那儿。他总能将自己静静隐藏起来。

"你们不觉得孤独吗？"

"医生他毫不在意，甚至有时候我觉得连我的陪伴对他来说都有些多余，而他们的存在他当然是难以忍受的。"他看了一眼巴尔达沙，让我十分疑惑"他们"指的究竟是谁。"你去了之后就会不一样了。他不时会因为忘记了年月的流逝而心烦意乱。"他将火焰压下至只剩微弱的内焰大小，"我们就快到了，还有一两个星期。"

我犹豫道："你觉得他见到我会高兴吗？"

蒙哥马利向后拂了拂他的头发，"他当然会高兴。"他嘴角的干笑模糊苍白，我记得他撒谎时的笑容就是这样子。我将毛毯裹得更紧了，像是它能保护我不被刺痛一样。

蒙哥马利不安地用靴子后跟磕着地板，似乎他也知道他的撒谎技巧并不高超。"我不知道他刚听到这个消息会有什么反应，他总让人捉摸不准。但他始终会对你的到来感到高兴的。"他的身子前倾了些，眼睛里闪烁着跳跃的火光，"我很高兴你能来。"

他的言语让我的每寸肌肤都滚烫地灼烧，我吃惊得险些将毯子滑落。我一向仰视崇拜着他，但这些都不过是我的少女情结。自从我了解到这个世界是怎么运转之后，我就意识我对他的迷恋看起来是多么的愚不可及。当年的小男仆长大后不会迎娶他家的小姐。与之相对，家道中落的姑娘们只能站街出卖色相。男人可以变得冷酷无情，像哈斯丁教授那样。虽然我一如既往地信任蒙哥马利，但我们之间的童话故事已经褪色消逝。

我偷瞄了他一眼，想象着他从前的生活，不知只有父亲和岛民在遥远的小岛上与他相依为命的日子会是怎样。也许他与我一样渴望彼此之间曾经的联结，盼望找回当初童话的剪影。我感到自己正不由自主地向他靠近，毯子从我的指间滑落。

船身这时突然颠簸了一下，我重重地向后飞去，脑袋撞在了墙上。蒙哥马利也从椅上摔了下来，要不是他及时撑住墙身，恐怕就落在我身上了。我牢牢抓着他的胳膊，仿佛我要掉下去了一样，但其实并没有什么大动静。我紧扣着他，他离我只有一指的距离，或者更近，近到我可以感觉到他松散的头发拂过我的面庞，感觉到他晒伤的肌肤散发的余热。我纤弱的手指环绕着他壮实的臂膀，若不是睡衣的一层薄纱相隔，我们已有肌肤之亲。参差不齐的指甲不觉间嵌进了他的肌肉表皮，他的嘴唇一颤，倒抽一口冷气。与一位半裸的男人——蒙哥马利——相隔得如此之近，我感到快要窒息。

他的脸抽搐了一下，我才意识到我刺痛了他。

我赶紧松开了手，血液和理智回涌到脑中。我并没打算去抓着他，但却本能地这样做了。现在他会想……会想什么呢？

船身逐渐恢复了平稳，蒙哥马利找了个地方坐下，嘴唇还在微张。一道红色的半圆抓痕印在他的胳膊上。他的眼神没有聚焦。

"该死的风暴。"他有些气急败坏地骂道，呼吸像我一样粗重，"你的头怎么样了？"

我心不在焉地揉了揉后脑勺，还沉浸在与他紧邻的眩晕之中，"只是磕了一下。"

他把还湿着的衬衫重新穿上，以遮住我的指甲印，一片潮红在他的脖子上蔓延开来。他似乎突然无法直视我的眼眸了，"能睡就睡一会儿吧。"

他消失在去往前甲板的舱口，留下我和巴尔达沙一起。这个巨人正头脑放空地发着呆，随后打了个颤，像狗一样甩着身上的海水。他身上有湿花呢和肮脏的味道，我不知道自己又能好闻多少。

我意识到我对这个在蒙哥马利身后如影随形的男人一无所知。我已不再会因他的体型和长相而感到惊惧了，尽管他对待那些动物时更显得温柔贴心。

"你是岛上的原住民，对吗？"我问道。他看起来对我提到他感到十分惊讶，直到船体再次颠簸他才打破了沉默。

"是的，小姐。"他终于咕哝着回答道。

"所以你认识我父亲，教授，亨利·莫洛？"

巴尔达沙将腿靠胸蜷曲，双手环膝。他的瞳孔紧张地放大，"汝应听从造物主。"他说。

"造物主？你的意思是，上帝？"

"尔等不可在泥潭中摸爬，尔等不可在黑夜里出游。"他摇晃着诵唱道。

我心神不宁地盯着他，他的话语像是一串规诫，但我从来没有听说过这些。"巴尔达沙，你在说什么呢？"

"尔等不可肆意杀戮，"他继续念道，摇晃得更加厉害。船体猛然下沉了一下，我急忙扶墙以求平稳。巴尔达沙似乎已经意识不到风暴的存在了，他更快地晃动着，眼神呆滞。

"谁告诉你这些的？"我问道，"我父亲？"他的诵词里透示出父亲对他们居高临下的影响。

"别念了，"我说道，"请平静下来吧。"无数思绪混乱地向我涌来，这些岛民们视我父亲为某种至高无上的统治者吗？父亲曾经对宗教不屑一顾，所以我无法想象他怎么会允许这样荒谬的咒念。我还想再问问巴尔达沙，他却突然腾空跳起，没多作说明就从房间里跑了出去。

风暴从夜晚一直持续到了第二天早上。当库里蒂巴号终于稳定下来回归它的正常晃动之时，我晃悠悠地爬上甲板，想要呼吸新鲜空气，感受阳光的温暖。这场风暴让前桅在风帆的全力拉扯下隆隆作响，而风帆也被猎猎狂风撕扯破裂。在积水的油布下，猎犬们在笼子里倦怠地趴着，船上迎来了难得的安静。我经过时它们连头都未抬，只有视线随我游走了一程。

蒙哥马利和巴尔达沙站在后甲板上，正盯着航船的传动装置瞧着。

"这条船还能航行下去吗？"我问道。

蒙哥马利向那群水手抬了抬下巴，他们正在船长含糊不清的咒骂声中全力修补着风帆，"不会沉船，但要是他们修不好船帆，我们也走不了多远。不管怎样，我们现在还有自己的麻烦。"他扭头将目光移回到索具身上。在离我们十几码的桅杆顶端，有一只猴子。"它的笼子在风暴中被弄开了。"

"有谁能爬到那上面去捉住它吗？"

蒙哥马利看向前帆："他们不会为了只动物费神费力的。"

我研究着套索、桅杆和船帆间的复杂关系，企图找出一条可以堵住猴子的路径，但却发现无论人怎么水平地切断猴子的去路，它都能马上往垂直方向逃离。

"那你们只能等着它自己下来了。"我总结道。

"不可能的，船长没有给我别的选择。"他表情严肃地冲巴尔达沙做了个手势，巴尔达沙随之笨重地走向一摞板条箱，然后带了把来复枪回来交给蒙哥马利。

我激动得面容失色，"你敢开枪打它试试！"我叫道。

他不容置疑地摇了摇头。"船长说施加在桅杆上的重量会影响航行的。"

"那并不可信。这是物理常识，你知道的，蒙哥马利。"

"你的观点十分科学，但这并不会动摇船长的决定。"蒙哥马利将枪管拆下检了一下内里。"巴尔达沙，去甲板下面待一会儿吧。"巴尔达沙点点头，憨厚地咧嘴笑了笑，便顺从地向前甲板的舱口走去。蒙哥马利"咔哒"一声重装好了枪管，"莫洛小姐，你也该下去了。"

"我不会坐视不理的。我要去跟船长讲讲道理。"我指着那把来复枪，"别想着你会用上它。"

"莫洛小姐，等等，"他声色恳切地喊道，"朱丽叶！"

我不再理会他，径直穿过了甲板。水手们原本是要试图驯服松散的船帆，不料这群男人却在船帆中间撕出了一道巨大裂口，船长正为此大发雷霆地咒骂着。

"克莱根船长，请容我说句话。"

他用充血的眼睛扫视着我，呼吸粗重得如同皮革厂的轰鸣。鼻子和脸颊上布满的血管爆裂留下的污渍，使他看上去像只魔鬼。"你想干什么？"他吼叫道。

我退后了一步。水手们应声瞥向我，表情僵硬麻木，我知道在这儿没人会为我说情。

"我是来问你，你这个恶棍想干什么！"

"那只猴子，"我恼怒地喊着，"它那不足挂齿的重量根本不会造成任何危险。物理定律——"

"物理！小姐，鬼才理你！我会亲自打死那只倒霉蛋，还有你！如果你不管好你自己的话！"

我并不习惯被这么个骨瘦如柴的老酒鬼威胁，无法忍受。愤怒在我的骨子里窜动。虽然只有十六岁，我的人生中却处处都在遭遇着他这样的男人，上一位是以一只手的报废收场的。怒气从我的毛细血管渗入静脉，像一块坚硬的玻璃径直插入我的心脏。还未反应过来我在做些什么，我就已经甩了他一个巴掌。

人群霎时间鸦雀无声。船长捂着自己的脸，难以置信地眨了眨眼睛，然后怒发冲冠地向我蹒跚走来。就在这时蒙哥马利突然出现在我的身旁。他趁机抓过我的手，将来复枪夹在胳膊下。

"有什么问题吗，船长？"他咆哮着。蒙哥马利瞬间变成了一头粗野的猛兽，强大而危险。

船长布满血丝的眼睛牢牢盯着那把来复枪。蒙哥马利即兴调整了一下枪，瞄准了他的肚子。船长神色犹豫，而后在离蒙哥马利脚边只有几英寸的地方，啐了口烟碎。"管好你的小尾巴，让她待在该待的地方。"

我为船长的侮辱忿忿不平地喘着粗气，但蒙哥马利死死握着我的手让我无法多做思考。"我们为这次打扰道歉，"他的蓝眼睛里透出冷光，"这种事情不会再发生了。"他把我拉到一边，我靠在围栏上，身子因愤怒而颤抖不已。

"你听到他怎么叫我的吗？"我问道，脸颊滚烫。

"他只是个骗子和酒鬼，他的话我们不必在乎。"他的手将我攥得更紧。"我认为你的安全比你的名声更重要。像他那样的人十分危险。他可能是被巴尔达沙的体型和我的来复枪震慑住了，但出了这里他可以对我们作任何报复，朱丽叶，没有人说得准的。"

他巨大的手掌包裹着我的手。我们现在已相当安全，他本可以松开手了。

但他却没有。

我清了清嗓子，他的出现总能让我的愤怒烟消云散，但也让我内心中的其他情愫放纵地滋生着："那么，我应该谢谢你。"我不知该怎么操纵自己，不知该说些什么。

他仍然没有放开我的手，而是走进了一步，与我十指交扣。我大口地吞咽着喉头紧张不安的颤动。

"我想我让这趟航行对你来说变得格外艰难了。"我说道,声音颤抖,但沉默更令人害怕。

"我说过了,我很高兴你能来。"他的眼睛牢牢吸引着我的目光,让我感觉到他不容置疑的心意。蒙哥马利不是那种逢场作戏的浪子。

我的束腰似乎变得更紧了。我想撕开胸衣好让我燃烧的肺叶呼吸到空气。他的触碰令人颤栗。他的低语,"我很高兴你能来",让我的内心融化。感情是个奇异的谜团,它需要二人共同小心仔细地探讨,彼此严丝合缝地吻合。但我知道这段情感的谜团已经越界,我们交错的手掌让我不敢直视,只是转而痴痴注视着他袖口松掉的白色线头。

"这些年来我常常想起你,朱丽叶。"他轻声述说着,拨弄的发梢拂过我的脸庞。"想念之深超过了我应有的界限。"

朱丽叶,他这样唤我,丢下了平日里用姓氏称呼我的那套虚词。我越过我们紧握的双手,凝视着船下翻滚的波浪,试图捋清我对他的情感演变。自从再见到他,在蓝野猪旅馆的房间里,只要他出现在身旁,我的内心总与他紧紧系在一起。他紧拽我的小动作带我又回到了我们的童年。我能感受到他对巴尔达沙的友善,感觉到现实敦促他过快长大的负荷,感受到他带给我的多年未有的鲜活的安全感。这是我对亚当或任何一位傻男孩所不曾感受过的。

波涛一浪盖过一浪,逐渐模糊成一片令人眩晕的蓝色汪洋。我感到身体晃动,便移身靠在栏杆上。束腰箍得太紧,让血液无法回流到我的脑中。我不知道怎么处理这些感觉,安全、温暖、备受关爱——天呐,我已不再是个小女孩了——大概我们之间不只是关爱而已。

我用指腹按揉了一下眼眶周围,视线又回落在那层层的浪涛之中。一个奇怪的景象出现在我眼前——海上只有黑压压的一片。我眨了眨眼睛想让头脑清醒一些。

一百英尺开外的地方,有一艘破旧的小艇正在上下颠簸,几乎就要沉没了。我使劲合上了眼睛。

"朱丽叶,你还好吗?你听见我说话了吗?"

但当我再睁开眼睛的时候，我发现那艘小艇的确存在。

同在的，还有船上那个蜷缩着的人。

8. 海上落难者

"船长！海上有个人！"蒙哥马利大喊道。我用手紧紧扣住生锈的围栏，眼看着那艘小艇不断注入水，一点一点往下沉。

"他还活着吗？"我惴惴不安地问道。

"不一定。他一定在海上漂了好几天了。自从九周前离港起航，我们就再也没见过别的船了。"

船长慢悠悠地走过来，高声咒骂着，把我从围栏处挤开，"真是见鬼！"他望着海面咕哝道，指示大副"把船开过去"。

一个红鼻头的年轻水手帮着蒙哥马利放下绳索，他们俩的手快速轮换着，看着让人头晕。航船不断向那艘小船靠近，即将沉没的小船被我们逐渐拉了过来。只看到一具泡水的身体蜷缩在船底，看上去有些可怕：上衣褴褛，发白的布面上结满了盐粒，破旧的裤子只到腿肚，一双赤脚瘦骨嶙峋。衣服下面会是什么呢？一具泡发肿胀的尸体？还是已经被海盐和沙砾侵蚀干净的白骨？我突然意识到自己的身体已经远远探出船沿，十分危险。

"拉尔森，你是最轻的。"蒙哥马利说道。话音刚落，那位水手便麻利地迈腿翻过船舷，消失在我们的视线中。大家焦急地等待着，甚至连那只猴子也在注目观望。这时，乌云在我们头顶层层积聚，刚刚还晴朗的天空瞬间被乌云遮盖，大颗的雨点拍打着我的脸。

突然，一只手重重地拽住我的手腕，将我拉开。是巴尔达沙，他把我带到牧羊犬的笼子旁，好让我在油布下躲雨，顺便远远观望事情的进展。

"谢谢你,"我揉着自己的胳膊喃喃说道,虽然我还是很想凑近去看。"蒙哥马利说我们必须要保护好女士。"

我斜瞥了他一眼。如果蒙哥马利和巴尔达沙认为我以前从未见过这种阴森恐怖的景象,那他们就大错特错了。我不是那种什么都没见过的乖小姐。我本想开口告诉他这些,但巴尔达沙看上去一脸自豪,好像他正成功保护着一位需要帮助的年轻小姐,所以我还是闭口不提好了。

远处男士们的说话声如同春雨般低声作响,我伸长耳朵竭力听着,但只捕捉到了只言片语,不过已经完全足够了。

他还活着。

我很想要凑上前去一探究竟,但也知道我应该好好跟巴尔达沙待在原地。另一位水手也翻过了船沿,绳子随之猛地下滑,二副和他的副手们赶紧上前将其抓住。随着蒙哥马利的号令声,他们协力往回拉拽,将绳索又收紧了几尺。水手们接着用绳索把拉尔森和那位落难者吊了上来,将那具浑身是水又不省人事的身体安置在甲板上。人群即刻蜂拥上前。

我到底没有按捺住自己的好奇心,我从巴尔达沙身边跑开,尽管他还在身后叮嘱我别凑近去看,但无形中似乎有只大手拖拽着我,让我觉得自己必须上前去看。我悄悄溜进水手们当中,在他们黝黑身形的缝隙中窥探着。

蒙哥马利小心翼翼地将那具身体翻到正面。是位年轻男士,看上去比我稍大些,昏迷不醒的他饱受风浪的拍打摧残,简直无法相信他还能活着。他手里紧捏着一张撕烂的相片,似乎在他生命的最后时刻,那张相片是他所要坚守的全部。

我难以置信地看着那只手——紧握照片却全是瘀紫的手,这一景象几乎让我晕倒,我大口大口地喘息着。病态的好奇心对我的驱使就如同腐尸对秃鹫的吸引一般,这不是一具没有生命的尸体,这是个人,还怀抱着希望、维持着心脏跳动的活人。

我在水手们中间闪转挪移，想要跟人群的焦点保持距离，怕自己再稍微靠近一些，好奇心又会让双脚不受控制。我只远远地瞥了一眼他腿上渗血的绷带，想象着他独自一人在小艇里查看伤口，害怕自己的生命即将逝去时的绝望。

蒙哥马利默数着那位年轻男士的脉搏。"拿点水来！"他叫道。

一位水手抽身走开，正好让我清楚看到这位落难者的面容。我从未见过这样一张血色全无的脸，但却让我揪心不已。他静静地闭着眼睛，其中一只眼睛下面是一道结痂渗血的伤口，脸颊和前额上全是因太阳曝晒生出的水泡，掺杂着盐粒的黑发如同布莱顿退潮时被海浪洗刷过的水草。

他在生死线上徘徊的样子着实深深震撼了我。我希望他能活下去，能再次端详照片中珍贵的图像，似乎只有这样才能填补我病态的迷思。

雨越下越大。水手们从我身边递过一瓶酒，蒙哥马利将它送到这位落难者的嘴边，但他没有反应，于是蒙哥马利泼了些水在他脸上。一声轻微的呻吟依稀传来，而后是一阵咳嗽，这位落难者抽搐着醒了过来，眨着眼睛，雨水在他脸上倾注而下。他充满野性的双眼骨碌碌地环视着四周。

"我们在海上发现了你，"蒙哥马利说道，"你能说话吗？你叫什么名字呢？"

但这位落难者只是摇了摇头，咕哝着一些我们听不懂的话，手里的相片被他用力捏得发皱。呼吸间他变得更加激动，手舞足蹈地挥打着，像是撕扯着某个无形的恶魔。脸上的伤口被重新撕裂开，褐色的血液顺着他的脖颈汩汩而下。

"你冷静点！"蒙哥马利用身体压住他。尽管根本不是蒙哥马利的对手，他仍然发疯般狂躁地挣扎着，蒙哥马利只有奋力压制着他。

"他疯了，"蒙哥马利说道，"巴尔达沙，拿些麻醉剂来。"

他抓挠着甲板，险些抓到了我的脚。蒙哥马利脸色一沉，朝我大吼："朱丽叶，退后！"

可我还惦记着这位年轻男人到底在想什么，只是慢吞吞地退后了几步。他看上去似乎置身于另一个世界。但当他的目光与我相遇，他却突然停止了挣扎，似乎疯狂的雾霾顷刻间烟消云散，他记起了——不，认出了什么。一种奇怪的感觉爬上我的脊梁。他认出我了吗？我之前从未见过他，只是他的绝望让人熟悉——我照照镜子便能在自己的脸上找到，但对我来说他仍是个陌生人。他的唇齿间无声地念着些话语，让我忍不住想要凑近听听，弄清楚他到底是谁。

"朱丽叶，我说过的，退后！他很危险。"

蒙哥马利的吼声打断了我投入的观看，我迅速将视线移开。所有的水手都盯向了我，尽管和他们一样好奇，我还是不情愿地耸耸肩表示顺从。

巴尔达沙拿着注射器，从我身旁走上前去。那位落难者看到巴尔达沙笨重的身形，又开始挣扎起来。他从蒙哥马利的身下挣脱，一拳重重地砸在甲板上，这片饱经风雨的木板随之微微震颤。我看得目瞪口呆，只有最坚定有力的信念才会爆发出如此大的力量。我意识到他可能还不知道发生了什么，他的心还随着远处的汪洋沉浮。蒙哥马利还没将注射器扎入他的脖子，他却声嘶力竭地发出了一声怒号，而后昏厥了过去。

船长蹲下身来搜查着他的口袋，蒙哥马利将注射器递还给巴尔达沙，皱着眉疑惑地看了我一眼：为什么我能使那位落难者平静下来？

我对此同样困惑不解。

"我们最好还是把他丢下船，"船长说道，他只搜到了一个空口袋，"你们也看到了，他疯了。我们不能留一个疯子在这胡闹。"

"如果你把他扔出去，那就是谋杀。"蒙哥马利激动地说着，"我真不知道要是你在他口袋里找到了钱，你是否还会这么说。"

"他没钱付给我们，这就不算谋杀。"

"你不能把他扔出去。"蒙哥马利坚决说道。

船长坐起身，挑衅地看着他。"老兄，你打算负责照看他吗？"

蒙哥马利有些犹像，为难地看了巴尔达沙一眼。"看看他的扣子——银制的。他家里一定有钱。我相信，让他休养几天清醒过来，他就会付给你一笔丰厚的报酬。"

巴尔达沙只手将我揽过，带我离开了。我的脚步似乎自发地与他一致，但目光却无法从那位落难者的身上移开：他脸上流血的伤口，海浪颠簸在他身上留下的瘀紫。他看起来渴望活下去，和我一样，是个劫后重生的幸运儿。

9. 带着陌生人闯禁区

蒙哥马利日夜照料着那位落难者。但接着却是流言四起，大家纷纷议论说那个年轻人已经失去记忆，他不记得自己的名字，海难是怎么发生的，以及自己是否是唯一的幸运儿。船长失去了耐心，再一次威胁要将他扔下船，不过蒙哥马利把我们剩下的钱全都塞给了船长，总算给他换来了厨房里临时搭建的一张小床来休息，但那是我在船上不准去的地方之一。我好几天没见到蒙哥马利，也没有再听到关于那位落难者的传言，我无法再继续等下去了。

那厨房阴暗潮湿得如同腐烂的地窖，只有炉火和几支蜡烛发出些许微光。水手们将那位年轻人安置在烟囱旁边，那里的砖块能让他暖和些，但昏睡中的他看上去仍冰冷得像具死尸。

我进来时蒙哥马利抬头看了我一眼。我们都明白我不该出现在这儿。他没有责骂，只是递了块脏布给我，然后指向灶台上的一口铜锅。"把这个煮了，水里要加几滴液氯。试剂瓶就在炉火边。"

取过布时，我轻轻触到了他的手。想到我们曾经十指紧扣，我的皮肤阵阵刺痛。

"我听说你的医术相当高明。"我一边说着，一边将几滴液氯加到锅里。蒸汽在潮湿的空间里萦绕着我翻滚升腾。

蒙哥马利小心解开那位年轻男士腿上的绷带，轻吹着发炎的伤口，那里渗出了白色脓汁。"这可不怎么见得，你父亲说我很没用。"他找来一瓶麋鹿山的白兰地，洒了些在他的伤口上。落难者低低地呻吟着，却没有醒来。

烧开的热水在锅里沸腾翻滚着，我用木勺把那块污渍斑斑的布条捞了出来。"我父亲以前对每个人都这么说，说他们很没用，不管洗碗的女佣还是国王大学的院长，你绝对不要相信他的话。"我缓缓地搅着锅，映着烛光探视着那人的脸。"他怎么样了？"

"还活着。"蒙哥马利拿起一根针和一截黑线。"如果我们晚发现他一天，甚至几个小时，他就没这么幸运了。我满心希望这伤口能复原，但它却感染了。这里真是见鬼，连个消毒工具都没有。"他紧紧摁住那人周围的皮肤，用针给他缝合伤口。

我记得他缝合伤口的手势，那是他日积月累的习惯动作，纯熟到他的双手已留下记忆。小时候，他也经常这般熟练地给我房间的小壁炉生火添柴。对蒙哥马利来说，后天的工作有如天性——他总能全神贯注，并且完成得十分出色。

"他醒来过吗？"我问道。

"偶尔会醒。"

"他有没有告诉你发生了什么？"

蒙哥马利继续着下一处的缝合，针线密实地穿过皮肤。他停下来把我放进锅里烧煮的旧绷带扔回给我，翻滚的沸水立马变成了一滩棕褐色的晦暗浊液。"他每天都能记起一些事来。昨天他告诉我他是去往澳大利亚的维奥拉号上的乘客，但二十天前船身破裂灌水。"

"二十天前！他是唯一的落难者吗？"

"询问他时他总是含混不清。我只是在他昏睡时听到了这些。"他的眼睛闪过亮光，"他还问到了你。"

我讶异得差点撞翻正烧水的锅子。"我？他问了些什么？"

"他问你是谁、要去哪。这么个漂亮的女孩在这样的船上做什么。看来你令他印象深刻。"蒙哥马利的嗓音中似乎透出一丝丝嫉妒，我看着锅内翻腾的蒸汽认真思索着。

"你告诉他什么了吗？"

"我如实告诉了他，"他说，"我说你是去寻找疏远已久的父亲的。"

"所以你觉得他并不危险咯？"

蒙哥马利将最后一针穿紧，把线头扎实。"是的，他并不危险。"他站起身，用抹布擦了擦手，然后走到灶台边，蒸汽在他的前额聚集成细小的汗珠。我突然觉得这小厨房里炙热难耐，这里，除了那位沉睡的落难者，就只有我和他。"他是位绅士。你看那枚银质纽扣，他这辈子大概没经历过一天劳累的苦日子。"

"但他还是从海难中幸存下来了。"

蒙哥马利向后拂了拂头发，他深邃的蓝眼睛凝视着我，"你为什么对他如此好奇？"

蒙哥马利的语气让我面红耳赤，我不禁将锅中的水搅得越来越快了。要是换做露西，她一定会忸怩地说些什么，她认为让男人迷恋的方式就是要让他嫉妒。但蒙哥马利本来就不属于我，而且这样一位半死不活的落难者也没有什么让他嫉妒的，不管他有没有那颗银纽扣。

"他有张照片，"我埋头对着锅说，"你有没有发现？"

蒙哥马利伸手在我身后的储物架上翻找，在腌肉和盐块中摸索着，手上沾满了调味白兰地的味道。他从中摸出一张皱巴巴的碎裂相片递给我，就是那张照片。

积水和裂痕让它已无从辨认，我只能依稀看出一片阴郁灰沉的天空和一些模糊不清的人。我看着那位落难者，心想这对他到底意味着什么呢？

"今早舵手还在海上发现了一些船只残骸。"蒙哥马利说，"我们正在向目的地靠近，只要几天就到了。"他的声音里带着长途航行后即将回家的快乐，也隐隐有些忧虑。"我不愿意把他留在这儿，船上没有医生，如果不继续治疗，伤口会感染的。而且，要是他不能说服船长他有足够的钱，我们离开之后就说不准会发生什么了。他们可不欠他什么。"

这时，那位落难者在床上突然变得躁动不安，昏睡中的他含糊不清地说着胡话。我将头发别过耳际，偷看了一眼他腿上的黑色缝线。"你打算带走他？"我似乎读懂了蒙哥马利的意思。

他犹豫地咬着下颌，最后摇了摇头。"不，你父亲是不会允许陌生人踏上岛的。我们对他无计可施。"

"他从海难中死里逃生，或许父亲会怜悯他的。"

蒙哥马利更坚定地摇了摇头。"这是个愚蠢的想法，忘掉我说的话吧。"他把铜锅从灶台上移开，放到烹饪台上。"如果你愿意的话，就照看他一会儿吧，我得去看看那些动物。"

"要是他醒了怎么办？"

他歪着嘴打趣道："那就跟他打个招呼。"

然后他便留下我独自陪着那位落难者。我的思绪跟着那把木质勺子，在沸腾的漩涡中游移翻覆。

几天后，我站在烈日曝晒下的甲板上，一边咬着指甲，一边眯眼盯着索具看。我凝视着那只猴子，它也盯着我看。贿赂船长让他留下猴子很容易就办到了——很显然船长更看重父亲的那几瓶白兰地，而不是刚正不阿的为人。但如何让这个小东西下来让我很头疼，随着我们航行终点的迫近，我所剩的时间不多了。

"猴子，快看！"我举起父亲的银质怀表。有个水手告诉我，说猴子们喜欢明亮闪光的东西，但我把那块怀表在一个很显眼的位置悬挂了一个多小时，都没有任何效果。

巴尔达沙和蒙哥马利在背后咯咯笑我。

"安静点！"我责备道，"你吓着它了，巴尔达沙！还有你也是，蒙哥马利！它还记得你想要射杀它。"

"你试过用香蕉吗？"蒙哥马利建议道。

我皱眉看着他，"我上哪里去找香蕉？除非你能找到，不然就走开！"

他大笑着，去照看笼里的动物了。我充满挫败感地抱手冥思苦想。我引诱猴子下来的尝试分明十分科学：第一次我尝试给它设圈套，在笼子里放了食物做诱饵，然后爬上索具，直到水手长和所有头班守望都跑来，试图偷看我的裙底。然而，这一切没有起到任何作用。

我将怀表放回口袋，看着那只猴子轻松地在桅杆间摆荡，像只鸟儿一般优雅。它零失误的空中技巧令人震惊，而且一举一动间从不犹豫。我好奇地畅想着，是否科学也能够找到一种方法——让我们人类变得像动物一样灵敏。尽管我知道这听上去不太可能，但跃跃欲试的想法还是占了上风，我已经从蒙哥马利的老师和父亲的书中学到了足够多的关于人体构造方面的知识。虽然我们人类和猴子有着相同的肢体架构，但我们天生不善于攀爬和摆荡，这其中最主要的不同在于，人的双曲脊椎和灵长类灵活的足部韧带，而这两样都可以通过外科手术轻松改变。

"你不希望你也能做到那些？"我转过头对蒙哥马利喊道，"他们就像在飞一样。"

那边没有回音。我转过身，蒙哥马利已经下去了，他刚才待的地方只有那位落难者在。他清醒着，笔直地站在那儿，越过甲板看着我。我瞬间讶异得像被浇了一盆冷水。

尽管太阳曝晒引起的水泡已经从他脸上褪去，但另一边脸上的那道伤痕依旧显目，就像海难留下的永久印记。他剪短了凌乱的长发，只到下巴那儿，不时髦但至少看着干净清爽。可现在的他也只不过是血肉、骨骼和一片片淤青的组合，我在心里嘀咕着那个有关游魂的故事。他看上去纤细得很不自然，所以他的瘦弱就更加显而易见了，尽管我深信他身上有很强大坚韧的东西。

他在向我挥手。

我犹豫了一下，也向他招了招手。

10．对于小岛充满疑问

第二天下午，我在房间门外发现了一只封盖的碗，里面装满了蠕虫和蟑螂。旁边附着的字条看上去是一个男人的笔迹，但不是出自蒙哥马利之手，而水手们都不会写字，看来想要得知这张便条的来源，还得花费一番工夫了。

字条上写着，猴子都喜欢吃虫子。

我爬上甲板，把这碗丰盛的诱饵放在索具下面，然后打开盖子。一只蟑螂看到可以趁机逃跑，急忙沿着碗边往上爬，但马上被我弹了下去。我躲在板条箱后面，静静等着，不到一分钟便听见了陶瓷碗晃动的声音。那猴子正全神贯注地享用着碗里的美食，我悄悄溜到它背后，用颈圈绕住它的脖子，它全然不知。等它吃完，我才把它送进了它的新笼子。

这只猴子终于安全了。我这时才注意到在前方甲板的一角，那位落难者正坐在水手长的舱室外面，背对着我，探身研究西洋双陆棋。那个棋盘是用木桶简易支起的，上面的棋子乱放着。傍晚的余晖中，他仔细琢磨着红黑双子，丝毫没有意识到自己占用了甲板上的空间，当然还有水手们愤怒的目光。

我仔细打量着他，正如他一丝不苟地研究双陆棋一般。尽管脸上的那道伤疤清晰可见，但他身上无疑有些东西散发着魅力。他不像蒙哥马利那样拥有一副引人注目的英俊长相，而是以一种更微妙、更深邃的方式呈现，似乎他真正的迷人之处都隐藏在那些伤痕和那发皱的相片背后。如果有人足够聪明，总会慢慢解开他那摄人心魄的魔力。

"他们都说你疯了。"我说道。

他的手猛地抽搐了一下，朝我转过身来。棋盘随之摔了下去，红黑棋子滚落一地。我蹲下身去捡棋子，他也连忙俯身拾捡，看上去他在刻意躲闪我的目光，似乎在隐瞒什么。他的手指茫然无措地游移到眼睛下方的伤口处，下颌不自然地抽动着。毫无疑问，这次海难让他伤痕累累，但他警戒防备的举止似乎暗藏着更多东西，仿佛他伤痕的由来远不是我们所想象的那样。

"我只是一开始记不得太多事情，"他说话间鼓起勇气瞄了我一眼。在如此近的距离里，我看见他棕色的眼睛中闪耀着夕阳的金光。"但现在逐渐记起来了。"他的手从脸上滑落。一个水手从我们身旁经过，一脚将散落的棋子踢下甲板，喃喃咒骂着蹭白食的偷渡者。

那位落难者补充道："我没有疯。"有一瞬间他的眼睛奇怪地瞟向左边，好像还在和沉船一起挣扎受困。他遭受了太多苦楚，但这群水手们看上去一心要让他承受更多。

"跑上甲板挡水手们的道已经足够疯狂了，你这样做会让他们更讨厌你。"我说道，然后压低声音提醒他，"你得小心点。"我把拾起的棋子递上前，朝着棋盘说，"想来一盘吗？"

他的嘴角轻抽了一下，带着似笑非笑的弧线。他把棋盘扶正，并将棋子一一摆好。

我们盘腿相对而坐，我努力不盯着看他胳膊和脸颊上的伤疤。他的指节被刮得几乎露出骨头，我记得正是这只手紧握着那张相片，如同握住生命一般有力。真是难以置信，这些居然出自同一个人。

"你还记得发生了什么吗？"我试探道，"比如那次海难？"

他的眼眸滑向我，但瞬间又躲开了，好像在犹疑该不该相信我。他拿起骰子，"还记得。"

"那你的名字叫？"我接着问。

"爱德华·普林斯。"他缓缓说出口，似乎他只记得一点点关于自己的信息，需要小心地告诉我们。

"我叫朱丽叶·莫洛。"

他慢慢地点着头，"我知道。"我也记得他之前向蒙哥马利问过我。

现在换我审视他了，在他被发现的那一天，神志不清的他究竟把我当作了什么。他当时说着些我们都从未听过的东西。而现在，他正目不转睛地凝视着旧拖把头和扫帚，简易的棋子、骰子在他的手中静候发落。棋子仍旧被放错了位置，我禁不住伸手将它们重新排好，开始与他一较高下。井然有序的东西总能让人感到满足自在。

"你是怎么幸存下来的？"我问。

我的问题似乎让他措手不及，那颗骰子被握在他蜷曲的手掌中。他耸了耸肩，谨慎地回答说："我想，大概是神的恩典吧。"

我看着他，他紧握骰子的拳头伤痕累累，青肿的下颌正微微抽搐，瘦削却结实的双肩蓄满力量。他说得太轻松了，虽然是我想听到的答案，但看上去并不是他真正的想法。

"我不相信，"我说道，他惊讶地抬头看我，"在海上漂泊了二十天，没有食物，没有水，没有遮蔽物。那么多的旅客，只有你幸存了下来，救了你的不是上帝，而是你自己。我想知道你是怎么做到的。"

他研究着我的落子布棋，将它们在脑海中记下，又重新比划核对了一遍。"蒙哥马利的第一个问题是关于我已经失去了的家人，"他说，"他们是我心中的痛。"他有些悲愤地掷出骰子，他的举止让我觉得我本应给予他更多理解与宽慰，就像蒙哥马利那样。

我不太确定地眨了眨眼，并不是故意要表现得这么冷漠无情，"我很抱歉。你的家人……他们也和你一起在维奥拉号上吗？"

"不，"他说道，语气出奇地平缓，"我是独自出行的。我的父亲是位将军，现在正在异国巡访。其余家人都在荒凉山庄，那是我们的房产，现在那里大概正在招待一群蠢亲戚，为摆脱掉我而欢欣鼓舞。"

他注视着棋盘，一边用长短不一的指甲抓挠着伤口，一边漫不经心地说着，感觉有些勉强。我似乎感受到了他语气中压制着的痛苦和愤怒，正发出刺耳的尖鸣，我怀疑他并未完全向我坦白。"但你说过——"

他耸肩打断道："我觉得比起众多随船倾覆的遇难者，你对我个人的生还细节更感兴趣，这有些奇怪。"说话间他走出了第一步棋。我本该好好想想自己表现得是多么无情无义，但我所能关注到的反而只有他下的臭棋。

他在目标四周缓慢地挪动着棋子。"蒙哥马利说你就要跟你父亲重聚了。他是个医生。"他说。

"没错。"

他拿过一枚棋子,手指在粗糙的木料上划动,"你不觉得这很奇怪吗?一个有钱的医生想住在这么偏远的地方,实在让人惊异。"

我清楚他的言下之意,这也激起了我的兴趣。就算他不怀好意,这样张口直言也显得相当鲁莽。也许他远不止我们想象的那么简单。

我拾起骰子,"你这是什么意思?"

"是什么能让一个人放弃所有来到这里呢?"

我摇了摇骰子,将它们掷在甲板上。"普林斯先生,我也可以问你同样的问题。如果你的家人都在那儿,你为什么要离开英格兰呢?"

他的下颌又开始抽动,"你是来找父亲的,我是来逃离父亲的。"他努力压制着自己的愤怒。

"为什么?他做了什么?"我这时才想起来下自己的棋。

他停顿了片刻。"他没做什么,是我做了些什么。"然后摇了摇骰子,唐突地将它们甩出,似乎他已经说了太多。是一个三点和一个六点,可他却移错了棋子。

"克莱根船长很明显不想让我留在这里,"他补充道,话题的突转让我有些意外。"你知道昨晚蒙哥马利睡了之后,他和大副过来把我拖到了围栏边吗?他打算将我扔出船舷,直到我告诉他我在澳大利亚有亲戚,他们会为我的平安归来重重酬谢他一笔,他才作罢。"

我的手僵在半空中,游戏突然间变得无关紧要了。"你告诉蒙哥马利了吗?他是不会让船长偷偷得手的。"我在粗糙的甲板上挪了挪,"不管怎样,幸好还有你的亲戚。"

他警示地看了我一眼,好像有人正往这边偷看。"我在澳大利亚一个人也不认识,那是我瞎编的。我在伦敦选了一艘最早开动的船便出发了,根本没有目的地。我只是碰巧坐上了维奥拉号而已。"

"所以等你到了澳大利亚,船长发现你根本没有富亲戚会怎么样?"

我们一走，没有了巴尔达沙，没有了我们的贿赂和枪支，爱德华·普林斯就只得靠他自己了。

他的手在木质棋盘上敲打着，最后一缕余晖映照在他受伤的半边脸上，"我不知道。"

瞭望台上的一声惊呼吓得我把棋子掉在了地上，我和这位落难者屏住呼吸面面相觑。

"是陆地！"值班的船员大喊道。

夜幕很快降临了，侦察员发现的陆地变得模糊不清。水手们将我和爱德华送回了各自的住处，并告诉我们在原地待着。但顺从可不是我的个性。我到后甲板上找到了蒙哥马利，他在探照灯的强光下和巴尔达沙比着唇语。船长跟大副正站在船舷边，举着提灯查看航线图。

我靠着围栏探出身去，凝视着玄色的地平线。月光倒映在波光粼粼的水面上，如同巨龙的鳞片。我无法分辨出海天相接的地方。但在它们之间的某个地方，那儿有我的父亲。

蒙哥马利看到我，就冲了过来，动作敏捷有力。我都忘记了这地方才是他的家。他指着地平线说道："那是火山岩，你看到烟雾了吗？"

我注视着地平线，在大块暗影中搜寻着，但一无所获。这时我看到一条模糊的银线，像是一缕白烟，正向星空升腾而去。

"我看见了。它看起来离得好远。"

"大概还有 1.5 里格。海港的周围是个沙洲，所以我们今晚得留在这儿，明天一早停靠码头。"

"爱德华怎么办？"

他的迟疑让我踌躇不安，"我们不能就这么把他留在这儿。你自己也说过——"

"他不能跟我们一起走。"他低声咒骂着，靠在扶手上，"我之前就什么都不该说，怎么说都是不可能的。"

"为什么？这里不安全又没有医生，而且船长没有将他丢下船的唯一原因是因为他的谎言，船长以为一抵达布里斯班他就能赎回自己。"

"你不懂，岛上也同样不安全。"

我望向那座小岛，火山岩吐纳的云烟在黑夜中盘旋飘渺，如同绅士烟斗中逃窜出的缕缕青烟。我捕捉到一丝亮光，在一座小山的半山腰处闪烁，那是人类文明的唯一标识。

"不安全？"如果不安全的话他怎么会允许我来呢？

蒙哥马利握住我的肩，将我的视线从小岛上移开。他的脸色柔和下来，"我的意思是，那儿没有房间了。我们只有一间多余的卧室，已经被你占了。他去的话没地方可住，而外面的丛林里都是野兽。并且，你父亲是一个很强调隐私的人，如果我带去一个陌生人，他会大发雷霆的。"

我注视着围栏上的木质纹理。父亲会把我也当作陌生人吗？不，一定不会。我是他唯一的亲人，是当年那个经常满身泥灰就爬到他腿上，请求他给我讲为什么鸟类能统治一时，让蜥蜴们陷入麻烦的小女孩。但他为什么从未给我寄过一封信？为什么我只能从那天深夜的活体解剖中，从那张沾有血污的解剖图上才得知他还活着呢？

"他是我父亲，"我说道，"他会听我的。他会体谅让爱德华留在岛上比较安全，只要等到下一班返程的航船就好。"

我靠在围栏上，凝视着他破旧的衣衫、磨损的皮靴。"你一直都说你不再是他的奴仆了，但你表现得却并不像是那样。你知道的，你完全可以为自己考虑。"

蒙哥马利紧咬着下颌，没有辩驳。我知道我伤到他了，但不知道该怎么收回刚才的话，因为我并不是随口乱说的。他颤栗着大步走开，突如其来的独处更加印证了我的想法。我想回到和蒙哥马利站在甲板上的那一刻，那时我们十指相扣，他向我倾诉着对过去的思念。但现在不同了，细微却足以让我们之间的化学反应不如从前。我靠在围栏上，丈量着月光在我和小岛之间投映的距离。

第二天一清早，我就已经打包收拾好了，然而翻滚的浪潮让我们数小时内都无法靠岸，令人十分恼火。在等候的间隙，我换上了新置的白色夏装，那是离开伦敦前我用露西给的钱买的，洁净无瑕的纯白刺痛着我的眼睛。我其余的东西——药剂、旧书，甚至贝尔嬷嬷的旧硬毛刷——都一一收好放进毡布包里。我只将父亲的朗文版解剖学参考书留了下来，焦虑不安地翻看着那些黑白图示。这是本科学家的用书，也可能是本疯子用书。

不论如何，我就要知道答案了。

才爬上甲板，刚才的思绪便因为飓风而被抛到一边。负载货物和兽笼的后桅隆隆作响，一些水手正将美洲豹的笼子拖向一个比我脑袋还要大的吊钩。但我的注意力瞬间被吸引住了，那是一座隐约出现在港口一边的小岛，那里青山如翠，如同王国般广袤，最高点处升腾着一缕细瘦的白烟。这几周来，我眼前的世界都是一望无垠的水域，这让这座小岛显得十分不真实。它的沙滩柔和地与海水相接，海岸线上一簇簇棕榈随风摇曳。棕榈树们绵延指向去往原始丛林的小径，葡萄藤蔓和不知名大树的穹盖在那里层叠交缠，如同绣布上密实的针脚。我想知道在那绿色的幕布之下，究竟有什么在等待着我。

爱德华也在前甲板上远眺着那座小岛，直到看见了我。他摸了摸前额，那是向女士问好的老式手法了。哪天我得劝阻他，让他注意一些才行。

他朝我走来，脸上的伤痕有些闪缩。"蒙哥马利说我可以到岛上去等下一班补给船的经过，"他说，"我想我得谢谢你。"

我惊讶得站直了身子，蒙哥马利竟改变了主意——我说他的举止像奴仆一样一定戳痛了他最敏感的神经。尽管负罪感顿生，我还是无能为力，只能为他终于做出了自己的决定而微笑。"那你要来吗？"

"如果要我选择是与克莱根船长还是与你度过更多时光，那我很容易做决定。"他拨开眼前的头发，目不转睛地注视着眼前的一片汪洋。我的胃意外地为这样的恭维而蜷缩，我并不习惯被男士恭维。我轻轻捏着自己干裂的嘴唇，意识到我将与爱德华·普林斯相处更多时日。
这位伤痕累累、机敏睿智的爱德华·普林斯，在西洋双陆棋上差劲得
一塌糊涂。

他的手指轻敲着围栏。"尽管如此，蒙哥马利看上去并不是很高兴。"

我清了清喉咙，"他在担心我父亲会怎么想。他其实不用想那么多，
他已经不是个仆人了。"

"仆人？"爱德华打断我，手惊讶地从脸上移开。

"蒙哥马利是我们家洗碗女佣的儿子，他曾经在马厩里干活。他没
告诉你？"

"我一直以为你们是一同出游……共用一间船舱的……"他的眼神
滑向我，问着无需回答的问题。

海面上此时竟没有一缕凉风为我灼热的脸颊降降温。"他是我的护
卫，"我快速说着，"就是这样。"我还想再说些什么来证明自己，但所
找到的证据都刚好相反，我们不止一次在同一个房间里过夜，我也无
法假装那样的想法从未掠过我的心头。

"嗯，听到这个我很欣慰。很高兴你不是别人所说的那样。"他顿
了顿，"我很愿意能够逐渐了解你，莫洛小姐。"

我沉默不语，凝视着远处的小岛，尽管对岛内我依旧一无所知，
疑惑重重。我在纠结是否应该承认爱德华的看法，他也许是个十分
不错的小伙，但我早已明白，相信陌生人需要莫大的勇气，何况他
身上还隐藏着未解的疑云。他甚至说过这次是为了逃离自己的一些
所作所为，既然不得不离开英格兰，他所犯下的事情一定情节严重。
我狐疑地看了看他，内心奇怪着这样一个光鲜体面的将军之子究竟
在逃避什么。

爱德华也沉默着，始终没有说出他心里积压的心事。但我也不过
如此。

库里蒂巴号缓缓漂到了一个天然入口，内凹的海港如同正在打哈

欠的大嘴巴。在最远端，有座细窄的码头越过碎浪向我们延伸而来，比我见过的任何码头都长。海浪正侵蚀着它，似乎威胁着要吞没掉整个架构。海岸线旁有一艘晃动的皮艇，站着几个身影。随着库里蒂巴号的靠近，他们的身形逐渐清晰。

那是像野兽一般大的三个人，甚至比巴尔达沙还要巨大。他们的肩上有着和巴尔达沙一样奇怪的肉峰，脑袋看上去被放置得过低了。我很奇怪为什么这些本地人长得这样奇形，似乎上帝在还未造人前就先降临了这里。

其中一个驼背的男人拖着步子朝码头边缘走来，他蜷着腰如同一只野兽。在他移过来的当口，我看见了他身后的另一个人。那是个正常身形的人，后背挺直，四肢细长，穿着一件白色的亚麻套装，脚上的皮鞋擦得锃亮，反射出的光芒简直让人无法直视。一把阳伞将阳光连同我的视线遮挡住，我无法看清那个人的面容，但不管在任何地方，我的心都能认出他。

正当我凝视着那个人，阳伞却不小心滑向了身后，那男人的目光与我相遇。

我开始呼吸急促。

他是我的父亲，但又不是。他的面容未曾改变，和他呆板的肖像画一模一样，但他曾经小心护理的黑发已变得灰白杂乱，一窝蜂地堆在头上。最让我难过的是他看我的方式，平静得没有任何躲闪，像是知道我要来似的。

像是他一直在等我似的。

11．父亲真的还活着

我连忙躲到舷墙后面不让他看见，爱德华也一同过来陪在我身边。血液霎那间涌上我的大脑，我竭力想让自己平静。这样不远千里地来找父亲，我不知道是什么本能驱使我躲在这里。我只是不得不逃离那双观望我的眼睛。我告诉自己，这些都只是我的想象而已，他不可能事先知道我的到来。也许一个穿白裙子的女孩在任何船上都是一幅古怪的画面，这足以让人好奇张望了。

爱德华皱眉道："我猜，那是你的父亲。"

我抹了抹疲惫的双眼，点了点头。我一直偏执死守着心里的这块角落，保持缄默不是没有原因的。"是的，好像刚才没怎么跟他打招呼。"

他伸手拉过我的手，我吓得差点没站稳，心里暗想自己的反应应该很傻。"会紧张很正常。"他没有松手的意思，反而更坚定地握住我的手。"并且我始终觉得一位男士在这里独居这么久是件十分古怪的事。莫洛小姐，小心些。我不想让你受到伤害。"

我防备地将手抽了回来，擦拭着裙摆，"我有能力照顾好自己。"

蒙哥马利也给过我相似的忠告。他们都以为我很娇弱，但他们不知道这位穷困的姑娘正是靠着自己才活到现在，伦敦街头充斥的危险远比这个热带小岛多得多。

我瞥了一眼爱德华，"还有，请叫我朱丽叶吧。我不是什么小姐。"

"抛锚！"船长大吼道，铁锚触底时，船身翘趄了一下，我连忙站稳。皮艇上已经装满了东西，一次只能运载一个乘客，所以蒙哥马利带着兔子先上去了。他声称自己需要在码头上监督卸货，尽管我觉得他其实是想先去提醒父亲我和爱德华的到来，好让我们避过父亲出乎意料的第一反应。

父亲讨厌惊喜，我也只记得这些了。

蒙哥马利的皮艇迎着风浪，逐渐向码头靠近。我在一旁注目着，蕾丝衣领戳得我脖子发痒。一个笨拙的男人上前接过兔笼，轻而易举就拎了起来，如同拎着一叠干草。父亲扶蒙哥马利下船，拍拍他的脊背表示欢迎。蒙哥马利指着我们的航船向他比划着，父亲只是懒洋洋地转着阳伞。突然间，阳伞的转动戛然而止，熟悉的感觉又一次涌上心头，即使远远相隔，他依然能直接洞穿我的心房。

　　轮到我登艇上岸了。因为我体态娇小，他们决定让我和巴尔达沙挤在一起。一位斜眼的水手俯身扶我上了皮艇，对我说了声："祝你好运。"

　　一切准备就绪之后，巴尔达沙只用了蒙哥马利一半的时间就划到了岸边。我不断用裙角擦拭着掌心的细汗，盼望着双手能停止抖动。我告诉自己这只是我的病状，即使每天都进行注射，有时我还是会感到虚弱无力。

　　我们的皮艇靠在了码头沿边。父亲就站在一旁，沉默不语，穿着有些卷曲的亚麻套装。我无法将目光从自己的脚尖移开，我不敢直视他。

　　巴尔达沙登上码头，然后伸出厚重的手掌将我也扶了上去。即使现在脚踏结实的土地，我依旧感觉晕眩。蒙哥马利俯身伸手拍了拍我的肩，急切地想跟我说些什么，却被一串急促的脚步声打断。

　　是父亲。

　　他杵着收起的太阳伞，伞尖谨慎而轻缓地敲打着风吹日晒的地板，浓密的眉毛笼罩着他深邃而敏锐的眼睛。他的下巴上沾满了几日未剃的胡渣，以前他藏身于实验室里，没日没夜地进行研究时就经常是这个样子。他有些憔悴，似乎年轻时过剩的肌肉和脂肪已消耗殆尽，留下来的只有他历久弥坚的内核。

　　"把你的手从我女儿身上拿开，小伙子。"他用伞尖戳了戳蒙哥马利的胸膛，扁起嘴道："你的手脏。"

　　我的五脏六腑都揪作了一团，担心不已。蒙哥马利拿开了他的手，向后退去，却咧嘴笑了起来，父亲也同样哈哈大笑。我才意识到这是个玩笑，我提着的心放了下来。父亲微笑着，空气中的凝重紧张都不见踪影了。我重重地舒了口气，像是把这一辈子的忧虑全都释放了出来，冲向父亲的怀抱。

　　他起初有些僵硬，但很快伸出臂膀抱住了我。"朱丽叶，我的女儿。"

　　我把脸埋进父亲的衣衫，呼吸着他的气味。是杏脯的味道，还隐约夹杂着甲醛的痕迹，就像我记忆中的那样。回忆如洪水般涌上心头，多年后能够重新见到父亲让我激动不已。

他紧紧地搂着我，审视着我的面容，也许是在寻找从前那个小女孩的影子。他的眼睛流露出严肃的神情，那神情总让他的学生焦虑不安，但对我来说，这就是他特有的方式。

我一直怀念着这样的神情。

"看看你，"他说道，"你应该找个丈夫，而不是个发皱的老头子。"

我感到有些天旋地转。我曾无数次想象过与父亲重逢的情形，难以相信它现在真的发生了。我一路赶来就是想知道他到底是怎样的人——是疯子还是被误解的天才——但现在看来事情并没有这么简单。这是个活生生的人，不是一条我需要去检验的立论。从前我真的只是打算亲自问问他流言的真伪吗？我无言以对。

"我必须得来。"我结结巴巴地说道。码头、波涛、笨重的岛民——他们都在我的四周飞转。"我以为你已经死了。"

"地狱还没召唤我呢。"他说道，又捏起我的下巴，仔细打量着我的脸，"你长得真像你母亲，但在性格上你一定遗传了我的基因。蒙哥马利说你没半点儿含糊地拿刀抵住他的喉咙才来到这儿。"

"她当然很执拗。"蒙哥马利轻声说道。

父亲拿起阳伞指了指那片原始丛林，"在伦敦你不会找到这么多慰藉与自在的。"

我快笑出来了，哈斯丁教授游移的双手绝对算不上什么慰藉。我不知道是否该告诉他，我当时的出路不是逃离伦敦，就是在蓝野猪旅馆外穿着污损的裙子站街。

但那些都无关紧要了。"我不需要慰藉。"我认真地说着。

他点了点头，思考着我的话。我咬了咬脸颊里侧，好让自己从梦中醒来：父亲还活着，我不再是独自一人。我的手拽着棉布裙子，不知道该怎样处理内心复杂纠结的情感。

父亲紧握着我的肩，"你明白的，这里不是什么度假胜地。我们自己耕种粮食，照顾自己的人身安全。这不是个年轻小姐能待的地方。"

他皱着双唇，"但我们会给你找些差事的。"

我点点头。他开始恢复理性，想法随即就转向了我的用途。尽管如此，我还是尽力不表现出我的失望。

船桨激起的浪花在我们身后回响，皮艇载着爱德华过来了。我瞬间被忘在了一边。父亲眯着眼睛审视着，他的指节在阳伞精致的手柄上绷得发白。他以外科医生特有的凝重神情注视着爱德华。

爱德华爬上岸，拍了拍裤子上的灰尘。而后沉着地望着父亲，就像他已觉察出将要面对的战役。蒙哥马利说父亲不会容下陌生人的存在，也许的确是我没能认真听进他的话。父亲看爱德华的神情不只是多疑——还有一种令人心绪不宁、紧张不安的厌恶，让我担心颤栗。

"父亲，这是爱德华·普林斯，"我介绍着，"他遇到了海难，我告诉他这里会招待他，直到下一艘归船的到来。他之前重病缠身，是蒙哥马利救了他的命。"

父亲的视线转向蒙哥马利看了看，又落回到爱德华身上。"你自己不会说话吗，小伙子？普林斯，是叫这个吗？"

爱德华直直站着，"船身破裂之前我是维奥拉号上的乘客，最后阴差阳错地登上了库里蒂巴号。"

"阴差阳错？就这么简单？那我为什么要让你登上我的岛屿？"

我瞟了蒙哥马利一眼，这已不仅仅是冷漠不好客了。我意识到，与世隔绝让父亲变得偏执，或许更糟。怀疑的种子已在我心里深深埋下。

"如果我能在这里待到下艘航船到来，我将不胜感激，"爱德华缓缓说道，"我保证，我不会带来任何麻烦。"

父亲的眼神中有火苗正在熊熊燃烧，似乎山雨欲来，气氛变得凝重起来，如闪电般轰鸣作响。"嗯，普林斯先生，恐怕你想错了。我看，你本身就是个麻烦。"父亲用太阳伞尖戳了戳爱德华的胸膛。

爱德华失去重心，一个趔趄向后，摔进了海港。水花四溅，打湿了我的白裙子。

12．爱德华最终留了下来

"爱德华！"我跌跌撞撞冲上前，但为时已晚。我扑倒在地，膝盖重重地摔在坚硬的码头上，疼得我全身抽搐。看见他哗啦落水，我不禁紧握住双手。

"抓住我的手！"我以最快的速度伸出手，但距离太远了。爱德华在水里无助地挣扎着，竭力想在虚无的水体中支撑住自己。他张嘴大叫着我从未听他说过的东西，然后沉下水面。

我的指甲深扣在码头的腐木里，留下一道道半月形的指印。

波光粼粼的海面下爱德华挣扎盘旋着，他模糊的身影如同一团鬼魅。我不停在想自己是不是看错了，这只是个意外，我并没看到父亲推他。

我扶着甲板蹒跚站了起来。父亲平静地整理着衬衫褶皱的袖口。"你刚才失去心智了吗？"我大吼道，"他现在情况并不好，他会溺死的！"

爱德华又探出了水面，挣扎得水花飞溅，但只是让他自己又沉了下去。父亲耐心地观看着，如同在等待着注满氯仿的广口瓶中的青蛙逐渐死去，愤怒袭上我的心头。

他旁边的蒙哥马利正一脸迟疑。

"你会游泳。"我近乎绝望地请求着蒙哥马利，他犹豫地看着我。我明白了，他不想忤逆父亲，即使是救爱德华。在这里，他不再是船上那个强大而有担当的男士，他只是个男孩儿。

"蒙哥马利，求求你了！"我说道。他艰难地咽了口唾沫，转向水域。但父亲随即用他的阳伞挡住了他的去路。

蒙哥马利在码头上刹住了脚步，似乎那把阳伞是六尺铁栏而不是木料和花边做的。他与我四目相对，我感觉一切大错特错。他本应在英格兰跟着某个工匠做学徒，与做完礼拜的姑娘邂逅，而不是像现在这样沦为一个古怪疯子的奴隶。

我吼叫着冲向那把阳伞，从父亲手中抢过那脆弱的家伙。我有些惊讶父亲竟如此轻易地让步，但他戏谑的笑声让我哆嗦。我跪在码头边缘，将伞伸向爱德华。他的手指从手柄边缘滑过，但还是太远了。在他落下水前，我最后所能看到的是他眼里金色的闪光，眼神死死盯着我的父亲。

"都见鬼去吧。"蒙哥马利喃喃骂道，随之一头扎入了水中。

我独自与父亲待在岸上，等待漫长而煎熬。初暮的斜阳洒在码头上，投射出长长的影子。我不敢看父亲。我千里迢迢地赶来，却发现流言似乎都是真的——只有一个残忍的怪物才能如此镇静自若地观看别人溺水。记忆中的父亲，会在母亲不注意时悄悄塞给我巧克力，会在我在沙发上睡着时拿来温暖的花呢外套给我盖上。这些回忆难道都只是幻觉吗？

我意识到自己已认不出这个穿着白色亚麻套装的人是谁了，不禁小声喘着气，恐惧从心里蔓延开来。四下寂静，只有浪花拍打着码头的声音。父亲沿码头走了下去，笨重的岛民将货物装上四轮马车。尽管我们只有几步之遥，但他们还是继续待在另一个世界为好。

蒙哥马利最终抱着爱德华的腰从水下探出头来，打破了可怕的安静。他正向码头游来，我连忙把折断的阳伞扔向一旁，伸出手去帮忙。

"在我爬上来前扶好他。"蒙哥马利说道。我紧紧抓着爱德华的肩膀，蒙哥马利奋力翻上岸边，然后将爱德华从水里拖上码头。我赶紧俯身察看，小心翼翼地触碰着他，我担心这段插曲会让他回想起那次糟糕的海难经历。

"你还好吗？"我问道。

他把头扭向一边咳嗽着，颤动中触到了我的手，随即一把握住，像是紧握着劫后的重生。"朱丽叶……在我以为我快要死了的时候，你看起来更美丽动人了。"

我盯着他的手，不知该如何应答。应该谢谢他吗？

父亲在一旁作壁上观，"你应该让他淹死的。"他冷眼道。

蒙哥马利沉默不语，只是脱下湿水的靴子，想要卸下重负，指节隐隐发白。他从小就被教育不能质疑主人——但我没被这样教育过。

我夺过那把破伞，将它刺向父亲的胸腔，力量还不够推倒他，却足以表达我的愤怒了。"你怎么能这样？"我叫嚷道。他的脸上却是一副被逗乐的表情。

我又拾起阳伞戳向他，但他抓过伞身，扳开我的手，把阳伞抢了过去。"冷静点！"他说道，笑容随耐心一同消散。

这时我听到身后传来呛水的声音。爱德华俯身靠在码头上，咳出了更多的海水。父亲拽过我的下巴，将我的目光转过来与他相对。"他不属于这里，朱丽叶，他不是我们其中的一员。"

我挣脱他的手，"那大概我也不属于这里！"

我挺胸驳斥，但很快便泄下气来，急促不安的呼吸疼得我直想撕裂束腰。刻板的蕾丝衣领也硌得我刺痒难耐，我禁不住咒骂自己为什么会这样愚蠢，当初竟打算给这个我几乎不认识的人留个好印象，不管他是不是我父亲。

木头的撞击声让我们都转过了身。一个水手载着更多的货箱驶达了岸边，紧随其后的第二艘皮艇带着关在笼中的美洲豹，那困兽正嘶嘶地喘着气，不时发出尖锐而怪异的怒吼。

父亲捡起阳伞，撑开，查看着伞面被撕裂弄脏的白色蕾丝，然后又小心地将伞收好。三个笨拙的岛民迈着奇怪而拖沓的步子走了过去，检查着皮艇。他们明亮的眼眸正不安地瞄着父亲——他们的主人。我几乎不敢站着直视他们，巴尔达沙的畸变只是令人扼腕，而他们野兽般的长相实在是如同梦魇般可怕。

父亲转向爱德华，"普林斯先生，是吗？"他的双唇紧皱，"看起来我女儿对你的状况十分挂心。而我又这么在意她的想法，我想你可以随我们留下来。"他又用伞尖指了指滚滚波涛，"尽管如此，我还是建议你学学游泳。"

他低声向那几个岛民下达了命令，然后捋了捋他灰白杂乱的头发。

"来，朱丽叶。巴尔达沙会留下来料理卸货的。"他朝我伸出手。

我凝视着父亲等待的手掌，发现它格外小巧，线条柔和而精致，散发着粉红色的光泽。那是只绅士的手，看上去从未用过任何比外科医生的手术刀大的工具。

我犹豫了，仍旧不敢相信我所看到的那一幕。

他抿着嘴的严肃神情让我感到枯燥而不耐烦。然后他哈哈大笑，"你以为我真的想伤害那个小伙子吗？"他一并拍起了手，"朱丽叶，你得原谅我。我发现我正变得越来越黑色幽默。我只是想让他懂得对造物主的敬畏，让他知道是谁在统辖这座岛屿。"他斜脸看向爱德华，只见他的脑袋耷拉着，肩膀下垂，正擦拭着脸上的海水。"你看，起效了。"

我瞥了一眼蒙哥马利，但他并没有看我。在父亲面前他瞬间又变成了一个奴仆。他解好鞋带，将靴子踢了下来。海水从码头木质板条的缝隙中渗出下滴。

乌云开始在头顶积聚，空气中的电压化作闪电劈啪作响。父亲的手依然在等待着我，他漆黑的眼睛如行船的铁锚般牢牢地注视着我。我小心翼翼地将手放到他掌心，他用出人意料的力气紧紧握住我的手。

"普林斯，过来一下，"他喊道，"难道我们还得拉你一把？"

我回头看到蒙哥马利将爱德华扶起。爱德华虽踉跄了几步，却还是挥手示意蒙哥马利退开。蒙哥马利拎过兔笼，两个人跟在我们后面沿码头下行。

父亲将我的手放在他的手肘处挂住，像绅士那样牵着我。我们向等候在旁的马车走去，步伐闲适自在得如同在海滨漫步。要是对父亲别无所知，我会以为我们不过是在晴空下享受着温热轻风的父女。但思绪令人晕眩，我只有机械地向前走。

我的脑袋阵阵作痛，似乎戴的便帽太紧了。我蹒跚走下码头，在沙洲上继续行进。海滩延伸勾勒出一处内湾，棕榈树点缀其间，要不是头顶厚重的乌云令绿树间暗影丛生，这里就如同一幅优美的热带风景画。马车静静等候着，金色的鬃发在高大挽马的眼前轻垂。岛民们已将船货在车后捆扎装载好了。

"亲爱的，你先请。"父亲打开车门说道。爱德华与我坐了进去，蒙哥马利还在身后装载着兔笼。他打算说些什么，却被父亲打断。

蒙哥马利直起身，伸手拨开散落在眼前的头发，兔笼失去平衡，向下滑去。趁它还未翻下马车，我赶紧跳上去抓住了笼子的一角。

"小心点，"父亲说，"只要有一只兔子跑了，我们就大祸临头了。"

蒙哥马利脖颈的肌肉紧绷，将车门重重关上。

我挨着爱德华坐回马车上。他的脚到膝盖上沾满了结块的沙砾。我试图找些话说，但任何言语都无法弥补掩盖父亲的所作所为。爱德华的脸上没有表情，但他的手却在轻微颤抖。

"或许你可以回去，"我低声说道，"克莱根船长可能还是会带你去澳大利亚的。"

他瞥向我，"我不想回去。"

我正想开口追问，不知他这样的决定是否跟他在船上说的话有关——他很高兴我不是别人所说的那样。但爱德华转眼看向了别处，严肃地抱起双手。我只有将已到唇边的疑问又咽了回去。

蒙哥马利坐在车夫的座位上，父亲从夹克中摸出一把手枪递给他。看见那突现的金属微光，我的喉咙不由得发紧。蒙哥马利轻松地将枪别在腰间，似乎这是他们日常的规定动作。但他们为何会需要手枪呢？

蒙哥马利拉动缰绳。车子在坑洼不平的土砾与草木间隆隆作响，我们的马车一路颠簸前行，直到驶上坚实的地面。我看着库里蒂巴号在海岸边逐渐模糊远去，内心催生出一种强烈的冲动，想要跳下马车游回船上。虽然我不会游泳，而且克莱根船长和他阵阵发臭的航船着实让人厌恶。但我至少能从它身上期盼些什么。我心里疑惑丛生，从父亲推下爱德华的那一刻起，他们都倒向了那个让人心绪不宁的方向。

不久，随着小径变得更加平实，我们的马车加快了速度，远处的海滩转瞬间被丛林吞没了。驶入丛林，我们就像掉进了冷藏室——温度骤降，葱郁的树木遮天蔽日，只漏下些许初暮的细碎光斑。不知名的植物用宽大的叶子在我们归路的四周搭起一条幽长的隧道，颠簸的马车与之拂身擦过，我们也因此不停地左闪右躲。

"这是大自然的哨兵。"父亲扭头介绍道，似乎我们突然间都成了他的老朋友。"我跟蒙哥马利花了几年时间才把岛上每种植物都分门别类登记在册，这里的物种特别丰富。"我瞄了蒙哥马利一眼，想知道他心里在想什么，但他却将自己深藏于某个角落。

车轮砸在一处凹槽上，我被颠得从货箱上弹了起来，幸好伸手抓稳，才没撞上那笼兔子。我摔在一只邋遢的白兔鼻子跟前，突然意识到现在的自己已与其他兔子相距甚远，伦敦手术室中纷繁的世界也已离我远去。

"你得在我们中间待上一段时间了，普林斯，"父亲继续说着，"我们这里鲜有船只经过，也许要等上一年或者更长时间。"

那兔子不停地用鼻子嗅触着。这只天真的小动物并不知道它从英格兰一路跋涉而来，最终只能落得被手术刀开膛破肚的结局。我的手指停驻在门闩上——我必须滑动指尖将它们放生。

爱德华仿佛看穿了我的心思，他将手落在我手上，摇了摇头。

林间小道逐渐变得开阔。我们已在路上走了一个小时，或者更久。太阳已沉入灰暗的乌云中，在林木间投下斜影。对于时间的流逝我一直很客观公允，但此时我的心情却如同时针的流转越来越糟。闷雷在头顶隆隆作响，树丛间依稀传来些古怪的声音，我告诉自己这一定是罕见昆虫的鸣叫声。最后，爱德华向前指去。

一块空地上隐约出现了一座石头群落。陶瓦顶的建筑由圆墙环绕着，墙体中间是两扇厚重的大门。这是这座原始岛屿之上人类文明的唯一堡垒。

"这里曾经是一处西班牙人的壁堡，"父亲回头说道，"我发现它时，它还是一片废墟。传教士在里面昏睡如狗，他们还声称自己是文明的使者。"他鼻尖轻哼了一声。

"传教士？"我问。

"他们是英教徒,是来劝诱改宗的,"他含糊道。他的注意力全都集中在那座群落身上,整齐的捶打声和木柴燃烧的味道从那里面传来。尽管双手开始颤抖,我告诉自己这不是需要畏惧的地方。蒙哥马利住在这里,我父亲也是。层叠的高墙内没有东西会伤害我。事实上,危险来自于外面,藏身在丛林之中,潜伏在那个蒙哥马利需要佩枪的地方。

那为什么我会这么紧张呢?

在距离那座群落只有十码的地方,蒙哥马利勒住了挽马。车门砰地弹开,把我吓了一大跳。一个男孩出现在视野之中,以一种奇怪的方式蹦跳着朝我们跑来。蒙哥马利从座上下来揉了揉他的脑袋,他从旁接过缰绳,我帮不上什么忙,只能在旁边干瞪着眼。那孩子的下颌以奇怪的角度向前外伸,鼻子几乎不存在,赤裸的臂膀上覆盖着一层细长黝黑的汗毛。我每寸肌肤都禁不住颤栗,达尔文为后人推崇的进化论跳过了他们,父亲似乎也是偶然才发现了这些当地人的存在。

我没注意到还有另一张脸从侧门探了出来。我只瞥见白色恤衫的反光和一颗光秃秃的脑袋。父亲像只昆虫般敏捷地从马车上跳下,走过去向那人发话。

蒙哥马利打开马车后门,腰间的银质枪柄映射出天空的风起云涌。我笨拙地爬下马车,蒙哥马利伸手从腰间接住我,双手的温度让我窒息。

"你还好吗?"他轻语道。我看向突兀层叠的石墙,父亲已经消失在其中,外面剩下我们和爱德华,还有那个小男孩。

"是我的病还没好,"我说,"因为之前的长途航行,中间也缺少适当的食物。"

他看起来一脸狐疑,手在我的腰间不由收紧。我告诉过爱德华,我和蒙哥马利之间没有任何情感的交集,但我却无法否认当他触碰到我时,我还是会心潮涌动。我们之间远不止这些——我信任他,而我之前从不信任任何人。

"别害怕那医生,"蒙哥马利说,"他在这座岛上待了太久,以至于有时他会忘记行为举止的适宜方式。但他绝不会伤害你。"

"那爱德华呢？"我问道。爱德华听见自己的名字，从车里蹿了出来。蒙哥马利立马将手收回，我在腰间仍能感到他触碰的余热。

"你完全应该得到一个道歉，"他向爱德华说道，"他只是对自己的研究有些防护戒备，也不期望陌生人到访。我很抱歉。"

爱德华只是揉着自己的肩，像是受冻了。"你无需道歉，我相信这只是个玩笑。"但在他的脸上，却是另一番看法。

"不管怎样，你现在来到了这里。"蒙哥马利如兄弟般地拍了拍他的肩膀，"好啦，我们会拿好菜和软床招待你的，你会感觉好些的。"

小男孩低声咕哝着，费力地将一块滑扣的皮质马具重新收紧。蒙哥马利使出全身力气抵着马好让它挪动位置，然后解开松掉的皮带，再重新系紧。他微笑道："你们马上就能进去了。辛白林，这是医生的女儿，莫洛小姐。"

小男孩透过修长的睫毛害羞地看着我，朝我甜甜地微笑，露出一颗缺牙。这样一张畸形的脸庞之下，竟有着如此触动人心的光芒，我内心深处困惑而混乱了。我愧疚地转开了头，没能回给他一个同样的微笑。

随着金属门环吱嘎的一声，通往堡垒的木质大门打开了。父亲伸出他灰白的脑袋，"嗯，快来吧。就快下雨了，它每天都精准得如同钟表发条。"说完他又将脑袋缩了回去。

似乎是在响应父亲，一声惊雷随之在天空炸开。漂浮的云朵如同熟透的水果，随时准备在小岛上空爆裂。蒙哥马利提过兔笼，用膝盖支撑着笼子关上了大门。

一颗硕大的雨点扑通落在我的前臂上。我抬头看了看，又一滴降落在我的脸颊。四周的树木也开始在簌簌而落的雨点中颤动摇晃。雨点敲打着丛林中宽大的叶子，奏出我前所未闻的乐章，那声音像是有数以千计的微型马车从木质吊桥上隆隆驶过。雨势顷刻间变得迅猛，大雨滂沱而下。

我尖叫了一声，没想到雨会下得这么急这么猛。蒙哥马利和爱德华向石屋跑去，我挽起裙子紧随其后，在急速积聚成的水潭中打滑前行。正要迈过门槛时，我被吓了一跳。入口上方有两双眼睛，仿佛在洞悉人世。我眨去落入眼中的雨水，发现石墙上刻着两行文字：上帝之羊，犹大之狮。恒久不灭的双眼已经缺损，上面布满了斑驳的青苔，可以看出它曾和惊雷搏击的勇绩。我不情愿地将目光从那摄人心魄的眼神处移开，匆匆穿过了木门。

13．这是一场噩梦

我们在门廊下找到一处避雨的地方。我如一只被扔进阴沟里湿透了的小猫，紧紧地缩成一团。沾满泥沙的白裙很不舒服，真想立马换上温暖的干衣裳。

蒙哥马利放下兔笼，掩上厚重的木门，整栋房屋和外面的丛林隔绝开来。

房子内部比外表看起来更宽敞。满是泥塘的庭院四周环绕着围墙，菜园和鸡舍位于稍高一点的地方。园子旁边低洼的水池中，雨滴簌簌地往下落着，使水面跃动了起来。

房子周围还有几栋零零散散的建筑物，我不知道父亲住在哪一栋。木门旁的那栋是最大的建筑物，一、二楼的窗户都被宽宽的百叶窗遮住了，锡制的烟囱升起了袅袅烟雾。巨大的石头建筑物对面是一个宽屋檐谷仓，屋檐底下，有一个男孩伸出手去接雨滴。还有一些小点儿的建筑物，每栋建筑可能都不及一个房间大。我的正对面是一栋低矮的建筑，锡制的外墙被涂成了亮红色，上面一扇窗户都没有。这栋建筑唤起了我许多回忆，它如同一把钝刀刺入我的身体，仿佛一条断了的肋骨穿破我的右肺般疼痛。

"这栋建筑是什么？"

蒙哥马利甚至连眼皮都没抬，冷冷地说："实验室。"

我擦拭着脸上的雨水。虽然那栋低矮的红色建筑物让我心神不安，但是大房子里其他建筑形态都很正常，并且井然有序地排列着。这显然更像是一个正常的家，而不是一些疯子的巢穴。门廊刚被打扫过，花园也是精心修葺过的。整个庭院，除了那个泥潭之外都是那样干净整洁。我的裙摆擦过内墙，拂起灰蒙蒙的一层尘埃。

爱德华在我身边，颓然地靠在墙上。他闭上了双眼，双手无力地揉捏着鼻梁，只剩下沉重的呼吸声在房间里回荡。我的体内涌起了一种被他保护着的奇怪感觉——他是个幸存者，经历过比这更糟糕的凶险状况，但他安然地度过了。

"你会没事的"，我小声对他说道。

"我担心的不是我自己"，他低声细语道，表情却极具穿透力，"朱丽叶，我不能确定你是否来过这儿。小岛上有些奇怪的东西，它们与你父亲有关。"

我固执地抱紧胳膊，不想再听。尽管我没有完全反对他，但是我也没有做好准备去承认那些说辞。雨小了点，爱德华急速冲过庭院进入其中一个小房间，与此同时，我再次听见铿锵的锤击声。

蒙哥马利抬起手理了理湿透的头发，比平常安静些，好像在担心我会对这里简陋的建筑感到失望。

门砰地一声突然被关上，我们俩都吓得跳了起来。

父亲一边走进门廊，一边摩擦着双手。"我已经放好水壶了"，他边走边说。我能感觉到他的眼睛扫过我的脏裙子、蒙哥马利的赤足以及爱德华被海水浸透了的衣服。他皱着眉说："老天爷！瞧你们那狼狈样！好在我们没有邻居。赶紧进来吧，茶要过会儿才好，蒙哥马利，带朱丽叶去她的房间，我先去洗个澡。"

父亲又对爱德华皱着眉头，说："普林斯先生，恐怕我们只有一间多余的房间了。我们可以在储藏间给你腾出点空间，不过那里是用来储存马饲料的。"

"好的"，爱德华说道，紧握的拳头背在身后，绷紧的指关节没有一丝血色。

父亲盯着我布满泥土的裙角，"我还得趁着天亮去检查装载的货物。朱丽叶，你们还有几个小时的时间来准备，把自己弄得像样点，然后我们就可以好好谈谈了。"他给爱德华比划了下主建筑物，继续说道："普林斯先生，请到里面稍等一下，准备房间大概需要一点儿时间。既然你打算留在这儿，我有一两个问题问你。"

我神色紧张看向爱德华，但是他一脸平静。对于一个习惯了优越生活的男孩来说，他有着令人惊叹的勇敢，我不知道他是如何克服那段在小艇上长久又绝望的日子的。我突然想起那张照片，我很好奇，想知道他究竟在逃避什么。

"这边走"，蒙哥马利说。我把目光从爱德华身上移开，跟随蒙哥马利穿过庭院。在他领我往房间走去的时候，靴子在石板上留下一串泥泞的足迹。几只小鸡在花园里寻觅着雨天爬出地面透气的虫子。经过菜园时，蒙哥马利冲进雨中摘了些荷兰豆，递了一颗给我。

忍受了几星期的肉干和罐装蔬菜之后，泥土的芳香使我仿佛置身天堂。我指了指那些小鸡："我不介意今晚吃鸡肉。"

"它们只是用来生蛋的"，他说，"我们这儿从不吃鸡。"

"这有点儿奇怪，是真的吗？"

他无奈地耸耸肩，"无鱼无肉，这是规矩。"

"难道又是父亲的戒律？"我的声音无法淡定。

他停在一间小房子外头，英俊的面庞满是紧张与疲惫；我为自己生硬的口气感到些许内疚。蒙哥马利没错，他又一次救下了爱德华——即使那违背了父亲的意愿。

"医生的饮食结构挺奇怪"，蒙哥马利说，"也不能指望他们对肉会有什么追求。"

"他们？你是指那些土著人？"

但他已经转身面向房门。门上的把手很奇怪：一个光滑的直圆柱，带着个洞口能伸进手指的钩状门闩，锁眼已经被焊上。

"没有钥匙吗？"我问。

"没这个必要，只有正门才会上锁"，他用中指拉了几下门闩，"房子内部的门都有保卫措施，只有五根手指的人能够打开。"

"五根手指？"

"对不起，我的意思是，它是一种特殊机制。我们在防止野兽进来的同时，也要确保我们自己能在房子里随意走动。"

"甚至进入我的房间？"

他咧嘴微笑着打开房门，"朱丽叶，你用不着怕我们。"

我跟随他进门。房间宽敞通风，里面有一张木床、一个梳妆台和一把椅子。旧网织成的屏风把房间分隔成了卧室和更衣室两个区域，更衣区里有一面布满灰尘的镜子。我穿过房间走到栅栏窗边——被窗户框住的夕阳轻柔而静谧地透过雨云，宛如穿越过舞动的树梢般向着黑暗的地平线沉寂。在窗下，我看到三个岛民扛着象牙笨重地前行。

我独自面对蒙哥马利和那些令人不安的画面——岛民们扭曲的四肢。母亲的声音在我耳边低语，告诉我注视着他人的畸形是不礼貌的；但是我的好奇心却难以罢休，"那些土著人是怎么回事？"我低声问道。

蒙哥马利使劲拉动窗户栅栏检测是否牢固；同时，他敏锐地盯着路上行人。手枪已经不在他的腰带上，但依然牵动着我的神经。外面到底有什么？老虎？熊？在横跨太平洋的航行中，有一只美洲狮陪着我们，蒙哥马利待它就像只无害的小猫一样。如果美洲狮都不会使他害怕，那窗外究竟有什么能令他如此小心翼翼？

"你什么意思？"他反问道。

难道不是显而易见吗？"畸形莫非是某种孤立基因库导致？"

"实话实说"，他喃喃说道，没有直视我的双眼，而只是用泥泞的靴子轻轻地踹了下角落里积满灰尘的行李箱，"总之，还是先来看看这个吧。"

他再一次回避着我的问题，显然在隐藏事实。

我跪在行李箱旁，看着他掀开箱盖，里面是一摞折好压平的女装。我用手摸了下那柔软的面料，丝绸或者薄纱质地，很昂贵。尽管已经过去了这么多年，仍保存得相当完好，除了袖口花边有些许泛黄。我整理了下面几件女装，发现底下还有各种衣物——几件内衣，一条大围巾，一个装饰着粉红丝带的宽边帽。

"是你母亲的遗物"，蒙哥马利说。

我心里一惊，分外轻柔地抚摸了下衣物。"从哪儿得来的？"

他耸耸肩，"多年前伦敦的一场资产拍卖会，觉得医生可能希望拥有它们。"因为紧张，他的靴子不经意地又踢到箱子边缘。我知道父亲并非多愁善感，绝不会在意一箱旧衣物。此时此刻，我的心被一条无形绳索紧紧地拖拽着。

蒙哥马利爱我的母亲如同爱自己的母亲。

"不管怎样，现在你有干净的衣服穿了"，他说。当我拿出几件丝滑柔软的内衣时，他的脸色顿然窘迫。

我细细端详着从小相识的安静男孩，也许我对他的评判过于苛刻。之前，他对父亲过于言听计从，令我十分不满。可是在这个只有海洋做伴的地方，他一定也觉得非常孤单吧。"我不能在丛林里穿这些衣服，它们会被刮坏的。"

"你别无选择。离这儿最近的服装店在堪培拉。"

我小心翼翼换上衣服，合上盖子。穿着母亲的衣服让我觉得浑身不对劲，打开她的衣服就如同挖掘出她尘封已久的陪葬品似的。

我站起身，把玩着母亲的钻石戒指。"戒指很漂亮……它让我想起了母亲"，他点了点头。我不知道他还记得母亲多少事情，她被埋葬在伦敦一处杂草丛生的普通墓地。蒙哥马利手指插入网状屏风的缝隙里，轻轻地晃动着屏风。我怕说错了话，唤起我们过去的黑暗记忆。我至少还有父亲，蒙哥马利有吗？我想起一个传言，讲述的是一个丹麦水手在儿子出生两周前乘船出国，之后即杳无音讯的故事。难道这是他不愿意告诉我真相的原因吗？因为无论事实多么可怕、多么糟糕，不管我是否厌恶、躲避、憎恨父亲，至少我还有一个父亲。

"蒙哥马利"，我的声音轻如耳语。我走近一步，这样我俩就只隔着一点点距离；这是我们二人首次长时间地独处。他的手指在网眼的系带里搅动，显得非常焦躁不安。我有满腹疑惑要问——关于他，关于这个小岛，关于我的父亲。我想要说出心中的困惑，但话到嘴边却无法成句。我站在他身边，也把手指插入网状屏风里搅动，想要张口问他那些谣言究竟是否真实。

但是我不能。

结果从我嘴里冒出的话出乎意料，一些本应该在八年前问他，但是从来没有机会问的事情。

"关于克鲁索……对不起。"

仅仅说出这个名字就让我十分纠结，蒙哥马利怔了怔，像是被我扼住了喉咙。克鲁索是我们以前的狗——准确地说是蒙哥马利的——当时只有蒙哥马利脚跟那么大。克鲁索在父亲消失的前一天死掉了，记者们说它是父亲犯罪实验的受害者。我听说了所有关于它的可怕的细节：它被切碎，然后又一块块地拼凑起来，奄奄一息地活着。警察出于同情，不得不结束了它的生命。已经很多年没有人提起过这些事情，所以我也一直没说，直到刚才。因为无故失去这只狗对这个男孩来说是不公平的，即使时光流逝，这对他来说，依旧是难以接受的残酷事实。

蒙哥马利沉默片刻，面颊涨得通红。他缓缓从屏风上松开手指，将一缕松散的头发拨到耳后，嘴唇颤抖。想起那只可爱的小狗，我心里一阵酸楚。

忽然，他用粗糙的拇指轻轻擦过我的颚骨，我有些措手不及；一股热流涌上脸庞，我呼吸急促起来。他是要吻我吗？我合上双眼，两人的身体几乎碰在了一起。不要跟男孩靠得太近——母亲告诉过我。可我不在乎。他和我，我们命中注定要在一起。

有人敲那扇敞开的门，我心神大乱。在他推开我的同时，也带走了我的大半心思。

我往门口瞧了一眼。

原来是巴尔达沙，幸亏不是父亲。如果父亲仅仅因为爱德华踏入小岛便想杀掉他，那么他会怎么对待差点儿亲吻他女儿的蒙哥马利呢？

"什么事？"蒙哥马利怒吼道。

"小姐，洗澡水已经准备好了。"

蒙哥马利向门口挪动，我仍然感受到他温暖的气息。"我得走了"，他说道。

我不停摇头，意识到他渐行渐远，美好时刻为什么总是稍纵即逝？我想抓住那种挨紧蒙哥马利的感觉。和他在一起，我感到安全——一种彻底的安全感，仿佛世界上再也不会有烦恼。

他走了。

浴室的构造简单却舒适：宽大的木制浴缸里有一个热气腾腾的小池子，散发着无从辨认的芳香。我脱掉夏装，缓缓躺入池中。水温很高，烫得我皮肤发红，我涂上薰衣草香皂，再用海绵轻轻地擦洗身体的每一寸肌肤。好奇怪，薰衣草香皂竟然出现在全是男人的小岛上。洗净浑身泥渍，整个人顿时焕然一新。蒸腾的水汽让紧绷已久的身躯放松下来，羞愧、忧虑及一切惴惴不安缓缓消融。我深吸一口气，惊奇于自己解除紧身胸衣束缚后的巨大肺活量。

浴后，我穿上睡衣回到房间。窗外已经云开雾散，天际夕阳余晖掩映。我点燃灯笼，用一把从母亲遗物中找到的银梳，慢慢梳理缠绕的头发。这次沐浴清空了我的思想，我的脑中空空旷旷，真是一种神奇的感觉。

我躺在床上，在我意识到之前，灯笼忽明忽暗，我想自己快要睡着了。

我梦见蒙哥马利粗糙的手放在我的脸颊上，他的手掌熟悉而温暖。那只手划过我的颚骨，停留在我的肩膀上，他的大拇指顺着我的锁骨轻轻擦过，如同那一日医学院学生们玩的数露西锁骨的游戏。由于是蒙哥马利的触摸，这种游戏看上去好像没那么愚蠢了。可在午夜的半睡半醒之间，某些事情发生了变化。我的脑海里浮现出一个男人的身体，他的手诱人且强壮有力，但这双手却是冰冷的。那是爱德华的手。和蒙哥马利在一起时那种被呵护着的安全感已经消失，取而代之的是一阵刺骨的寒意在体内游走，使我四肢发凉。梦中，爱德华的身躯犹如鬼魂般徘徊于人世和幽冥，他的身体仅有一半仍旧连接着这个世界。

我们回到了父亲在贝尔格雷夫广场的实验室，在那儿有熟悉的成排橱柜和标本瓶，每一件物品都陈列得井然有序。我平躺在手术台上，有样东西使我动弹不得——不是常见的医用帆布绑带，而是某种沉重的金属制品，很像镣铐。

爱德华站在我面前。他慢慢地卷起衬衫袖口，准备开始进行手术。一本工具书摊开在台上，就在他身边。我试着抬起头来看图表，但是我的头也同样被某种东西束缚住了。我激烈地挣扎着，他那双金斑闪闪的眼睛瞟了我一眼。

"别挣扎了"，他轻声道，"没用的。"

他转向手术台整理工具，发出一阵叮铃哐当的响声，那是我所熟悉的钢铁碰撞声。

"朱丽叶，别动"，他说。

手术台上，昏暗而摇摆不定的煤油灯照亮了他手上的工具：一把凹损的旧骨锯，锈迹斑驳。这是屠夫的用具，而非外科医生的。我平静地观察着，想要知道在父亲的旧实验室里，是怎样使用一把骨锯的。

爱德华的另一只手可怕地颤动着，手指忽隐忽现；但当他拨开我脸上的发丝时，他有了足够的坚定。他一只手从我脸颊往下摸索着，使我的脑袋倾斜，仔细检查着我的脸。我本以为他要说些什么，但他没开口。相反，他举起了锯子。

我感到在我双脚附近的某处有一阵颠簸——可我看不见；接着传来尖锐刺耳的金属割裂声，我想他在锯那个金属镣铐。但是，一把骨锯是无法锯断镣铐的，至少得用一把横切齿钢锯。这事还真难办。

金属摩擦的尖鸣与钝挫的声音并没有间断，我很想捂住耳朵躲避这令人不安的声音，却无奈于双手被固定着。爱德华回来观察我，他手中的骨锯已经不见了，但手上满是血迹。我皱了皱眉，想推断出血的来源。难道他把我切断了吗？我下意识地检查了我的脚、腿、胸部、胳膊，一点儿疼痛也没有。但除了那令人窒息的镣铐之外，我也没有感到有何异常。

他的手指缠绕在我脑袋旁边的某件东西上。他扯动着紧绷的前臂，汗水从额前滴落下来。我眼角的余光扫到了某种金属制品的边缘，尖锐的边角划破了他的手指，割破了他的皮肤。我意识到，他手上的血原来是他自己的。

他剥落的金属越多，我的脑袋可以移动的空间就越大。最后，我扭过头，发现他用一朵铜花和一根长条钢铁切断了一个金属阀，然后赤手将断裂的金属剥开。

太诡异了！

爱德华的工程已经转移到我的胸部那儿，又一声刺耳的金属声。他的肌肉变形了，鲜血滴落至台上，我终于又可以呼吸了。空气冲进体内，唤醒了我的知觉。我坐了起来，抖落着身上冰冷的碎片，如饥似渴地吸入满肺的空气。当我看到是他把我解救出来的时候，我简直快要哭了。一件金属紧身胸衣，还有下面的金属短裙，都已经被掀开了。我突然明白，根本就没有什么镣铐，束缚着我的是一套金属衣物。是爱德华，他用一把屠夫的锯子和血淋淋的双手，费尽心血地为我脱下了那件衣服。

钢铁衣裙之下的我赤身裸体，于是我用双手把自己裹了起来；我激动得颤栗不止，因为我又重获了空气与自由，就仿佛我从伦敦的冷酷的梦中醒来，发现自己回到了意大利式的油画中——那么郁郁葱葱、充满温暖而热情的世界。

我把腿搁在台上。血与汗从爱德华的脑门上滴了下来，他的双手被割伤成格子状。他没有看我的裸体，而在检查我的脸。他拨开我的头发，仔细观察着我的容貌，他的眼睛深不可测。

没有了衣服的束缚，我的感官格外的敏锐。我嗅到古龙水和他的鲜血混杂的味道，感到他粗糙的裤子布料擦过我的双腿，他的欲望随着手上伤口中流出的血液散发了出来，沾染在了地板上。

他一手滑落在我的腰上，手指冷得像冰一样。我裸露的肌肤被他那沾满血污的衣服染红了，他的手轻轻地抚着我的头发。

终于，他将他的唇印在了我的唇上。

仿佛在冬天早晨落入冰冷的泉水里，我感到了彻骨的凉。但这个吻却让我感到兴奋，在强烈的兴奋中我又为自己的欲望而感到羞耻与痛苦。

我热烈地回吻着他，这个吻炽热而缠绵，让我几乎无法呼吸。我想要更多。

14．不是爱德华脱掉了我的衣服

我终于醒了过来，全身上下大汗淋漓，梦中所见仍历历在目，以至于我忍不住用颤抖的指尖触摸自己的唇。我告诉自己，做这样的梦是因为差点与蒙哥马利亲吻；我告诉自己，这个梦实际上与爱德华毫无关系。现在已经是白天了吧，至少应该是早晨了。斑驳的阳光和远处的海浪声从窗户的栅栏中透入。

我只知道自己错过了晚饭，睡了整整一夜，也可能是睡了好几天。我往床单上擦了下潮湿的手心，然后爬了起来，我惊异地发现自己穿着一件从未见过的睡袍，这是一件领口有花边的昂贵睡袍。可我睡着的时候，我明明还穿着我的晨衣。

有人脱了我的衣服，一丝凉意涌上我的心头。

我猛地推开床单，好像它们都着了火一样。梦里的记忆如潮水般涌回，使我头晕目眩：爱德华的双手放在我赤裸的身上，他手上交错的伤口是在掀开束缚我的金属衣服时割破的。是爱德华脱了我的衣服吗？那就是为什么我会梦到他的原因吗？我不由得想到。

不，肯定不是的。他是一个非常羞涩的绅士，就连注视我的情况都很罕见。那这又会是谁干的？莫非是父亲那些野兽般的仆人给我换的衣服？这个念头使我的胃部纤维都紧紧收缩起来。

我打开母亲的行李箱，想找件朴素点的衣服，然后翻到一条蓝色裙子。我急冲冲地解开身上那件陌生的睡袍，但随窗外的微风而来的声响让我不由得停下了手上的动作。

是谁在窃窃私语？抑扬顿挫的说话声从窗外传来，此起彼伏，那是一种不同于人类的语言。

我转身走向窗户，看着外头的树木。窗户没有窗帘，我突然觉得睡袍半开的自己暴露在某样东西面前。

镜子里映出了我的影像。我的手臂和脸都变成了黄褐色。在库里蒂巴号上，因为没吃没喝，天气又恶劣，我的脸庞也不再细嫩白皙。睡袍沿着我的肩膀滑落，我清楚地从镜子里看到了自己的背部。

那里有一个皱起的巨大伤口。在我幼年时，为了隐藏伤痕，母亲就只让我穿高领的衬衫。她说，这个伤疤使她想起我出生与整形的艰难过程。尽管父亲的天纵之手把它治好了，但天才如他，也没办法消弭手术留下来的疤痕。

母亲已经去世很久了，但她的灵魂仍旧无时不在。"遮住它"——她似乎在我耳边低语。我赶紧脱下睡袍，换上一件衬衫，然后把蓝色连衣裙从头上套进去，再将衣领整理得高高地包围着脖子。我跳过了穿紧身胸衣这一步骤。我的胸衣脏不可言，而母亲的胸衣款式已经过时了，我自己一个人也没法把它系好。没有胸衣的压抑，我感到身轻如燕；然后我摸摸自己的肋骨，想起了梦中的那套金属衣物。

有人在敲门。我拉下那奇怪的门闩，希望门外是父亲或者蒙哥马利，或是随便哪个土著人。

但门外却是爱德华。

"噢。"这是我唯一还能控制的词语。看见他，那个梦境便势不可挡地占据了我的脑海，我两手紧拽着柔软的短裙，提醒自己：我现在穿着衣服，这不是一个梦，他也不是漂浮的幽灵。我合上双眼斜瘫在门上，感到天昏地暗。

"朱丽叶，你还好吗？"他眼角眉梢上都明明白白地写满了担忧。他架着我的胳膊引我走到桌边，然后将水罐里的水倒在光滑的玻璃杯中，对我说："坐下，喝点儿水。"

我用颤抖的手指抓住玻璃杯。

"我来看看你醒了没有，你一连睡了将近十八个小时了。"

"我的旅行袋在角落里，帮我拿过来吧。"

他拿起破烂不堪的袋子，放在桌上，一个问题也没问我。我从里面翻找装着药的浮雕木箱，然后打开木箱，拿出里面的玻璃小瓶和注射器。他的眉头挑了起来，满是好奇。

"这是一种慢性疾病"，我说道，"糖原缺乏症。我只能每日注射药物，否则……我会昏倒。"我漏掉昏迷的部分不说，爱德华有他的秘密，我也要保守自己的秘密。

"我从没听说过这种病。"

我把针尖对准瓶口，"是种罕见的病症。"

就在我扎破瓶盖并提取了二十五毫克药物的时候，他看着我，像着了迷般。我的双手还会惯性动作，但我的确没试过在有别人注视的情况下注射。

我的注意力集中在针上。针筒是注满的，我把它放在一边，解开衬衫袖口，轻轻地把袖子卷过手肘。爱德华挨得更近了。我清了清嗓子——那梦依旧还那么清晰。

我把针尖按在肘关节，幽幽的蓝色静脉隐匿在皮肤下。针尖就在皮肤表层，我毫无畏惧，针头穿透了静脉。大拇指压下操纵杆，药物便融入了我的血液之中。我发出一声叹息。

爱德华一直拿眼角斜视着，我拔出针头，仔细地把它擦干净，然后放回箱子里。

阳光打在墙上，斑驳闪烁，乌云在逐渐成形。

"你昨天跟父亲谈过了吧"，我说，"他说了什么？"

爱德华眼神灼热，却没有回复我。

"他有没有向你道歉？至少是为了差点儿要淹死你的那件事。"

他眼神游离，扫过我房里的每一件事物，"他给我的印象是他绝不会为任何事情道歉。"

"你很敏锐。"

"我们达成了一些共识……我认为你的父亲并没有要趁我在睡梦中杀死我的想法，如果这是你想问的事情的话。"

我放下袖子，系好纽扣。药效已显，我头脑清醒了。我凝视着爱德华，现在是一个有血有肉的年轻男子在我房间里，而不是梦中的幽灵。无论他和父亲谈过什么，他都不打算告诉我。

"好吧，很抱歉，如果我知道他会如何反应——"

"别这样说，那不是你的错。"

我的手指划过旧箱子边缘，"我猜你想要告诉我你的怀疑是正确的。只有疯子才会住在这儿。"

他的手指在桌面上画着圈圈，缓缓地说，"朱丽叶，这不仅是他一个人的缘故。他们连出去的时候都会携带武器。他们究竟在害怕什么？"

我紧张地用手指敲击着木箱，想起了在我的梦里，摇摆的煤油灯灯光照亮了他的脸，而他的双手则放在我赤裸的身上。

"昨晚，你是不是脱了我的衣服？"我开门见山地问道。

他无法掩饰自己的惊讶，一手挠着脑后的乱发，"脱你的衣服？"

我握紧箱子，觉得自己实在太愚蠢，就像我过早去检验一个理论的真实性，"没什么"，我立马说道。

"为什么你会这么想？"

"我醒来的时候，穿着一件我没穿过的睡衣。"

他的双眼在我身上细细打量了好一会儿，试图窥破我的想法。我们都在揣测彼此的沉默。他分开双唇，问出一个无声的问题。

"你想要我脱你的衣服吗？"

他已经暗示了他的兴趣，但他怎么能指望我在这样的时刻——刚刚与失散多年的父亲重逢——思考这些事情呢？而且还要考虑到蒙哥马利，我和他差点就接吻了，更何况爱德华甚至都还没有真正认识我。如果他知道我曾经的所作所为，以及我偶尔会想到的阴暗东西，他就会改变想法的。

"我没有这么做"，他说道。接下来便是漫长而沉重的无言以对。

在某种无形力量的压迫下，我呼了一口气。一种羁绊已经在我们俩之间生长起来，与我同生同息，与我的心跳同步。我意识到，那不会是我最后一次梦见爱德华·普林斯。而且，下一次梦见他的情景也不是我想要的。

15．初识爱丽丝

我们离开了房间，发现父亲和蒙哥马利都待在主楼里。整个一楼是一个有着高高的天花板的大房间；宽宽的百叶窗叶片平直，既能挡雨，也可通风。起居室后面是一张餐桌，还有石制的壁炉架。一个样式简单的扶梯通往二楼的楼道，还有两扇紧闭的门；而一楼的另一扇门估计是通往厨房的。室内整体陈设还不错，只是那些磨破的洛可可风格的家具和粗制滥造的手工桌椅显得有些格格不入。角落里有一架钢琴，漆黑的硬木虽然有些凹损，还有一只脚坏了，但被擦得锃亮。我轻轻地叹了口气，这儿有一种出乎我意料的典雅气息。

蒙哥马利正在清理桌上的来复枪，他抬起头，看到是我就跳了起来，用抹布擦了擦手。仅仅是因为看到他我就脸红了，我想起了在我房间里我们差点就发生的亲吻，而且那个吻的对象在梦中不知不觉由他转变成了爱德华。

可是，这一切或许都只是我的误解，也许蒙哥马利只是被卷入了令人眼花缭乱的过去之中，而且这并没有什么其他特别的意思。毕竟，事实是我一直在把自己的想法代入到他的身上。男人和女人的思维方式本来就是如此不同，我连解读自己的感情都做不到，更不要说去揣测别人。

父亲放下书，望着我，"啊，你穿着伊芙琳的衣服。我好像记得，她不大喜欢这一件，嫌这太简朴。来，坐下喝杯茶，你已经错过早餐好久了呢。"

遵从他的命令，我步履蹒跚地走进房里。一种奇怪的感觉席卷了我，仿佛我在步入一个回忆中区。可能是房里家具的布置方式，也可能是父亲烟草的味道，一种来自很久以前的东西使我陷入了潜意识与意识之间的微妙空间。

我的指尖停留在沙发的椅背上，试图找回记忆。那种破旧的天鹅绒触感唤起了我记忆中的那片阴影。我挪开手指，盯着它们，不禁疑惑，我以前见过这个沙发吗？

回忆几乎就要浮出水面了，这时一个土著岛民进来打断了我。他穿着宽松棉质的衬衫和蓝色旧军裤，手里托着茶盘和三明治。我试着不盯着他看——因为这个男人几乎没有头发，而巴尔达沙和那小男孩的体毛都格外旺盛；相反，他的头皮布满了块状如鳞屑的肉色皮肤。他很瘦，普通人的身高，一对神经质的眼睛，在其他岛民拖着奇怪的双腿笨重地行动时，他则轻盈地鬼鬼祟祟地走动着。他把托盘搁在咖啡桌上，动作太冒失以至于震动了桌上的杯子。他拽着衬衫的袖口，我发现他那种难看的皮肤从头部一直蔓延到了他的指尖。

"啊，帕克，谢谢你。"父亲微微一笑。

他用狡猾的目光打量着我，仿佛从没见过女人一样。据我所知，也许他真的没有见过女人。他悄悄地离开朝里屋走去，我松了口气。

壁炉架上的钟表发出滴滴答答的响声：滴答、滴答、滴答，像血管里的脉动。"爸爸，你从哪儿弄来这么一个特别的沙发呢？"

父亲挑了挑眉，"没想到你还记得，那时候你年纪还很小啊。"我疑惑地看着沙发，他指着它说："这是我们之前在贝尔格雷夫广场的时候用过的。"

贝尔格雷夫广场！现在我记得了。这个沙发，这张绿色椅子，还有靠窗的写字台，这些都曾经是我们的家具。当我还是个小女孩时，我经常在这个沙发上午睡。我还记得沙发面料的缝合线上有个撕裂的洞，我在洞口上方划了划手指，仿佛我能够施展魔法将裂开的洞口缝合似的。"所有的东西都在多年前就被拍卖完了，你是怎么找到它们的？"

"是蒙哥马利把它们找回来的"，他说道，并顺手给自己倒了杯茶，"对我来说，椅子就是椅子，没什么特殊含义。如果你要问为什么，是他想要那些旧家具，也有本事找到这些东西。"父亲朝着窗边的书架比划了下，"他买回了很多小玩意儿，毫无疑问，你应该能认出其中的一些。但现在，你首先应该给我坐下来，你来回走动弄得我都有点儿紧张。普林斯先生，你也一样；你知道，我们必须要给你找到点事儿做。"

我瞥了眼爱德华，他缓缓地陷落在了一个旧皮革椅子里，而我则坐在沙发上。父亲给我倒了一杯茶，"你睡了大半天，现在觉得怎么样？我希望你能够按时注射药物。"

"嗯，我现在感觉挺好的。虽然……"我啜了口茶，希望这能够平复我颤抖的声音，"我醒来的时候，发现身上穿着的睡衣不是自己的。我想知道是不是有其他的什么人去过我房间。"我用眼角的余光偷偷瞟了眼蒙哥马利，如果不是爱德华，那么也许是……

父亲一挥手打断了我的话。"哦，那是爱丽丝。她在你母亲的行李箱中找到了一件睡衣。啊，你看她来了。"他凝望着我左耳的后方，"爱丽丝，进来吧，见见我们的客人。"

我忍不住打了个寒颤。难道还有另一个人在房间里我却没有注意到吗？难道在这个全是男人的岛上还有一个女人？我扭过头去看。

确实是一个女孩，大概比我小两三岁，站在房间后部的阴影处。

她的背部没有一块扭曲的关节或者一坨耸起的肉峰，她骨架娇小而匀称。我意识到，在我看惯当地人轻快的步态和突出的下巴后，她的正常反倒让我觉得奇怪。

"别害羞"，父亲对她说，"这是我的女儿，我跟蒙哥马利都提到过她的。你们来认识一下吧。"

女孩迟疑地走了出来，胸部急剧地起伏着。她是一种自然风韵的漂亮，尽管她还是有些畸形。她的上唇裂开，卷曲至鼻子的底部——是一个兔唇。她用手遮住嘴，以一种不易察觉的方式向我点了个头。其实她不必感到太难为情。如果是在英格兰，她会因为自己的兔唇感到极其苦恼，但是在这儿，相对其他岛民的畸形而言，这只是一个小小的瑕疵而已。

"小姐，见到你很高兴！"她的声音那么轻柔，以至于我差点儿没听到。她的眼睛像弹珠一样大，直直地注视着蒙哥马利，仿佛在寻求安慰。

父亲心不在焉地朝爱德华比划了一下，"当然，昨晚你就见过这位普林斯先生了。"

她用那双大眼睛研究着地板，一言不发。我猜想她应该之前从来都没有见过一位年轻的英俊绅士。就凭着那零散的头发和肮脏的靴子，蒙哥马利并不能算一个这样的绅士。

"爱丽丝，现在你去看看巴尔达沙是否需要帮手来对付那些动物吧！"

她低下头溜出了房间，不过在门口那儿停住了，跟蒙哥马利说了说话。我无法听见他们俩在说些什么，只见他把一只手一直搭在她的肩上并朝着她微笑。

我迅速转移了目光，感觉自己好像在窥视什么不该看的东西。我意识到，自己初来乍到，蒙哥马利却在这儿住了很久了。这里是他的家，他可能认识那个叫爱丽丝的女孩很多年了。

"蒙哥马利，去看看帕克和其他人是否已经把货物装载妥当了，我不希望出现像上次一样有老鼠进到货仓里的情况。"

蒙哥马利顺从地走向门口，拿起了一件挂在钩上的帆布夹克。外头下起了小雨，在出门之前，他把夹克披在了身上。这像一根针扎在身上似的刺痛了我——他竟然如此迅速地执行着父亲的命令，而他早已不再是一个仆人了。我起身走向书架，迫切地想看看蒙哥马利收集的小玩意儿。

最上面一排塞满了的是我依稀记得的书：《阿格里帕》、《帕拉赛尔苏斯》、《大阿尔伯特》，有金色浮雕的绿色装订本的莎士比亚全集：《爱德华三世》、《特洛伊罗斯与克瑞西达》、《第十二夜》。我用手指抚摸着书封面的金色字体，试图回忆父亲当年给我讲的故事。另一个架子上有更多的书，还有一个玻璃瓶子和一罐烟草。我拧开盖子，闻了闻。"过去在伦敦的时候，你常吸这种烟草。是你的教授朋友从加勒比给你带回来的。"

"没错，就是冯·斯坦教授。他是一个白兰地的行家。过去我俩喝白兰地抽雪茄，坐在杜拉克的一家咖啡馆里俯瞰着伦敦桥。真是再美好不过的事情了！"

我没有告诉他，在他被放逐之后，正是冯·斯坦教授雇用我到国王学院干一些粗活。对我的态度产生巨大转变的并不只是这个教授，父亲以前的同事们都宣布与他断绝关系，并跟所有愿意听这个八卦的人一起诽谤父亲是一个怪物。

"既然你如此喜欢伦敦，为什么要到这么一个未开化的地方来呢？"爱德华问道。

我只是心不在焉地听着他们的对话，虽然我想知道父亲会怎么回答，但是我在第二个书架下面发现的一个相框里的照片占据了我的注意力：一个穿着洗礼仪式礼服的女人抱着一个婴儿。我拿起了相框。

"普林斯先生，你很好奇，是吗？好吧，这里并不是未开化的蛮荒之地。在我来的那艘船上，有一些英国传教士跟我们在一起，从他们那儿我得知了这个小岛的存在。他们以为自己找到了一个天堂。"他盯着自己空杯子的底部，"可惜他们一去不复返了。"

"此后你从未回过英格兰？"

"蒙哥马利会在有需要时出海航行，虽然我们能从来自澳大利亚或者斐济的贸易商那得到大部分的供给，但时不时总会有些差事需要更长的航行。"

他们的谈话犹如在背景里沙沙作响的树叶；我看着照片，呆若木鸡。这个女人是我的母亲，她年轻的面庞是那么光洁美丽。而在她生命的最后几年，她看上去却犹如死神附身。

帕克静悄悄地穿过门道，凑到父亲的耳朵旁边，低声说了些什么。父亲扫了眼壁炉架上滴答作响的时钟。

"我不得不错过今天的午餐和晚餐了"，父亲宣布道。"昨晚我开始了一个新的项目，需要我时刻关注和长期观察。"他站起来简单地吻了下我的鬓角，就好像我还只是个小孩，似乎我不曾冒着巨大的风险长途跋涉来寻找他。

我不该期待他有所改变的。他将会消失，然后连日待在实验室里，只有在吃饭的时候才能有幸看到他。一切都跟以前一样。

爱德华的手指敲击着皮革椅子的扶手，看到我，他的下巴轻微地抽搐了一下。

我有种感觉，他理解我的感受。虽然他避而不谈细节，但他毕竟是为了远离自己的父亲而离开英格兰；他做了一些事，这些事在维奥拉号沉没之前一直都在困扰着他。无论如何，他肯定懂得专横霸道的父亲是什么样的。

但这一回，父亲例外没有直接消失去实验室。他的黑眼睛瞥了一眼我手中的相框，然后看着我的脸。"让我为你做点儿什么来补偿吧。明天我们去野餐，那时你就可以俯瞰整个岛屿了。我也很好奇我的女儿变成了什么样的人。"

我的肺部扩张起来，塞满了新鲜的空气和孩子般的幸福。我喜气洋洋地瞥了眼爱德华，但是他站了起来，双臂紧绷交叠，背向我朝窗外望去。

然后父亲说了一句我最渴望听到的话，"朱丽叶，你来了，我很高兴。"

16. 野餐背后

第二天，为了避免在中午炎炎骄阳时痛苦地穿越丛林，我们准备大清早就出发。我焦急地等待着，但是蒙哥马利直到黎明才出现，他浑身夹杂着浓烈的马的味道的汗告诉我们出事了——在小岛的另一端，几个土著人受伤了——还有一个甚至被杀了。于是原计划的野餐被推迟一天。这一天过去了，接着下一天，又一天过去了，后来蒙哥马利也就不再通知我了。父亲掌管着这个岛屿，自然而然地他要承担比带女儿去野餐更紧迫的责任。但这个事实并没有能够填补我内心失落的空洞。

这些日子的头几天，我都在探索着这座大房子，并发挥着我的清洁技巧。这是一个极其简单的地方，只有一个农舍，但它和谐有序的运转令人感到非常愉悦。每个人都有工作，哪怕是叫辛柏林的小男孩也会去菜园里采豌豆去喂鸡。这儿没有伦敦的混乱、污秽、人群和机器。几天后，我已经习惯了小岛的生活节奏。我想，我能够在这里拥有一个未来。

爱丽丝大多数时间都待在厨房里，半是藏在木材燃烧的烟雾里，半是隐藏在她自己的羞涩中。尽管我还设法跟爱德华玩了一把双陆棋，但他依然保持沉思状，好像小岛的荒芜令他十分焦虑似的。

某日清晨，当我在用银梳子梳理着我的头发的时候，门口传来了轻柔的说话声。

"有人吗？"我叫道，一边转动着门把手。爱丽丝羞涩地退后，但始终让她脸上有疤痕的那一面朝向别处。她的头发在昏暗的日光下看上去白得惊人，她的眼睛则锁定在我手上的银梳子上。

"小姐，远足就要出发了。医生让我来看看你有没有准备好。"

"什么远足？"

"噢，小姐，就是野餐。"

我眨了眨眼，我已经把野餐以及其他父亲许下的没有实践的诺言都抛诸脑后了，于是我花了好一会儿才重新把野餐这回事给记起来。"好了"，我结结巴巴道，"没问题，我准备好了。再等我五分钟就行。"

她没有把目光从梳子上移开。她的身上有给人一种微妙的感觉，她看上去如此娇弱，但是眼中却闪烁着与她年龄不相符的成熟。这种眼神我曾在其他寄宿公寓里的女孩们，尤其是年轻女孩身上见到过。我猜，她应该是个孤儿。我知道那种孤独感是多么糟糕，尽管于我而言也算是有一个幸福的结局——失而复得的父亲。然而对于爱丽丝，她却并不能如此幸运。

我把梳子递给她。"你要是喜欢的话就给你啦。"她睁大了眼睛，但是没有动。我抓住她的手，将梳子塞到她的掌中。

"不，小姐，我不能收。"

"反正我也不需要它"，我指了指梳妆台上配套的银刷子，"看到了吗？我的确是用不着两个都要。"

当她把梳子放入围裙口袋中时，脸上闪过一丝短暂的笑容。接着，她掩着伤痕累累的嘴巴，羞怯地点了下头，随即退了出去。

可以确定的是，她不是这儿的岛民。可是，怎么会有这样一个年轻的女孩来到岛上，并且成为父亲的雇工呢？

我编好头发，对着镜子戴上母亲的软边太阳帽。帽子的款式已经过时，但即便这样，它仍然让我看起来显得那样富有魅力且引人注目。马车已经停在院子外面，车里装着一个柳条编织的篮子和客厅的毛毯。爱德华斜靠在马车边上，衣装干净整洁。他复原得很快，脸上的淤痕几乎都看不到了。我不由得注意到，如果他脸上没有这些淡淡的伤痕，也算得上是个英俊的绅士。

蒙哥马利给公爵——我们的马套上马具时，这匹马正在使劲儿挣扎着，想摆脱身上僵硬的皮带。

"啊，朱丽叶"，父亲喊道，一束明黄色的野花就搁在他身旁的马车上，"准备好出发了吗？"

绚丽的花儿，丰盛的食物，这些都是为了讨好我而做出的努力。我看着这一切，轻轻地点点头，不敢发声。语言会让所有美好的一切都消失。要知道，哪怕是一百万年以后我也不敢奢望我那崇尚实用主义的父亲会为他的女儿摘花。

"多美的花儿啊！"我最后还是开口了。

父亲却一如既往面无表情地看着它们。"哦，是啊，蒙哥马利认为它们会增添几分优雅，抚慰你的思乡之情。这些食物和其他所有东西，都是他安排的。你知道我对这些不在行。蒙哥马利，你是从哪儿找到这些的呢？"

爱德华站得稍微直了点，重手重脚地揭开马车门上的小碎片。

蒙哥马利绷直皮革的马肚带，最后把皮带扣扣好。"小岛北部"，他粗声粗气地回答。

我感到热血涌上双颊，是蒙哥马利为我准备的花朵。昨日某时他曾去采野花，就像以前那样，他常常在我们去乡村看望亲戚时摘野花。母亲会把花都放在仆人厨房桌上的玻璃罐中，她总是说大餐桌上必须要摆放些衬托气氛的东西。

爱德华擦了下额头，双眼一直望着那些花儿。然后他的视线移到正在以同样冷酷的眼神注视着他的蒙哥马利身上。我咽了口唾沫。难道他们是在嫉妒吗？彼此嫉妒？

"你跟我们一块来吗？"我问爱德华。

他正准备回答，但是父亲插嘴进来。

"只有家庭成员才能参加"，父亲坚定地说道。我顿时想知道他是不是把蒙哥马利算进在家人里面，或者蒙哥马利只是跟着来驾驶马车的。"实际上，你知道，我已经派给普林斯先生一项任务了——将储藏室的物资分类。像你这般受过良好教育的男孩应该能够轻而易举地完成任务，是吧，普林斯先生？"

爱德华有点唐突地转过身。"好好欣赏他为你摘的花儿吧。"之后便蹑步走向了客厅。我深深吸了口气，露西可从没告诉我男生会如此复杂。

父亲伸出一只手给我。"在大太阳烤熟我们之前，我们出发吧。"

我爬进马车后方，蒙哥马利捆好最后一根皮带然后抓住缰绳坐在驾驶位置上，帕克和一个驼背的仆人为我们打开了大门，我们出发了。

那是一个美丽的日子。透过树木间的缝隙，我们远远看见碧蓝的天空延伸至海洋。我愿意用一个严寒的英国冬天去交换这繁茂热带的阳光和远方的鸟语。

在行驶途中，父亲讲述着那些我只在书中读到过的珍稀动植物。我听着，却左耳进右耳出，思绪一直在爱德华和蒙哥马利之间浮动。如果我一直待在伦敦，而且依然富裕，今年春天将会是属于我的狂欢季节。露西和我会无休止地谈论有关男孩们——男人们——的一切，舞会、节日盛会以及公园里的夏季野餐。

但当我们失去了财富，我便不能再去想男孩子们了，我只想远离街头。而现在有两个男孩在我的思绪飘然之间。尽管我提醒自己其中一个曾是一名仆人，而另一个……好吧，另一个只要一有机会就会立马逃离这座小岛。

蒙哥马利把马车停在一个刮着大风的悬崖峭壁旁，在我们住的大房子上方，也在冒着烟的火山顶下方。我钻出马车，走向悬崖的边缘，整个岛屿在我们眼前一览无余，与相连的大海间有一条长长的沙滩。风起了，掀起了我的裙子，吹乱了我的头发，我闭上眼睛，享受着这种自由的感觉。

"不要靠得太近"，蒙哥马利喃喃地说。我猛地睁开眼睛。

"别动！就待在这儿！"父亲大喊道，"躲开那该死的风。"

我们走回马车。蒙哥马利开始卸物资，他将毯子铺在一个远离悬崖的阴凉地上。他不再是一个仆人了——我提醒着自己，看着他打开篮子。即便如此，他仍然在做着这些工作。

"原谅我们只有些基本的物品"，父亲打开了一瓶水，"我们在这里的生活是非常简单的，只有日常必备的用品。因此，恐怕我们只有凉了的炖蔬菜和面包，以及一些从林里采摘的水果了。"

"我不介意的"，我坐在毯子上说道。在盛满我们的瓷碗之前，蒙哥马利随随便便摆了一束鲜花放在我脚前方。随后，父亲和我开始进食。

"嗯，朱丽叶，你已经学会了哪些技能？"父亲期待地问道。

"技能？"我很快地和蒙哥马利对视一眼。他知道我习得的唯一技能便是清理泥浆和倒空排水沟，这当然不是父亲所希望的。"母亲去世后，我在大学里找到一份工作。"

父亲提出了质疑。"工作？难道不是亲戚收养你吗？"

我顿了一下，这不是一件容易说清的事。他不赞成他的女儿去工作，但他正是那个使我陷入那种处境的人。

我喝了口水，努力控制着自己的情绪。我想他没有多少选择的余地。也许，他认为他的离开是对我们最好的选择。他不知道母亲会去世，也没有料想到亲戚的善意并不会保持得太久。

"也没那么糟"，我说道。我不知道到底为什么，但我不想让他感到内疚。我们的关系是如此脆弱，就像沿着花园的围墙生长的、绽放着柔软的白色花朵的藤蔓一样。一句不当的话，就足以使花朵枯萎。"我学会了清洁。也会一点缝纫。"

"缝纫？清洁？"他看上去不为所动。"一位教授的女儿不应该做这类工作。钢琴呢？刺绣呢？你妈妈教你的那些东西学得怎么样了？"

我咽了口唾沫，"我可能还记得一点儿钢琴。"

"我知道了"，父亲显然有些失望。

我看向蒙哥马利，想向他求救。他双臂枕在膝盖上，手里的嫩枝轻轻拍打着小腿骨。"针线活儿在我们这很管用"，他说道。"而且，也许她可以帮爱丽丝做点清洁工作。"

我很感激，朝他轻轻点头示意，父亲却因此怒气冲冲。

"我的女儿才不会去给人洗洗擦擦的"，他怒道，"我想没有一个丈夫会要一个满手老茧的女孩。"他对着我脱落的指甲指指点点，我的脸顿时白了。

"朱丽叶"，蒙哥马利柔声说，"他的意思是……"

"蒙哥马利，谢谢你，我会为自己说话的。朱丽叶，不要误会我的批评"，父亲说道。"看着你走向美满幸福的婚姻是我作为一个父亲的责任。你不可能永远留在这个岛上，当你离开的时候你要找到一位良配。你的母亲本应该看着你跟随另一个男人而去，但是，唉，她太早离开我们了。我只是想确定你现在和将来要做什么。"

我要做什么。这个问题就像在勾进体内的倒刺，狠狠地刺痛着我。我很清楚自己不是结婚的料，但如果我的知识与技能都毫无用处的话，难道我就只能在岛上白白消耗食物了吗？

"我懂一点医学"，我脱口而出。"我自学过你留下的书籍。我曾在国王学院的手术室工作，我懂解剖学和生物学。也许，我可以在工作上帮你的忙。"

这回，甚至是蒙哥马利的脸色也变白了。父亲优雅而严酷地盯着我，随即大笑。"一个女孩竟然会对科学感兴趣，你可真够前卫的。我建议你还是找点更适合你的兴趣吧！蒙哥马利，我们有一套旧的刺绣工具，是吧？"

"但我可以帮你——"

"朱丽叶，你的热情是很值得赞扬的，只是你得用正确的方式。科学最好还是留给男人，女人也有她们自己精致的世界。"

我极力压制我膨胀的争辩冲动，我想告诉他我经历过的所有事情。天啊，那些我亲手做的事情。但我还没有准备好去践踏那娇嫩的花朵——父亲和我刚建立起来的脆弱关系。

"你说得对"，我说道，内心深处却憎恨自己说出这样的话。父亲有办法能让每个人都臣服他的意愿——显然我与其他人并无任何不同之处。"那是理所当然的。"

蒙哥马利为难地看了我一眼，但他没有插话的资格。

马蹄声打破了紧张的局面。巴尔达沙骑着公爵沿小道而来，胸前挂着两条弹药带，他满面愁容，目光尖锐。一把来复枪绑在马鞍上。帕克慢跑着紧随其后，手里拿着另一把来复枪。蒙哥马利跳起来去迎接他们。

我正要站起来，但父亲摇摇头。"我敢保证，这里没什么好担心的。蒙哥马利会处理好一切问题的。"

"如果有人受伤呢？"

"一切都在控制之中"，父亲边吃草莓边说，"我知道在岛上发生的一切事情，你必须相信我。"他歪着脑袋，仔细研究着我，好像我是一个标本。他的眼睛像黑色的星星，使我忘记来复枪、骚乱以及巴尔达沙忧虑的脸。

几乎要忘了。

我看着蒙哥马利，但他说了些什么我却听不见。他手指穿过他的头发，肌肉紧绷。帕克悄然而至，对蒙哥马利窃窃低语，蒙哥马利的手握紧了手枪。

我看着波光粼粼的水面，下面是原始却美丽的岛屿。无论发生什么事，至少在下一艘船到达之前，现在这里就是我的家。我想成为它的一分子。

"我不是来这里做针线活儿的"，我坚定地说，"你可以让我帮忙，蒙哥马利做着十人份的工作。至少，让我去实验室帮你吧。即便不是帮你做实验，我也可以记笔记。肯定有用得上我的地方。"

他的黑色眼眸穿透了我，对着我端详，寻思，然后分析。我几乎可以看到他脑中的念头，就像钟表齿轮严丝合缝地固定在了正确的位置上——在他的掌控下一切都已各就各位。他慢慢地咀嚼起另一个草莓。

"帮我工作，是吗？"他心不在焉地用手指刮着胡须下面的阴影部位。他双眼不再聚焦于我，而是凝视着海洋某处。"好吧，也许你对我来说还是有帮助的。"

我不自在地笑了笑。他的话正是我想听到的，但是那几把枪和他双眼射出的诡异目光，让我觉得有些不对劲。"太棒了"，我说，"我不会让你失望的。"

突然他眼神炽热地重新盯着我看，问道："你是怎么认识那个姓普林斯的男孩的？"

"爱德华？"我坐直了身子。"我跟他不是很熟。"

父亲用优雅的手指抚摸着他下巴上那粗硬的胡茬。我想起了那次爱德华不愿提起的深夜谈话，我不知道父亲在试图淹死他之后还会想跟他说些什么。

"也许我们应该改变这种状况"，父亲说。

我不敢问他究竟是什么意思，结识爱德华并不会对他的工作有益——除非这能让我不再是他的阻碍。又或者他认为，履行他慈父责任的最快方式是把我嫁给爱德华·普林斯。

17．表面上风平浪静

在回家的路上，我没法不注意到蒙哥马利紧张地握住缰绳的动作，以及巴尔达沙睁大眼睛扫视丛林的样子。他们其实是处于一种警戒状态。无论父亲如何粉饰太平，但确实有不好的事情发生了。自从那个土著人被杀后，他们一直心神不安。

当晚，爱丽丝带我去吃晚饭。她说父亲希望大家着正式的晚餐服装。我翻遍母亲的行李箱，才找到了一件合身的白色衬衫和一条淡紫色裙子。优雅的衣服与这种野蛮的地方并不相称，但这不只是无关紧要的一个任意的岛屿，这是我父亲的岛屿。

我往灯火通明的客厅走去，在踏入法兰西样式大门前停了一下。里头，父亲和爱德华在喝着白兰地聊天，两人友好得令人惊讶；而蒙哥马利望向窗户外头，双臂交叠，注视着黑暗的丛林。饭桌上摆满了华丽的装饰物，显出了伦敦沙龙的风格，和这个原始简单的岛屿简直格格不入。

当我走进去的时候，所有的目光都像聚光灯似的聚拢在我身上。爱德华直起了腰，停下了与父亲的谈话。显然，穿着母亲优雅服饰的我是一道美景。蒙哥马利长久地凝视着我，一语不发，然后到桌子旁给自己倒了一杯白兰地。

爱德华身着一件精美的西服和深灰色的背心，这种穿着在伦敦的任何一个客厅都会出现。尽管他下巴肌肉在抽搐，但他还是朝我微微一笑。"你看上去简直就像个天使，是弥尔顿笔下所描述的天使。"

"你指的是堕落天使吧"，我说道。

蒙哥马利坐在我的对面，烦躁不安地摆弄着镀银餐具。我想知道，他是否会经常回想起我们双唇如此接近的那个时刻。如果有，他为什么什么都不说呢？难道那种吸引力只存在于我的想象之中吗？

爱丽丝走进来为我们斟酒，巴尔达沙端着汤碗紧随其后。她脑袋还是偏向一边，不看任何人，除了蒙哥马利。当她为穿着精致西装且举止优雅的爱德华斟酒时，想必她的脸色变白了。

好一会儿，我们只是沉默地吃饭。我觉得这种有教养而优雅的装束出乎所有人的意料，以至于我们都不太清楚自己应该做什么。壁炉架上的钟表发出滴滴答答的声音，时间在一分一秒地溜走。我偷瞄了父亲一眼，想知道他说我应该更了解爱德华是什么意思；还想知道是什么原因使得巴尔达沙和帕克佩戴那么多枪支去打断我们的野餐。

"嗯，普林斯，你似乎多少对我们有所了解。这样的话我们就处于不利地位，因为我们对你一无所知。"父亲心不在焉地拍了拍他的酒杯底部，然后撇了我一眼。"尤其是朱丽叶，她对你充满好奇。"

我仔细观察着我的汤匙的线条，暗自希望父亲不要如此明显地展露他给我和爱德华安排的计划。

"我猜你的家境应该是很优越的，是吗？"父亲问他。

"我的父亲是一个将军。"

"地位很崇高啊！奇怪的是你竟然会背离你的父亲。"

我的汤匙在送往嘴边的半途顿了一下。我很好奇爱德华的故事，即使父亲没有有意撮合我们也是如此。爱德华曾经给过我唯一的曙光。我从未直接问他究竟是什么原因让他如此仓促地离开英格兰，但话又说回来，他也从未让我袒露过去好让他仔细分析。这感觉就像一个心照不宣的共识，他有他的秘密，我有我的。可这并没有让我减少对他的好奇。

光滑的丝质餐巾在爱德华的手指之间揉擦着，他清了清嗓子。我一片茫然地想着他的双手在我身上游动的话会是什么样的感觉；是不是就像梦里那样强壮而光滑。突然间汤匙从我手中滑落到碗里，发出扑通的响声，令人尴尬。

"我们在许多事情上意见不同"，爱德华答道。

"尽管如此，我们不得不服从自己的父亲，你同意吗？"父亲用他的中指在空酒杯的边缘打转，摩擦出了不自然的尖锐高音。

"但我觉得最重要的是，人们必须要做出自己的决定，过属于自己的生活。"

酒杯发出的嗡嗡声更响了。然后，他突然停了下来。他说："因为你们的缘故，普林斯先生，我希望你的父亲会原谅你。我，作为一个父亲，会为自己有个乖巧的孩子而高兴的。"他说道，并给了我一个僵硬的笑容。

他在等我回一个笑容给他。如他所言：做一个乖巧的孩子。我见过他对母亲、他的同事和学生施展他的魅力。他像催眠师一样，总有办法左右人们的情绪。我多么希望小岛上的一切都很好，而他要把爱德华推下码头也只是一个笑话。但事实是，我没有受情绪的影响：我善于分析，且富有逻辑。

我很像他，我的父亲。

我端坐着摆弄着餐巾。"那你为什么一封信也没有寄过？"我问道，

"也从不回来看我？"

屋里陷入了沉默，唯有壁炉架上的时钟滴答作响。

他的脸色几乎难以察觉地变幻了一下。他放下牛排餐刀，说："我当然是希望自己能够这样做。但是我永远也无法回到英格兰了，因为那张针对我的逮捕令。"

"但那些指控是无稽之谈，对吗？你是无辜的。"我的声音比平时生硬，一点也不乖巧。"是不是？"

他的手指咚咚地敲打着酒杯。"普林斯先生，看来我女儿她终究还是问出了你心目中也想问的问题。"他严格控制着自己的声音。他深吸了口气，靠在椅背上。"司法体制最不想要的事物就是正义。"他说道，眼里满是怨恨，但我意识到并非我的问题而是那些错误的指控的回忆让他在生气。"我的学术对手们试图诽谤我，那么他们就能偷走我的工作成果。不幸的是，他们成功了。"

"但是如果那些指控是假的——"

"这无关乎真假，而关乎人们究竟想要相信什么"，他擦了擦额头。"朱丽叶，你还年轻。你没有经历过这些，不知道不公正的世界究竟是怎样的。"他叹了口气。

"你因为我没有带着你一起离开而愤怒难过。可是在英格兰，你有充分的权利。我想，逃跑、躲藏在一个与世隔绝的小岛上，这些都不是适合孩子的生活。"

至少在这一点上他确实没错，这对孩子而言的确不合适。然而，他却带走了蒙哥马利。

父亲身体前倾，他穿过桌子拉起了我的手。那个催眠师已经消失，这使得他看上去疲惫、衰老并且孤独。"朱丽叶，我错了。"他修长的手指覆盖在我的小手上。"现在，将过去置之脑后好吗？"

帕克在他身后徘徊，手里拿着一瓶布满灰尘的香槟酒瓶，那是用来庆祝我们今天的高雅晚餐的。他那长鳞的手指拆开铝箔盖，犹豫着是否拔出瓶塞，他在等着我开口；只要我开口回应父亲，我们就可以举杯痛饮，忘记过去的一切。父亲双眼明亮如火，迸发出一个永远生活在一起的承诺，我们又是一个家庭了。

爱丽丝递给我一只细长的香槟酒杯，正如我的汤碗、白兰地杯和其他美丽又昂贵的餐具一样，酒杯边缘也有缺口。在这里，没有一样东西是完美的，但一切都在运转。

我迎上了他的目光，然后点了点头。在他身后，帕克砰一声拨开了软木塞。

晚饭后，房里气氛舒适而沉默。滴答作响的时钟似乎也没那么刺耳了，而且我的确喜欢这种对时间秩序的小小提醒。

父亲如同往常般抽着雪茄，他锐利的目光在黑夜中穿透了墙壁。"是啊"，他回过神来，对我说道，"你在这儿，是一件好事。一个父亲应该了解自己的女儿。普林斯，我甚至开始觉得没那么介意你的存在了。"

爱德华没有笑。

父亲向着高高的天花板喷出一团浓郁而粗鄙的烟雾。"不如你为我们演奏一曲吧？"他问我。"我们已经很长一段时间没听过严格意义上的音乐了，虽然巴尔达沙时不时试着弹一两首曲子。"

蒙哥马利抬头看了过来，他刚刚一直在摩拭着桌面的裂纹，毫无疑问是在考虑如何修补它。我想起了他在船上说过想要再次听我的演奏，我的心弦收紧了。

"当然没问题。"我站起来，希望自己看上去比我感觉的更自信。我们都回到客厅，蒙哥马利靠着门框保持着距离。琴凳在召唤着我，我迟疑地坐下，就好像它会突然咬我一口似的。我已经很多年没弹过钢琴了，而且茫然欲知自己是否可以临时反悔，等我有时间练习纯熟再来表演。

我按下 C 小调的琴键。

"琴声是跑调的。"我说。

"在我有生之年，恐怕是分辨不出来有什么差异的"，蒙哥马利说道。我恨恨地瞪了他一眼，他在帮倒忙。

　　我挥舞着手指轻轻地敲击着磨损破旧的琴键，这可不像我们在贝尔格雷夫广场上的钢琴那样完美。以前，专门有一个钢琴教师每周教我弹琴。母亲说，以后会有一天，我将为我的求婚者们演奏，会为我的丈夫弹琴，接着还会教我自己的小孩弹钢琴。然而当父亲离开之后，第一件被卖掉的东西就是钢琴。

　　这是一首母亲过去常弹的肖邦作品，未经调和的曲调有着诡异的旋律，犹如夜晚的风，难以捉摸。乐声在房间里低回婉转，这样的旋律十分适合这个小岛的氛围。我闭上双眼，手指放在琴键上，试着回想起音乐的感觉。我按下第一个和弦，调整敲击琴键的力度。由于湿气的侵蚀，琴弦黏在了一起，木头也变了形。可尽管如此，这仍是音乐；而且这首曲子由这种状况下的钢琴演奏出来，竟有种说不出的合适。坐在钢琴前，回忆不受控制地汹涌而来——母亲在我身边和我一起坐在钢琴凳上，我看着她修长的手指在琴键上跳动。这时，音乐像得到自由的笼中鸟一样，欢快地冲了出去。

　　我本来早就忘了自己喜欢钢琴的什么。但是今天，坐在琴凳上，敲击着黑白间杂的琴键，陌生的回忆又重新复活了。那些精密的音符和精确复杂的小节，就像个难解的方程式，你得用心而不是用笔和纸去解开它。我将注意力集中在音符上，这让我头脑清醒。我不间断地弹着，直到最后一个小节。我延长了和弦尾音，直到乐声消退。我的手指滑离键盘，然后张开了眼睛。

　　令我惊讶的是，爱丽丝、巴尔达沙和帕克，他们站在桌子附近正在清理残羹剩肴，脸上的表情奇怪极了。巴尔达沙眼中泪光闪闪。我意识到他们也许从没听过真正的音乐。

　　父亲站了起来并举起双手鼓掌，陆续地，其他人也开始鼓掌。房间的气氛顿时变得温馨了。我也终于做了一件取悦他的事。

　　他们全都向我走来，爱德华、爱丽丝，还有仆人们。他们有许多问题——这首曲子是什么？我从哪儿学的？我还会弹一首吗？我会教爱丽丝弹琴吗？过去的我常常被忽视，跟其他的女仆无异。如今，我却突然成为了他们中瞩目的焦点。

我捕捉到了蒙哥马利的目光。他冲着我微笑，好像我们在分享一些秘密。我突然想起来为什么只有这首曲子让我产生回到过去的感觉，因为这是他最爱的曲子。当我们还小的时候，某一天我发现他坐在钢琴凳上，打蜡和抛光用的刷子落在地上。我走过去坐在他身旁，然后将他的手放在我的手上，这么一来他就可以感受到我的手指是如何按下琴键的。我开始演奏维瓦尔第的作品，可他摇摇头。"不是这首"，他说道。"我想听那与众不同的曲子。"

肖邦的杰作。

蒙哥马利看向别处，他装作忙于查看门框里的小裂片。

"太棒了！真是太棒了！"父亲紧闭的嘴巴微微一笑。在他旁边，巴尔达沙拭去了泪水。我突然觉得有些拥挤，仿佛他们在逼近包围我。为了喘口气，我坐回了琴凳上。

"你还好吗？"父亲问道。突然间他的笑容消失了，取而代之的是一个冷静检查的医生。他用手测量我前额的温度。

"我只是有点儿晕。"

对他而言，此刻我也许就跟解剖台上冰冷的尸体无异。他给我把脉。我手肘内侧肤色苍白，而早上注射留下的针孔却闪现着与别处对比鲜明的红色，而且有些肿胀。"这是什么？"他咆哮道。

"只是小小的感染而已。在船上的时候感染的。"

"你有没有采取治疗？"他的嘴唇紧紧撅起。"你每天都按时治疗了吧？是不是？"

我把一只手放在额头上。突然，房间里的每一个声音都好像被喇叭放大了般听得清清楚楚：爱丽丝收拾桌子的窸窣声，爱德华急促的呼吸声，鳞屑男人对巴尔达沙的耳语声。

"我很好！"我喊道，扳开父亲的手臂。"我很好，只是需要休息罢了。"

父亲看了下壁炉上的时钟，"已经十二点了。我让你待得太久了。"

"没关系，我只是有点儿累了"，我说道。我试着站起来，可是双腿无力支撑。

"谁来扶她回房？"父亲问道。

爱德华和蒙哥马利都出现在我身边，每人挽着我一只胳膊。

我看了看他俩，脸上火烧火燎地发烫。两个男孩，两只手握着我的手腕。一只是粗糙而坚硬的，另一只则是强壮却光滑的。我的情绪紧张极了，似乎身体的血液循环都要停止了。

"普林斯先生，你来带她走。"父亲说道。他的语调很奇怪，让我想起来他是希望我能够更了解爱德华。爱德华似乎很高兴能护送我离去，可蒙哥马利却把我的手腕抓得更紧了，他不想让爱德华带走我。

"爸爸，你来带我走好吗？"我问道，试图让自己的声音保持平静，"就像以往那样。"

父亲哼了一声，但还是扶我站了起来，我靠在他手臂上，几乎无法忍受他衣服上散发出的浓重化学品的气味。他在晚餐前去过实验室吗？我之前没注意到有味道。定睛细看，发现有三根浓密的黑毛在他衣领上反着光，我猛然意识到，来这之后就再没见到过美洲狮、猴子或者是其他动物。

他对它们做了什么？

父亲护送我到院子里，夜间清凉的空气缓解了脸颊的燥热。鸡已经不在外面游荡了，它们栖息在阴凉、黑暗的角落里。靴子落地的脚步声在门廊中回响着，这是在苍莽静谧的丛林里仅有的人声。

远离了喧闹的伦敦大街，或许在这儿我应该感到格格不入。但在这里的生活安稳平静，我好像进入了一个熟悉又新奇的世界。我身边的灰发男人并不是陌生人，他是我的父亲。

他止步于我的房门外，拍了拍我那只戴着母亲戒指的手，仿佛那些丑闻从未发生。

"我希望你不会后悔来到这里"，他说。"我不知道你对自己将要发现的东西怎么想，但我知道，一个古老的西班牙要塞和一个满脸皱纹的老男人只会令人失望。"

"我没有失望。"我把手放在他手上，在进入房门前，准备拉下那奇怪的门闩。

"噢，朱丽叶，还有点事。"他说着，我转过身来。他的半张脸埋藏在深深的阴影下，而他的白牙则在客厅遥远的灯光下闪烁着。"我今晚要在实验室里彻夜工作，我的新标本工作有个很好的开头。如果你被吵醒了，别害怕。那些动物偶尔会尖叫，你知道的。活体解剖的一个副作用便是有时候全家人都会被吵醒。"

一瞬间，整个世界仿佛都被冻结了。很快我就意识到他迷倒了我，就像迷倒大家一样。我以为自己是很聪明的，聪明到能够看穿他的修饰，看见那些我想回到的过去。但现在，我只是突然明白了自己一直想要的答案。

他从来没有说那些指控是错误的，只说过这样的指控对他不公平。

18. 充满恐怖的实验室

当月亮升至最高点时，尖锐的噪音开始传了出来。准确地说那并不是尖叫，更像是呻吟，或是嗥叫，一种难以名状的声音。我躺在床上，盯着月光在白墙上投射出的奇异形状，难以入眠。我不知道在那个没有窗户的实验室里他在用什么动物做实验。我在船上听过美洲狮发出的所有嗥叫和哀嚎，但是没有一种声音和那栋楼里发出的声音相似。

我唯一知道的是，无论那是什么，它肯定非常巨大。

我生气地擦掉眼中的泪水。我唯一能想到的是，我已经得到了想要的答案，为什么还要惊讶呢？难道在我的内心深处就从没怀疑过那些流言是真的吗，哪怕只有一点点？还有所有那些诡异事情的发生——岛民的死亡、巴尔达沙携带来复枪出现在野餐会上——难道我没怀疑吗？父亲对我所说的一切都是谎言。

　　我越是生气，痛苦的回忆就越多地开始浮现出来，犹如溺死的尸体从水中浮起。我依旧清晰地记得他呼唤克鲁索的声音，"过来，好家伙，这条狗真不错"，然后实验室的门急剧而沉闷地关上了。那一日，凄厉的尖叫声持续了整整一晚，我还记得手术后的第二天早晨，仆人那布满血丝、眼眶凹陷的眼睛，他们也一晚未能安眠，但是没有人提起这件事，即便是蒙哥马利也没有。

　　想到蒙哥马利，我的双手不由得攥紧了床单。他在这个岛上住了半辈子，肯定知道父亲的罪孽。他为什么不告诉我这些事情？而且我还清晰地记得他曾经试图说服我不要来这里，他言简意赅地警告过我的，可我坚持要来。我说如果他不带我走，我就会沦落至街头卖身。

　　但在知道这可怕的、痛苦的真相之后，我会比落到那个地步更好吗？

　　又一阵痛苦的咆哮声撕裂了夜色。我一脚踢开床单，发现自己已是汗流浃背。那是一条牧羊犬吗？我不知道有哪种生物能够发出如此可怕的声音。尖叫声持续不断，萦绕着我的每一次呼吸，我的心已经飘到了愈来愈黑暗的地方——我想要知道究竟是什么导致动物能够发出这样的尖叫。我想象着那只野兽被铺展开，牢牢地被束缚着，肌肤表面遍布着用黑墨水标记的虚线的情景。这是为什么呢？父亲这般放肆残忍的目的是什么？他早已对每一个细胞和每一条弯曲的神经都了如指掌。不，他不是在学习。他是在研究新的东西，一种完全不同的东西。

　　我的心在墙上四溅的月光里寻找一个答案。无论他在做什么实验，这个实验早已在我还是个孩子的时候，便在贝尔格雷夫广场的实验室里开展了。多年以来，他的内心越来越封闭，工作得越来越晚。甚至当他和我们在一起时，他的眼睛还看着门口，好像有一半灵魂总是被拴在实验室里。不管它是什么——他的新发现——足以使他放弃生命中的其他一切。这比他的声誉、他的妻子、甚至他的女儿更重要。

　　正是这个想法把我从床上拽了起来。这么多年来，我一直想知道他到底在那个紧闭的潮湿地下室里钻研什么——究竟是什么科学使他如此魂牵梦萦，甚至比对我的爱还要深。我现在就有机会亲眼见到它。我不由自主地套上一双拖鞋，仿佛它们也有了自己的想法。对真相的渴望使我如同木偶，驱使着我迅速穿好衣服，打开房门，去寻找让父亲陷入疯狂的工作边缘的真相。

庭院里挂着一盏孤灯，随着微风轻轻摇曳。灯光从奇怪的角度打了出来，且忽明忽暗，使得阴影拉长然后消失。我看到有微弱的光线从实验室的门底下透了出来。

我耐心地等着，等到灯笼光线黯淡之后便迅速冲出门廊，经过了佣人的工棚和畜棚，到了实验室。我的背部紧贴着墙壁，不敢再前进一步。终于发现，父亲的秘密使我震惊，但这对我影响并不大，这让我觉得自己非常残暴。尖叫声已经停止了，但它的回声依然在我脑海里的横冲直撞，淡化了我其他的知觉。实验室里又传出一阵低沉凄厉的呜咽声，随后变成了震耳欲聋的嚎啕，我不得不用手捂住了耳朵。

这太疯狂了，但我体内奇异的好奇心却在促使我前进，促使我远离我的母亲，远离理性、规则和逻辑。但是，我无法抗拒它。

我把额头靠在墙上，闭上了眼睛。这不只是我的好奇心，或者我对解剖的迷恋，或者我可以在一屋子的男孩都不能做到的时候毫不犹豫地用斧头砍掉兔子的脑袋。这一切都源自一种病——从我父亲那儿继承的一种疯狂。这是一种会吞噬我天性的东西，引我走向科学的黑暗世界，走向生与死的细小分界线，走向掩藏在紧身衣和笑容之后的兽性。

回去后，我听见了母亲在低语，他在做的事情是不对的。但她再也不会在这教训我，我已经自由了，不再受她和社会以及教会的监督束缚。我可以随心所欲了。但我所欲为何？是跟随不安的好奇心去探索父亲的实验室，还是听从母亲的幽魂之语回床上去塞住耳朵不听那尖叫声？

嚎啕声突然止住了。空气从我的肺部呼出，我松了口气。一簇雪白的毛发飘过石头门廊。我把它捡起来，在指间摩擦，想辨认出这是什么生物的毛发。旁边，谷仓黑漆漆的入口宛如被劈开的深渊。我谨慎地窥探着里面。

黑暗中突然闪现了一个白色的身影，跃到谷仓边上，离我的脚趾仅数英寸远。那是一只兔子，不知是什么原因从笼子里逃了出来。

父亲并不吃兔肉。这些兔子，是为锋利的手术刀而准备的，为了追求科学真理。但不同的是，我的父亲并非被指控为科学实践，而是以屠杀的罪名被控告的。他早已跨越了禁区线，因此我无法躺在羽毛装饰的席梦思床上坐视不理。为了平复我内心的好奇，我必须要去了解他。

所以我又回到了实验室。锡制的门有着和其他建筑一样锁着的门把手。我缓慢而小心地用手指拉动门闩，大气都不敢出。我感到门闩已经松动，于是移开了手。这一切犹如门外的夜幕一般寂静。

刺鼻的医用酒精和甲醛的气味从打开的门缝中溢出。刹那间，我又变成了那个潜入父亲的实验室的小女孩。这样的回忆是如此真切，以至于我差点想要关上门跑回房间。

但是，黑暗中传来一阵低语。

我屏住呼吸以免吸入刺鼻的气味。不久，双眼也渐渐适应了黑暗。在房间尽头，一个模糊人影立在手术台旁，一盏灯笼和书架上的蜡烛把他围在中间。烛光打在几十个排列在墙上的深色玻璃瓶那儿，犹如在黑暗的教堂里灼热地祈祷着的蜡烛。

标本，实验，噩梦。

那个前方的人影，如邪恶的祭司，正是我的父亲。他背对着我，但是我认得出他绷紧的肩膀姿势和脑袋形状。在手术台上的东西被一张被单盖住了，我只能辨认出细长的四肢轮廓，床单上溢出的猩红色的血迹，父亲脚边的一堆毛巾，以及手术器械发出的闪闪银光。液体缓慢低落的声音让我想起客厅的钟表滴答声。

台上的东西在一声痛苦的尖叫中猛地活了过来，它的哭喊声像一把利刃刺痛我的心。它的手腕和脚踝被皮手铐束缚在角落上，但这依旧无法阻止它被单下疯狂的扭动挣扎。我的手掌满是汗水，从门闩上滑了下来。我在裙子上擦了一下手，尽管我非常害怕，但双眼却牢牢地盯着手术台。

父亲对那个东西的痛苦视若无睹。随着那个东西的扭动，手铐时不时绷紧并发出咯咯声，但依然牢固。父亲继续切割，这一片，那一片，动作优雅得仿佛在指挥一出歌剧；与此同时，他还在哼唱着一首旋律古老的调子。我认得，那是肖邦的曲子，一股挫败感劈天盖地地袭来。我只能瞥见他的手在那个动物身上翻飞。随着他的动作，一块惨白的还滴着皮下脂肪的皮肤，从它的胫骨处被扯了下来，一块白森森的骨头在烛光下闪烁。父亲把一块毛巾覆盖在伤口上来止血，但毛巾立刻就被血浸透了。他仔细把皮剥下，然后扔在脚边——那堆血肉正变得越来越高。这么多血，让我站不稳了。有那么一刻，我的思想超出了控制，盈满了一种对于原始野蛮的渴望。他在做什么？这不仅仅是活体解剖了，这比那走得更远。

他在创造某种东西。

父亲走开了，清除了视线的障碍，我能清楚地看见手术台上的一切：一条被搁置在床单外的腿。我的喉咙发紧，在本该是脚趾的地方，悬挂着一截残肢，血淋淋地裹在绷带里。不，不，这是不对的。这次是我自己的声音，而不是母亲的。无论他发现了什么，无论他所追求的目标是多么崇高，他已经跨越界限进入了禁区，再也无法回头。

那个生物的皮肤看上去异常苍白而病态。他肯定把这生物大大"修剪"了一番，因为除了扭曲的膝关节外，它的腿看上去和人类的差不多。我咽了口唾沫——我之前曾见过同样难看的扭曲，就在巴尔达沙和其他岛民笨拙的四肢那里。

这不可能是巧合而已。他在实验室里所做的究竟是什么在我心中有了一个模糊的概念，这让我心神大乱。他在给岛民们做手术……但是，为什么呢？

父亲拿着木夹板回来了，他要把它固定在动物的脚踝上以防它乱动。当他把手指精确地按在膝盖两侧时，单调的哼唱声消失了。他嘟哝了一声，用身体压着那条腿，然后敲碎了它的膝盖骨，使它再无法撑起来。

我再也无法控制自己，发出了一声惊恐的尖叫，好在动物的哀号也在同时发生并将我的声音淹没。它的哭喊声震得玻璃橱柜叮当作响，一支蜡烛从架子上跌落然后砸在父亲手上。他诅咒了一句，猛地抽回手，拍着盖在那个生物身上的床单以减缓疼痛。

我移开视线，但已经太迟了——那个动物的身体不自然地伸展着，从四肢张开的情况来看那好像是一个人。但其实我分辨不出这究竟是什么生物，或者说，它曾经是个什么东西。

我差点把晚饭吐了出来。我眨了眨眼睛，努力将眼里那愤怒而恐惧的泪水挤回去。既是为那个野兽恐惧，又是为了我自己而感到恐惧——我竟然继承了父亲的病态好奇心。我本应该拔腿逃回房间并且忘掉这里发生的一切。我并不觉得那些鲜血和肌肉有多恶心，反倒是父亲的邪恶作为让我有如芒刺在背。正如他们所说，我的父亲是疯子，是恶魔。

他就是一个怪物！

门缝里传出他的声音。

"该死的东西！小子，过来按住这玩意儿！"

他在跟谁说话？我再一次强迫自己把视线移回门缝。手术台上的生物已经挣脱了一只手铐，它在使劲晃动桌子，试图松脱身上的束缚。另外一个人影从某个黑暗的角落里出现，如鬼魅般进入了我泪眼朦胧的视线。当他逐渐靠近烛光的时候，我认出了他那遮住眼睛的金色长发，还有那张深褐色英俊的脸庞。他把全身的重量压在桌子上，将那具躯体固定下来，并将一枚针扎进它的手臂。我的心跳到了嗓子眼儿。

这个人是蒙哥马利！蒙哥马利不仅仅知道父亲在进行的这些实验，并且还在帮助他！我紧紧地闭上眼睛。不，那不是蒙哥马利。

就在这时，我的膝盖一滑撞到了实验室的锡门，它随之发出了一阵令我呼吸停滞的摇晃。我鼓起勇气扫了一眼实验室，父亲已经转过头来，锐利的目光凝视着门口的缝隙。

"谁在那儿？"他咆哮道。然后，他又继续大吼，"蒙哥马利，把人给我找出来！如有必要，记得带上猎犬。"

我砰地一声把门关上。我的四肢都在发出催促着让我赶紧离开的尖叫声。快跑！

但往哪里去呢？大门已经上了锁，我被困在这里了。

我冲入黑暗却温暖的谷仓，躲藏，逃避，踱步。我瞟了一眼屋顶，是茅草，所以我可以通过屋顶爬出去。外头的荒野充满了未知，但总比面对实验室里所发生的已知要好得多。我抓起草耙，站在锯木架上保持平衡后，用力地刺向屋顶的茅草，然后躲开坠落的稻草跟秸秆，直到一道月光从洞里倾泻而下。我把自己吊在宽椽横梁上，踢打着双脚，借力把自己从杂草间拉上房顶。我终于出来了，夜里的空气是如此的温暖。

不管那里有什么，只要让我远离真相就好。

院子里响起了沉重的脚步声，是蒙哥马利。他很快就发现我不见了，然后拖着猎犬去追捕我。他很快就要把我拽回到父亲的梦魇中。

我再次从屋顶爬了下来，踢开兔笼的门闩，揪住两只活蹦乱跳的兔子。它们在我的手里挣扎着。我重新爬到锯木架上，把它们推出茅草洞，然后在把我自己弄出去之前，将剩下的兔子都扔了出去。兔子无法止住猎犬的追捕，但它们可以使狗追踪到我的速度慢下来。

我终于跳到了地面，一阵钻心的疼痛从胫骨传来。之后我便拨开灌木丛，开始了没有方向的逃亡。

19. 只有三根脚趾的怪物

直至第一道日光划破苍穹，我才停下了脚步。远处如同鬼魅的狗吠也许只是我的幻想。远处的水声越来越响，我顺着声音前行，一条小溪映入眼帘。我一头扎入水中，大口喝着凉爽的溪水，以缓解喉咙的燥渴。

昨天晚上真是疯狂的一晚，月光下回荡着阵阵尖噪声，逃离似乎势在必行；但在白天，我怀疑自己的决定是否正确。我的手臂上尽是红色的擦痕，我知道我的脸看起来必定也差不多。脚上的拖鞋紧紧地粘附在肌肤上，已经磨损得不成样子了；我小心翼翼地把拖鞋撕扯开来，疼得脸部肌肉都在抽搐，然后把它们扔进了溪水里，反正它们现在已经没用了。我把双脚伸进溪水里来缓解刺痛，我用手捂着脸，让自己沉浸在小溪的流水冲击声中。

一只手搭上了我的肩膀。

我跳了起来，张口欲叫之际，他的另一只手掩住了我的嘴。

"嘘，朱丽叶，是我。"

惊慌使身上母亲的裙子被河边的石头磨破撕裂。"爱德华！"

汗水从他脸上流下。我只能死死地盯着他，仿佛他是一个幽灵。他在跟踪我。那个梦又浮出脑海——他手上的血，那冰冷的吻。

"你在这儿干嘛？"我在急促的呼吸之间问道。

"我从窗口看到你，你匆忙穿梭在丛林中，就好像是有个恶魔在追赶你一样。"他把水泼在他的脸上和脖子上降温，再用袖口擦掉水滴。"我是来找你的。朱丽叶，待在这儿不安全——"

"你看见了吗？实验室里发生的东西？"

他顿了一下，收起我的伤脚和撕破的衣服。"没有，但我听到了惨叫声。我能猜到他在那里做些什么。我告诉过你，没有充分的理由一个正常的医生是不会到这里来的。但你不应该逃跑，这很危险。我不能让你受哪怕一丁点儿伤害……"

我的心脏拧痛了一下，他竟冒着如此大的安全风险来找我。随后我想起了自己为何而逃，正是我的好奇心驱使我像一个饥饿的野兽想要捕杀新鲜猎物般走进了实验室。我不禁打了一个寒颤，对自己也感到了恶心。

"我必须得逃走。"我重新把注意力放在剧痛的双脚上，努力让自己的意识集中于克服这钻心的痛苦。"我看到了一些东西，可我真的希望自己不曾看到。"我望着他的双眼，想知道他是否坚强到足以去面对真相。他曾被困于茫茫大海二十多天却还能幸存，他有勇气从养尊处优的环境中逃离——这不是一件容易的事。我体内的某个因子促使我去测试他的坚强程度，去看看他能够承受多少。

他压低了声音。"你看到了什么？"

我闭上了双眼，脑中回放在实验室里的场景。扭曲的肢体，就像巴尔达沙和其余的岛民；所有笼中的动物。我的大脑已经怀疑这些事件的种种联系，尽管我的内心并不愿意相信：父亲很可能在创造某种东西——生物——通过活体解剖动物获取原材料。

我摇摇头。"无所谓，反正我不能回去了。我想有可能还有其他人在岛上。比如传教士，也许……"

"待在这很危险。有人死掉了。"

我皱起了眉头。"是那个被杀的岛民吗？父亲说这是一个意外罢了。"

"没有意外。没有人的心脏会意外地从胸口被掏出。"

僵硬从脊椎蔓延至双脚。我怀疑父亲没有告诉我真相，但不是像这样。"你是什么意思？"

"他们在海滩附近发现的尸体，尸体胸部有三道爪痕。这不是第一起事故了。他们还在寻找其他尸体。帕克告诉我了一些可怕的故事。"

我扫视黑暗的丛林。爱德华担心的不是猎犬，而是危险的野兽。我记得巴尔达沙的胸前围着的子弹带。父亲悠然自得地吃着草莓，告诉我没什么可担心的。

我摇摇头。"蒙哥马利会告诉我的。如果这儿很危险，他不会让我来的。"

"蒙哥马利已经离开这里六个月了。他不了解情况"，爱德华继续说道。"他们并不知道是何物在杀人！这就是为什么我要来找你的原因。我们必须在它找到我们之前赶回去。"

"不！我无法面对他。你难道不懂吗？我再也不想见到他。"

"这总比被开膛破肚死去好吧！"他深吸了一口气。他说："你必须得回去。无论你在实验室里看到什么，都假装你没看到。只要时间长到足够我们想到办法离开小岛就可以了。"

"你不明白，"我恨恨地说。"他们欺骗我——父亲、蒙哥马利。自从我是一个小女孩开始，我便听闻谣言说……有一个丑闻……"我晃了下脑袋，眼泪差点夺眶而出，我恨自己的脆弱。这么多年来我的生活都取决于一个问题：我的父亲究竟是个什么样的人？

现在我知道了。

不过，爱德华并不知晓。他以为我只是来与疏远的父亲团聚。我俯身前倾，托住自己的脸。"你不明白。"

他停了一下，他的下巴开始抽搐。"我知道那个丑闻"，他说。

我的头猛地抬了起来。"什么？"

他端详着我，似乎在期待我的反应。"当我在伦敦的时候——"

树上有个东西在嗥叫，于是他沉默了。我一下子没站稳，差点滑倒在小溪里。那是一种邪恶的声音，不是人类的，也不是动物的。

爱德华按了下他伤痕累累的指节，重复他那句被我遗忘的话。他说："我们必须回去。你能跑吗？"他瞥了一眼我的赤足。

"我没问题。"

我们穿越丛林。地面是倾斜的下坡，我们磕磕碰碰地穿过葡萄藤，穿过荆棘，穿过绕着我们的四肢和缠住我们的脚的茂密枝叶。我被扭曲的根部绊倒，摔在地上，我的膝盖狠狠地撞在了一块尖锐的石头上，双手陷入在湿润的腐叶层中。爱德华把我扶了起来，我擦了下裙子上的泥污。

"嘘"，他说。"听！"

我俩并立着，我的头靠得离他的胸口如此近，以至于我能听到他的砰砰的心跳声。丛林中难免会有各种声音。虫鸣，鸟语，吱吱响与噼啪响，皆犹如低语。仿佛有人总是跟踪在后面，每时每刻都躲在叶子后头悄悄窥探。

"我觉得我听到了……"他的耳语声逐渐变小。有那么一刻，整个荒野似乎只有我们两个人，只有我们的心跳声。

然后，那个东西再次咆哮，既突然又刺耳。我能感到它狂暴的兴奋。不管它是什么，它已经掌握了我们的行踪。

我们在树木中来回穿梭，沿着树木间的狭窄空当，顺着倾斜的下坡冲去。仿佛小岛就在指引着我们前行。至于将去往何方，我并不知晓。

我飞快地回头望了一眼，想知道这到底是什么——野生动物还是什么更坏的东西。但丛林太过稠密，它可能距我仅一箭之遥，我却无法看到。

我实在是太累了，双脚尖叫着要求休息。我们来到另一条小溪边，爱德华冲进了石块之中，而我则停下来喘气，并将剧痛的双脚浸入水中稍作休息。我的心吓得砰砰直跳。当我抬起头，发现爱德华不见了。

身后传来某种未知物种的尖叫声。

"爱德华！"我惊慌地喊道。但溪水急流吞没了我的话。我挣扎着迈出小溪，不小心滑倒在泥浆里。我的手指抓着柔软的河岸土地，沿岸弯曲的荆棘缠绕着我的头发，扯住我的裙子，在我的双臂上刻下它们的痕迹。这大概是这座小岛在对我施加惩罚。我赤手将荆棘撕扯开，感到阵阵剧痛，却不以为意。这座岛屿并不打算让我成为它的囚犯。

一条荆棘藤蔓噼啪一声反击中我的脸。我在水中蹒跚前行，气喘吁吁，呼吸难以为继。

如果小岛不让我找到爱德华，我也一定会有另一种办法去到他的身边。我尽可能快地顺着蜿蜒的河床在小溪里移动。我这才意识到，溪水会洗去我的气味，那就没有什么线索能够让动物跟踪了。

除了爱德华的足迹。

我试着告诉自己，他会没事的。他比他看上去强壮。他是一个幸存者。

我停下来喘口气。我觉得自己好像站在那里很久了，听着，却一无所获。无论是何物在追逐着我们，我已经甩开它了。我扎进水中，让身体彻底浸泡在水里——我的眼泪与岛屿的溪流混合的水。

后来，我沿着迂回的小河走着，直到双腿已经麻木。我找了一根粗糙木棍来充当左脚的拐杖，血从我左脚大拇指上的那道伤口中流出。每向前迈出一步，我脑海里的想法就愈发疯狂。我仔细聆听狗吠声，寻找返回房子的道路。尽管这意味着我要把所有的反感、失望、恐惧的情绪埋在心底，尽量如常地面对父亲，但这样做至少我还能活下去。为什么他不告诉我那些土著人死亡的真相呢？

他还对我说了哪些谎言？

无论如何，我整个人生将取决于这一刻及蒙哥马利，而此时，我一无所有。我无法回到伦敦。我甚至无法再信赖蒙哥马利。

不管怎样，这都无济于事了。我迷路了，而且好几个小时没听到狗吠声。一种恐怖的绝望涌上我的心头。

溪流转向，前方，一座行将腐坏的扶手人行桥挡住了我的去路。

我很吃惊，便就此止步。有桥意味着人烟，虽然很显然这座桥已经被遗弃多年了，但这儿距离我们的房子够远了，而且也足够古老，因此不可能是父亲所作。我穿过树木环视，想知道是谁建起了这座人行桥，而他们还是否活着——他们是否是危险人物。可我听到的只有潺潺的水声和林间的风声。

我爬出小溪。这里的土地十分松软，我沿着这条小径小心翼翼的走着，直到走出这片丛林，来到一片长满杂草的空地。

一间破败的小屋坐落于空地中央。

我停了下来。

我不敢再靠近，尽管也许我能从里头找到些有用的东西。我记得父亲曾告诉过我的一些有关岛上先前的居民的事情。也许这是那些建造城堡的西班牙人留下的小屋，或者是那些英国传教士做的。可是父亲说他们已经全部离开了——可他没说究竟发生了什么使得他们全都离开了？

我绕着小屋转了转。小草柔软的叶片像羽毛一样在我受伤的脚上拂过。房子一个支撑梁柱已经倒塌，屋顶因此而下陷到一端，生锈的铁皮屋全都被侵蚀了。照这种情景来看，现在没有人能住在这里，但是曾住在此的居民极有可能会留下一双旧鞋，或者一把刀。哪怕是一块有根生锈钉子的牢固木板我也心满意足了——只要它能够拿来当武器。

我步履蹒跚地走向小屋，小屋的木楼梯早已腐烂坍塌得不成样子了，我把棍子丢到了一边，拖着自己的身躯走进弓形的门廊。我的脚在粗糙的旧木板上留下了带血的脚印，那些粗糙老旧的木板勉强支撑着我，让我穿过了门口。悬挂在那儿的门半开着，我必须让它开得更大些。

铰链发出的嘎吱响声让我毛骨悚然，我看了看里头，发现那里和小屋外部一样残破不堪。里面的陈设很简单，只有一张矮桌和一张木床架，没有任何人居住的迹象。我走进小屋，不料裙子被一股很大的力量拽住了，我尖叫着撕扯挣扎，却只抓到一枚床架上的钉子。一撮颜色暗淡的毛发也缠绕在钉子上。

这个发现让我感到喉咙发紧：这个小屋只是被人遗弃，却有可能成为了某些野生动物的领地。

野生动物……也许就是那个用爪子撕裂岛民胸腔杀害他们的家伙。我环顾这片空地，检查自己是否被监视了。一片叶子都没有动静。于是，我蹑手蹑脚地溜了进去，关上了身后的门，连气也不敢喘。门上有一个粗糙木质门闩，我摸索着把它闩上了。

阳光从生锈屋顶上的缝隙里洒下来，为房间带来了光亮，尘埃在光影朦胧的空气里旋舞。

我的呼吸渐渐平稳了下来。我告诉自己，这里只有我一个人。我用袖口擦了擦小屋里一扇脏而暗的窗户。外面只有空荡荡的走廊还有我的手杖，除此之外别无他物。

桌上摆着半截牛脂蜡烛的残根和一个脏兮兮的绿瓶子，上面积满了灰尘和硬化了的飞虫茧衣。我发现角落里有个橱柜，拧开门闩，柜门在我手中脱落，随即一些沉重而锈迹斑斑的工具砸到我脚上，我跳起来退了一步，紧张得心脏都吊在嗓子眼上了。又有一些工具爆出沉闷的金属撞击声。我蹲下去查看：有一把钳工锤；一根铁路道钉；还有一把陈旧的大剪刀。我双手按在大剪刀上，尽管刀刃已经钝了，它仍旧可以当做有用的武器，我捡起它来，把它装进口袋里。

我转身看见床，不禁倒抽一口凉气，呼吸变得急促起来。床上残存的稻草垫和褪色的旧棉被上铺着厚厚的黄色毛皮。一定是有什么东西把这张床用作栖身之所了，我猜应该是——某种动物——我的脑海里跃入一只能把人撕成碎片的大型野兽。

我哆嗦着摸索衬衫口袋然后掏出剪刀。与此同时，我的另一只手迟疑地触碰了下被子。手指头摸了下那毛皮，感觉沙沙的，表面凹凸不平。我不属于这儿，这是某个生物的地盘。

而且，它可能会回来。

直觉告诉我，我急需逃出这个地方。转身的时候，我瞥见在坍塌的壁炉上方的架子上有什么耀眼的白色东西，我走近去查看那是什么。

架子上是一个小小的玻璃瓶，瓶口破损了，里面有半瓶水。瓶中单插着一枝鲜嫩的白色花朵。

这表明，这儿是有人居住的。

我看着它，感到寒意遍布全身。

我终于明白，这里可不是什么野生动物的巢穴，而是某人脏兮兮的居所。我用尽全力向门口冲去，可是木闩怎么也打不开。

就在这时，走廊里传来了咯吱咯吱的响声。我迅速抽回了手，仿佛门闩着了火似的。在极度的恐惧中，我的身体动弹不得。我闭上了眼睛，准备迎接未知的命运。

我等待着。

我舔了舔颤抖不已的嘴唇，用口水湿润了它。

又一阵咯吱作响，接下来又是一阵响声，如同我的呼吸一般缓慢。有人正在木质地板上，往另一端的门走去。

我的眼睛猛然睁开了。一动也不敢动，生怕我的存在会被察觉到。在这位置，我只能从窗户角落往外望去，只见一个身材高大的人影投射在走廊上。

门把手咔嗒咔嗒作响。

我不敢出声，但皮肤上的每个毛孔都在无声地尖叫。要逃出小屋，没有别的路可走。窗户和门在同一边，烟囱也塌了。我向上看，斑驳的光点让我目眩——屋顶这样的状况绝对承受不住我的重量。

门把手再一次咔嗒作响。

我努力战胜着强烈的恐惧，因为慌乱只会让我手足无措，我需要理智。他比我高大，这是毫无疑问的，所以我不可能凭力量制服他。剪刀在我手上，随时准备出击。我要出其不意，他一打开门我就出击。应该袭击关键而柔软的部位，容易被剪刀刺伤的部位。他的腹部。不，他的双眼。面对一个盲眼的攻击者，我更容易逃离。

门把手再一次咔嗒作响，声音比上一次更大了。汗水顺着两颊止不住地流了下来。恐惧之下，潜伏着某种兴奋。我几乎可以尝到犹如烟灰味儿的兴奋：接下来的一分钟，我将亲手刺瞎一个人的眼睛。这让我觉得自己野蛮而强大。

丛林外的某处，一只猎犬狂吠起来。我的希望泛起小小的涟漪。

门重归于静止。猎犬再次嗥叫，随后更多的猎犬聚到了一处。它们已经闻到了我的气味，我试着透过窗户向外窥视，却一无所获。剪刀在我汗湿的掌心里打滑。

之后，正如来时一样突然，我听到门前脚步离开的声音。

我等了十秒钟，也可能是二十秒钟，我数不清了。门把手那儿仍然没有动静。我这才强迫我的双腿移动到窗户旁边。外面的走廊已经完全空荡荡了。

是狗把他吓跑的？还是说他就在拐角处打埋伏等着我自投罗网

呢？我尽我所能静止不动许久，一直等到空中飞舞的尘埃像毒药一样开始令我窒息了。我用剪刀猛击门闩，直到我能把它转开。小心翼翼地，我一寸一寸地推开了门。汗珠从我的脸上滚落，打湿了上衣。我向走廊迈出了一步。

走廊上空无一人，他已经走了。但他湿漉漉的脚印留在下陷的木头地板上，夹杂着我的血脚印。我蹲下身来细细观察最靠近门的脚印。和他的脚印相比，我的显得小多了。奇怪的是他打着赤脚，而更奇怪的是他脚趾的数目。

一根，两根，三根。

20. 每一个发现都令人发狂

猛然间，我抬起了头，目光在树上搜寻着，全身上下有一种被监视着的奇怪感觉。这个岛上充斥着各式各样的生物，尽管我还未见其影，但还是下意识地提高了警惕。这儿的生物习惯于悄无声息地爬行，像鬼魂一样隐匿在阴影里窃窃私语。每片叶子的空隙中都可能潜伏着危机。

我抓起手杖，借力从门口跳了出去，软软的脚掌触碰到的是硬梆梆的地面，疼痛的感觉从脚底传了上来。我完全顾不上这些，快步向这片空地的边缘走去。大滴大滴的汗水从脖子处往下淌，在胸口处汇成了一滩。前方凌乱的青草说明了不久前有人从这个地方走过，虫子在我身后吱吱地叫着。我觉得，这片丛林正在静默地注视着我的一举一动。

我转了个弯，径直穿过这片空地，沿着狗吠声向前走去，身边高高的草尖宛如刀锋一样划过我的衣服。透过树木之间的缝隙，我看到的是散落在四处的火山灰；但在这儿，我本应看到的是从大房子的烟囱里飘出的袅袅炊烟。不过我转念一想,大概是因为那里的人还没开始烧火做饭,或是我离那个地方已经太远了。我决定先绕岛一周,看看能不能找到离开的路。我离海滩越来越近,地势也变得逐渐平坦,但前方却是一片密集的荆棘地。我把手杖当作砍刀,一路披荆斩棘地前进。至少,一路挥舞着手杖的机械动作能让我暂时忘却不知该往何处去的迷惘,减少对爱德华是否安好的担忧。

我想,爱德华可能也像我一样在岛上漫无目的地行走着。他说过:"我知道那个丑闻。"可如果这是真的,为什么他先前什么都不说呢?如果他早就知道我的父亲是个疯子,为什么他会同意到这个岛上来呢?

我用手杖把一丛荆棘拨到身后,繁茂的植被纵横交错,让这个地方像座迷宫。要在这里找到爱德华·普林斯,大概跟绕清这片迂回曲折的地方一样困难吧。在我目之所及的范围内,每个地方的景物似乎都是一样的:枝繁叶茂的参天大树静静地矗立着,地面上是交错纵横的荆棘,如同野马身上的鬃毛一样凌乱。

远处传来了一声喊叫,这声音让我毛骨悚然,恐惧驱使着我向前奔跑。我能感觉到,那个只有三根脚趾的生物还在附近——我不知道那是个什么东西,它可能是个普通人,也可能是只野兽,更可能是个杀人犯。也许,此时此刻,它正隐匿在暗处,冷冷地看着我的一举一动,并如同鬼魅般紧紧地跟着我,如影随形,只待夜幕降临的时候扑上来撕开我的喉咙。我跑得越快,心中的恐惧也渐渐膨胀。我边跑边擦去额头的汗水,但它却不断渗出,沿着我的脊椎和手臂涔涔而下。我开始加快速度全力冲刺,直到冲进了一大片灌木丛中才停下脚步。我向四周张望着,试图辨别方向,却发现自己正在一条蜿蜒的小溪旁边。

我瘫倒在岸边,只听得见自己脉搏跳动的声音。一只鸟儿唱起了轻脆的歌,另一只也随之应和。鸟儿的婉转歌声使我心神镇定:丛林里可没有冲出什么如鬼似魅的追踪者。想到这儿,我松了口气。

我捧起河水往滚烫的面颊上扑,然后躺倒在苔藓和落叶上,深深地呼吸着林间清新的空气,试图使自己平静。在这座岛上,一切都是无法预料的，但所有的一切又都真实得像是一个充斥着幻想、谎言和矛盾的人。对于自己能够相信哪些东西，我全然不知。每个细微的声响听起来都像是追踪者的脚步，每条崎岖难行的小路也都不知通向何方。我要如何才能相信自己的直觉呢？就是因为对直觉的相信，我才上了这座岛，只为了验证我的一些推测——或者说，是一些虚无缥缈的希望——这个世界误解了我的父亲。

或许，我的直觉是错误的。

正想着，突然发觉我的视线开始模糊了，头部也好像被重击过似的疼痛着——今天早晨，我忘了注射药物。我抬手擦了擦脸，发现手臂上被荆棘划出了一道红印，鲜血从刮痕处淋漓而落。我轻轻地触碰了下自己的前额、脸颊和脖子，血迹便顺着沾在了这些地方，如同在皮肤上刷了一层红色的柏油。我已经成为了这座岛的猎物，但我并不为此感到痛苦，而是衣服上的裂缝和身上的血迹使我入迷，我开始感觉到我的理智正在慢慢偏离正常的人性。

父亲当初也有同样的心路历程吗？

忽然，某个行动敏捷、表皮湿润的东西迅速从我的手上滑过，我尖叫着一屁股坐了下去。只见那个东西在溪水中一闪而过，接着便在离我更近的地方出现了，移动之快令人难以置信。那东西只有老鼠一般大小，但它的肤色却很奇怪。我在河边坐得越久，就能看到越多这样的奇怪生物。我慢慢地弯下腰用手舀了点儿水，一抬头却发现一只那样的东西用后肢站在一块岩石上，头颅高高昂起。我不由倒抽一口冷气。不论是在生物书上还是在解剖书里，我都从未见过这样的东西。它体型比老鼠要小但却形似老鼠，身上也没有毛皮。这东西突然发出了一声粗哑的声音，之后就消失在了石头后面茂密的植物之间。有好几分钟，四周安静得连叶子都没再颤动，我的心跳似乎也跟着周围的环境一起静止了。

尽管生物学家总是能发现新的物种，但那些东西看上去实在不像是自然的产物。我的脑子被那些奇怪的生物塞得满满当当，都没有注意到自己的脚已经深陷在了一个满是沙子的池子里。池里的水呈现出奇怪的浅棕色，那些小东西聚集在池边，四处跳动着，呶呶作响。

"你们为什么这么兴奋呢？"我喃喃自语着，并涉水走到了池子对面。那些生物散开了，露出散落在地并且伤痕累累的大块鲜肉与毛皮——我认出来了，这是那只曾经被我放生的兔子。

这场惨绝人寰的屠杀是不久前才发生的。

凶手是某种比老鼠大很多的生物，或许它有三个能轻易杀掉岛上居民的巨大爪子。我匆忙跑回对岸，拨开修竹丛生的灌木丛躲了进去。那个形似老鼠的东西已经消失不见了，丛林中只听得到淙淙的流水声以及长年不息的鸟鸣。可逐渐，我捕捉到了两个异常的声音。

那是人类的争吵声。

那声音听起来奇怪粗哑，说话节奏却很轻快，跟巴尔达沙的嗓音很像。"你不应该在污泥中爬行"，这是巴尔达沙曾对我说过的话。"你不应该再杀害其他人了"，岛上居民的声音在我脑海里回荡着，这话暗示着他们很可能会忠于父亲的指令把我带回他的领地。但这时，另一个突然萌生的想法却打断了我的思绪：我并没有证据说明凶手是某种野生动物，对人类而言，伪造一个形似利爪痕迹的刀伤根本不算什么难事。

我悄悄地向他们爬去。

"他说的，凯撒。"其中一个人说。

"不应该吃肉，不应该吃肉。这都是一堆废话。"另一个人答道。

我整个人趴在一堆干枯的树叶上，通过纵横交错的根系朝他们看去。从背部的轮廓来判断，我可以确认他就是岛民。他们边争吵边拖着脚前进，步伐迅捷而古怪。茂密的灌木丛挡住了他们的下半身，所以我无法看到他们是不是赤脚，也无法数清他们脚趾的数目。

透过叶子组成的屏障，我分辨出其中一个男人的体型跟巴尔达沙差不多，可能还要更魁梧些。他的头发乌黑却没有光泽，穿着一件帆布夹克衫，跟蒙哥马利身上那件一样。另一个人的体型要小一些，穿着一件脏兮兮的白色衬衫，衣领垂到了背上，淡黄的头发在后颈处乱作一团。一眼望去，这两个男人的畸形程度比我在父亲那儿见到的仆人还要严重。

"不能吃肉"，那个大个子咕哝道，把某样东西递给了另外一个人。我认出是那只兔子的头，汗水在我脸上流淌着。蒙哥马利曾说过他们不吃肉，但把一只兔子撕成两半听起来可不像是一个素食主义者会做的事情。"还不能杀生呢"，他又加了一句。

显而易见，这两个男人绝不会是我的同盟。但在这时候再溜回小溪也是很冒险的，现在哪怕是某根树枝突然折断的声音就足以暴露我的存在。

那个金发男人挥舞着兔子头咆哮着："废话！都是废话！"较之他的同伴，他走起路来显得稍微从容些。他敏捷又迅速的步伐总让我联想到库里蒂巴号上的那只美洲狮，它一直在来回走动，那步子是那样的紧迫，似乎它随时都会暴起伤人。大个儿男人走起路来则要滞重许多，给人的感觉是他并不惯于用自己的脚走路。他们又开始争吵起来。

尽管很害怕，我仍然目不转睛地盯着他们。达尔文在他的著作里谈论过人与动物的联系，甚至暗示过人类是从某些原始的类动物形态中进化而来的。这些人大概就是这类活化石，可以用来证明达尔文的理论。但我突然想起了父亲实验桌上那个奇异扭曲的肢体，这些生物到底是生物进化中的一环，还是父亲的实验产物？这个想法重重地击中了我。如果我这近乎疯狂的想法是对的，如果父亲真的是在用被囚禁的动物来制造新的生物……不！这些事情是不可能的！

我突然感到腿部传来一阵剧烈的刺痛，我强忍着不发出声音，肯定是有只蚂蚁爬进了我的裤子里。好吧，在这种情况下，只能任由它咬我了。但很快，一只更大的东西爬了过来——这是一个拳头大小的块状物。它爬到我的腿上，似乎把我裤子上的褶皱当成了波浪。接着，这个光滑得如同一双丰腴玉手的东西便从我大腿赤裸的肌肤上爬过。

我吓了一大跳，开始什么也不顾地疯狂抖动我的衬衫，直到一个像老鼠一样的小动物跌了出来才停下。我看着它匆忙地溜走了，并且消失在了腐木间，我的手还在剧烈地颤抖。之后，我又突然想起在我前方还有两个男人，于是赶紧又伏下身子紧紧地贴住了地面。我小心翼翼地抬头观察他们的动静，那个小个子男人已经转过头来，锐利的目光直直射往我藏身的这一片灌木丛。

我的心跳到了嗓子眼儿，不知道他是否已经看到了我的动作。无论如何，现在我可以清楚地看见他们的脸了。他们面貌十分丑陋，实在是让人难以恭维。那个黑发男人跟巴尔达沙一样有像熊一样突出的下巴，但打扮上却比巴尔达沙要邋遢得多。他的一颗牙齿有我的拇指大，从下唇翻了出来。

那个金发男人的脸也同样奇怪，让我难以移开目光。他的皮肤被细细的黄色毛发覆盖着，上面还有些棕色的印记。他那锐利的目光在两道浓眉下熠熠生辉，鼻子则宽且平，使他看上去如狮子般威严。当他皱着鼻子呼吸空气的时候，我分明看到了他那尖利的牙齿反射出寒光。

我想，这些就是蒙哥马利害怕的东西，也是那么多枪在丛林边上警戒的原因，是如此多担忧的目光对准这片丛林的缘由。蒙哥马利与父亲害怕的也正是这些东西。

那个金发男人直盯着我的藏身之处，他的同伴冷哼一声之后又开始说话，但他抬起一只爪子制止了他。他凝视着我所在的方向，仿佛我是一个猎物一般。此时，他的鼻孔扩张着，眼睛也眯了起来。接着，他抓住了那个黑发男人的帆布上衣，粗鲁地把他给拖走了。很快，他们就踪迹全无了，仿佛不曾出现过。

过了好一阵我才恢复了冷静思考的能力。夕阳将落，薄薄的雾气笼罩着这片森林。那两个男人随时都有可能折返回来，或许他们现在就已经在跟踪我了。如果他们真的在某个地方观察着我并等待时机攻击我的话，我唯一能做的事情就是接着前进。我全身颤抖着，但还是循着水声向溪边走去。要想在这儿找个安全的地方过夜，似乎不太可能。

我沿着小溪走向了岛屿深处。突然，我听到了水流下落的声音。

循声往前，是一片开阔的空地，奔腾而下的瀑布将月光反射到了一个深潭里。在满眼都是树木的黑暗小径里走了这么久，看到月光将银色的清辉洒向大地，感觉一切如梦如幻。这座瀑布看上去过于光亮，反而有点奇怪，好像有盏灯在里面发光似的。我小心翼翼地沿着瀑布旁岩石丛生的河岸前行，脚在光滑的石头上直打滑，旁边的瀑布发出震耳欲聋的吼声。我爬上一处凸起的地方，竭力在石头的斜面上保持平衡。

忽然间，我发现岩壁和瀑布之间有了一个缺口，大小恰好能容一个人滑下去。我停了下来，紧紧盯着缺口里面，一团火焰似的红光映入了眼帘。

"那是……火吗？"我喃喃自语。可就在这时，两只手从瀑布后面伸了出来，紧紧抓住我的双肩，把我拉了过去。

21．爱德华所知晓的真相

水花喷溅着，我本能地对身后的袭击者拳打脚踢，但强劲的水流逼得我无法睁眼。很快，水就不见了，我被拖进了一个狭小的洞穴里。这里唯一的光源是一堆燃烧着的篝火，就着火光，我看清楚了那个拉住我的人。

"爱德华！"我惊喜地叫了出来。他显得很憔悴，衬衫被撕开了一条长长的裂缝，裤子的膝盖部分也沾染着凝固的血迹。我已经筋疲力竭，但故人重逢的喜悦让我不假思索就冲上去搂住了他，只为了真实地感受他的存在。

"我真怕你被那些狗逮住了"，我说。

"放心，我的动作可比它快。"

我的手指紧紧地抓着他脏兮兮的衬衫，力气大得差点把他衣服的纤维扯了出来。此时此地，他的双臂紧紧地搂着我，我多么希望能够恰当地形容出这种轻松的感觉。

他的手寻到我的腰，便收紧手臂把我揽得更近了些。有好长一段时间我都没有再想起那些可怕的事情，现代社会的条条框框在这瀑布面前只显得微不足道。我直起身，想问他是否安好，但他脸上流露着的那令人窒息的欲望让我把所有的话都噎了回去。当我正努力理清我的思绪的时候，他突然低下头，吻住了我。

他的嘴唇是如此冰冷，与我在梦里感受到的温度一样。我十分地惊讶，以至于当他双手更用力地抱住我的腰时，我几乎已经无力思考。当我终于有了点知觉后，我使劲把他推到一旁，速度之快堪比他低头吻我之时，然后我慢慢地挪到了洞穴的另一边。

我未曾料到，当我们双唇相接时，我的身体居然会这样强烈地颤抖。这种形式的欢迎也未免太令人诧异了吧！

"朱丽叶……"他开口道，声音一半是歉意，另一半却是挥之不去的欲望。"真的很抱歉，我以为——"

"别再说了！"我打断了他的话。洞外的水声震耳欲聋，几乎淹没了我的声音。"忘了刚刚发生的事吧！"

他在洞穴里来来回回踱着，带着几分狂躁与不耐。情感上他似乎想靠近我，但理智却告诉他不应该这样做。"我不想忘记这些。"

"爱德华，求你……"我瘫倒在冰冷的石头上，合上了双眼。水渗到了我衣服的里层，鸡皮疙瘩起了一身。

他停了下来，"是蒙哥马利，对吗？你喜欢他。"他在等着我的否认，那双金色的眼睛里闪耀着火光。可我没有做出任何的回应，现在我对他所说的这点并没有任何想法，我需要时间来思考，来弄清楚我的心意。

"你说过他曾经是你的仆人，"爱德华开口打断了我的思索，"所以你们之间并没有什么不妥吧！"

"没有。天呐！我真的不知道这一点。"

爱德华提高声音，压过了外面咆哮的水声，"他在实验室里工作，不是吗？他在帮助你父亲制造那些畸形的玩意儿。朱丽叶，他就跟你的父亲一样坏！你怎么能够爱他？"

"我从来没说过我爱他！"

我的脑子里有着很多激烈的想法，使我的脉搏跳得更快了。但脑中突然闪过爱德华的某句话，让我纷乱的思绪停了下来，爱德华所说的前后并不一致。"你不是说你没见到实验室里发生的一切吗？那你怎么知道他们在那里做什么？"

一丝内疚滑过了他的脸颊。看到这样的神情，我便明白了——他先前所说的话都是骗人的。我刚刚的挣扎使那堆篝火的灰烬都散在了地上，他便趁机跪在地上重整火苗以避开我的目光。

我看着他把地上的灰烬扫在一起推进火堆里，然后缩回手以免被烧伤。"你知道这些事情多久了？"我竭力保持着声音的冷静。

他慢慢地站起身来，双手用力地在裤子上摩挲着，火光在他的眼里跳跃，变幻出种种光彩。有好一阵，我们都静默无言，只好紧盯着对方。我知道，他正在通过我的反应来决定要告诉我多少实情。

"在库里蒂巴号上我就知道了"，他说，"自从蒙哥马利第一次提到莫洛的名字，我就都明白了。"他紧张地握起了他那伤痕满满的指头，又开始来回踱步，然后说："我的叔叔认识苏格兰场的一名警探，那个人曾经参与过那件被称为'国王学院之屠杀'的案子。尽管他们没有对外透露什么，但他们怀疑你的父亲正试图将动物的不同部分缝合起来，以制造某种多少类似于人类的东西。光是他们的描述就足够恶心吓人了，导致我小时候常常做噩梦。当我在岛上看到巴尔达沙和其他的岛民的时候，我就知道这一切到底是怎么回事了。"在说这些话的时候，他的目光闪烁不定。我心里明白，爱德华不是别人眼中天真无知的年轻人，他有的是城府与心机。"原来，苏格兰场的想法是对的。"

"巴尔达沙是我的朋友"，我说，"他不是那种手术的产物。"

"你的朋友？朱丽叶，他是个怪物！"

我擦去了脸上的水渍、眼泪和汗水。爱德华并不像我一样了解巴尔达沙，他的外表是畸形的，可他绝不是怪物。

"他不是的。"我说,"辛白林——他只是个小男孩。至于那个长鳞的男人……"

"他的名字叫做帕克",爱德华说。

"帕克!"我说着踢开了一块还在发光的煤块。"帕克"一词的意思是"恶鬼",这名字与《仲夏夜之梦》里面一个妖精的名字一样。巴尔达沙和帕克的存在就跟所有童话一样令人难以置信,这么一想,"恶鬼"这名字还挺适合他的。"他们并非都是怪物。"

"你在为你的父亲找借口!"爱德华反驳道,声音渐渐拔高,我们开始嘶喊起来,但不再是为了盖过瀑布的声音。"你在替他的所作所为进行辩护。"

"你明明知道所有的真相却不告诉我!"我的双臂抱于胸前,转身面向瀑布,想让湍急而下的水流把我所有的想法冲走。爱德华是错的——我并非在为父亲辩白,而是想守卫我心中的那份自豪感:尽管父亲的所作所为是邪恶的,可他竟能把这种不可思议的事情做成功,这足以让我感到骄傲。毕竟,我的血管里流淌着父亲的血液,爱德华难道不清楚这一点吗?

然而,一个陌生人居然知道我穷尽一生力气寻找的答案,这个事实深深地刺痛了我。"你早就应该告诉我这些的。"

"你认为我为什么会到这里来?"他大吼着,"我本来可以待在库里蒂巴号上的!你以为我真的这么害怕那个白痴船长吗?我之所以会到这个岛上,完全是因为你!你根本不知道自己会陷入怎样的局面。你那么盲目,那么一意孤行,无视所有已经摆在你眼前的事实,铁了心地要向危险靠近!"

我来来回回踱着,把手臂抱得更紧了些。我意识到他所说的一切都是对的,其实我一直都知道这些事实。出卖我的是我的内心,我那软弱的、属于人类的内心,而并非我的头脑。

爱德华从来没有骗过我,是我一直在自欺欺人罢了。

我用颤抖的手掩住了脸,觉得整个世界都天翻地覆。我虚弱地说道:

"你当然应该待在库里蒂巴号上，你完全没有必要到这里来。"

"我来到这里都是因为你，朱丽叶！"他靠瀑布很近，流水像细雨一般打湿了他的肩膀。他擦去溅在脸上的水珠，说道："我来到这里是因为我没有办法不想你，即使是现在这样的情况也依然如此。"

有好一阵，整个洞穴里只有急流磅礴的水声萦绕着我们。他早就知道我的父亲是个疯子，但因为我，他还是来到了这儿。我的心重重地敲击着肋骨，声音之大似乎响彻了整个丛林。我轻轻地摸了一下被瀑布润湿了的嘴唇，被他亲吻过的唇依旧冰凉。我突然感觉自己还想与他再一次拥吻，但这样的想法是不对的。我的心属于蒙哥马利，而不是爱德华。先前发生了那么多事情，致使我无法弄清楚自己的想法。

我坐在洞穴的边缘上，紧闭着双眼，想借此平息内心澎湃的情感。

爱德华往前走了几步，然后叹了口气。他小心翼翼地坐在我身边，可一旦全身放松，他的脸部肌肉就因为疼痛而抽搐着。

我终于开口了："你受伤了。"我希望能借此改变谈话的主题。

"那些猎狗追我的时候我不小心摔倒了，好像有根肋骨摔断了。"

我从地上捡起一根细枝拿在指间旋转，希望以此分散注意力，让我不去想蒙哥马利是怎样帮助我的父亲犯下这样的滔天大罪；而爱德华呢，他本来是打算来保护我的，可现在却只是想要亲吻我。

过了一会儿，他从口袋里拿出了一把切牛排的小刀。

"你从哪儿弄到这把刀的？"我问。

"你们在饭桌上聊天时偷来的。"他拿起一根棍子，开始削尖它的一端来做一根长矛。天呐，难道我们已经到了绝境吗？他把刀柄握得很紧，看来他并不了解怎么把木棍削成一根长矛，或许他对此了解仅仅来源于《鲁滨逊漂流记》而已。

那根树枝在我指间停了下来。"你怎么知道会用到刀呢？"

"拜托，你的父亲在我来到这个岛之后的五分钟就试图干掉我，这可是个不错的提示！"

我又转起了那根树枝，拇指时不时地还刮落下一些薄薄的树皮。

最后，我把它扔进了火堆里。

"我在丛林里遇到了两个怪物"，我开口道，"它们不像巴尔达沙或者码头上的那些大个子，它们是野生的。它们杀了一只兔子，把它活生生撕成两半。如果当时他们看到我的话，我都不知道它们会对我做什么。"说到这里，我想起了那个人锐利的目光，让我忍不住颤抖。当时他的目光已经穿过那片竹林，直直地看着我所在的地方了。他真的没有发现我吗？

爱德华手上的刀子停了下来。"这太奇怪了。蒙哥马利说过，在这座岛上没有人吃肉。"

我也抱有同样的想法。我审视着爱德华，发现他并没有被吓得魂飞魄散。在火光的映照下，爱德华脸上的某些特质愈发地抢眼。柔和的光线打在他的前额和鼻子上，他的另外半张脸隐藏在黑暗的阴影里。在电灯普及的英格兰，他的容貌大概会使他如鱼得水、广受欢迎吧！一念及此，我不由得想，我们还有没有可能回到伦敦。在瀑布后面这个狭小的岩洞里，我跟爱德华就像是这世界上仅剩的两个人。

"我们现在能做什么呢？"我问道，"我们可不能一直待在这儿，下一艘船要一年之后才会到这儿来呢！"

"如果有船去澳大利亚或者夏威夷的话，他们肯定会经过这附近的。你也听到蒙哥马利说了，波利尼西亚航道离这里不远。"

"那我们是不是只能把希望寄托在偷一艘可以冒着险出海的游艇上呢？然后祈祷有船只可能会找到我们。"我紧紧地抱着双臂，全身剧烈颤抖着。"我们可能会在半途中迷路，或者遇到一场大风暴，甚至会因为缺水而死掉。你应该比任何人都清楚这样做的危险！"

他坐了回去，凝视着炉火。这一次，他的下巴停止了抽搐。其实，他很少谈起在维奥拉号沉没后所发生的一切，但他也没必要多说什么，他脸上被烈日晒出的水泡以及瘦弱的手臂早已说明了一切。他说："我们还有什么选择呢？你的父亲已经疯掉了。为什么他还没对我们采取行动呢？大概他正沉醉于实验，无暇分心吧！"

"他不会把我们怎么样的，他可是我的父亲！"我不愿理会爱德华说的那些话，不想去猜测父亲已经越过那条界限有多远。

爱德华把手放在我的脸颊上，使我的脸转向他。"你现在知道我对你的感觉了，但你不必对我承诺任何事情作为回报——我不在乎这个。我来这儿就是为了保护你，而且也打算一直这么做下去。明天我们就探路返回你父亲那儿。我们得假装一切安好——就告诉他们，我们只是在丛林里探险的时候迷了路，然后我们再想个法子离开这座岛。"他把我的头发掖到耳后，"放心，我不会让任何东西伤害你的。"

无意中，我发现了他的眼睛下面有一道新的伤疤，虽然上面的青肿已经消失了，但这并不意味着这个伤痊愈。它可能蛰伏在他的皮肤下面，一点点渗入到骨头里。

"那张照片是怎么回事呢？"我情不自禁地问了出来。

他脸上惊讶的神情稍纵即逝，紧接着皱起了眉头："什么照片？"

"我们救起你的时候在你身上发现了一张照片，但它被水浸得太厉害了，根本无从辨认上面是什么。但从那以后，我就再也没见过那张照片。"

他耸了耸肩，眉头皱得更紧了，回想到他在小艇上的时光似乎更让他心神不安。"我不记得有什么照片。"

我们静坐了好一阵，在瀑布后的私人世界里静静地聆听着瀑布的声音。我不相信他会忘记那张照片，可那是属于他自己的秘密，这也是他撒谎的原因。夜晚变得越来越冷，湿透的裙子紧紧地贴在我身上，我的皮肤变得苍白。无奈，我只好忸怩地脱下衬衫，放到篝火旁边烘干。我清楚地知道，这样一来，我的踝部与手臂都会裸露在他面前。果不其然，爱德华的目光在奄奄一息的火光里闪闪发亮，这样赤裸裸的目光使他看起来一点儿都不像一个绅士。但好在他没有再度尝试亲吻我。

密闭的洞穴总让我有种压迫感，就如同被他亲吻的感觉。我知道爱德华不会伤害我，但直到现在，我都不能够与他自如地相处。

我躺在火堆旁的地上，能感受到身体下面的每一块石子和每一条裂缝。爱德华就卧在我身后两英尺远的地方。这个距离足以让我们坐怀不乱，但我依旧感受到了他身体散发出的热气。尽管外面不停地传来瀑布咆哮着的水声，我的内心又盘旋着无数的问题，但我还是很快就沉沉地睡了过去。

我半夜醒来的时候，发现那些灰烬已经熄灭了，只有袅袅的烟雾还在空气中飘荡。而爱德华跟我也已经各自找到了安睡的方法：我的头靠在他的胸脯上，他的手紧紧地抱住了我的腰，我们的双腿以一种令人羞涩的方式缠绕在一起。我与他在一起时，并没有什么安全感可言，却像是一种我们还无法理解的深厚情谊。我恍惚记得，大概是在梦里，他用手环抱着我，深深地呼吸着我发间的味道，然后紧贴着我的面颊喃喃自语。我原本可以阻止他的，可我只是假装睡着了，身体还悄悄地靠近了他。

翌日清晨，当我醒来的时候，爱德华已经不知所踪。阳光透过水幕照了进来，身旁的炭也早已冷却。日光驱散了角落里的阴影，这个岩洞跟昨晚比感觉大不一样。它就是一个潮湿的、露出地面的岩洞，除了泥潭旁边聚集的苔藓之外别无他物。可能是因为这里的环境潮湿，蜘蛛多得超乎我的想象。

此外，我发现，爱德华昨晚临睡前放在火堆旁边的小刀也不见了。

我站起身，小心翼翼地从瀑布的缺口张望着。在池塘的暗处，有一个年轻男人正在洗澡。我迅速转回了身，看到爱德华的裸体让我觉得难为情，之前我从未见过任何一个男人的裸体。我突然想到昨夜我与他紧紧相拥的情形，他那短暂却坚定的吻在此时让我觉得非常温暖。

我在身旁的水坑里捧了些水洗脸，然后回到岩洞里看衣服干了没有，再清洗我手臂上的伤口。可不管我再怎么努力地让自己忙碌，我还是会情不自禁地往瀑布那儿看去。

"啊，真可恶！"我又回到了那道缺口旁，踮起脚尖，紧张的心砰砰地直跳到了嗓子眼儿。

还好，他现在正背对着我。他趟到有胸口深的水里，然后一头扎了下去。很快，他就咳着浮出了水面，还轻轻地按着受伤的肋骨。我从未见过他这样无忧无虑的样子。老实说，我从来没想过他会以这样暴露的身体出现在我的眼前。他没有蒙哥马利那样雄伟强健的体魄，但他瘦长结实的手臂的确有着令人不容置疑的力量——我又想到了他昨晚抱住我的情景，这让我脸上如同火烧一般红了起来。

我用手扇了些风在脸上，以缓解灼热之感。

正出着神，他已经洗好了澡，擦完头发爬出了池子。我的手在衣服领口处捻弄着，知道我不应该再看下去了，因为他随时都有可能转过身来。一想到这个，我的脸颊又开始变得滚烫。

他把裤子和上衣从树枝上取了下来，护着肋骨迅速穿好了衣服。他开始向瀑布这边走来，我赶紧回到了火堆旁边等他回来。我穿好已经干了的衣服，然后闭上了眼睛，努力使我的心情平静。我突然想到，如果妈妈看到现在的我，她会说什么呢？我之前从未与任何男子握过手，当然我也不该偷看一个男人洗澡。

正想得入神，一只蜈蚣突然从我裸露的脚趾处爬过，吓得我跳了起来。此时我才意识到爱德华到现在都还没有回来。我马上回到了瀑布的那道缺口处，水池里空无一人，四周也看不到爱德华的任何踪迹。

"爱德华?"我试着叫了一声，但没有任何回音。我从瀑布的那一边滑了出去，往丛林里走去。突然，我的脚碰到了一个已经腐坏了的黄色果子，但这儿依旧没有他的丝毫踪迹。

"爱德华，你在那儿吗?"我又一次喊道，但还是没有回音。正彷徨着，我突然看到落叶中的一点反光，便急忙冲了过去。那把银质的牛排刀半掩在落叶中，刀刃上还沾染着鲜血。

我边走边踢开地上的叶子，直到发现了池边松软的淤泥上的一些线索。纷乱的印记里既有许多足印，也有爱德华靴子深深踏过的痕迹。每个方向都有他们踏足过的痕迹，要在越来越热的天气里追踪这群人，我感到了一阵晕眩。而此时的我已经连续两天没有注射过药物了，我的头更晕了。

"爱德华"，我又喊道。只有一只鸟儿叫了一声，随后四周又陷入了一片寂静。

22．长着尾巴的捷豹

我随意选定了一个方向，开始奋力奔跑，满是瘀伤的脚已经支撑不住了。放在我口袋里的剪刀沉甸甸的，但我庆幸还有它和那把刀在身边作为防身武器。走在这片丛林里，那只被撕成两半的兔子一直浮现在我的脑海中，它竟是在几乎没人吃肉的地方被杀掉的。

看来，是有人事先尝过了兔肉的味道，瞬间又用爪子把它撕开。这里危机四伏，我必须在那些潜伏在四周的东西发现我之前尽快回到父亲的大房子里去。

走着走着，突然我的脚绊到了一个黄色果子。我停下脚步，细心挑选出几个完好的果子装进衣服口袋。我曾在父亲的住所看到过一碗这种果子，所以我知道它们是可以果腹的。在接下来的几个小时，我可能都找不到其他的食物了。我决定，先找到一条溪流，再沿着它走到海滩上。如果我环绕了整座岛后还找不到一条大道的话，我就爬到火山顶或它附近的地方，再从高处确定房子的位置。

突然，头上有只鸟叫了起来，声音尖利高昂。跟随鸟叫声，我又瞥见了那些老鼠一样的生物。它们也是父亲制作出来的吗？如果不是，莫非这座岛上除了父亲造出来的一大堆畸形生物之外，还有其他的奇怪生物？

现在，我正走在一条由雨花石堆成的小径上。沿着这条狭窄的小道前行，很快我又发现了一堆石头，正好可以作为我休息的地方。那些黄色果子的汁液已经渗了出来，染脏了我的口袋，但好在它们都还能吃。我吃了半打果子，把黏黏的核都丢在了地上。突然，我听到了某种叫声，不知道是昆虫还是鸟类发出的，我不由得攥紧了刀子。而很快我又意识到，只要有人看到地上这堆果核，就会知道我曾到过这个地方。

我把这堆果核扔进了灌木丛里，希望能够隐藏我的行踪。那些果核都看不到了，我感到很满意，然后又用衬衫擦干净黏糊糊的手。当我正准备转身离开的时候，突然发现，刚刚丢掉的一个果核居然以一个优雅的弧度从远处飞来，正好掉落在我的脚边。

我握紧手里的刀，不停地转动着审视四周。我感觉有什么东西就在这附近。

"谁在那儿？"我喊道。我的掌心里都是汗，但我竭力控制住自己的恐惧。只要那东西一出现，我就用刀甩向它的眼睛。

身后传来了一声像猫一样的咆哮声，我迅速转了过去，却空无一物。"滚出来！快给我现身！"我又喊道。

密林里又传来一声深沉的咆哮，叶子也仿佛畏惧这声音似的簌簌地抖动着。一个身影鬼鬼祟祟地向我靠近，他特意避开了斑驳的光点，那弯腰驼背的姿态让人很难发现他的存在。

这就是我之前见到的那个金发岛民，那个杀害了兔子的凶手。

"你！"我挥舞着小刀。看到这个人，我的内心充斥着的不仅是恐惧，还有忍不住的着迷。因为这个能动、能呼吸的生物可是我父亲的杰作！无论如何，我的父亲已经完成了一项不可能的任务：他几乎把动物转变成了人。

"给我退后！"我警告道。

"一会儿让我'出来'，一会儿又让我'后退'，丫头，还是搞清楚你要做什么再说吧。"他说话带有很明显的嘶嘶声。我本应感到害怕与恐惧的，但他的存在激起了我的好奇心——他究竟是什么东西？这样的念头让我完全忘记了恐惧。

"别再靠近了！"我吼道，手中的刀高高地举着。他从灌木丛中走了出来，然后安静地坐在这片空地的边缘。他的白衬衫上用零碎的亚麻布粗略地打了几个补丁，袖子卷到了肘部，露出了被金色体毛覆盖的前臂。这是我第一次看到他腰部以下的部分，那儿有一根尾巴在轻弹、摇晃。我的某块背肌不禁抽搐起来：他竟然有一条尾巴！

我观察着他移动的方式，如此悄无声息而又优雅美观，彰显了人与动物的完美协调。当我想到在库里蒂巴号上看到的那只猴子的时候，我霎时觉得我的内脏都收紧了——因为那时，我多么渴望能有一种方法使人跟动物能够互相分享各自的才能！

我的太多想法都与父亲不谋而合。

那个生物靠我更近了，也重新占据了我的注意力。"如果你打算伤害我的话，我就割断你的喉咙！"我威胁道。

"伤害你？"他的嘴唇卷成纠缠的一团，"如果要伤害一个迷路的女孩，我可有大把比丢果核更好的法子。"

"你是谁？"我厉声道。

"我叫捷豹。"他答道。

"捷豹？你是不是像其他人一样，是由我父亲为你取的名字？"

"捷豹。"他又重复了一遍。

"是不是我父亲把你制造出来的？是不是他把你弄成这个样子的？回答我！"

"迷路的人一定得小心。他们说这片丛林里很危险。"

汗水从我脖子直流到背上。显而易见，他意在恐吓我。但他如果真要袭击我，的确不必拖到现在，还跟我讲了这么多话。

我还是紧紧握住刀，但把它放低了下来。"你为什么要跟踪我呢？"我问道。

他昂起头紧盯着我："是你在跟踪我。当时你就在那丛竹子间观察着我们的一举一动。"

他当时的确已经看到了我，如果他真的对我有恶意的话，在当时就可以攻击我了，但他没有。我眯了眯眼，想知道这是为什么。他又卷了一下嘴唇作为回答。我发现，他真的很聪明，而且比很多人都要聪明。

"爱德华在哪儿？"我问。

"你说的是那个遭遇海难的人吗？"

我大惊失色，差点儿把手里的刀都摔到了地上。他怎么会知道这件事？

我的狼狈模样让他的笑意更浓了。"蒙哥马利曾经告诉过我他的情况，"他说，"他托我照看你，可没让我照顾那个人啊！"

"你是什么时候跟蒙哥马利说过话的？"

"唉，你的问题可真多。现在，跟我来吧。"

他的爪子卷曲着，向我挥手，尾部的尖端也在摇动，我觉得自己快要溺死在他那种带有催眠魔力的黄色眼睛里了。就在这千钧一发之际，我又冷静了下来。

"我不会跟你去任何地方的"，我坚决地说，手又抓紧了那把刀，"这么做太愚蠢了。"

"你如果离开了我，就没有任何安全保障了。"

"跟你在一起才不安全！"我后退了几步，一根树枝啪地一声被我踩断了。"我宁愿独自一人冒险！"

"你根本不知道是什么东西在追捕你"，他的鼻子在抽动，"但我知道。"

他的话让人很是不安。在这整座岛上，我已经想象不出还有什么野兽或人类能比他更可怕了。但是，如果他的爪下并没有欠着岛民们的命的话——尽管我并不能确定这一点——那么可能是其他的东西杀害了岛上的居民。

"是什么东西在追杀我呢？"我小心翼翼地问道。

"一个怪物。"他说，嘴唇以一种恼人的方式卷了起来。我不知道他是不是跟我的父亲一样丧失了理智，或者他只是在捉弄我。无论如何，现在的情况真是太荒唐了：跟一个活生生的实验品交谈，而且它还没有要伤害我的意思，我觉得光凭这一点就足以让很多人类汗颜了。

"我想回到大房子里去。"我说。

他扬起头，冷冷地说："那个血房子？"

我重重地吸了一口气。血房子，他所指的肯定只有一个地方：那个红色实验室。

"现在跟我走吧。别再问问题了。记住，别再问问题了。"

我颤抖着点了点头，然后带着刀跟他一起前进。他穿行在灌木丛中的动作非常轻柔，几乎没有留下什么足迹。我则大不一样，几乎每走一步衣服都会挂到旁边的荆棘，而且我发出的声响是他的十倍。于是我留心看他行走的姿势，分析他所走的每一步：先是脚趾着地，之后脚部再以滚动的方式让脚跟落地，这样脚部就只会轻触地面。他的身体重心在身体两侧交替，身体以几乎察觉不到的幅度微微摇摆，但这样却使他的平衡感变得更好。我开始模仿他的脚步，很快，我的脚步就几乎与他的一样轻了。

他没有穿鞋，我边走边一遍又一遍地数他的脚趾数目，但结果都是一样的：五根脚趾。也就是说，在那间小屋里跟踪我的并不是他，而是另有其人。

我悚然一惊：莫非是那个怪物？

捷豹在前行途中不止一次回过头来看我有没有跟上。有的时候他的影子似乎与整片丛林融为一体，就像其中的叶影一样难觅踪影，我要费九牛二虎之力才能跟上他。行走的时间久了，我的头部便开始隐隐作痛，整个人也被酷热炙烤着。我终于还是失去了平衡，不得不抓着一根树枝来稳住自己。一直没有接受药物注射的我终于在此时付出了代价，我觉得一切东西都在旋转，我视线中的一切都碎裂成了千千万万个黑点。

突然，我感到捷豹的毛皮正在粗粝地刷过我裸露的手臂，我吓得一跳而起，手握住了刀柄，尽管我已经没有任何力气举起刀来了。"往后退！"我说道。可我的耳朵被血液冲击，让我的声音变得微不可闻，"我只是需要一点时间休息一下而已。"

但他反而靠得更近了，我闻到他身上令人作呕的霉味儿，像是穿着没洗过的格子呢的人。

"你生病了。"他呼吸时温热的气息喷到了我的脖子上。

"我只是有点儿犯晕，很快就会好的。"说这话的时候，我用力拧自己的肘部来保持清醒。

他手指上厚厚的茧子已经碰到了我的前臂，他轻轻地伸直了我的肘部。被他这么一碰，我早已无力的手再也握不住刀了，只能任它坠落在地。我听天由命地闭上了双眼。

他的手指顺着我的手臂内侧往下拂去，随着他的触碰，我产生了一种复杂的感觉——虽然变态，但却有些熟悉。本来像他这样的生物是压根儿就不该存活于世的，但他现在却真实地在我身旁，我们还并排坐在这片静谧的树丛之中。

随后，他开始嗅我的手臂。忽然，某种温暖而又湿润的东西轻轻地击中了针孔的位置。

我费力睁开眼睛，发现他竟然在舔我的手臂！这让我十分震惊，吓得我立马恢复了知觉。

他竟然舔了我！

"让我走！"我努力推开他。

"你在使用医生的药物？"他说。

"没错。"我紧紧地抱住肘部，嘴巴半张着，努力寻找着话头，"我们接着往前走吧。"

我在心中不断地提醒自己：无论如何他都是种动物。他很危险。

"那就如你所愿吧！"他颔首道。

他带着我往丛林深处走去，一直都到了一个山谷。一路上我跟他保持了更远的距离。我极目远眺，发现山谷里是更多的树木和藤蔓。我们走进一片藤蔓似的树林里，那些植物都已经比我还高了。他的身影在前方一丛纤细的绿叶中若隐若现，我一点点地向远离他的方向挪动；我时而悄悄后退，时而静止不动，以防他发现我的动静，直到他的身形变成了极远处的一个影子。

然后我转过了身。我不知道他会不会把我带回到大房子那儿去，也不知道他是不是杀害那只兔子的凶手。

我也不想弄明白这些问题了。

我背离着他前进的方向，学着他轻盈的步伐，很快便消失在了这片丛林中。

23. 牧师凯撒

我已经走了好几个小时，虽然到现在我早就没有什么时间的概念了。这片包围着我的丛林不断地增高，形成了一座树木与石头的堡垒。天空被树枝割得支离破碎，从茂密的树枝间望去，我看到火山那亘古不灭的烟柱不断上升，上升，直入云霄。

过了一会儿，我闻到了篝火的味道。没多久我浑身都沾上了那股味儿，引诱着我向篝火的方向走去。突然我听到了一声轻微的敲击声，于是停住了脚步。前方茂密的树木通向一片空地，我拨开高高的绿草，发现自己正处在一个村庄的边缘地带。

我立刻掩住了鼻子，这股烟火气并不能遮盖住食物腐败的馊气以及久未清洗的动物身上的恶臭。村子外围有几间粗陋的茅草棚子，几条肮脏的小路将它们连了起来。成群的老鼠在这堆腐坏的食物间欢快地上蹿下跳，当我从旁边走过的时候，有一只老鼠发出了嘶嘶声。

我在一间棚子的门外站住，朝里瞄了一眼，发现了这里有若干生命存在的线索：一张由树枝做成的犁、一匹在角落里蒙尘的布，还有几个已经干瘪了的洋葱。

就在这时，先前听到的敲击声又开始响了起来，吓得我一跳而起。我辨别出那不是锤击声，而是击鼓的声音，还有动物的吱吱叫声和呼噜声夹杂在其中。这时，一个低沉的声音响了起来，盖过了其他所有的声音。

　　我不知道应该藏起来还是现身。尽管我不愿意相信这些岛上的人，但至少他们的生活形式还是比较接近正常人类的，而不像捷豹那样。我小心翼翼地走到另外一条小径上，在那里可以清楚地看到村庄里发生的一切。几十个岛民聚在一块儿，脚步踢踏间扬起一大片灰尘，手在空中不停地挥舞。他们大多数的穿着与捷豹相似，都穿着破烂的蓝色帆布衣裤，但有些女子仅用已经褪了色的布料裹住了身子。他们走起来步伐僵硬，肩膀也都缩成了一团，看上去怪异极了。

　　看到这一整村的人，我实在不敢相信这么多人都是我父亲的作品。他们的反常是显而易见的，可是，要制造出一种与人一样复杂的生物，还能说话跳舞，甚至懂得穿衣遮羞这样的基本礼节，这是绝不可能的事情。

　　突然，人群自动分开，让出了一条通道。在他们中间，站着一个身材高大的男子，他茶色的头发间赫然长出了一副鹿角。见到长相这么奇怪的人，我不由得张大了嘴。这副鹿角若是长在其他人头上，必定会显得奇形怪状，但长在他身上却有如浑然天成，无比和谐。他昂起头，高高举起了手臂，血红色的长袍淹没在尘土中。看样子，他应该是这群人中的神父。他说话的声音嗡嗡作响，就像甲壳虫在鸣叫一样。在他身侧站着一个男孩，身高只到我的腰部。我认出来了，那是辛白林，尽管此刻他身上可爱的气质已经被野性所替代了。他大概是感应到了我的目光，于是转过头来。他的目光牢牢锁定了我，然后指向了我所在的方向。

　　他们全都朝我转了过来。我感到一阵晕眩，他们的脸如同最可怕的噩梦。其中一个人的面相，大概就是世间所有谋杀犯面容的范本吧！

　　快跑！我的身体催促着我，可已经太迟了。他们已经扑了上来，肮脏的手揪住了我的头发，撕扯着我的衣服。他们把我拖到了鹿角男的身边，他举起手安抚了一下那些村民，止住了他们野蛮的嘈杂声。

"给我看看她的手。"他命令道。

在我旁边站着一个眼角上斜的秃顶女人，她的皮肤呈现出一种诡异的半透明状，使她看起来像是在反射阳光。她用她那光滑又有力的四根手指粗鲁地掰开我的手掌。我拼命挣扎着想把手抽出来，但却徒劳无功。

"哟，一个有五根手指的女的啊！"他说。

那个女人发出了嘘声，吐出了一条像蛇一样的叉状舌头。一看到这样的舌头我便想起，她这样的皮肤，我以前只在蟒蛇身上见过。在她身边站着个有着野猪脸的男人，他每根手指都少了一个指节，和刚刚那两个拉着我衬衫的肮脏男孩的手一样。除了那个身着长袍的高大男子，每个人似乎都是这样。那个男子的五根手指修长而僵硬，上面覆盖了一层厚厚的、粗糙的毛。

"这个女的有五根手指！"他大吼道，人们随之更加逼近我，他们呼出的酸臭气息让我感到一阵反胃。病痛正在缓缓地折磨着我，让我从骨子里变得虚弱不堪，无力反抗。

"你是谁？"我问那个穿长袍的男人。

"凯撒。"那个像蟒蛇一样的女人嘶嘶地回答，一边还用她那有力的手指抚摸着我的衣袖。

人群沸腾了，他们不停地大声重复那个单词，像是平地里响起的一阵雷声。

凯撒。凯撒。凯撒。

鹿角男示意他们安静下来，他头上鹿角的尖端在阳光的映照下发出微弱的光芒。"我叫凯撒"，他说，"是这座岛上的牧师。"

我在心里冷笑：一个野兽假冒成宗教人士在这儿招摇撞骗，这感觉就像巴尔达沙在船上宣读戒律、吟唱圣歌一样荒谬。之前蒙哥马利不乐意告诉我这些人的意图是什么，我现在倒是明白了。我本来还觉得他实在是太疯狂了呢！

"你从什么地方来的？五指女人？"他开始发问。

我竟然从他那深棕色的眼睛里觉察到某种过于人性化的东西。"英格兰。"我答道。

人群里机械地重复了一遍这个词语，但听起来带有浓重的异国腔调。

"那地方远隔重洋"，凯撒解释道。人们点点头并喁喁细语，但看起来还是有些困惑。

"跟你同来的还有另外一个人"，凯撒向那个野猪脸的男人点头示意道："把那个五指男人带过来。"

我紧张地看着他那来回摆动的头消失在人群中。那个像蟒蛇一样的女人急切而渴望地抚摸着我光滑的手臂，她的手指把我弄得很痒。另一个女人则溜到前方，把手伸向我的戒指，但蟒蛇女人厉声喝退了她，然后对我咧着嘴笑，好像我们两个人的地位要在他人之上似的。

就在这时，猪脸男人回来了，人群里开始出现叽里呱啦的说话声。他将一具伤痕累累且污秽不堪的躯体扔在我的脚边。

"爱德华！"我蹲下身来查看他的情况。他坐起身来，用手摸了摸头上流血的地方。"你还好吗？"我焦急地问道。

他点了点头，谨慎地看了一眼那个猪脸男人，然后用袖口把前额已经干涸的血迹擦掉。"我好得不能再好了"，他吐了一口血痰在地上，接着说道，"他们在瀑布后面抓到了我，你的父亲是幕后主使，这群人把他简直当神来看待。"

人群变得更加焦躁不安了。他们环绕着我跟爱德华，身体前倾，观察着我与爱德华的一举一动。辛白林跟其他两个男孩更是跪了下来，慢慢地爬近我们，但是凯撒指着他们说：

"你们不应该在泥地里爬行！"

男孩儿们瑟缩地后退，然后站起身来。

我正想站起来的时候，爱德华把我拉得更近了。趁着这几秒钟的空隙，他立即跟我说："不管发生什么，跟紧我。"

我还没来得及问他这话是什么意思，他的脸上就突然掠过了一层阴影，人群中突然安静了下来。我迅速转过身，本以为会看到另外一只野兽在凝视着我们的，然而见到的只是一把太阳伞出现在了爱德华的肩上。

24．又一个受害者

父亲竟然出现了！他微笑着说："啊，朱丽叶，原来你在这儿。可让我们一顿好找啊！"

我跟爱德华都站起身来。透过人群间的缝隙，我看到了蒙哥马利。他拄着枪站在马车旁边，躲开了我的视线。其实现在我看到他已经颇为释然了，毕竟是他把我们带回大房子里的，带到那个坚实温暖的家中，带我远离丛林中潜伏着的危险。可是，他将野兽固定在手术台上的画面却在我的脑中挥之不去。父亲边工作边哼着小曲儿，身边的烛泪一点点地滴下去，而蒙哥马利是他的助手。一种被背叛的感觉涌入心头，那感觉如同从小极度崇拜的偶像幻灭了，一切都只是我的幻想而已。但当我看着他时，我仍旧能感觉到两人之间的牵绊，尽管它在爱德华的介入下已经变得复杂了。

"啊，你已经见过我们的邻居了"，父亲开口道，"让我来好好给你介绍一下吧！"

父亲的表现可谓是无懈可击，看不出一丝他的秘密被戳穿的不安或愤怒。我看了一眼爱德华，我们曾经约好要把这场戏演下去，直到我们找到机会逃离这座小岛，但这实在是太难了。我的父亲已经遗弃了我，并一直用谎言敷衍着我，他摧毁了我的生活，我只想给他的脸一巴掌作为回报。现在我宁可去面对那个杀人狂也不愿与他一同回去。

那些野兽人用宽大的眼睛直直地盯着父亲，嘴唇因为激动不停地颤抖着。他是这儿的无冕之王。蒙哥马利在外围处来回逡巡，感觉像是一个不情不愿的王子。

　　突然我的双膝弯了下去，病痛又这样快地发作了，这使得我的腿不受控制地蜷曲起来，全身也在微微颤抖。爱德华伸过手来抓住了我的肘部，但我把他的手甩开了。我现在急需的是药物，也需要尽快摆脱父亲无所不在给我带来的窒息感。

　　我屈膝蹲下，呼吸变得十分急促，全身也在剧烈发抖。我试图努力平复对这个男人的狂怒，这个我曾经称之为父亲的男人。我感到爱德华的手搭在我的肩上，也隐约听到了几句让我安心的话语，可我听不清楚他具体在说什么。我的脑海里全部都是那只野兽在手术台上负痛挣扎的画面；让我更加痛苦的是，父亲那暴虐的血液似乎就在我的血管里翻腾。我用力捂住脸，担心自己控制不住情绪流下眼泪。但终究，我还是哭了出来。

　　之后，爱德华的手离开了我的肩膀。

　　我的眼角瞥到了迅雷不及掩耳的一幕。只听到一声脆响，我就看到了血色，目睹到这一幕的人们也开始躁动不安。

　　这一切都太快了。

　　父亲跌坐在地，双手紧紧捂着脸，手中的伞也掉到了地上。鲜血从他的指间不断涌出，而爱德华还保持着紧握拳头的姿势。他刚刚狠狠地抽了父亲的嘴，我惊讶得张大了嘴。

　　现在还要怎样才能假装若无其事呢？

　　爱德华松开了拳头，对我解释道，"他让你哭了。"

　　蒙哥马利穿过那些因为嗅到血腥味而狂躁兴奋的人群，到了父亲的身边。凯撒再一次让人们安静下来，他的袍子下端扫过地面，就像窗帘一样。他貌似比其他人要更文雅些，但抽动的鼻子仍然暴露了他对血腥的热衷。

　　此时蒙哥马利冲了上来，把爱德华撞倒在地。他们相互厮打着，激起了地上的大片尘土。那个蟒蛇般的女人迅速赶到了父亲身边保护着他，另外几个人也纷纷效仿。最后蒙哥马利把爱德华摔倒在地，将他的手反绑在身后。

我的头像宿醉过后一样地疼。蒙哥马利已经完全臣服于父亲的意志了，他无条件地支持着那些邪恶的工作，护卫着父亲的安全，甚至这样对待为我出气的爱德华。但我却真切地知道，蒙哥马利的本性并不残忍，他会变成现在这个样子也许是因为他从小就被父亲带到这里，又受到了父亲的教唆才做起了这些可怕的事情。可蒙哥马利本人并不是什么怪物，他不应该成为父亲的傀儡。

"别听他的话！"我大叫着，拳头重重地打在了蒙哥马利的肩膀上。我的反应让他有些不知所措，我想趁机撬开他制住爱德华的手。"让他走！"

"都给我住手！"父亲的声音如雷霆般，就像是上帝的声音。同时，还有少量鲜血从他的口中喷了出来。

一只粗糙的手立马掩住了我的嘴，我能感觉到上面有起伏的鳞片——这是帕克。我厌恶地往后退，想躲开他掌心的汗水。他用超过常人两倍的强大力量把我从蒙哥马利身边拽开了。

我的心脏剧烈地跳着，现场气氛十分紧张，大有一触即发的架势。那些岛民想要靠近，好向父亲献媚；但他却一边挥手让他们走，一边擦拭着他受伤的下唇。我盯着蒙哥马利，一字一句地说："不要听信他的任何一句话"，我体内的每一个细胞都在敦促我尽力劝服他，"你知道那是错的。"

但他却只是看向别处，避开了我的目光。

"看样子，现在已经没什么矫饰的必要了。"父亲将手帕扔在地上，又朝那上面吐了口痰。红色的血迹在白色的亚麻布上闪着红光。"看来，我们得先为他俩树个好榜样了。特别是你，朱丽叶。"

"我知道你在实验室里做的是什么勾当"，我啐道，"你就是个怪物。"

父亲深深地凝视着我，他黑色的瞳孔渐渐变得深邃而难以捉摸。他捡起地上的手帕将它折好，再放回衣袋里。"放了他们。他们不会再跑了，他们根本就无处可逃。"

帕克的喉间发出了一声低吼，但他还是放开了我。蒙哥马利也慢慢地松开了爱德华的手臂。

父亲捡起那把已经变得又脏又破的太阳伞，慢慢地说道，"这么说你已经知道一切了，是吗？你看到了手术台上的一切，也看到了岛上的这些人，理所当然就得出了最合理的解释，毕竟你是个聪明的女孩，而且远比我想象中要聪明。"他的黑眸闪闪发亮，"真可惜你不是个男孩儿。"

"你已经越过了那条界限"，我说，"创造新的生物是上帝的工作，轮不到我们越俎代庖。"

"呵，这话可真像你妈妈的口吻"，他说道，话里却没有半点儿称赞的意思。他穿行在这群野兽中间，不时地掸去他们头发上的尘土，拉平他们褴褛的衣衫，那样的关切就好像一个父亲照顾孩子一样。一个头发蓬乱得长到眼睛的男人看见父亲走近，自豪地站直了身子，父亲将手亲切地搭在了他的肩膀上。"朱丽叶，亲爱的，这些动物已经被赋予了卓越的天赋，他们是一种精密科学的产物。你难道没发现他们有多非凡吗？他们兼有人类的思维与操作能力，却没有人类的腐化与堕落。"

一股不可遏制的怒气正沿着我的脊柱迅速向上攀升。

"你被这个愚蠢的男孩给误导了。我一开始就告诉过你，他不属于我们。回到房子里去吧，你需要针剂来缓解病痛，也需要食物和水。我会把我的研究细细解释给你听。这个消息竟然给你造成了这么大伤害，我感到非常诧异。但只要你明白了这其中的科学道理，你就能完全地理解我了。"

我不断喷涌着的怒火甚至让我无视了从腿部逐渐侵入骨髓的虚弱，这时我才觉得病痛让我全身发冷，我不由得绷紧了身体。我跪倒在地，用膝盖支撑住全身。在我的双腿都剧烈颤抖时，蒙哥马利突然用手臂搂住了我，毫不费力地把我扶了起来。我能感觉到他的心脏有力的跳动声。

"马上把她带回去！"我听到父亲的声音，尽管我所有的知觉都在渐渐消逝。"至于你嘛，普林斯，回去之后，我们得重新掂量一下我们之间的协议了。"

我不由想，如果这份协议是关于我与爱德华之间的婚事的话，那么父亲现在大概不会乐意接受这样一个女婿了吧。

当蒙哥马利带着我穿越人群的时候，整个村庄似乎都在旋转。那个蟒蛇似的女人尾随着我们，用她那丰满的手指轻轻拂过我的脸颊。蒙哥马利命令她快离开，我抓住了他的二头肌，只觉头部一阵眩晕。我分明感觉到，他的心跳变快了。

"我是提醒过你的"，他在我耳边凶狠地低语道。

我听到了马儿发出的咕噜声，然后是马车后门那生了锈的锁链的响声。突然间蒙哥马利那坚实的手臂不见了，取而代之的是一块僵硬的木板。某个长长的、被布料包裹起来的东西就在我身边，我感觉一阵凝固血液的恶臭味堵住了我的喉咙。我想远离这个味道，可我连坐起身的力气都没有了。

"是你坚持要来这儿的"，蒙哥马利厉声地在我耳边低语。我不知道他是在对自己生气还是对我生气。"我本来应该拒绝的。我原以为……算了，现在都无所谓了……"

就这样，他离开了，马车也开动了。路面很不平坦，我在车子里被颠簸得很不好受。每一次撞到马车边上，我都怀疑自己是不是在风雨飘摇、巨浪滔天的海上。一个不注意，马车狠狠地一颠，就把动弹不得的我甩到了一个盖着布匹的东西旁边，我的手顺势打到了一个黏糊糊的东西。

我低头看着我的双手，指间满是凝固的血液。接着，马车又是一颠，我又滚到了一个帆布寿衣旁，那里面竟然裹着一具躯体。血从贯穿它面颊的三处伤口流出，浸湿了这一片织物。这又是一个受害者。

是那个怪物干的，捷豹曾经提到过它。

马车又一次开始颠簸起来，使得那块帆布从那具躯体的脸上滑开了，露出了里面包裹着的东西。那是一个女岛民，或者说她曾经是。

她的下巴已经被卸了下来，只露出了参差不齐的门牙，将她最后惊呼的表情永远地固定了下来。一道被砍伤的伤痕贯穿在她的脸颊与前额，上面已经覆盖满了一大群贪吃的苍蝇。我惊讶极了，但还来不及发出什么声音，就坠入了无边的黑暗之中。

25. 巴尔达沙也是父亲的作品

　　我醒来的时候，发现自己躺在一个大房间，脑子里一片浆糊。对于先前事情的记忆已经很模糊，但我却高兴能远离它们。只有一些零碎的片段还萦绕在我的脑海里，比如那个死去女人脸部脱落的皮肤，帆布上的那些血迹，还有那些苍蝇发出的如雷般的嗡嗡声。我的嘴里似乎还有一股挥之不去的血液的恶臭味，但空气中淡淡的薰衣草味道让我觉得舒服了许多。

　　突然，一阵轻柔的哼唱如同阳光般充盈在整个房间。我不由得想象自己回到在贝尔格雷夫广场的日子：妈妈在世的时候，她会这样一边哼着歌儿一边泡茶。这个幻想实在太苍白，伦敦与我的距离是前所未有的遥远。

　　我睁开双眼。渐渐辨别出那所谓的哼唱声只是一只昆虫在嗡嗡，但鼻间的薰衣草香味却是真实的。爱丽丝正站在梳妆台边摆弄着一个热气腾腾的铜壶，她背对着我，手掌在揉搓着花瓣，让它们吐出馥郁的香味。细小的紫色花朵在壶内不停翻滚，让整个房间都充满了令人安宁的香味。蒙哥马利在她身边，正用刷子把一种清透粘稠的东西漆在镜子上。我注意到，半面镜子似是被摔过，上面有几道像蛛网似的裂缝，可我却不记得它是怎么坏的了。

　　爱丽丝手捧着脸，呼出了一口轻柔的、带有泥土芳香的气息，然后把她那凹进去的双手递到了蒙哥马利那边。他深深地吸了一口气，然后对她微笑，那笑容里的轻松竟然是我自小就极少见过的。我的心也似乎被这笑容刺伤了：他们是在我的房间，但我却觉得自己才是一个入侵者。

"爱丽丝"，我开口唤她，名字从我嘶哑的喉咙里吐出来，很令人意外。她与蒙哥马利听到声音，惊讶地转过身来。爱丽丝的手本能地掩住了她的兔唇。我清了清喉咙，本来见到他们如此亲密，我应该感到高兴才是，可现在看到这样的场景让我的心里很不舒服。

蒙哥马利一手搭在床尾，脸上的光彩已褪去。"你醒啦？觉得怎么样呢？"

"车上有一具尸体，死人了。"

他手抓床尾板。"那是一个村里的女人。"

"又是一桩意外？"

他闭口不答。

我从镜子里看到自己的影像，镜面蛛网般的裂痕将我的脸切割成成百上千个碎片。"镜子怎么了？"

他看了镜子一眼，里面的他双眉紧锁。"不记得了吗？是你用银刷敲碎的。"

我坐起身，忍不住开始仔细打量这个碎裂的镜子。"我为什么要这么做？"

"你的确想过砸它。"

我忍不住傻笑起来，"我的头脑肯定会比我想象中更清醒吧！"

爱丽丝的大眼睛直盯着擦手的毛巾，蒙哥马利一直半张着嘴，我以为他要接着说点什么，可他只是摇了摇头说："我去告诉医生你已经醒了。"

我的表情变化在镜中一闪而逝。其实我不舍他离开，我仍然在意着他，尽管这是最让我愤怒的一点：因为蒙哥马利他自己知道现在做的一切都是错的，可却仍然忠于我的父亲。显然，我想砸的并不是那面镜子，而是父亲对他施加的迷咒。

爱丽丝把毛巾浸入铜盆里。随后,她的手轻柔地擦过我的眉毛,说:"小姐,他是个很好的男人,真的。"说这话的时候,她眼睛闪闪发亮。

我理解那眼神的含义。她爱上了他。

涓涓细流顺着我的面庞四处流动,弄痒了我的耳朵。她爱上了他,我想,这没什么好奇怪的。蒙哥马利是这座岛上唯一一个健全的年轻男子,而且他又很英俊。哦,对,他的确是个很英俊的男人啊。我觉得我的脸开始变得滚烫,忍不住暗暗责怪铜盆里散发出的灼热蒸气。

"你的突然失踪可把医生吓了个半死",爱丽丝轻声说,手跟着轻拍着我的脖颈。她真是一个温柔又漂亮的女孩儿。我之前是不是一直忽略了某种明显的东西?一种奇怪的感觉布满了我的全身,也许她和蒙哥马利是两情相悦呢。我突然觉得自己很愚蠢,我本以为蒙哥马利会对我有某种感觉,因为他已经告诉了我他能透露的一切,他还差点吻了我……是不是我之前的想法都只是我一厢情愿的夸张,而他其实心里另有其人?

"他早弄出来的东西才着实吓人。"我抱怨了一句,之后我所有的想法也都四散了。随着我的呼吸,薰衣草的香味盈满了我的身体,这味道本来是使我镇静的,但现在却让我有点窒息。"你知道那些东西的存在吧?"

爱丽丝用毛巾从我的鼻梁擦到下巴,然后开始擦拭我的脖颈:"是的,小姐。我们都知道。"

"用动物来制造某种人类,这是非常疯狂的行为。"

"但这就是这座岛上的生活。"

"你难道不害怕吗?"

毛巾停在了我的脖子上,她嘴唇抽搐:"小姐,我害怕很多东西。"

她开始用一把金属锉刀清理我的手指甲。我倒不是很在意那些已经结成块状的脏东西,但她清理它们的态度就像对待仇人一样,狠狠地,仿佛在发泄某种怨气。

"他把自己当成了上帝。"我说,但爱丽丝没有停下清理的动作,那把锉刀压在我敏感的皮肤上，让我觉得刺痛，"可他就是个疯子。"我接道。

她的手一阵颤抖，然后挥手将锉刀刺入我的肌肤，鲜血瞬间染红了指缝。不知道为什么我突然大笑起来，血流出得越多，我就笑得越开心，直到我觉得自己像个疯女人。爱丽丝用毛巾紧紧压住伤口。我注意到，她的瞳孔在张开。

"小姐，你应该好好休息。你的身体还没怎么恢复。"

笑声戛然而止，我把手缩了回来，舔干净毛巾没有擦净的血迹。那味道异常强烈，跟生铁的味道一样。我焦虑地问道："其他人都在哪里？我父亲在哪儿？"

"小姐，他们都在客厅里。"

我坐起身，随手扯了一件袍子罩在外面，连鞋都来不及穿便快步穿过庭院。

看样子我中断了一场气氛并不友好的茶会。桌上几块原封未动的小蛋糕似已风干，还有凉透的茶水。当我进入房间的时候，蒙哥马利正站着，之后父亲示意他坐下。我看了一眼爱德华，没发现他有什么明显的受伤迹象，看来父亲还没有为那一拳而报复他。

"你现在觉得——"蒙哥马利开口问道，但我不客气地打断了他的话。

"让'我现在觉得'见鬼去吧！如果你真想让我好受一点的话"，我环抱着双臂，冷冷地盯着父亲，"那就给我一个解释。"

让我满意的是，父亲合上了手中的书。很显然，使用不敬的言语是能够促使他人倾听的一个好方法。墙上的钟缓慢地嘀嗒前行，父亲点头示意我坐在皮制的扶手椅上。我屈从了，整个人深深地陷了进去，手紧紧地抓住扶手。而蒙哥马利则踌躇地站在了书架旁边，这样的距离既能使他把对话听得清楚，又能显得他仿佛置身事外。

"你认为我是一个怪物"，父亲终于开口，"或者一个疯子。尽管我可以向你保证，我跟蒙哥马利在这儿的研究与你的理解是完全相反的。我们可是开拓生物改造这一方面的先驱呢。"

"听你的意思，是类似屠宰场的营生。"我冷冷地回击道，挑衅的眼神直盯着蒙哥马利。

父亲没有任何畏缩。"我没有办法控制那一小撮无知愚昧的人的想法。"

"那些在你手术台上的生物呢？"我打断他，"它们应该打上什么样的标签？"

"它们不会思考这些概念的，朱丽叶。它们只是一群用来狩猎的豹子而已。只是它们不再渴求鲜肉，转而采集蔬果为食，同时它们能够与同类居住在一起。是我赋予了它们智力与理性。"

"这不可能，没有任何手术能够做到这一点。"

"我的技术早已超越改造身体。大脑也同样可以从手术的过程中受益。其实，要弄清楚大脑的结构是非常简单的事情，之后就是研究要扭曲、激发或切除哪个部分了。这些步骤当然就需要特殊的仪器以及多一点点的耐心了。"父亲说完，啜了一小口茶。

我不由得迅即思考，难道大脑里专门有一片地方主管残忍，可以简简单单地用一把手术刀切除？我转头，看见蒙哥马利在假装看书。他有没有尝试过阻止父亲？他做这些究竟是身不由己还是甘之如饴呢？

他似乎读懂了我的想法，并且十分生气。他啪的一声合上书本，随手塞进书架里。他的衣袖被松散的钉子划破了。他紧握拳头，怒气冲冲地盯着那枚钉子，似乎他的怒气能把它敲进墙里。

"我不相信你。"我说。

父亲微微一笑，"我这儿就有现成证据。巴尔达沙，你进来一下。"

巴尔达沙拖动笨拙的双脚走进房间，手里捧着一个茶壶。父亲指着一张凳子让他坐下来，他服从了，眼睛紧张地眨动着。房间的另一端，蒙哥马利的注意力已经集中在我们这边，他的脸抽搐了一下，估计是想到了某段回忆吧。他突然一拳狠狠地打向书架，那一堆书受了震动发出了咯咯声。爱德华扫了一眼噪音的来源，但蒙哥马利已经出门左转，离开了这间屋子。

懦夫，我想，就这样离开，让巴尔达沙独自面对父亲。

"现在，让我们聊聊巴尔达沙吧。"父亲的声音把我的思绪拉了回来。"他是我比较好的一件作品，甚至可以走在伦敦的街上了。尽管我不得不承认他歪了的前额还有浓密的毛发会显得很奇怪。但是他能够说话，能够思考，甚至有同情心。他甚至还会把菜虫送到外面，以防它们被鸡吃掉，对不对？"

巴尔达沙点了点头。

"现在，告诉我，朱丽叶，你会把他当做一个令人讨厌的东西吗？"

巴尔达沙咧嘴笑了一下，他还以为他是在取悦我们呢，完全不知道父亲正在讨论他那可怖的起源。我想起来了，在库里蒂巴号上，巴尔达沙会悉心照料那只小树獭；他听到我弹奏的肖邦乐曲时也会感动落泪。他的确有人的情感。

"当然不会。"我温柔地说。然后我硬起心肠说："可我也不会把他看成人来看待！"

"但是，他的的确确是一个人。"父亲辩驳道："一个从动物躯体里雕琢并加工出来的人。你没有必要这么害怕，朱丽叶，这就是一个手术。毫无疑问，你对很多常见的手术都是很熟悉的，比如接续断骨、截肢、植皮之类的，对吗？"

"是的。"我谨慎地回答道。

"不会有人质疑医生进行这些手术，也不会有人把它斥为屠宰——它们被称之为科学，但这一切其实与我在实验室里进行的一切都没有什么差别，都需要移植皮肤、固定骨骼。只是我要提醒你，我做的东西比那些个手术要更加复杂。你知道吗，我还有一个非常迷人的步骤需要完成，这是我最近分离胸骨的时候得到的灵感，将这一步臻于完美……"

他开始滔滔不绝地解释起来，里面夹杂着各种例子、细节以及工作的精密复杂程度。听着他的解释，我觉得喉咙一阵发干，意识也在模糊。他真的做成了。

我的父亲试图扮演上帝的角色，而且他成功了。

我有很多问题想问，如骨鲠在喉一般难受。嫁接皮肤要多长时间？为什么他要把成品做成人类的形状？把一颗心劈开再缝合会是什么样子？我着实惊讶于自己对这些答案的渴求。

爱德华却是反常地安静，也许是被这种恐惧吓到了吧。但于我而言，尽管我知道我应该厌恶这些，但我强烈的好奇心却在与我的人性剧烈争斗。

父亲接着说："比如说巴尔达沙就是部分狗与部分熊的结合体。"他沿着巴尔达沙的鼻梁画了一条虚拟的线。"你能看到狗的牙齿对他下巴位置的影响，但他的耳朵却是属于熊的。"

这时，蒙哥马利的人影出现在前门，我的心跳不由得加快了。他跪在书架旁，手上拿着一把锤子。重击声开始响起，每一锤子敲下去的声音都让我感到畏惧。

一声重击。爱德华身体向前倾，这样就可以在一定程度上忽略掉锤子的声音。"但那些伤疤怎么办呢？"爱德华说，"还有那些碎裂的骨头？你制造出来的东西没有任何手术后的痕迹啊。"

"哦，这就是我到这里之后的意外之喜了。这座岛与世隔绝，也就意味着基本没有什么病菌。如果不考虑感染因素的话，那些伤口几天就能痊愈，非常了不起啊。我想，在伦敦之所以失败了这么多回就是因为那里糟糕的空气吧。"他深吸了一口气，仿佛是佐证这儿的空气有多好似的。

又是一声重击。那根钉子被敲得更深了，就好像蒙哥马利想把它钉入我的心脏一样。修复一个已经松了的钉子需要多大工夫？他却不断地击打着钉子，似乎是下定决心想把它直直钉入书架里。呵，在坚定地做了这么多错事之后终于决心要做一件对的了吗？

我把手掌根按在发出剧痛的肋骨之间。

"那么，手术过程中的疼痛呢？"我低声问道。巴尔达沙的笑容消失了。我从眼角看过去，发现蒙哥马利手中的锤子也停止了工作。

父亲发出了一声冷嘲，然后又喝了口茶。"疼痛仅仅是大脑的一种信号而已，就像打喷嚏的冲动一样，虽然不舒服，但那是可以忍受的。"

我努力将某种沉重与苦涩的感觉压制下去。"你会使用麻药的，对吗？"

"不能。它会阻碍活体解剖的进程，使得躯体无法接受新的材料。不管怎样，动物早就习惯于疼痛了，这是它们与生俱来的部分。繁衍后代、掠夺食物以及争夺配偶，哪一件不会遭遇疼痛呢？事实上，疼痛可以变为一件非常有效的工具。我刚刚把它们造出来的时候，它们只是一些温顺得反常的生物，没有自己的思想。疼痛可以帮助它们突破这个状态，这个你也都见识过了。"

蒙哥马利最后一次挥舞锤子，将钉子狠狠地锲了进去，用力之大几乎能把木头砸坏了。我感到脊背上一阵发凉，这更加强了我对父亲所说一切的恐惧。他折磨着这些野兽，对它们的幸福漠不关心，就好像它们是一文不值的傀儡一样。我眯起了眼睛，想知道如果手术台上躺着的是一个活生生的人而不是动物的话，他会不会有不同的感觉。

但说实在的，我并不确定他会。

蒙哥马利把锤子放进了口袋里，我突然发现爱丽丝就站在门口。她站在门边肯定有好一阵了，足够她多多少少听到一些什么，她惨白的脸色已经泄露了这一点。蒙哥马利牵起她的手，带她离开了这里。

"那么，医生，你所做的这一切，究竟是为了什么？"爱德华问道，他的声音竟是出人意料的平稳。

父亲的双手交叠在了一起。"我所追求的是一种理想的生活方式。你会说像我们一样就行了，对吗？为了同样的理由而选择配偶并繁衍后代。但我们都想创造出一些比我们自身更加优秀的东西，或者说是完美的东西。对我来说，完美的东西就是兼有人类的理性和孩童——或者是动物的纯真。我已经离实现这个目标非常非常近了，你不知道有多么地接近。我想，有那么一回……"他黑色的眼睛闪烁着看向爱德华。"好吧，它最终还是失败了，就像之前的众多实验品一样。我并不总是试图创造人类，一开始我是从小东西开始的，比如说老鼠跟鸟儿，而且只是稍微改造一下它们的身形，做一些小小的调整。但这远不能让我满意，我不断地尝试创造新的东西，也养了许多家禽作为实验品。可惜，我还没有达到完美的境界。"他深深地叹了一口气，然后手指向了蒙哥马利。"蒙哥马利在照顾这些失败的实验品，教授他们英语以及一些基本的技能，还训练了比较聪明的一些东西在这儿为我们工作。嗯，蒙哥马利也在负责治疗他们。"

"治疗？"我问道。

父亲举起了手中的茶杯，巴尔达沙恭敬地往里面斟茶。有一滴水不小心溅到了他亚麻布的短裤上，他恼怒地挥手推开了巴尔达沙。"是的，治疗。"他心不在焉地回答，用一张餐巾纸擦干净那滴茶水。"我们会为他们供应免疫血清来避免他们的组织产生排异反应。如果没有这个的话，它们就会回复到原来的样子。你看，这就是另外一个防故障装置。如果它们有哪些地方不对劲的话，我们就停止治疗，这样它们就又会变成牛、羊或者其他无害的动物本相。"

"可它们并不是由单一的动物组成的啊"，我说，"它们是由不同的动物的不同部位缝合起来的。"

他耸了耸肩，"我想它们可能会变成形状非常奇怪的动物吧，但它们是确然无害的。"他又喝了一小口茶，然后愤怒地把茶杯塞进了巴尔达沙的手里，"茶都凉了！"

巴尔达沙盯着晃动的茶水，手足无措，不知该拿这杯茶怎么办。我双手轻轻地放在他手上，把茶杯接了过来。

"让我来吧。"我开口道，把我其他的问题咽了下去。我接过茶杯，然后一扬手把它扔进了火炉里，杯子碎裂成了千百片。白色的碎片铺展在地上，就像是刚下过一场雪。

爱德华惊讶地跳起身来，但父亲却没有退缩。

巴尔达沙控制不住地颤抖了起来。我把手轻轻地放在他怪异的、隆起的肩上。"别听他的，巴尔达沙"，我说，"你可不是什么怪物。"

我冷漠地看了父亲一眼，然后愤怒地走到了院子里。

26．更多的真相让人震惊

我停下来，在水泵上驻足。花园里，辛白林安静地将豌豆荚倒进柳条篮。又是平静的一天。村子里那些喊叫的动物已全无踪影。他哼唱着，曲调听上去很熟悉，但感觉怪怪的。旋律慢慢变得清晰，直到我也合着哼唱了起来，歌词也逐渐浮现。"冬天的故事。"母亲曾经唱给我听过的一首摇篮曲。而现在，这个被疯子从可怜的动物改造而来的小男孩，他也在唱这首歌。

为了逃避这个世界，我冲进马棚里。稻草看上去像是舞动的缕缕阳光。我颓唐地倒在一捆新鲜稻草上，身体深处阵阵痛楚。我双手抱头。耻辱、谣言、指责……和八岁时一样，到现在却才明白。

我的父亲是一个怪物，也是一个天才。

母亲的话语萦绕在耳边，她告诉我父亲所做的一切反上帝、反自然的事情。我却仍然有那么一丝因他而生的固执的骄傲，就好比心头的一块碎玻璃。我知道这不对。但他是我生命的一部分——我如何不因此而骄傲呢？

从马具间传来脚步声，我挪动膝盖，爬过去，凝视着旁边的隔栏。

蒙哥马利停下脚步，斜着身子靠在干草叉上，将一缕松散的金发撩至耳后。公爵从隔栏伸出头来，鼻子轻轻蹭着他的肩膀。蒙哥马利轻轻把它牵了出来。我强忍住内心的怒气。在这所有人当中，当然是他让我如此生气。这个我曾经崇拜过的男孩，如今却用一把手术刀和一副手铐出卖了我。

"你很擅长与动物打交道，"我冷冷说道，"或者我应该说创造物？"积攒几天的怒气如潮水般涌入脑海，让我狠狠地责备蒙哥马利。而事实上真正的罪魁祸首乃是我的父亲。

他双手擦拭着裤子，并不理会我的紧逼。拿起干草叉准备收拾稻草堆。

"你很享受这一切，是吗？"我直起身子，稻草从我的裙子上掉落下来。"让这些畸变的东西伺候着你。"我知道自己很残忍。他并不该对这些承担什么，但是我想让他也体会一番利刃锥心般的愤怒。

他将干草叉插入稻草堆，"我只是个清扫马厩的人而已。"

我怒视着他，"你说得没错。清扫马厩对一个仆人来说再合适不过了。这就是你，不是吗？做任何他命令你做的事情。"我倚着隔栏的木门，手指紧攥钢筋。"即便那是罪恶的。"

"不是这样的。"他砰地放下稻草，紧绷着肩膀回身走向另一个草堆。"我别无他选。"

"你本可以同我和母亲待在一起的。"

"你不明白。"干草叉刮蹭在石板上发出刺耳的响声。"那时我只是个小孩儿，但已经参与他的工作。而且，等我知道我们在做什么时，已经犯下了和他同样的罪过。"他放下草堆，使劲把干草叉推到了墙上。"我别无他选。"

片刻间，他只手撑在干草叉上，呼吸急促。马尾辫里的几缕头发散落面前，显得放荡不羁。终日与怪物为伍，他变了，不再是那个安静的小男孩。

他转身准备离开。

"等等！"

他停了下来，一只手倚在马棚半开的门上。我伸出手，放在他边上，把门关了起来。我记得他身体的感觉，温热的皮肤。蒙哥马利并不是我的敌人，他不该被责怪。

父亲是残忍的——我不想变得和他一样。

"抱歉，这并不是你的错。"我说。他的下巴紧了紧，打算抬手推开半掩的门，而我再次猛地把门关上。"是他的错。你那时还只是个孩子。是他操纵着你，就像他操纵着我们所有人一样。"我靠近他，"现在我们有了选择。我们可以制止他。"

蒙哥马利下巴紧绷着，声音粗哑得像是耳语，"即使我们制止了他，可然后呢？"

"我们会离开。你，我，爱德华。"我哑着嗓子，想起了前些日子在薰衣草盆地里的场景，"还有爱丽丝。"

然而他摇了摇头，"我不能离开他们。如果停止注射，他们会退化的。"

"也许正该如此，他们毕竟是动物，父亲做的那些事情是违反自然规律的。"

"但你知道，我也参与了那些事。我和他一样，也是有罪的。"他说的字字句句回响在马棚里，让我的心砰砰直跳。"他们早已不再是动物了。你没见过阿杰克斯，不知道他们会成为什么样。"

"阿杰克斯？"

"也是他们中的一个。医生曾对他的大脑做过一些我们不知道的事情，使他变得灵敏又斯文。他像是我的兄弟。他与众不同——至少曾经是这样。"

"发生了什么？"

"阿杰克斯停止了自己的药剂。他的同类渴望人性，而他却清楚自己是什么，他想要退化。"

"那他成功了吗？"

"还没有。他独自一人生活，脱离了村庄，也不住在这里。他在等待，直到自己身上所有人性的痕迹都消失。"他顿了顿，"医生并不知情，他曾命令我开枪打死他，可我做不到。"

我凝视着蒙哥马利，意识到从他来到这座岛上，就没有过一个真正的朋友。父亲实在不是一个好的伙伴，至于巴尔达沙和其他人，他们陪在他身边，却更像是猎狗。我想起了树林里的那个小屋，床垫上的黄头发，还有满是灰尘的壁炉上，插在花瓶里的唯一一支花。

"捷豹，"我喃喃自语，"他现在叫自己捷豹。"

蒙哥马利的肩膀僵硬得绷紧，"你怎么知道的？"

"我在树林里见过他。"

"你说什么！"他的眼里满是不安和恐惧。

"他告诉我，是你派他来找我的。是这样吗？"我满是忧虑，一滴汗珠从我的脖颈缓缓滴下。

"从伦敦回来后我就没和他说过话。"

"但他知道爱德华，还知道我。"

蒙哥马利整个人靠在门上，一只手揉着眉头陷入深思。"他一定是在院子里偷听到了，这是唯一的解释。"他牢牢抓着我的肩膀，"他没伤到你？你发誓？他和那些听话的农场动物不一样，朱丽叶。他很危险。"

我摇了摇头，心跳加速。我回忆起捷豹粗糙的舌头触及我肌肤的感觉，汗水因为恐惧顺着脸颊滴落下来。我竟曾和一个凶兽独处一室？好在我并不相信他，所以后来我悄悄溜走，这才救了自己。

"他没有伤到我，"我结结巴巴地说，"但是他杀了只兔子。"

蒙哥马利紧紧握住我的手，让我的手都觉得生疼。"杀了只兔子？你确定？"

"我看到他和另一个人争论这事。"我咽了咽口水，想要找到一些合乎逻辑的解释。"他们永远都不可能和谐共处，不是吗？有时候他们必须打破戒律。"

"不是那个，不是杀生。我们认为他们并不知道如何杀生。"他面无血色，猛地说道。我想起马车后那具腐臭的尸体，还有其他所谓的意外。他从马棚后面的枪架上掏出一把手枪，检查了一下弹膛，随后准备把半掩着的门推开，但我重新把门关了回去。

"发生什么事了？"我询问。

"你是对的。那个马车里的女人并不是个意外，那辆马车里还有更多尸体，很多。所有尸体的胸前都有三道伤痕。我们觉得这肯定是一只残暴的动物干的。有只美国山猫就曾经这样疯狂过……我们没有想到他们中的一个会和这件事有关。"他抓着我的肩膀，枪托夹在他的手和我的衣服之间。"无论你要做什么，都别再回丛林里去。"他提醒我。

27．我也是一只怪物吗

第二天早上，我坐在客厅里，透过长长的百叶窗板条往外面的院子望去。父亲和蒙哥马利正在激烈地争吵，踩着脚扬起了灰尘，两人的衬衫都是汗渍斑斑。他们像这样已经争吵了好几个小时。一定是很严重的事情才让蒙哥马利变得这么警惕。他的腰带上枪托闪闪发亮。我只能勉强听出两个词：兔子，阿杰克斯。

我不需要再继续听下去了。

爱德华坐在椅子上看书，他的注意力都集中在发霉的书页上，而不是院子里的争吵。我坐到他对面的绿色沙发上。

"岛上如今有只凶残的怪兽，你怎么能还坐在这里看书？"

他翻了一页，然后又是一页。"我做不到，我无法在书本上集中精神。"

"你差一点就瞒过我了。"我挑起眉毛，但我的讽刺对他没用。我向前倾，去看书的标题，《暴风雨》。"这本书我读过。需要我告诉你结局，给你省省事吗？"

他合上书，手指夹在刚读过的地方，"我可不是图好玩才读这本书的。"他扬起头看向院子里，"我想找到可以帮助我们逃离的东西。这本书讲的是一座岛上一群漂泊无依的人，最终成功逃离孤岛的故事。"

我转了转眼珠，"他们借助了魔法。"

他低下头，视线重新回到那本书上。"我们得更有创造力一些。"

外头传来门砰地关上的声音。我透过百叶窗看过去，父亲和蒙哥马利都走了。院子里只剩下啄米的鸡。一阵熟悉的焦虑再次袭来。

"好像有什么事，医生刚才进来时就很生气。"爱德华压低了声音对我说。

"是那只发现的死兔子。他们认为是岛民杀的。那个岛民自称为捷豹，所以他们怀疑他是凶手。"

"那你觉得那只兔子不是他杀的？"

我皱起眉头，"不，我确定他就是凶手。我见过他拎着血淋淋的兔子头四处晃荡。这实在是……算了。"头隐隐作痛，我揉了揉僵硬的肌肉。我的手依然记得那次在手术室，对着兔子脖颈一举砍下的斧头的重量。我并不怪捷豹砍下兔子头，因为我自己也做过同样的事情。

"那你至少找到什么有用的了吧？"我朝着那本书点点头。

爱德华把书放在了一堆皱皮书卷上。"没有，除非你有根魔杖。我们需要一艘船，这很容易——码头那里有汽艇。我们可以顺着花园从厨房偷偷带足食物，皮囊口袋有点儿少——这并不理想，但我觉得已经足够活下去了。唯一的问题就是——"

见到爱丽丝走进屋来，他顿住话头，没有再继续说下去。爱丽丝睁着大眼睛，察觉到自己似乎打断了什么。她飞快地从我们眼前走过，身后那长长的金发如昙花一现，她拿起挂在门上的一块脏脏的早餐用的餐巾，用来清理昨晚洒出来的茶水。她轻轻地离开了房间，正如之前轻轻地来，只留下淡淡的薰衣草香。

"唯一的问题，"见爱丽丝走了，爱德华继续低声说道，"是导航。"

"蒙哥马利知道该怎么走，"我说，"他说这附近有条航线。"

爱德华的脸上掠过一丝阴霾，看到他这个表情，我意识到其实他并不希望蒙哥马利和我们一起走。

"在目睹了实验室的事情之后，你竟然这么快就原谅他了。"他说。

"他别无选择，"我辩解道，"他来到这儿的时候还只是个小男孩。如果你是他，你也会这么做的。"

"不，我不会。我绝对不会伤害任何人。"他的语气坚定，没有一丝犹疑。他歪着头，神情突然变得温柔。我想起瀑布后那个夜晚，胳膊上不禁起了鸡皮疙瘩。"我们会离开这座岛，就你和我，去任何你想去的地方。你会忘了他……"他咽下后面的话，没有再说。

　　我坐直了身子，鲸骨做的紧身胸衣紧紧勒住我的肋骨，勒得我无法呼吸。我还能说什么？那晚，我和他一起待在瀑布后，他的热情让我心烦意乱。回来之后，我们之间就产生了些隔阂。确切地说，是我不知所措。我们的联系更多的是在外面，在野外的时候。然而一旦身处于各种书籍、上等瓷器或是花边窗帘附近，我们的对话就显得单调而沉闷。

　　我拿过一个旧枕头抱在膝上，无法说出那些他想听到的话。不管怎么说，蒙哥马利对我来说太重要了。"我们会带着蒙哥马利，以及任何还有人性的人一起走。"我开口，然后就此停住。

　　他并未坚持，"那你父亲呢？"

　　"他可以待在这儿和那些动物一起堕落下去。"

　　在任何可以独处的时间里，爱德华和我都在悄悄讨论逃跑的计划。日子一天天过去，能讨论的时间也变得更加难能可贵。失踪的岛民越来越多。爱德华也加入了搜索队伍，而我则独自思考着关于凶手和捷豹的事。

　　一天下午，所有人都回来了，餐桌上死气沉沉的。我在大厅里的小装饰品中发现了母亲的水晶耳环，于是将它拿到了窗户边。耳环通过阳光的反射，在墙上描摹出了一道舞动的彩虹。那正是我的母亲——多彩，明亮，纤弱，就像水晶一样。她本就会被父亲的那些创造物排斥。

　　巴尔达沙经过外面的走廊，引起了我的注意。帕克跟在他身后，还有其他的仆人们，一个接着一个，他们身上穿着蓝色的粗布衣裤。我把脸贴在窗户上，看到他们聚在工棚外的茅草屋檐下。我将耳环放回去，随后推开了房门。

　　岛民们排成了松散的队伍，喋喋不休地说着话，拖着混乱的脚步走来走去。在他们好奇的目光中，我挤到了队伍前头，夹在两个野猪模样的男人中间，他们刚硬的鬃毛让我战战兢兢。

　　蒙哥马利站在工作台的另一边，桌上放着他的医药包和六个盛着混浊液体的玻璃瓶。他穿着一件干净的衬衫，用手把头发向后掠了掠。

他看上去像个绅士，只是胸前松开的纽扣，还有那慵懒随意的站姿出卖了他。就好像爬树和赛马比起走路来，占据了他人生的更大部分一样。

"到前面来，"他对其中一个野猪模样的男人说。那只动物不情不愿地挪到工作台边，伸出自己胖得满是肉的手臂。蒙哥马利将那浑浊的液体注入注射器，在打针之前先轻轻拍打那人的静脉。那人差不多有我的两倍那么大，但却像个小女孩一样畏畏缩缩。

"好了，"蒙哥马利拔出针头，"下一个。"

我踱到桌子的另一边，越过蒙哥马利的肩膀看过去。另一个岛民不知不觉溜到了队伍的前面。是村子里的一个像蟒蛇一样的女人。她对着我露齿微笑，细小的尖牙闪着光。蒙哥马利给她打了一针后，在花名册里做了个记号。她离开的时候挥了挥手，只有四个手指头。

我拿起一个玻璃瓶，仔细查看里面的液体。"你给他们注射的是什么？"我问他。

"一些能够修复组织平衡的东西。"

他挥手招呼一个四肢修长的男人上前，"过来！"他命令道。那人挪到桌子边，伸出手臂。在蒙哥马利寻找血管时，他闭上了眼睛。

下一位是个有着山羊般的皱鼻子的男人，他向我们走近，袖子都已经被他仔细地卷起来。

我看着蒙哥马利给岛民们注射药剂。岛民们离开的时候都骄傲地揉着自己的手臂，像是第一次去看医生的小孩。我的手移向自己肘部内侧的肌肤，拇指一圈圈地摩挲着今天早晨注射留下来的红印，又凝视着另一只手里的药剂瓶。浅浅的颜色，盛着浑浊的药剂——看上去和父亲曾为我配置的太像了。我偷眼向身旁的绵羊女人看过去，看着她那双近乎人类的眼睛，以及脖子上因虫咬而被随意抓伤的皮肤。我想知道，这些给他们注射的化学药剂，和我的相比究竟有多少区别。

蒙哥马利一边为下一位岛民打针，一边用眼角的余光看着我。

"那里面是什么？"我问他。

"主要是兔血，还有一些是需要补充的激素。"

"他们多久注射一次？"

"对普通村民来说，一星期一次就够了。对巴尔达沙还有那些更高等的生物，需要一星期两次。阿杰克斯以前每天也需要一次。"说话间他已结束了给辛白林的注射。整个注射过程中，辛白林都紧紧闭着眼睛。

"好了，非常好。"蒙哥马利说。

辛白林对他笑了笑，像只野猫一样离开了。蒙哥马利清洗了针头，重新整理起自己的医药包，伸手拿走我手中的玻璃瓶。但我又拿了回来。

他摇了摇头，"我知道你在想些什么。那都是些不着边际的念头。"

"我在想什么？"我反问他，紧紧握住那个玻璃瓶。瓶子是淡黄色的，就像我身上携带的胰腺提取物，但比那个还要深一些。蒙哥马利从我的手中夺过玻璃瓶。

"你在怀疑自己的药剂和这个是不是一样。"

"我的怀疑是对的？"

我的直言不讳令他措手不及。他咔哒一声关上自己的医药包。"不，它们完全不一样。"

"从没有人听说过我的药剂，那些化学家都把我当成疯子。"

"这是你父亲专门为你配的。他本来计划面向公众生产，但他没能通过医委会的审批。"他拿起医药包，离我更近了些。一缕松散的头发落在他眼前。对他来说没有什么能够被长久地驯服。"你的思维在飞速运转，"他温柔地说，声音抚慰着我的焦虑，"你在寻找本就不存在的问题。从你刚刚能走动时，我就在你身边。如果你有哪些……不适，我都能察觉到。"他的目光转向我身后的院子里，下颚紧绷着。

父亲从主楼那边迈着大步向我们走来。我看见了他满脸的怒气，但那是针对蒙哥马利的，而不是对我。对于蒙哥马利将阿杰克斯还活着这回事瞒着他，他仍然感到很气愤。

我的手紧攥成拳，倾身靠近蒙哥马利，以父亲听不到的声音凑到他耳边低语，"今晚到我房间来，我给你看些东西。"就在父亲怒气冲冲进来的时候，我沿着工作台偷偷溜走了。

夜幕降临，蒙哥马利总算来了。天空中正酝酿着一场姗姗来迟的雨。整个下午他都在院子的墙边为那些死者挖墓坑。他的脸上阴云密布，做完这么严酷的工作之后，却依然英俊。

他停在门口，蓝眼睛在柔和的灯光下闪闪发亮，像一根细绳捆住了我的心。然而他的眼神同样写满了警惕。

"为什么叫我过来，朱丽叶？"他问我。我们都清楚，要是被发现他单独来我的房间的话，事情会变得很麻烦，特别是在父亲怒气正盛的时候。

"你只要进来一会儿就好。"我说，双手局促地移向穿在身上的紧身胸衣。

他的嘴唇被太阳晒伤了。他匆匆环顾了一下四周，确定院子里没有人在监视着。但总感觉有双眼睛，在某个地方凝视着。

他摇了摇头，不愿忤逆父亲。我一把抓住他的衬衫，手里攥着硬硬的纽扣和起皱的亚麻布，然后轻轻地把他拉进房间。他的眼神依然满是警惕，但现在又多了一些别的东西——欲望。看着他的眼睛，我几乎要窒息。我关上门。

油灯在粉刷的墙壁上投射出温暖的光芒。在这半明半暗之间，他的存在越发耀眼。

"你一直都在为他们掘墓坑。"我说。

一点沙土紧贴在他的右耳上，大概是洗澡的时候忘记冲了。"目前为止，就我们所知，已经有八名死者了。"

"真的是捷豹杀了他们？"

"我不知道。也许是吧，要是在一年前，我会说你疯了，但是现在情况非同以往。"他向我走近了些。刚洗完澡，头发还是湿的，碱性皂的味道和即将到来的大雨气息混杂在一起。"别担心，你在这里很安全。"

他以为我想要确认不管凶手是谁都不会伤害到我这回事，好让自己安心。然而没有人能够保证。

"这可不是我让你过来的原因。我需要你看样东西。"

他将头发拨至耳后捋了捋，只不过还是有些沙粒碎屑粘在上面。心里好像有声音在催促我伸出手去把那些碎屑拭去，然而一想到接下去我要请求他做的事，我的手就不自觉地颤抖起来，便只好在裙子的褶痕间揪成一团。

"要我看什么？"他问道。

我牵过他的手，领着他走到旁人无法从窗外看见的角落。他拖着脚步略显疲倦地走着，但是眼神依然警觉。

"我想知道为什么我的药剂和他们的如此相似。"

他长长吐出一口气，"这就是你担心的事？我说过，它们不一样的。"

"但我觉得和它们很像，只是我需要更多的证据来证明。"

他轻轻搭着我的肩，就像以前对爱丽丝那样。"这不可能，你看上去和你的母亲像极了。"

我试着去解读他每一丝表情下的潜台词。他的担忧是深切的，真切的，坦诚的。他并不相信我会是那些动物的同类。但他真的错了。

"不仅如此。"我说，"有的时候我会有种奇怪的感觉。比如自己有某个地方不再正常，好像已经继承了父亲的那种疯狂。我现在才开始怀疑这是不是已经……"

他的拇指一圈圈摩挲着我的肩膀，"某些特定的时候，每个人都会有一些不寻常的感觉。这是有点儿奇怪。而且，你的母亲生下了你，她知道实情。她不会骗你的。"

屋外雷声隆隆，乌云都快要蔓延开来。一绺头发缠在我手指上，我不太习惯披头散发。蒙哥马利的手指收紧，不知不觉地将我拉近。他的猜测是对的，严格的道德准则使母亲不能撒谎。

"而且你忘了，"蒙哥马利继续说道，"那都是十六年前的事了。他也只是最近才有的制造类人作品的能力。你也见过他们，他们看起来就很不一样。"他的眼睛闪着光芒，"而你看起来是……完美的。"

我努力不去混淆我们之所以独处一室的原因。"可是真的有些异常。"我说话间将手移向衣服后面的那排纽扣，衣服遮住了我身上皱起的疤痕。"比如捷豹。你说过,父亲曾对他的大脑做过一次无与伦比的手术。难道同样的事情就不会发生在我身上?抑或我只是一个偶然?"

蒙哥马利伸出起茧的手,抚着我的面颊。屋外,闪电划破天空。大雨将至的气息越来越浓重。"胡说,朱丽叶。哪怕有疤痕,你也依然美丽。"

他的拇指拂过我涨红的肌肤。我的胸在紧身胸衣下迅速起伏着。

"这就对了,"我咽了咽口水,试着让自己更理直气壮一些,"我的确有道疤痕。"

风随着第一滴雨的坠落吹过来,我拉着他走到离窗户更远的角落里。"你比任何人都熟悉他的工作,"我说着,上气不接下气。我的手移向覆盖着脊椎的那块布料,"手术后,我的背上就多了一道伤疤。他说我是天生的脊柱畸形。但我无法不去想……"

他摇着头,听着我的顾虑几乎要笑出声来。"这太荒谬了。"

"我只是让你看看!"我叫得太过大声,我们都慌忙地向门那边看去。我压低了自己的声音,"求你了,告诉我这到底和他对那些东西治疗后的痕迹像不像。"

我开始打算解开自己裙后的缎带,但他死死地抓住我的手。"不,"他说,"我真不应该到这儿来。"

"我们现在又不是在伦敦,谁还会说闲话?"我嗤之以鼻,"那群小鸟吗?"

"如果你父亲发现的话——"

我甩开他的手,松开了缎带,裙子滑至脚边。我迈步出去,同时准备解开衬衣上的纽扣,"我只是要拉低内衣的后领。"

他正要开口拒绝,但有声音从墙的另外一边传来。我忙将他拉近,竖起一根手指放在嘴边。我们屏住呼吸一直等到那个声音走远。我解开了最后一颗纽扣,褪下衬衫,放在椅子上。我的手不住地颤抖。我对自己说,这只是一次医学检查,不是什么秘密幽会。但我从来没有在一个男人面前脱过衣服,更何况蒙哥马利也不是那种在冷冰冰的检查室里的不知名医生。

"这是件老式紧身衣，得麻烦你帮忙将这些系带解开了。"我说着，转过身去，紧紧抓着椅背，让自己保持平衡。

"朱丽叶——"

"求你了。我必须要搞清楚。"

他用一个男人笨拙的双手用力拉开那些系带，最后终于都解开了。我小心翼翼地将内衣的宽领沿着一边的肩膀慢慢拉下，双臂交叉，护着胸前的衣服。

"你看，"我轻声说，感到一阵无法掩饰的窘迫。他拨开我背上的头发，我伤疤两旁都不禁打了个寒颤。我紧闭着双唇，将内衣拥得更紧了些。我都快要被心里的担忧折磨疯了。母亲撒了谎。我是那群动物的同类，一只猫，或者一头狼，或者……

他撤回手。我将内衣的领子拉起，脸颊也重新感到了一丝暖意。他粗略地将我胸衣后的系带重新系好。我的一只手抚弄着衣服上的鲸须罗纹，等待着。

"怎么样？"我问他。

"你真是疯了，"他答道，面带笑意。"正如他所说，是靠手术固定的畸形脊柱。"

我如释重负地垂下眼皮，"你确定？"

"毫无疑问，"他舔了舔干裂的嘴唇，"我了解你，朱丽叶。你不是怪物。"

我仔细地端详着他。沙子依然黏附在他的耳朵上，我情不自禁地踮起脚，将那沙子拂去。他的心跳随着我的触摸而加速。我想要相信他，可是就算他是对的，我也知道一个人即使不是创造的怪物，也可能在以后变成一个怪物。我自己家族的历史就证明了这一点。

有好一会儿，他离我只在呼吸之间。他的手握住我的手腕，沿着我的手臂边缘轻抚。他清了清嗓子，看上去似乎准备说些什么，然而只是摇了摇头。

"晚安，朱丽叶。"他缓缓地离开，像是中止自己做出什么不妥的事情，下定决心抽身而去。而我心里却越来越希望他能够留下来。

28. 一场新的阴谋

第二天天刚亮，父亲和蒙哥马利就动身离开了。热带风暴将至，云层滚滚而来。然而，无论天气好坏，父亲都必须尽快将凶手绳之以法，而他十分确信凶手就是阿杰克斯。

中午时分，云层破碎，大雨倾泻而下，大家都只能待在屋里。爱德华一直待在自己的房间，不时抱怨头疼，仿佛回到了他在救生艇上的那些时日。我则在门廊的屋檐下帮爱丽丝晾衣服。爱丽丝话很少，但她这种沉默寡言正合我意。

晚些时候，外头传来阵阵马蹄声。爱丽丝用她沾满肥皂的手拂了拂贴在脸颊旁的头发，说："他们回来了。"

帕克打开大门。斯蒂姆从马背上跳下来。他的外套粘满了泥浆，像黑抹布似的，看上去显得黑暗又神秘。下马后，斯蒂姆冒雨径直往实验室走去。蒙哥马利透过雨衣的帽檐瞥了我一眼，蓝眼睛一闪而过，随着那个尚未得到回答的问题。他的头发湿漉漉的。

爱丽丝和我轻手轻脚地回去晒衣服，但我们都很不安。当实验室的门被砰地一声打开时，我们的工作正进行到一半。木衣夹一不小心掉进了篮子里，我正要弯腰去捡，听到一阵沉沉的脚步声顺着石板响起，随即一双布满泥泞的长筒靴在最后一个木衣夹边停了下来。

是父亲。

我和他没有什么可说的。他只是一个皮肤风化、头发灰白、控制不住内心阴暗冲动的苍老男人，不是一个父亲。

"你应该把这些留给仆人们去做。"他开口，在雨中抬高了声音。

爱丽丝一直低着头，默默地把被单拧干。

"如果你实在无事可做的话，就去弹钢琴，去做一些年轻女孩应该做的事情。那个该死的普林斯呢？他没带你出去散步，或是去欣赏风景什么的？"

"别再浪费心思把我们扯在一块儿。"我低声反对，希望爱丽丝没有在偷听。"爱德华有他自己的想法，我也是。"

父亲眉毛挑起，"是这样吗？我可不确定。"他转身往客厅里边儿自己的房间走去，随即一道闪电划过，照亮了天空。我把衣服篮子搁在洗衣桶的旁边，回想着刚才那些对话。如果他还以为他可以要求我做什么的话，那他就彻底错了。

晒完衣服，我去了客厅，看看爱德华是否起床了，还有他是否感觉好了一些。但房间里空荡荡的，只有帕克在桌边摆放着餐具。钢琴刚刚擦拭干净，我并没有往那边去，而是径直走向书架。我喜欢莎士比亚全集那漂亮的绿色封皮，每一本书的书背上都印着金色的徽章。但有一卷找不到了，虽然我想不起来到底是哪一卷。我实在想象不出他们这些老顽固中的任何一个读莎士比亚的样子。

我的手顺次掠过凹凸不平的书架，不禁想起了蒙哥马利。脑海里涌现出多年前他还是个男孩时的事情。父亲是个求全责备的人，但是他仍然保留着这些歪歪扭扭的书架子。他对蒙哥马利有那么多苛刻的要求和命令，我一度怀疑他是在用一种扭曲的方式来表达自己对蒙哥马利的爱。父亲一直都想要有个儿子，只有天知道他从不关心自己的女儿。

我打开一瓶白兰地，往水晶玻璃杯里倒了些，晃了晃酒杯，将这微辣带甜的液体一饮而尽，喉咙火辣辣得像烧起来一般。帕克盯着我，忘了摆放银餐具。

"怎么？你也想来点吗？"我问他，把酒瓶歪向他那边。他皱着眉头，匆匆放好餐具。

我抱着酒瓶来到窗户旁边，看着窗外大雨瓢泼，陷入沉思。屋子里充满了晚餐的温暖气息，蒙哥马利和父亲都被吸引了过来。他们都把自己收拾得很干净，但是看上去还是那么讨人厌。

父亲夺走我手中的酒瓶。"这不是淑女该用的东西。"他呵斥道。

"很好。那正好适合我。"

父亲把瓶塞重新塞好，然后把酒瓶放回书架上，"我明白了，你这是下定决心要自甘堕落。你觉得自己是个成年人了，我再也无法控制你一丝一毫。但你想错了。"

我怒发冲冠，仿佛无数愤怒的尖刺在我的肚子里拧成一团。从我十岁开始，他就再也没来看过我，没给我留下过一分钱，也没给过我一个完整的家。他所留给我的，只是一桩恶劣的丑闻。我用不着他来教我是非对错，也用不着他告诉我应该和谁结婚。

蒙哥马利看出了我眼神里燃起的怒火，他轻轻摇了摇头，提醒我不要意气用事。但我做不到，我实在伪装不下去了。"你以为我在乎你的想法，"我对父亲说，"你才想错了。"

不等他回应，我便转过身去——手抖得厉害，我不想让他看见。蒙哥马利倚在门边，我突然感到心弦绷紧，需要他给予我一个善意的眼神，才能安心。可是爱丽丝碰了碰他的胳膊，在他的耳边不知道低语了些什么，他的注意力全部都只在她的身上。我只得把心思转向那些银餐具，动手整理起本就已经十分整齐的刀叉，试着不再让自己觉得刺痛和不安。

爱德华站在门口，揉搓着自己的太阳穴。我走向他，其实更多是为了让蒙哥马利知道我并不是只关注他一个人。但当我看到他眼里的阴霾时，蒙哥马利又浮现在我脑海里。

"你的头痛好些了吗？"我柔声问他。

"我看起来有那么虚弱吗？"爱德华反问我。

我笑了笑。他脸上的伤疤让我想起了初次和他见面时，他被太阳灼伤、被波浪打倒，但最终还是跨越了死亡阻隔。那时候我并不认为他有多帅气，也未对他身上的瘀伤感兴趣。他不抱怨，不自负，就好像它们是他不可避免的一部分似的。

"死神似乎会随时降临在你身上。"我说。

"这听起来倒不错。"他胸前交叉起双臂，袖口上垂下了一根松掉的白色线头。这又勾起了我的回忆。记得那次我闯进蒙哥马利在旅馆的房间，他也是穿着这件衣服。但现在蒙哥马利根本不需要这么绅士的衣服，他在岛上都穿着那种松松垮垮的衣服，既可以猎杀又可以骑马的。

我顺着这一丝记忆，仿佛看到了自己纷飞的思绪。爱德华让我回忆起这些，可能他其实也并不希望我心里想着蒙哥马利，但太迟了，蒙哥马利已经往我们这边走了过来。

"寻找阿杰克斯的事还顺利吗？"爱德华问他。

"不是很顺利，巴尔达沙带着猎狗还在外面寻找。我真是受够了，这该死的雨。"

父亲看向窗外，"每年这个时候，小岛会经历连绵不断的雨季。你们想想，信风从太平洋上吹来，这种天气，一个人躲藏起来是很容易的，只要他熟悉这丛林。"

对动物来说更容易，我暗自思忖。

辛白林走进屋里，托着蒸锅餐盘，显得很紧张。爱丽丝快步跑到他身边，耐心地给他演示如何切菜和服侍。

蒙哥马利摩挲着男孩的头发，"闻起来棒极了，"他对着爱丽丝说，"你不仅是个好厨师，还是个好老师。"

爱丽丝的脸颊红得像是熟透了的苹果，而我内心却泛起一阵嫉妒和苦痛，只好重重坐到椅子上。其他人也都陆续围坐在了桌子边。

难道蒙哥马利不记得昨天晚上，在暴风雨里，他的手指游走在我赤裸的后背上了吗？可我却记得很清楚。我几乎不能再想别的事情。

爱德华坐在我对面，正在思索着什么。他的手一些不大引人注意的地方擦伤了，我不知道他的肋骨是不是还在隐隐作痛。我回想起那次在瀑布后他的手紧紧握住我的手，内心深受触动。好像他知道我在想什么，也抬头看向我，给了我一个若隐若现的微笑，深邃的眼里尽是温柔。

我确信他一定也记得。

"这衣服很适合你，"我说。

"蒙哥马利很大方，他借给我的。"

"那无疑是远远不够的。"父亲说。外头一道惊雷让窗户都摇晃起来。父亲的讽刺扼杀了我们之间仅剩的一点和气。我重又坐了回去，把手帕丢到桌上。自从父亲发现阿杰克还活着而蒙哥马利骗了他之后，他对待蒙哥马利就像是对待一条狗一样。可蒙哥马利所犯的"错"也只不过是饶恕了一个人的生命罢了。

"到底要到什么时候，或者更准确地说，您还准不准备告诉我们关于凶手的情况了？"我质问父亲，喉咙发紧。"又或者说，您是不是计划好了一直把这些当作'事故'，然后再让蒙哥马利去销毁证据？"

父亲并没有对我的指控表示惊讶。"朱丽叶，这是我的地方，不是你的。如果你像我教导的那样，老实地待在这复式围墙里，就不会再有什么凶手了。"

我几乎要被嘴里的食物噎住，"这怎么倒成了我的错了？"

"是你放走了那些兔子，"父亲冷冷地说，"在阿杰克斯杀死那只兔子前，这岛上的人根本就不知道什么是杀戮。我们已经找到了三只甚至更多被扯成两半的兔子了。"

我看向蒙哥马利，他点头证实了父亲的话。

我倚在桌子上，愤怒让我变得像窗外的暴风雨一样敏感而紧张不已。"请注意您的指控，父亲。在我没来时，谋杀就已经开始了。"

他绷着脸，无视我的话，"在你来之前，所有事情都在我的掌控之中。现在你把这些都打乱了。你试着让他们来反抗我，可这没用，我对他们来说就是上帝。"

"一个嗜杀动物的上帝。"

爱丽丝的脸色变得惨白，蒙哥马利一边握住她的手，一边安慰她。我意识到我正在谈论的是她的朋友们，还有蒙哥马利的朋友们。

"他们不是动物。"父亲反驳我，冷酷的声音战栗着，满含极致的愤怒。"他们不杀戮，不嗜血时是人！"他砰地放下手中的白兰地，粘稠的酒液溅到了桌布上。"但是以后他们不会再存世了。"

"您这是什么意思？"爱德华问他，言语中流露着不安。他的声音像是一个尖利的钢琴音符。

父亲看向他，眼神闪烁，"我的意思是，阿杰克斯现在应该离我们只有六英尺的距离。让像他这样聪明的生物存活于世，实在是一件很危险的事情。难道你不这么想吗，普林斯先生？"

爱德华放在桌上的手攥紧，在桌布上印出了褶痕。他们之间的紧张气氛显而易见。我意识到我似乎错过了什么。他们第一次谈话的那个晚上，父亲一定威胁过他什么。爱德华那时候是怎么说的？一个安排。不管怎么说，也许那个安排不仅仅是针对我一个人。

"是非常危险，我的确应该这么想。"爱德华回应道，抑制住了内心的情绪。

"医生的意思是让我停止对他们的治疗？"蒙哥马利插话道，我猛地转头面向他，"他想要让他们退化。"

一想到一群残忍麻木的生物在岛上游荡，一阵深深的恐惧感就会袭遍我全身。"你不能这么做，"我说，"如果你剥夺了他们的人性——"

"那他们就不再有什么威胁了。"父亲接过我的话说道。

"他们会变得野蛮、疯狂。那时就再没有什么力量可以控制他们了。"

"不要想得这么戏剧性，"他呵斥我，"我和你说过，他们大多数都是猪狗不如的东西。"

"但并不是全部都是啊。"

"你以为我没考虑到这点吗？这是有保障的。他们体内都有被驯养的成分，这能让他们好好听话。更重要的是，哪怕他们还残存着一点意志，也已经可以通过手术移除了。痛苦实在是个有用的工具。"他的手指在桌上不紧不慢地敲打着，而我则想象着他正在全神贯注地追逐着一具躯体，要把它切割成块。"让他们退化是必然的，朱丽叶。这是提前预防的办法。他们退化后思维便不再敏捷。这里的所有东西——枪支、橱柜、甚至门闩——都是专门为'五根手指'精心设计的。"

"五根手指？"爱德华不解。他弯起手，看着自己遍布伤痕的指关节。

父亲举起他张开的手掌。"人，还有一些更高等的生物，比如家仆。"

"捷豹也有五根手指。"我提醒他。

"准确地说，那就是我们要不断追捕他的原因，"他把注意力转向蒙哥马利，"因为你让他活着。"

"这件事怨不得我，"蒙哥马利说。我可以看见他眼中激烈的怒气就像是暴风雨，"从一开始他就不该被创造出来。他们中无论谁都不该被创造出来！"

要是在以前，我从不敢想象他会这么直接顶撞父亲。他的爆发让我既为他能坚决捍卫自己而高兴，又担心接下来父亲会怎么对付他。

父亲很平静，平静得可怕。在穿过房间的壁炉架上，时钟滴答作响，时间一分一秒缓缓走过，如此难熬。蒙哥马利的脸变得惨白，但他并没有收回他的话。

"他们中无论谁都不该被创造出来，"父亲重复他的话，语气里带着一种令人心寒的镇静，"那么你自己在这件事上的所作所为呢？你觉得自己是无辜的？"

蒙哥马利凝视着窗外的雨，胸前剧烈地起伏着。"不，我有错。但是，没有人犯的错比你更多。"

"哼！你知道些什么？你几乎不能算一个绅士。你自己也这么说过。也许你应该开始像个仆人那样工作了，留着自己那堆没用的意见吧。还有，你个脏东西离我的女儿远一点！"

我几乎要把嘴里含着的水喷出来。蒙哥马利的下巴开始收紧。

我用力拉了拉领子，需要好好地喘口气。爱德华从桌子对面盯着我，脸色无精打采的，我以前大概也这么笑话过他。我顿觉尴尬万分，我曾经跟他说过自己很在乎蒙哥马利，所以他并没有显得有多惊讶。但是那个瀑布后的夜晚，我无法再装作毫不在意。

"我不知道你在说什么，"蒙哥马利想试着故作轻松地敷衍过去，但他的声音颤抖着，他甚至没有从桌上抬起头来。

父亲假笑道："不要侮辱我的智商，那只会显得你自己无知。"他给自己又倒了杯白兰地。他的情绪冷静下来，带着一种自以为是，"朱丽叶，别告诉我你不知道。从你再一次找到蒙哥马利的那天开始，他就爱上你了。仔细回想一下，其实更久之前就已经是这样了。他这么多年以来一直爱慕着你，"父亲停下来啜了口酒，"真是可悲。"

"别说了。"我打断他。血液中怒气腾腾，我几乎都听不见自己的声音。

但是父亲却很享受折磨蒙哥马利的过程。"我们都知道这是事实。我只不过是想告诉他，是他高攀不上你的。普林斯是个该死的傻瓜，但是我宁愿把你许给他，至少他有良好的教养。"

我无法看向他们中的任何一个，只是祈祷着这场折磨赶快结束。

"你怎么认为，普林斯先生？"父亲饶有兴致地说，"你并不在乎是否和我的女儿相配，是吗？毕竟，这是个小岛，选择有限，你也知道。除非你更喜欢那些四只脚的物种。"

我几乎张口结舌，脸烧得通红，愤怒到了极点，以至于已经感觉不到尴尬。

爱德华握起拳头猛地砸向桌子。"我觉得您是个残忍的疯子，医生。"他把椅子向后推得太用力，在木地板上发出刺耳的摩擦声。"您在这个世界上消失得越早，它就会越美好。"他把餐巾往桌上一扔便离开了。

我死死盯住自己餐盘上的炸薯条，不知所措。时钟的滴答声在我空如牢笼的心里不断回荡。

蒙哥马利也站起身来，"我同意爱德华说的话。而且我还要补充一点，您是个该死的混蛋。"他气冲冲地离开，走进了雨里。

我也站了起来，但是父亲抓住了我的手腕。

"他是个仆人，朱丽叶。你最好记住这个。普林斯会是个更好的选择。"

"你为什么要管这些？"我激动地大喊道，"你为什么不让我们自已去解决？"

"看着你结婚仍然是我的职责，而照着我说的去做是你的职责。"

"我一直都不喜欢爱德华。"

"但他对我有用。"

父亲就是这样，他从不会去关心人本身，他只关心怎样去利用他们。把我许配给爱德华意味着他履行了作为一个父亲的职责，然后他就可以把我和我的丈夫送回伦敦，再也不用考虑我的事情。

我从他的手中挣脱开来。我和他，真的已经无话可说了。

29. 暴风雨来袭

夜色正浓，我在房外的长长走廊踱来踱去。雨水沿着屋檐滴落，滴进院子里。爱德华外屋的门下有个影子经过，一会儿在这，一会儿在那，光线也随之忽明忽暗。我猜走廊另一侧的爱德华大概也在踱着步，和我一样身处困境。父亲并不喜欢爱德华，甚至对爱德华一无所知，但为了尽早摆脱我，他竟打算将我的终生幸福交给一个他并不了解的人。我对他来说竟是如此微不足道，这太伤人了。

我倚着柱子，聆听着外面大作的风雨声。一道光线从马棚那边照射过来，蒙哥马利一定是在那里照顾马匹。真希望晚餐的糟乱可以像洗刷一匹马那样轻易抹除。除了为自己感到尴尬和愤怒之外，我更为他那时能勇敢地反抗我父亲而骄傲。

我沿着走廊缓缓地走，偷偷往马棚吱呀作响的半掩的门里看过去，我想要见到他，哪怕只是一眼。马在里头跺着脚，咳儿咳儿地叫着。我本并不打算走进去，只是轻轻地推开了门。马棚里，雨滴一点点渗进干草堆中昏暗的水洼，马儿的眼白在灯笼的光亮下闪着光。

蒙哥马利正轻抚公爵的鬃毛，为它洗刷身体。

　　我把门在身后轻轻带上，不巧的是门的铰链发出了吱嘎的响声。蒙哥马利的眼神与我的交汇在了一起。他的目光幽深而冷漠，催促我赶快离开。他的手洗刷得更加用力，灰尘也随着他的动作在空气中起舞。

　　"他不是有意的，"我紧紧地抱住自己的胳膊说，"他不惜说任何伤人的话来伤害你。"

　　他手中的毛刷扬起了更多的灰尘，几乎让我看不清他的面容。马儿的硬鬃毛发出有节奏的声响，令人昏昏欲睡。蒙哥马利下巴紧收，肌肉也绷得凸起。

　　"我明白。"他说。

　　他结束了对马儿后腿和后臀的刷洗，又用金属的梳子把公爵尾巴上的结给梳开。把这些都做完后，他把梳子扔进了一个锡桶里。金属相撞的声音在这个狭小的空间里不断回荡，我不禁打了个哆嗦。

　　他随手拿了块破布把手擦拭干净，站在马棚口。他的存在比起灯笼来更能温暖屋子。

　　"不过他没有说错，"他开口。欲望在他的眼里闪动着，像是火光。

　　我的心跳加速，说不出话来。他这么多年来一直爱慕着你，父亲这么说过。我曾经以为蒙哥马利对爱丽丝有好感，可是，是我错了吗？如果父亲说的是真的，可父亲对他这样残忍，他又怎么会爱上我呢？难道我一直都误会他了？难道——

　　他向我缓缓走近，低下头来，脸离我只有几英寸。随后他拉我入怀，手紧紧地掐住我的双臂，指尖几乎都要嵌进去。他的唇覆了上来，我却被他突如其来的热情吓得不知所措，猛地转过头去，只想要好好喘口气。我们这样做绝对是不合适的。可当他捏住我的下巴，再一次而且更加热烈地吻着我时，我把什么礼节都抛在了脑后。我突然紧紧地拥住他，牢牢抓着他的衣领，布料都快要被我扯破。

　　他细密的吻落在我的脖子间，我的脑子一片空白。这种熟悉而又新鲜的感觉，一时之间齐齐向我涌来。在父亲忙于工作的时候，是眼前这个男孩一直照顾我。自从我几乎不能走动以来，我就把他当作自己的偶像深深崇拜。

　　他将我压在马棚的门板上，低头锁住了我的唇。爱德华曾经试着吻过我，可我那时惊慌得根本来不及去深究这到底是怎样的一种感觉。露西告诉过我那是热烈的，野性的，女孩从未体会过的感觉。

　　"你以前吻过其他的女孩吗？"我轻声问他。

　　他的拇指温柔地摩挲着我的面颊，双眸凝视着我的唇，眼里尽是留恋。"吻过。"他回答我。我马上想到了爱丽丝，想到了她一头美丽的金发，还有楚楚可怜的兔唇。可蒙哥马利说出口的名字却不是她。"是一个在布里斯班的船坞上遇到的女人。她对我来说什么都不是。我那时太寂寞了，那并不是爱。"

　　他的意思是那是个妓女。也就是说他和她做了比亲吻还要更多的事情。突然间我不知道该做些什么，这种窘迫的感觉就好像我仍然是个小孩，而他却已经成长为一个真正的男人。"就这一次？"

　　"两次。"他的指尖缠绕着我脖颈后的头发，瞳孔幽深而黑亮，像是野兽。"有关系吗？"

　　我咬着唇，感到一阵晕眩，好似一个快速打转的陀螺。要是换在过去，我绝对不会冒这样的险，也绝对不会跨过这条界线。

　　但那样的生活已经离我远去了。

　　"没有，"我说着，踮起脚尖，吻上了他的唇。

　　突然响起的犬吠声吓了我一跳。我沉溺在蒙哥马利的热情浪潮里，差不多要忘记了时间。他将我拉进公爵所在隔间的一个小角落，唇轻轻掠过我的喉咙，我的肩膀，我的鬓角，低喃着我的名字。

　　我恢复了些许神智，手抵住他的胸膛。"你听到犬吠声了吗？巴尔达沙回来了。"

　　他顿住，凝神细听，将我的腰搂得更紧。他的头发随意地垂在脸旁，除了他那双狂热的蓝眼睛之外，几乎要挡住他全部的脸。

　　一个声音从院子里传来，是父亲。我屏住了呼吸。

　　"蒙哥马利！你这个一无是处的笨蛋，你在里面吗？"

蒙哥马利紧攥着我衣裙上的褶皱，满心防备。我张了张嘴，可他竖起一根指头到我嘴边，示意我不要出声。我沿着马棚的墙壁靠得更远了些，幻想着自己可以从这里马上消失。

蒙哥马利将自己的头发拨至耳后，走出了马房，将我挡在父亲的视线之外。"今天骑马的时候公爵被石头绊倒了，我想它大概扭伤了。"我察觉到了他声音微颤。毕竟，刚刚的那场争吵并非三言两语就可以轻易糊弄过去的小口角。

"给它上鞍，"父亲厉声说。"还有公爵夫人。阿杰克斯又杀了人，是那个醉醺醺的酒鬼，利尔。那群禽兽实在太过激动。是时候结束这件事了，管它外面是不是暴风雨。"

我努力用手捂住嘴，唯恐发出哪怕一点声响。不能让父亲发现我在这里，否则他绝对会杀了蒙哥马利。

在关上身后的马棚大门之前，蒙哥马利匆匆看了我一眼。随后，我便听到了他在石板上走动的脚步声。

"巴尔达沙正在募集人手，"父亲说，"普林斯会和我们一起。他也许是个傻瓜，但至少能扛枪。"

"朱丽叶呢？"

"她会和爱丽丝待在一起。这儿曾经是个堡垒，没有什么可以穿过这些铜墙铁壁。"

我听见马具间传来了马辔头的刺耳铃声，也听见父亲压低了自己的声音。

"别以为我忘了你今晚的傲慢和无礼。是时候了结阿杰克斯了，你和我也该好好谈谈了。"

之后我便听见了门铰链的吱嘎声，父亲离开了。过了片刻，蒙哥马利拉开了马棚的门闩。

"他去大厅了。快，快回你的房间去。"

"你自己小心些。"我担心他。

他的唇温柔地贴上我的额头，浓浓的暖意快要将我淹没，"你也要小心，朱丽叶。"

我从马棚里偷溜出来，因为怕黑所以躲开了每一个背光的地方，往自己房间的方向慌忙跑去。回房后，我急忙脱下裙子和上衣，套上了睡衣。最后的一丝光亮消失在海上，我的内心也随之生长出无法抗拒的黑暗。不论那丛林里藏着什么，蒙哥马利和爱德华终究是要去面对的。

爱丽丝敲了敲门，她看上去惊慌不已。"小姐，你听见了吗？"

"听见了。"我多想将脸埋在手中，瑟缩在角落里自生自灭。向恐惧投降实在不是难事。可爱丽丝的脸上同样写满了恐惧。我握住她的手，将自己内心的惧怕硬逼了回去。"别担心，爱丽丝。我们会没事的。"

"他们都走了。现在只剩下我们了。"

"我懂。"我更用力地握着她的手，试着让自己显得不那么焦虑，"我懂。"

30. 惊魂之夜

在恐惧面前，一切繁文缛节都消失得无影无踪。这一刻，爱丽丝不再是仆人，我也不再是她主人的女儿。我们一起爬上床，在窗外狂风暴雨的呼啸声中，像姐妹一样挤成一团。爱丽丝眨着大眼睛，让我心烦不已。也许她正在担心着蒙哥马利的安危。或者担心岛民的，抑或担心我们自己的。不论是哪一种，今晚我们都将彻夜无眠。

我想起蒙哥马利提起过我母亲的行李箱里有一套刺绣的工具，于是起身把它找了出来，解开一堆彩色细线缠成的乱结。我们现在需要做些事情来转移自己的注意力。

"这是什么，小姐？"

我找到了几根生锈的针，"你没见过刺绣？"

她摇了摇头。

"真羡慕你。"我将一张画着蓝色小兔的图样展开。爱丽丝懂得最基本的缝纫，所以上手很快，虽然她的手在窗外不断的电闪雷鸣下瑟瑟发抖。我也扯下自己选的图样，一只奶山羊，尽管我的思绪也像窗外的叶子一样在风中颤抖。我的双唇还残留着与蒙哥马利那个带着海洋味道的吻的余温。我无力地琢磨着，关于凶手，或者我们的逃亡。甚至对自己先前拒绝了爱德华，之后却对蒙哥马利的吻那么主动感到了一种深深的负罪感。

针扎破了我的手指。我心不在焉的缝纫让这只山羊看起来更像是一只长着犄角的恶魔。爱丽丝的刺绣也渐渐偏离正轨，因为她的眼睛一直专注地看着窗外。

"专心点，"我提醒她，悄悄把自己拙劣的绣品藏在裙下。"你需要集中自己的注意力。"她茫然地看向手中的作品，担忧地皱起了眉。"第一次能绣成这样已经很不错了。"我又补充了一句。

"我相信这肯定没有你绣得好，小姐。"

我把自己的绣品在裙子下藏得更深了些，"你怎么会没学过刺绣呢？我认识的每一个女孩，手指都有着又硬又厚的茧，摸上去就和铜币一样。"

"有些事情上我一无是处。我只知道一点基本的缝纫，衣服上也都是补丁和褶边。"

"是你母亲教你缝纫的吗？"

她的脸色沉了下来，转过头去，掩住自己的兔唇。"不，小姐。我从不知道我母亲是谁。"

我几乎听不见她的声音。她突然全神贯注地缝补起来。这并不寻常，一个小女孩，独自生活在这个被上帝抛弃的小岛上，被一个疯子照料着。

"那么是谁带你来到这个岛上的？"

"没有人。从我能记事时起我就一直生活在这儿。"

"可你一定有父母的呀。他们是怎么过来这里的？"

"他们是跟着医生过来的。"她的声音越来越小，低得像是耳语。窗外一道闪电划过。爱丽丝穿针引线的手颤抖着。我开始明白了——她的父母都是英国国教的传教士，和我的父亲搭乘同一艘船。这意味着在那场摧毁他们的悲剧里，她是唯一的幸存者。

怪不得她不想谈论这个话题。

"那是谁教你缝纫的？"我问她，试着放轻自己的声音，但这并未成功。屋外狂风怒号，有什么东西从屋顶上掉落下来——也许是一根树枝。我们都被吓了一跳。

"是蒙哥马利教我的，小姐。"

一想到他，我就脸红发烫。我扬起头，"我可没料到他会精通这种针线活。"

"噢，他是如此博学，什么都知道。"她动情地说，一脸喜悦，甚至都忘了屋外的危险。至少我发现了一个可以让她不再想着凶手的话题，"他懂木工，也懂金属制造。我们病了的时候他会照顾我们——他是个出色的医生——他还教我烹饪。烹饪和缝纫本该是女人做的事情，可蒙哥马利并不是那种傲慢的人，有活要做的时候从不拒绝。"

她脸上飞扬的神采令我很不舒服。她只有十三四岁，大多数女孩子在这样的花样年纪除了期待初吻和真爱几乎不会再想其他的事情。她迷恋着蒙哥马利，而我却无法指责她。只是坐在这儿听着她倾诉对他的感情让我觉得很是别扭，更何况他刚刚还吻了我。

"没错，他是很能干。"我对她的话表示认同。

"而且你从来都不会听到他抱怨什么，甚至村民，"——她压低了声音——"甚至他们都会照着他的话去做。恕我直言，他们遵循医生的命令是出于恐惧，而他们听从蒙哥马利的话完全只是因为他待人和善又体贴。"

"的确。"一根粉色的线因用力过度被扯断了，我伸手去拿另一个线轴，下意识咒骂了几句。

"事实上，蒙哥马利对巴尔达沙说过他愿意教他读书。你能想象吗，小姐？巴尔达沙双手捧着一本书的样子？不过蒙哥马利一定会做到的。他向来不食言。"

"他不食言？"我随口问道，专心地将线穿入针眼。屋外的大树在狂风暴雨中摇晃得厉害。似乎有东西正刮擦着房子的外墙，发出刺耳的响声。我暗自祈祷爱丽丝可以聊些别的事情，任何别的什么都好。蒙哥马利双手的触感依然流连在我的腰间，这种感觉是如此强烈，我知道自己脸红得一定一眼就能看出来，不过爱丽丝似乎并未怀疑。

"是啊。他还答应了我有一天要带我去伦敦。我相信他会的。伦敦的一切他都和我说过——高大的建筑物，生活在那儿的人，还有花卉市场。"她的大眼睛梦一般朦胧。

针从我的手中滑落。我轻轻拍打着鸭绒垫子，直到感觉到一根硬硬的金属刺痛了我的拇指。为什么他要做这样的承诺？一个男人和一个未婚女孩单独出行，是不可能没有谣言的。我无疑比谁都清楚这一点。这是那次我和他一起出行时已经历过的事——我没有什么可失去的，更不用说名声了。但是爱丽丝不一样。

那么他对她是否有些许好感呢？他有考虑过和她结婚吗？这些想法令我脸色发白。可是这的确是合乎情理的。在我来之前，爱丽丝是这岛上唯一的女孩。他显然不会在乎她的兔唇，况且她还是这样甜美的一个女孩。

这样的女孩只要是男人都愿意娶，而男人只把我当作寻欢的快餐。

我对他来说，只是一时的爱好而已吗？是图个新鲜，就像对待布里斯班的那个妓女一样？

窗户发出砰的一声巨响，吓得我喘不过气来。我方才想得太过投入了。爱丽丝惊恐得瑟瑟发抖，忘了手里的针线活，甚至忘了心心念念的蒙哥马利。

"只是一个椰子掉下来了，"我慌忙说，"风把它吹下来了。我偶尔会听到它的声音。"我希望她现在足够心烦意乱，以至于根本无心去想其实这院子附近根本没有什么椰子树。

她勉强从窗户那儿移回视线，想看看我是否在开玩笑。我喉咙动了动，咽下自己内心的恐惧。没有人告诉我们在那些钢筋铁条的另一边是什么。也许是捷豹，又或者是一群半退化的岛民。如果这窗户有个窗帘或者是个百叶窗就好了，能够把这该死的黑暗都隔离开来。

又是砰的一声，我们都吓得跳了起来。接着传来一阵冗长的刮擦声，似乎有东西在拿着一把刀刮着屋子的外墙。我们双手紧握。我的脑子飞快运转，现在我急切地需要想出一个解释来，以减轻我们俩内心越来越强烈的恐惧。

"是风，"我低声说。但这显然不是一个好的回答，而且它也并未使我们中的任何一个感到些许安慰。爱丽丝的呼吸慢慢变成了急促的喘息。有东西在轻轻拍打着铁条。叩，叩，叩，仿佛死神在敲门。

爱丽丝张开嘴，我急忙伸手捂住她的嘴巴，止住了她的尖叫。她挣扎了一下，我只好用胳膊圈住她，紧紧地抱着，学着那时蒙哥马利让那些兔子安静下来那样。

"快，到地上去。"我在她耳边悄声说。

我们慌慌张张地跌下床，藏在床垫后面，这样就看不见外面的风吹草动了。

"什么在外面？"爱丽丝问我。她死死抓着我的胳膊，像是担心我马上要离开她似的。我嘴唇动了动，最终还是说不出什么解释。那不是风，这是事实。

"头埋低些。你会没事的。"我爬向梳妆台，拉开抽屉，拿出那把生锈的剪刀，把它藏在我睡衣的褶痕里。要是让爱丽丝看到我拿着剪刀，她只会更害怕。

我的心狂跳不已，慢慢地直起身来，小心翼翼地靠近窗户边。外头狂风呼啸，像是一千个恶毒的人在窃窃私语。

剪刀被我捏在手中，虽然小，却很有力量。浓密的乌云遮住了月光，不留一丝缝隙。等在外面的不管是什么，它有可能就站在三英尺的距离之外，甚至离门只有几英寸，而我对此却一无所知。

闪电划亮了天空。恐惧迅速冲上我的喉咙，我倒抽了一口冷气，只看见摇摇欲坠的树叶和波涛汹涌的汪洋。没有人，除非我没看仔细。这座岛在和我的眼睛开玩笑。

我走得离窗户更近了些。外面除了岛没有其他东西，飘忽不定，汹涌澎湃。而我突然有了一种被监视的感觉。

"你好？"我喊道，声音沙哑。"有人在那儿吗？"

"小姐，不要！"

我回头看床的方向，爱丽丝微微探出了头，趴在床垫上偷看，她的大眼睛毫无神采。

"趴下！"我低声说。一眨眼她便已缩回头去。我紧了紧手中的剪刀，也许父亲遗传给我的那点疯狂现在可以派上用场了——既然它能让我砍下一只兔子的头，还能使哈斯丁教授变成残废，那么它也一定能让我击退埋伏在外的那个神秘的家伙。

我转回身面向窗户，强迫自己去做最惧怕的事情，抓住了铁栅栏。

"你好？"我又喊道。

回答我的只有风的呼啸。到底是什么埋伏在那儿，监视着我们？

我又一次听到了刮擦的声音，就在窗户外面，几英寸的距离。我的身子僵住，体内有东西尖叫着想要逃出，但我最终还是咬紧牙关，做好准备将剪刀用力向那些监视的眼睛刺去。我迫不及待这么做。

无暇顾及爱丽丝。现在只剩下我和那个怪物，还有隆隆作响的雷声。叩，叩，叩，这声音是那么近，战栗使我血液回流。我准备好后，握紧栏杆，指节泛白。我的心里明白，在外面那些东西的威胁下，铁栅栏也难以保证我们的安全。

狂风依然在怒号着，吹得层层乌云都露出了缝隙和皱痕。微弱的月光冲破云层，栏杆的另一边，三只又黑又长的爪子闪闪发亮。

它们伸得这么近，几乎轻轻擦过了我的指尖。

31．果然有一只怪物

极度的惊恐让我寸步难移。那爪子摸索到石质的窗台，试探性地触碰着，刮擦着生锈的钢筋。随后便有节奏地响起了一阵毛骨悚然的敲击声，"叩！叩！叩！"威胁着我们放它进来。

我的心疯狂跳动，试着挣脱那种无力感，将这只黑暗中的怪物带来的恐惧抛开，就像让河水倾泻到大海里那样，但我完全被外面的怪物吓住了。

我慢慢靠近窗户，颤抖的手指和那闪着寒光的爪子仅有毫发之距，我急切地想要知道这个仍然藏在阴影中的怪物的脾性。

爱丽丝尖叫了一声，打破了沉寂。我眨了眨眼，看向那正伸过来要触碰我的爪子，猛地将剪刀刺向最长的一只。那只坚硬的爪子被戳出了一道伤口，继而伤口处变得血肉模糊。我握着剪刀用力刺得更深，直到把那只爪子扭下来。那怪物痛苦地发出怒吼，把另一只爪子收回到黑暗中。

"小姐，离窗户远一些！"

我用最快的速度爬过床，崩溃似的瘫软在爱丽丝的身边。风的呼啸声使我回过神来。我抑制住内心的冲动，将爱丽丝拉入怀中，"它走了。"我说。

"它还会回来的！"

"它没法通过那些栏杆的。"我胸口起伏着。我想要告诉她我们安全了，可却撒不了这个谎。"回到床上去，爱丽丝，接着做针线活吧。"

"我做不到！那个怪物还在外面！"

我扬起头，琢磨着她刚刚对它的称呼：那个怪物，而不是有个怪物。似乎知道那是什么。捷豹也曾经说过同样的话。我瞟了她一眼，怀疑她是对我隐瞒了什么。"试一试吧。"

她看出我是认真的。我们爬回床上，我拾起自己的奶山羊，拿起针继续我的刺绣。男人们应该很快就会回来，他们有来复枪，有马。我们现在能做的，只有耐心等待。

我生硬地保持着刺绣的姿势，直到她也拿起了自己的针。

"你刚刚叫它'那个怪物'。"我缓缓地说。

她的手指颤抖着，并没有抬头。

"你是指捷豹？那个被他们叫做阿杰克斯的？"

她紧咬着下唇，手中的针线活一刻不停。

"你有什么瞒着我，爱丽丝？"我言语中流露出的愤怒像是一记耳光打在了她脸上。这声音严厉得连我都吓了一跳——听上去实在是太像父亲了。

"不是阿杰克斯，小姐。"她低声回应我的质疑，"阿杰克斯是蒙哥马利的朋友，他们就像兄弟一样亲密。他从前常常会讲故事给我听，我从来没有害怕过阿杰克斯。"

刺绣掉在了膝盖上，而我却没有察觉。如果她并不害怕阿杰克斯，那为什么她说话的声音在颤抖呢？

"捷豹不是那个杀死岛民的凶手，是吗？"

她紧闭着嘴唇，但这已经足够了。

我抓着她的手腕，"那么它到底是什么？"

她害怕得直往后缩。我并不是有意要吓唬她。我想要好好保护她，可如果不知道真相，又何谈保护？

"我不能说，小姐！"

"为什么不能？"

"它会听见的！它一直都在偷听。如果我说了，它就会杀了我的。"她的眼里蓄满泪水。她还这么年轻——事实上只是一个小孩。若是一个善良的人，也许会温柔地拍拍她的头，告诉她一切都会好起来的。可我不是，我的指甲几乎戳进了她的掌心。

"你的话是什么意思？什么在偷听？"

"那个怪物！"

这时我感到有东西攀上了屋顶，既庞大又迅速。瓦片哗啦啦掉落在外面的地上。

我的呼吸都凝住了，爱丽丝发出痛苦的声音。我把她拉近身边，竖起一根手指紧贴着她的嘴唇，示意她安静。我们都向上看去，那个东西就在我们的正上方。外墙起码有二十英尺那么高，究竟是什么生物能够攀上如此陡峭的一面墙？又一片砖瓦掉落，随之而来的是院子里沉重的脚步声。听着这个声音，我头痛欲裂。

它已经越过了围墙，来到了院子里。

我闭上双眼，心脏狂跳不已。男人们都走了，枪都放在院子对面的马棚里。我们的门上甚至都没有合适的锁。我们所拥有的，只剩下我的警惕和理智。

"爱丽丝，爬到床下去。"我知道，也许躲藏的办法根本起不了什么作用，但至少能让她觉得安心一些。

她死死地盯住门，"它们开不了门闩的，除非它们有五根手指，"她说，"医生是这么说的。"

她的语气是如此笃定。她盲目地信任他，正如他创造的那些野兽。

我皱了皱眉，"他也说过它们不能越过那些围墙的，但事实证明那根本就是个谎言。"我及时住口，怕说出更多忧心的事，只会让她更害怕。父亲总是自欺欺人，认为自己是上帝，认为他的创造物会对他顶礼膜拜，所以他们不会反抗他。但动物毕竟还是动物。面对这些嗜血的野兽，只有一个解决的办法：在它杀了你之前，杀了它。

我一只手抬起剪刀，另一只手提着灯笼。"你待在这里不要动。"我说。

"小姐，不要出去！"

但我已经打开了门，"蒙哥马利把子弹和来复枪都放在了马棚里，我去把它们拿过来。"

外面大雨如注，从屋顶倾泄而下，掉进水坑里。灯笼悬挂在大厅门上，散发着微弱的光芒，照亮了整个院子。番茄苗在黑暗中宛如骷髅一般。泥地上有一串踉跄光滑的足迹，但是由于淤泥太多，我无法数清楚到底有多少个脚印。我也不知道它究竟通向哪里。

"门要一直关着，"我叮嘱道，"还有，好好待在床下面。"

"等医生和蒙哥马利回来吧，小姐，求你了！"

但我并不相信父亲的承诺，其实她也一样。那个怪物显然不会遵守父亲的命令，它已经成功进了院子，放肆地大开杀戒，它还会发现我们的，只是时间问题。

"我很快就会回来，我保证。"随即我悄悄溜出了房间。

除了风雨声，院子里没有任何异响。我小心翼翼地走着，学着捷豹曾经做过的那样，每个影子在我眼里都像是跳跃的鬼魂。我可以感受到有好几双眼睛在暗处窥视着我。我努力告诉自己那只是我的错觉。在恐惧阴霾的笼罩下，一点点微小的声响都被我无限放大。也许那只不过是屋顶上的一只鸟，或者一只松鼠罢了。

但那些脚印不可能是一只松鼠留下的，而且也没有鸟能够把瓦片从屋顶上打落下来。我举起灯笼，喉咙在光线之下暴露无遗，很容易就会受到攻击。如果那怪物正在某处监视着我，那我可正是首当其冲的目标。

我仔细观察着走廊屋檐下的那串脚印，它们看上去漫无目的地四处走动。要在泥泞和黑暗里单独挑出一个脚印实在是个不可能的任务。我所能辨别出的，也只是那些很大的脚印。

巨大无比。

树林里传来了一声怪叫，吓了我一跳。是只猫头鹰——然而这已经够惊悚了。通往马棚的路上，我飞奔而行，惊慌失措，灯笼的光亮随着我的奔跑胡乱地摇曳，直到我猛地推开马棚大门，并在身后用力关上，将自己关在里面。

风吹灭了灯笼，里边变得一片漆黑。

我只能听到自己粗重的呼吸声和漏雨的棚顶不间断的雨滴声，只能闻到潮湿的干草带着一股泥土的气息。我借着微弱的亮光给门上了锁，周围的一切完全被黑暗包裹。

我脊背紧贴着木墙摸索着前进，手里紧握着剪刀，告诉自己不要惊慌，那个怪物没有理由会到马棚里来。它更有可能会去实验室，在那里它能察觉到困于牢笼中的动物们，又或者它会对厨房奇怪的混合气味更感兴趣。

去拿来复枪，我对自己说。我在马棚里已经待了很长的时间，哪怕是在黑暗里，我也知道哪里是马具房哪里是枪架。我从未用过来复枪，但是我懂联锁装置和火药爆炸。蒙哥马利都会把枪装满子弹，我依然有胜算。我能在瞄准目标后扣动扳机，即使我没有射中，没准也能够把那个怪物吓唬走。

我本想向着马具房走去，可脚却不听使唤。背后的墙是安全的，保持不动是安全的。我有一种强烈的预感，如果移动位置，我就会死。

我准备数到五，给自己五秒钟的时间恢复理性。

一。

我咬紧牙关，聆听自己的呼吸。

二。

在熟悉的干草味中，我还嗅到了一阵刺鼻的气味。而且它同样让我觉得很熟悉。我以前闻到过这种久久不散的气味，甚至最近也是，尽管我记不起它是什么。

三。

黑暗里传来一阵沙沙的响声。我的呼吸变得急促，安慰自己一定尽是马棚里的老鼠。但其实我心里很清楚，我握紧了手中的剪刀。我确定那道足迹并没有通向马棚，难道不是吗？那时惊慌失措，都没仔细辨认自己所看到的。但是那种味道现在变得更加强烈，就好像它的源头正在慢慢靠近。我喘着粗气，辨认出了那是什么东西。

潮湿的毛皮。

四。

我紧紧闭上双眼，感觉到有东西在悄悄地靠近。我听见屋椽发出微微的叹息，地上的稻草堆不断移动着。我意识到现在拿枪已经太迟了。这马棚里除了我还有别的东西，一个大家伙。它的身体融合在这深深的黑暗之中，像是原本就属于这里一样。恐惧牢牢攥住我的喉咙。我对自己说用合乎逻辑的办法去对付这个家伙。在黑暗中，胸腔会成为最大的目标。剪刀猛地向下刺去，向着低于胸腔的位置，同时低下头，以躲避开爪子和利齿。

有东西掠过我的手，很硬，但很轻柔。我惊慌失措，剪刀也从手中滑落。它们在黑暗中蠢蠢欲动。

五。

我纵身向马具房跃去，别无他选。现在是本能在控制着我，而不是理性。我感到身后有一股急流，像是有东西正在飞奔。我颈后的头发因战栗而刺痛。除了自己砰砰的心跳声，我什么也听不见。我找到了马具间的入口，跌跌撞撞地闯了进去，盲目地沿着墙壁摸索着那排光滑的金属枪管，然而却只摸到了木头。枪套是空的。

他们把枪全都带走了。

屁股撞在工作台的桌角上，疼得我直往后缩。我感觉得到自己内心深处的惧怕，发出了一声惊慌失措的哀号，听上去像狗受伤的呜咽。我的手扫过桌子，想要找到一把刀，一根蹄签，或者其他的什么都好。最终手停在了一盒火柴上，摸索着沿着盒子粗糙的那面划了一根火柴，火光闪动。我把火柴举高，手指发颤，眼睛借着微弱的光亮疯狂地搜寻着那个追赶我的家伙。

什么都没有。

只有我一个人，和火柴硫磺燃烧的气味，还有那挥之不去的潮湿的毛皮味道。

32．他已经失去了理智

回到房间之后，我告诉爱丽丝那个怪物已经找到了，只不过是一只出奇巨大的松鼠而已。最后她终于睡着了，可我的眼睛却再合不上。躺在床上，那怪物的断爪就紧握在我的手掌中。我抱住爱丽丝，轻柔地顺着她的头发抚摸，就像从前我受到惊吓时母亲安抚我一样。

远处传来猎狗的犬吠声。男人们回来了。

我坐起身来，轻轻挪开爱丽丝枕在我膝盖上的头，踮着脚尖朝门口走去，点亮我所能找到的每一个灯笼，想要驱走黑暗。我紧了紧手中的断爪，再次确认这恐怖的黑夜并不是自己的凭空想象。

外头的前门吱嘎一声开了，我偷偷往院子里看去。男人们进来了，浑身是泥，筋疲力尽，甚至都没有注意到那一盏盏炽盛的灯笼。伴着这猛烈的暴风雨和男人们的归来，我意识到自己只穿着一件睡衣的确很不妥，但我心中有更大的顾虑。我匆匆回头看了一眼，确认爱丽丝还未醒过来，便悄悄溜出了门。

巴尔达沙驾着公爵的马车从后门进来，还有一具包裹在白布中的尸体。这意味着他们仍然没有找到捷豹，只是找到了另外一具受害者的尸体。蒙哥马利和父亲正挣扎着摆脱身上的负担，但是爱德华看见了我，他的目光像是夜晚的星星一般难以捉摸。

他大步穿过庭院，一只手挡住了我房门口射出的刺眼光线，一块泥巴沿着他那块伤疤的边从他的脸侧掉落下来。

"你怎么还没睡？"他问道，"为什么灯笼都亮着？"

我握紧那只断爪想要获得一丝力量，说道："你们出门的时候，发生了一些事。"

从我声音的颤抖中他可以察觉到事情的严重性。他将我拉进房间，这样我们可以不受外界的干扰。进屋后他飞快地瞥了一眼在床上睡着的爱丽丝。

"你的脸色很苍白。"

我不安地抚弄着爪子的断脊。想起了窗口的那双手，从屋顶滑落的砖瓦，还有那个马棚里不只是我一个人的事情。"有东西想要攻击我们，在窗口……"内心有什么破土而出，我说不出话来，反而突然感到毛骨悚然，我更加用力地抓住手中的爪子。

"嘘，你现在没事了。"爱德华将我揽入怀中，毫不掩饰地看向那只断爪。我猜想他已经看够了这只爪子所造成的残杀。他轻抚着我的头发，正如那天在瀑布后我装睡时他对我做的那样。而现在这个安慰性的动作却起了反作用，和他靠得这么近使我很不安，似乎那个梦境会变成现实，而我会发现自己身边是他而不是蒙哥马利。这种想法我并不是没有想过。父亲一直希望我们结婚。爱德华也明确表达过对我的好感。可我却不能和他在一起。他在逃避着一些事情，他把自己的秘密隐藏得那么深，我有时甚至都会忘了有这回事。即使我想要捅破这重重迷雾，我也不确定他是否会让我那么做。

"我不应该留下你一个人，"他说，"我知道这很危险。我以为对我来说在外面会更安全……"——他的手指缠着我的发梢——"追捕你父亲创造出来的那些恶魔。"

他低语的嘴唇轻轻擦过我的耳边，感觉就像一阵奇异的电流。我想要推开他的怀抱，但他不许，他的嘴唇一张一合，像是要对我说些什么。他环住我的胳膊让我不再有安全感，反而让我觉得很危险，似乎他随时都会试着吻我一样。我将大拇指压向断爪，疼痛的刺激唤回了我的理智。我知道他在乎我，但是蒙哥马利同样如此。噢，蒙哥马利……在爱德华的身边只会让我更加困惑。

"在它卷土重来之前，我们会离开这座岛。"为了不吵醒爱丽丝，他压低了声音。

"你是说，那个怪物？"

他的手滑至我的腰间，诱惑般地在我的耳边低语，抚弄着我衣领上的蕾丝花边，将我拉得更近。"想要怎么称呼它都可以。"

门吱嘎作响，蒙哥马利站在门口，表情冷漠。我挣脱开爱德华的怀抱，面颊烧得滚烫。爱德华摆弄着他衬衫上松掉的纽扣，像是什么都没发生一样。

但是事情的确发生了，而我也不知道应该如何去解释。

"我找爱丽丝。"蒙哥马利说。他的视线几不可察地在我和爱德华之间移动。

我将一缕头发拂至耳后，朝着床上点了点头。"她在这儿。"

他进门来，松了口气。"她不在自己的房间里，我还担心……"

他第一个检查的是她的安危，我心想，而不是我。然而我随后便将这嫉妒的心思甩出脑海。我下的结论是不对的。当他进来的时候，看到我和爱德华在一起，也许也会下和我相似的结论。但他无疑错了。

"有东西闯进院子里来。可能是怪兽中的一只，或者是其他……"

"或者其他什么？"蒙哥马利问。

"我不知道。这岛上还可能有其他的什么？"我反问他，眼神闪烁着，将那只断爪放到了梳妆台上。

爱丽丝在睡梦中咕哝了几句，翻了一下身。蒙哥马利的手在离断爪一英寸时犹豫地停住了。

"我们不能待在这儿，"爱德华说，抬高了声音。他捡起那只断爪，塞进了自己的口袋，"我们必须离开这座岛。"

"嘘！"我低声制止他。爱丽丝猛地惊醒，无所适从地哭了出来。

我首先想到的是告诉她这一切只是个噩梦，但是蒙哥马利已经坐到了她的身边，捋平她那一头美丽的金发。"我们回来了，"他说，"你没事了。"

那是因为我保护着她，我心想。父亲显然并不在乎岛上的居民，所以总要有人这么做。

可她依然不住地尖声叫喊着，呼吸急促得让我以为她会因此而缺氧。最终蒙哥马利将她圈进怀里，抱着她走了出去。在院子里他经过了某人的身边，那人来得很快，提着盏灯笼。

父亲匆匆步入房间，"发生了什么事？马棚门上的铰链是被解开了，地上怎么会有这么多碎瓦？”

我站起身来，语含怨愤，"你的那些怪物中有一只越过屋顶闯进来了。"

"荒唐，"他说，"它们不可能爬上墙的，一定是你弄错了。"

"把它们创造出来才是错的！"

他突然攫紧我的下巴，我的脸侧猛地传来一阵疼痛。我一个趔趄险些跌倒，目瞪口呆。也许我本不该感到惊讶。但是在我内心深处，一直都以为他和我之间还有希望。

现在我明白了那只不过是我的奢望。

爱德华冲了上来，牢牢绞住父亲夹克上笔挺的翻领，"你不能打她。"

父亲扯下他的手，强压住怒火，"再碰我一次，普林斯，你会希望自己从未踏上过这座岛的。"

"住手！快住手吧！"我舒展着下巴，对目前的局面很烦躁。什么都没有改变，只是感情上受了伤罢了。我现在明白了，他根本就不在乎我们中的任何一个发生了什么。他只会因为对他的一点误解而对我们发疯。哪怕他对我们有一点点的在乎，他就会听我们解释。"不管你做了什么让它们听话……可这失败了。它们是动物，它们不可能永远服从你。现在只有一个选择，就是放弃你的工作，离开这里。"

父亲抚平自己在和爱德华的扭打中被弄皱的领结，眼睛深邃得像是汹涌的大海，"只要天气一好转，我们就去村里。你们自己好好看清楚，我是怎么把一切都掌控在手中的。"

我揉着受伤的下巴，明白多说无益。

他已经失去了理智。

33．爱德华打死了安提戈那斯

这场肆虐的暴风雨持续了很多天。等到天气好转，我们要动身出发去村子里时，丛林已经泥泞不堪，马车在其中行进就像在水中一样困难重重。我们不得不每隔四分之一英里就停车，将路边倒下的树木清理干净才能继续赶路。

离目的地还有很长一段路，我却已经闻到了村庄的气味，弥漫四周的恶臭好像这里遭遇了一场瘟疫。那不仅是动物本身的气味，还有一阵腐臭的瘴气，我不得不捂住嘴巴和鼻子才能呼吸。那些野兽都已经很久没有接受过治疗，而父亲说它们的状况很快就会好转，他坚持认为既然血清已经从他们的身体系统中消除，那么这群野兽都会变得温和听话。

"与奶牛不同。"他如此解释道。

随着我们离村庄越来越近，道路上的积水已经成为了沼泽。公爵停住了脚步，不愿意再往前走。蒙哥马利不得不爬出马车，用马具拖着它前进。

村庄十分肮脏，屋子都被拆毁或者被野兽践踏成了废墟，燃烧的垃圾堆腾起滚滚浓烟。我与爱德华交换了一个疑惑的眼神。这种场景看上去并不像奶牛干的。

我们经过一只正在泥泞中打滚的生物身旁，它的肚子肿胀得像是喝醉了，后腿弯曲的程度让我怀疑它能否正常地行走。它茫然地盯着我们的马车路过。当我们经过它时，父亲打了个手势示意，"这是那只攀上二十英尺高墙的野兽吗，朱丽叶？"

我双手交叉抱在胸前。他对我的误解，无论我说什么都于事无补。

马车突然停住。我们到了村庄的中心，尽管我完全不能辨认出村子的模样。祈祷的人群消失无踪，人们身着红色长袍，野兽们嗥叫着要见它们神圣的创造者一眼。

"没人欢迎我们。"蒙哥马利注意到。

父亲摆摆手打消他的顾虑，"预料之中。我和你说过，它们现在就相当于牲畜，像头猪一样不是在泥里打滚，就是在某个地方消灭食物。"

我突然瞥见在凹陷的门口有几双眼睛在注视着我们，眼神冰冷刺骨，在阳光照耀下，我却不禁抱起了胳膊。

爱德华的手指向那些仍然矗立着的屋子中的一栋，辛白林在那里面凝视着我们。他并没有什么明显的变化，除了嘴巴诡异地硬化了。我朝他挥了挥手，他发出嘶嘶的声音，露出他以前没有的一寸长的尖牙。我吓得将手臂抱得更紧了。

父亲爬下马车，掸了掸手上的灰尘。他展开双臂，面露微笑，像是一个终于回归到崇拜他的子民身边的救世主。

"出来吧！"他召唤道，"让我看看你们美丽的面庞。"

没有人出来。我察觉到他的脸上闪烁着不确定的表情，只是这份不确定一闪即逝，就像从耳边飞过的苍蝇。"你！"他伸出手指指向站在门口的一个身影，"别害羞，过来。"

那个身影四脚着地，迷茫地向前走来，它有节奏地移动着。随着它的移动，四肢砰砰着地。它绕着我们缓缓地转圈，然后抬起两只脚，直立起身子，一点点地靠近。

一个像蟒蛇一样的女人。她的脸可怕地绷直拉长，而且身无寸缕。她以一条蛇的姿态向我的父亲慢慢靠近。

父亲微笑着，对她可怖的外表毫不在意："凯撒在哪儿，亲爱的？"

"凯撒，"她一边重复着，一边沿着马车的一侧招摇而来。我的腹部一阵翻腾。蒙哥马利曾经郑重地和我说过，我和这些野兽不一样。可是倘若我停止接受治疗，我不禁害怕自己会和这个可怕的女人遭遇同样的下场。

她发出了几声轻蔑的吃吃的笑："凯撒再也说不出话了。"

更多的动物从阴影中走出，逐渐出现在我们的视线里，朝着我们缓慢爬行。它们的肢体异常地伸展着，靠着四只奇怪的脚来移动。蒙哥马利伸出一只手覆在了他的来复枪上。

"他在哪儿？"父亲收起笑容，用命令的口吻说道："把他带出来！"

那个蟒蛇女又大笑了起来，分叉的舌头飞快地收缩进没有嘴唇的嘴里，"把他带出来，把他带出来，他说。"

动物们开始像苍蝇一样涌来，瞬间堵住了我们的退路，随后传来了一阵微弱的喘息。动物们不断发出低吼，似乎焦躁不安。一个巨大的身影挤过拥挤的兽群，向前走来。我捂住了自己的嘴巴，是凯撒。他多叉的鹿角被折断了，只剩下裂开的残根。他一侧的肩膀扭曲成一个不自然的角度，黑色的污点遍布眼睛和嘴巴周围的皮肤。

"我们该离开了。"我说，可是无人理会。

父亲看了凯撒一眼，手移向他的手枪，"你不应该停止对他的治疗。"他怒火中烧，冲着蒙哥马利发牢骚。

"我没有，"蒙哥马利冷静地回答，"这并不是退化。别人对他动了手脚。"

父亲抬起一只脚踩在破碎的石头上说道："背诵戒律，凯撒，"他命令道，"他们似乎都已经忘了！"

可凯撒只是点了点头，仿佛要用自己的多叉鹿角去蹭一棵假想中的树。"说话！"父亲再一次命令道。

那个蛇女发出嘶嘶的声响，"凯撒再也说不出话了。"她重复道。

父亲攥紧凯撒的下巴，强迫性地让他的嘴巴张开。他的嘴里唾液汩汩流动，牙齿颤抖着发出响声。父亲喃喃地自言自语，背部僵了僵，随即撇过头去，松开了凯撒。那个麋鹿一样的男人低下了头，下巴碰到了胸脯。

父亲迈着厌恶的步伐大步走了过来，颤抖的手捻着自己的络腮胡："他们割了他的舌头。"他说。

我被这恐怖的事实吓得不由自主地缩紧了身体，"我的上帝。"

父亲尖锐地扫了我一眼，说道："没有他我们一样能做好。"我不知道他这番话指的到底是凯撒还是上帝。

父亲重又转身面对人群，喊道："听着！我会把戒律再说一遍，你们这些肮脏的东西！你们把自己当做人，却又生活在污秽之中！你们像四条腿的动物在地上爬行，这么快就把戒律忘得一干二净！"人群中的推搡和抱怨的声音渐渐安静了下来，他们仰起头，像是要记住一首被遗忘已久的歌。

"汝不得饮烈酒！汝不得餐荤食！汝不得夜游于外！"父亲顿了顿。我只要他后面说的东西，但我默默地等着，像那些动物一样屏住呼吸。"汝不得弑杀他人！"他的脚在石头上跺了两下，"这是你们的上帝对你们的指示！"

一阵无言的沉默。动物们用无神的、湿润的眼睛目不转睛地盯着父亲。不，我想要叫喊出声，这些根本不是什么上帝的指示，这只是一个疯子的无稽之谈。

"是的！"一个沙哑的声音打破了沉默，"是的，这是我们上帝的指示！"人群里响起了窸窸窣窣的低语声。我们都紧张地看着人群，试着寻找声音的来源。一只庞大的半兽人推开拥挤的人群里出现，迈着轻快的步伐向我们走了过来。他的外表看起来像熊，我曾经和捷豹在丛林里见过。他残废的爪子扭曲着，悬挂在胸前。

他在父亲面前停住了脚步。岛民们像牛群一样胡乱挤作一团，"我们上帝的指示！"

我瞥向爱德华。他双手环胸，肌肉紧绷，宛如铁块。

"我们不应该饮烈酒！"熊人又大喊起来，舞动着畸形的腿，"我们不应该吃肉！这是我们上帝的指示！"

那群半兽人又开始骚动，他们和我一样感到不确定。蟒蛇女悄悄溜到我的面前，眨巴着她歪斜的眼睛。她那大得异乎寻常的舌头伸出嘴巴舔舐着空气，恐怖的表情让我倒抽一口冷气。

"很好，安提戈那斯。"父亲对那熊人表示赞赏。他的嘴角上扬，洋洋得意。"现在，我的朋友，告诉我是谁对凯撒做了这么残忍的事。"

安提戈那斯迈着夸张的步子向父亲走去，用他那已成爪的手打着手势。他的另一只手仍紧紧抓着他的腰。当他的熊鼻子离父亲近得足够耳语时，锋利爪子上的光芒一闪而过，猛地向父亲的喉咙刺去。

枪声响起。

蒙哥马利仓促掏出了他的来复枪，然而是爱德华第一个开了枪。

动物们陷入了惊恐之中，争先恐后越过对方想要逃脱。安提戈那斯倒在了我父亲的脚边，涌出的鲜血滴在他的皮鞋上。父亲吃惊地瞪大了双眼，他难以想象，在他宝贵的动物中，竟然有一只妄图杀死他。

蒙哥马利冲向安提戈那斯的尸体，尘土笼罩在他们的四周。但是我的目光却无法移开爱德华。他杀了人，居然是为了保护我的父亲。手枪从他的手中滑落，他看上去和我一样震惊。

"爱德华……"我说道，但却不知道再说些什么。现在，他也成了一个凶手了。

爱德华的面色苍白，眼睛因惊恐而睁大了。手覆在额头上，颤抖不已。他盯着那具倒下的躯体，就像下一秒它就会站起来缠着他一样。这让我想起那次，我们在救生艇上发现他挣扎于生死之间，任凭汹涌海浪拍打着。他现在的眼神和那时一模一样。

他转身飞奔，消失于丛林间，似乎这样就可以逃避刚刚发生的一切。

在回去的路上，我们都陷入了痛苦的沉默。无论我怎么呼唤爱德华的名字，都看不到他的身影。蒙哥马利安慰我，一个在残旧的救生艇上待了二十天都能存活的男人，一定可以找到回院子的路。但是在海上，威胁爱德华的只有无可避免的日晒和萦绕在他自己脑海中的记忆。而现在，却处处都有行动不受束缚的怪兽。

我们听见有人在前面叫喊的声音。透过树叶，院落的围墙映入眼帘。巴尔达沙匆匆跑了过来，壮硕的胸口剧烈起伏，眼里泛着血丝。我回忆起第一次见到他的时候，觉得他是那样的丑陋可怖。然而现在，在看过蟒蛇女、安提戈那斯还有其他野兽的那些惊悚的面孔之后，他看上去就和我们人类毫无二致。我希望蒙哥马利永远都不要停止对他的治疗，我无法忍受见到巴尔达沙退化的样子。

"怎么了？"蒙哥马利问他，他的手在来复枪上绷紧。

"快来，"巴尔达沙上气不接下气地说，他的下嘴唇颤抖着，"快。"

蒙哥马利将缰绳交给父亲，跳下马车，和巴尔达沙跑着离开了。我抬头向前看去，发现木门坏了，门板被一种可怕的力量绞成了碎片。

父亲迅速刹住马车。没有人等在门口帮忙停车。帕克、爱丽丝，还有其他的仆人——他们都不在。好像有东西紧紧攥着我的胃，我心里只想着要赶快进屋，弄清楚到底发生了什么。

父亲猛地把缰绳塞到我手里，"你待在这里，看住公爵。"

"到底发生了什么？"我问。然而他无视了我的问题。我的手指缠绕着公爵的鬃毛，看着男人们越过破损的大门，消失在我的视线中。为什么没有人把事情说明白？为什么没有人过来照看马匹？

门外的泥地里有几条松弛而滑顺的踪迹，和之前那个怪物留下的一样。但是大门是钢筋加固的，那个怪物不可能拗弯钢铁，难道有这种可能吗？

一个男人大叫了起来，我辨认出这是蒙哥马利的声音。

"待在这儿，该死的。"我低声抱怨，拉着公爵和马车走到一棵树边，将缰绳牢牢地拴在树枝上，祈祷它不会试着脱缰逃走。

我一只手束起裙子，跨过那扇破损的大门。屏住呼吸，看着眼前一片狼藉的院落——被踩躏的番茄苗，破裂的灯笼，还有被打得粉碎的鸡舍。

有声音从厨房传来，我缓缓地向着那边走过去。

"恶魔带走了你！"拐角处传来了蒙哥马利的大叫声，"恶魔带走了你的一切！"他声音里的痛苦让我停住了脚步。他一直都是个冷静自持的人，即使是在狂怒的时候。

我的脸颊贴着石墙。他们都站在拐角处。我只是想看一眼，但是不知怎么的，我害怕我所看到的将会改变一切。

"恶魔带走了你！"蒙哥马利又大叫了起来。

终于还是好奇心占了上风，迫使我去看看究竟是什么让蒙哥马利如此愤怒。

蒙哥马利和父亲站在厨房的门外，巴尔达沙和帕克也在。蒙哥马利发疯般地来回踱着步，笨重的肩膀像野兽一样绷得紧紧的，手颤抖着捂住了嘴巴。

"冷静下来，"父亲说，他的手也在颤抖着，"不然你会发疯的。"

厨房地板上一闪而过的白布吸引住了我的目光。我眨了眨眼，不敢相信自己所看到的。门廊处露出了一小截爱丽丝的白裙子，平放在地上，她赤裸的苍白双脚上满是一道道泥污。一行深色的血液从她的大脚趾流下，滴进了水坑。那双脚一动不动。我从未如此确定，我明白那双脚再也不会动了。

34. 爱丽丝之死

爱丽丝死了。

蒙哥马利砰地一拳打在厨房的门上，木门轻易地被砸个粉碎。他不满地低吼一声，又挥起另一只拳头，砸在坚固的石墙上。

我冲上前去大喊："停下！"

紧随而来的是一阵指骨碎裂的声音，血从他碎裂的指关节中溢出。我双手紧扣在他的手腕上。

"住手！"我喊道，"这样做什么都改变不了。"

"放开我！"他凌乱的头发，混着汗水和泥土，结成了块状；手臂上的肌肉紧绷着，仿似埋藏在皮肤下的钢筋一般。我费了好大劲才阻止他再度捶墙。

"他会伤害自己，"父亲说，"我准备给他打一剂吗啡。"

蒙哥马利蹒跚着走向他，"我不需要你的药，我不会接受你的任何东西。"

父亲的手颤抖着抚摸他下巴上稀疏的白色胡须。我一度以为他会道歉，或者至少表示下慰问，但他漆黑的眼睛里寒光一闪，"说的没错。无论如何，你已经毫无价值了。"

蒙哥马利猛地抡起胳膊。下一刻，他的拳头就落在父亲脸上了，所幸我抱住了他。

"求求你了。"我喃喃道。我抚摸着他滚烫的脸颊和紧绷的肩膀，试图让他冷静下来。厨房的地板上，爱丽丝冰冷的身体就躺在我们脚边。她的血液渗入灰浆中。那躺着的本可能是我，可能是我们中任何一个，是这个厌恶的我。"你需要空气，你需要让自己清醒一下。"

他用力挣脱我的手臂，像只野兽一样茫然地来回踱步，但我终于将他从爱丽丝的尸体边拉开，穿过残破的大门，离开了那个院子。

我在墙外发现一个杂草丛生的地方，从那儿可以看见波光粼粼的大海。我坐了下来，蒙哥马利慢慢冷静下来。我从裙边撕下一条布条。

"让我包扎一下你的手，你的血流得太多了。"

他蓝色的眼睛看向我的瞳孔，我能看到他心底的野兽还在，依然焦躁不安，同时也带着伤痛。他挨着我坐下，把头发扎到脑后。我轻轻擦去他裂开的指节上的血迹。他是如此的英俊，下巴棱角分明，让我脉搏加速。

"对不起。"我说着，将亚麻布条缠在他手上。

他没有说话。

我回想起爱丽丝浸在灰浆中雪白的脚，庆幸自己没有看见她死后冰冷的脸。"我知道她爱你，"我忍不住说道，"而且我知道是我插在了你们中间。如果我从来没有出现过，也许她现在还活着。"

他深邃的眼眸仿佛能够承载世间一切痛苦。我扎紧了绷带，把磨损的边塞进去。它已经被汗水和血液濡湿了。

"这不是你的错。"他说。

"你爱她吗？"虽然爱丽丝死了，甚至还没有入土为安，但是我无法掩藏自己疯狂的想法。我歇斯底里道："如果我没有出现，你也许已经和她结婚了，是吗？"

他眉头紧皱，满是担忧："你在说些什么？"

"你总是想要救助别人。她是个孤儿，是仅余的、唯一的传教士。你怎么可能不爱她？"

"该死的！"他的头向后靠在墙上。"我没有爱上爱丽丝。上帝啊！朱丽叶，我以为你知道的。爱丽丝并不是个传教士。"他顿了一下，不敢正视我的眼睛。"她是个被创造出来的物种。"

我感到透不过气来。我用颤抖的双手将头发拨到后面。爱丽丝？那个甜美的女孩？她还拿着我的银刷子套装中的梳子。她是他们中的一员？我拼命地摇头，"这不可能，她是人。"

"她看上去像是人类，"蒙哥马利说，他受伤的手绷紧了，汗珠成串地从额头渗出。"但是她确实是两年前用一头羊和三只兔子创造出来的。"

"兔子？"我吃惊地捂住嘴，好像能触摸到那些话一般，似乎这样才能更可信些。

她的兔唇。父亲曾经说过，他们都是有缺陷的。我试着将所有的片段拼起来，以搞清整个谜团。爱丽丝一直回避我有关她过去的问题。上帝啊，我真是个白痴。我把巴尔达沙和其他人称作动物，对爱丽丝也是这样称呼的。

"你说过这不可能成功。"我压制着内心不断增长的恐惧，"你说过他不可能使他们看起来完全像人类的。"

蒙哥马利脸上的血色褪去。他深吸了一口气，说道："他是不能。"

一个谣传瞬间浮现在眼前。

"是你制造了她。"我说。不是疑问，而是一种责问。

他一只手揉着疲惫的双眼。伤口又裂开了，血从绷带中渗出来。

"你怎么能这样做？"我嘴唇颤抖着喃喃道，"和我父亲一样……"血液涌到我的头顶。我试图站起来，但是他抓住我的手臂，把我拉回草地上。

"事已至此，如果要下地狱，那就下吧。但是我和他不一样。"他的怒气仿佛一个耳光狠狠地抽在我脸上。他并不是在生我的气，他是在生自己的气。他放开我，站起来，抓住窗外的铁护栏，像个囚犯一样。

"这是个错误。"他说，"我知道，从一开始，你父亲和我就有分歧。他制造的一个东西死在了手术台上，我看到了他工作中的错误，我试图提醒他，但他一直不承认自己的错误。他告诉我他才是医生，而我只是他的助手,并且事情将永远是这样。"他倏然握紧窗户上的铁栏,"我只是想要证明他是错的。"

从海面吹过的风将一缕头发拂到他的脸上。他没有作过多解释,但我懂了。通过创造爱丽丝,他已经用自己的成就胜过了父亲。而他仅仅只是一个少年,没有经过任何正规的训练。

但人们却把父亲称做天才。

我疑惑地看着他。是我低估了他,所有人都低估了他。我那样关心他,总是把他想成是一个英俊的、有思想的助手。在我看来爱德华是聪明的、有教养的,蒙哥马利则是勤勉、强壮而可信赖的。

但是如果能够制造出爱丽丝,那他还能做出其他怎样的事情?

"但这又是另一个错误。"他从窗户那边转过脸来。"现在她死了,如果找不到阿杰克斯,我们也会死。"

"阿杰克斯?"我问到。"你难道认为不是那个怪物杀了她?"

他皱着眉头:"什么怪物?"

我顿时愣住。难道他不知道?爱丽丝一直害怕某种非常真实的东西,但那并不是阿杰克斯。蒙哥马利曾经离开了几个月,我想,这段时间对父亲来说,已经足够去创造出什么可怕的新物种,而这正巧是他不了解的。

身边的树发出沙沙的响声,有脚步声从丛林中传来。

我慢慢地站起,蒙哥马利站在我身前,意图保护我。

脚步声更近了。

有什么东西正在靠近。

35. 火葬: 蒙哥马利的愤怒

蒙哥马利从靴子里拔出匕首。那个脚步在奔跑,不管那是什么,它已经跑过了丛林。我抓住他的手臂。我们必须要回到院子里。

但是蒙哥马利没有跟来。他眼中泛着钢铁般的冰冷。他站在那儿，意图在那个怪物回来的时候，将刀刺入它血腥的身体中。

沿着森林的边界，树叶在颤动。他手臂上的肌肉紧绷着，做好了攻击的准备。

一道人影从树后面出现，拨开了树叶。我从蒙哥马利手中夺下匕首。就在蒙哥马利动手的前一秒，我认出那是爱德华。这样也许救了他的命。

"地狱中的恶魔，"蒙哥马利咒骂道，"你吓了我们一跳，普林斯。"

血迹在爱德华的衬衫上留下了斑驳的印痕，脸上还有成行的抓痕。他跪着支撑自己喘口气。

"你还好吗？"我问道，气喘吁吁地。"有什么东西在追赶你吗？"丛林静悄悄的，但静寂中往往隐匿着危险。

"我不知道。"他用手背擦了擦脸，"我听到了嘈杂声，然后就开始跑。也可能只是我的臆想吧。"他的袖子撕开了，一道很深的伤口沿着手臂向下。血从衬衫脖子和肩膀交界的地方渗出。他小心地碰了碰血液。

"见鬼的荆棘，和我的拇指一样粗。"他的目光在我们之间逡巡，"你们在墙外面做什么？"

他没到过这儿，他不知道爱丽丝的事。

蒙哥马利将刀子插回靴子中。"我有工作要做。"他的声音又变得冷漠。我意识到，他希望来的是那个怪物，如此可以让他复仇。"我要做一个棺材。"他头也不回地轻声道。

爱德华的表情放松下来，一个问题呼之欲出。

"为了爱丽丝。"我踌躇道。

爱德华斜靠在墙上，一只手擦拭着他苍白的面孔，"怎么死的？什么时候？"

"我们到村子的时候，有东西拆毁大门，闯进了院子中。"

"那可是用铁加固过的。"

"即便如此，那东西也照样毁了大门。"我深吸口气，"进来，我给你包扎下伤口。"在他和蒙哥马利中间，至少我的医学知识可以发挥点作用。

我们从破碎的大门爬过，穿过厨房外面的一片区域。他们已经移走了爱丽丝的尸体，但是瓦片上仍留有血色。爱德华静默着。

大部分的医疗器械都在实验室里，但我知道，在佣人的简易住屋中还有个小工具箱。房子是斯巴达式的，很简陋，和我想象中的一样。两张床，分别是巴尔达沙和帕克的，一张简陋的地板床，是辛白林的，但他已经在治疗结束后就回村了。床单也铺得很整洁。一张床的上方挂着一个用红色和金色织线编成的环，似乎是用来捕捉噩梦，不让它们进入熟睡的人的脑海中。

我拉开抽屉，找到一段布和一把剪子。

"坐下，"我说，"把你的衬衫脱掉。"

他拉过一条凳子来，很配合。他的皮肤很白，棕褐色的手臂和晒黑了的脖子除外。除了手臂和脖子上的伤口外，一道暗青色的瘀伤横过他的肋骨。

"荆棘划伤的？"我问。

"这儿的东西都那么危险，连那些见鬼的植物也是。"

我把碘酒倒在一条干净的碎布上。我本该给蒙哥马利的指关节也消消毒的，我突然想到。但是他从不会这么长时间坐着不动。我把碘酒轻敷在爱德华的伤口处，涂药时的刺痛似乎并没有影响他。但当我的指尖擦过他的皮肤时，他倏地痉挛了一下。

"你对他太好了。"他说。

我小心地把布条敷在他的伤口处。我不需要问他在指谁。

"他是个好人。"我说，"他比看上去更聪明。"我试着控制手指不要颤抖。聪明绝顶，制造出了爱丽丝，我想道，但我保守了这个秘密。

我转过身比量着布条的长度。我不希望在这件事上发生争论。老实说，我不确定我会赢。

"你父亲希望我们结婚。"他陈述道，好像我需要提醒一般。

"不要再提这个。"

"我们需要谈谈这个问题！我们一直在回避它……"

"很好。那么，"我把布条捏在手心，"为什么接下来我们不谈论一下你为什么杀了安提戈那斯。我不记得你和我父亲什么时候变得这么亲近，让你觉得哪怕杀人也要保护他。"

他的下巴痉挛似的轻微抽动了一下。有那么一会儿，他把脸微微转向大门，看上去犹豫未决。爱德华摩挲着面颊，仿佛这样可以除去那种痉挛。"我的大脑一片空白。我看到安提戈那斯手中的匕首，那只是一种本能的反应。我想要守护的不是你父亲，朱丽叶，说实话，即使你的父亲在明天就被切开了胸膛，我也不会眨一下眼睛。我发过誓要保护你的。"他顿了一下。"对不起，我是无心的。"

我摇了摇头。我不喜欢这个岛让我们遭受的一切，使爱德华成为杀人犯，使我如此神经错乱。我试着告诉自己，没关系的，爱德华只是很轻易地杀死了他们中的一个。这并不是冷血，只是出于防卫。

"没关系。"我说，"我们得把注意力放到离开的问题上。"我把布条缠在他肩膀上深深的伤口上，庆幸着至少我可以处理好一件事情。但一条绷带如何能抵抗外面的疯狂呢？一阵无力感从心头袭来，仿佛整个岛屿要将它全部的荆棘刺入我们，将我们困在岛上。

"即使我们离开了。"我努力保持平缓的语调，"即使我们有水和食物，但怎么让一艘船发现我们？一条这样的小艇在海上就像是一片浮木！"

我把头猛地转向大海，对自己的软弱感到气愤。我应该坚强起来。爱德华的手环在我的背上。我把脸埋在他肩膀上柔软的绷带上。

"我们会死的，是吗？"我苦涩地问。

他紧紧地抱着我，几乎让我无法呼吸。我竟然希望这个拥抱更紧些。"但我发誓绝不是在这儿。"

那天晚上，悠扬的钟声伴携着丛林中的鸟鸣声。我发现院子里的马车旁聚集着所有人。大门用谷仓堆积的废弃木头仓促修理过了。也是用那堆木料，做了个简单的棺木，刚好一个身材娇小的人的长度。

"就让一切由此结束吧。"父亲说。他拿起提灯。巴尔达沙和帕克将棺材滑入马车厢中。

我拉过一条披巾裹在薄衬衫外。"你要把她带到哪儿？"我问道。

蒙哥马利的手在公爵的马具上顿了一下。来复枪悬挂在他的胸前，一把手枪在他的身侧闪着微光。"我们得把她火化。"他说着，跃上驾车位。

我心里觉得有些不舒服。"但你为其他的那些挖了坟墓。"

"那是之前。现在，他们会把她挖出来的。恢复后，他们的嗅觉更灵敏了。"

巴尔达沙伸出手欲扶我上车。想起那些嗡嗡作响的苍蝇和血腥的帆布包裹着的尸体，我摇了摇头。我宁愿走过去也不想再和一具尸体共驾。

蒙哥马利一挥鞭，马车向前方驶去。我们紧随它深深的轨迹进入丛林。父亲的小提灯是我们在黑暗中唯一的光源。我紧跟着爱德华的脚步。他的肩上挂着一把来复枪，是伦敦的最新型号。我扬了扬眉毛，抬头看着他。

他突然转向父亲。"杀掉一个人显然使我更有资格拥有一把好枪。"

我们走了一段。周遭仅有丛林深处传出的声响，还有公爵的马具发出的吱吱声。远远地，我已经听到了海的声音。待脚下的泥土小径变成沙滩，伴着脚下涌至的潮汐，沐浴着月光，很快我们便到了那里。蒙哥马利停下马车，巴尔达沙和帕克取出一大堆木头，沿着码头往下走去。

父亲冲着漆黑的地平线扬了扬头。"我们要在海里火化她。"

微风中传来远处木柴燃烧的声音。我努力控制着情绪。他要在小艇上火化她。我望向爱德华——但小艇是能离开这个岛的唯一途径。

"蒙哥马利，把棺材搬过来。"父亲说。

蒙哥马利把棺材滑出一半，爱德华抓住另一头。父亲和我紧随其后走下海滩。合着我们的脚步，木板荡开周围的沙子。蒙哥马利爬上小艇，将棺材安放在堆在船底的柴堆上。他的手掌抚着棺木，然后攀回到码头上。

在父亲的示意下，帕克将稻草散布在小艇上。父亲拿过一个油罐，巴尔达沙拖着步子走上前来，他手里还攥着一个黑色的方块状物什。从他喉咙深处发出紧张的呜呜声。

"你要干什么？"父亲咆哮道。

巴尔达沙举起一个薄薄的破损的册子。封面上印着的金色十字架在月光下熠熠生辉。父亲没有接过那本圣经。

"你从哪儿拿到的那个邪恶的东西？"父亲问。

"传教士留下来的。"蒙哥马利柔声说，"他喜欢祷告。"

父亲摇了摇头。"抱歉，我的朋友。我甚至都不会为自己有罪的母亲做祷告。"

巴尔达沙又发出弱弱的哀叫声。父亲拔开油管的塞子，但是蒙哥马利抓住了他的手腕。"住手。"他的脸猛地转向巴尔达沙，"让他们为她做那个该死的祷告。"

"祷告。基督教义。"父亲轻蔑地哼了一声，"童话一般的东西。"他将粘稠刺鼻的液体倒在棺材上。

蒙哥马利的喉头紧缩着。他给了爱丽丝生命，教她说话、阅读、缝纫。他把她当作一个小女孩一样关心着，而不是什么科学实验品。

他在乎所有人。

这个想法很奇怪。这简直不可理喻，他竟会如此沉迷于实验。现在我开始明白了。克鲁索死前，蒙哥马利对待那条狗更像是朋友而不是捕鼠者。其他助手取笑他对一只动物太过关心。但是对蒙哥马利而言它们不只是动物：它们有心，有大脑，也许还有灵魂。

"凡事皆有定数，"爱德华打破了沉寂。我的父亲对这句诗很恼火，但不置一词。"世间万物，生死皆有其时。"

蒙哥马利点了点头，无声地感谢着。

父亲把稻草点燃后扔到小艇上。船迅速燃烧着，跳动的橙红色火焰吞噬了爱丽丝的棺材。甲板摇晃着裂开。我久久地凝视着。那种味道难闻是毋庸置疑的，我用披巾捂住了嘴。

蒙哥马利解开小艇，将绳子也扔到火堆上，然后用脚猛地一蹬，将船送入大海中。海浪映照着火焰，仿佛整个海洋都燃烧了起来。

"这样一切就都该结束了。"父亲深思着，然后将手拢在衣兜里，开始沿着码头往回走。

"我们不该在外面待太久。"爱德华说。但我摇了摇头。

"让我们一起待会儿。"

爱德华扫了一眼蒙哥马利，他站在码头的尽头，望着明灭燃烧的柴堆。爱德华留下我们独处，但是我可以感受到，他很不情愿离开。

蒙哥马利把空油罐踢到了水里，它飘了一会儿就沉了下去。火焰照亮了他脸上鲜明的棱角。

"如果你因为我创造了她而要责备我，"他说，"那你不用费心了，我早就知道自己会为此而下地狱的。"

我望着行将熄灭的火堆，深吸口气。"她的死不是你的错。"

随着一阵噼啪声，爱丽丝的柴堆塌下来，海水从船底涌上来，吞没了火焰，将她遗体的残骸拖向海水深处。

蒙哥马利转过身，大步走回到马车边，和爱丽丝正在沉没的身体距离越来越远。我追赶着他，但是他已经和其他人一起回去了。我的脚步声在码头下空荡的空间里回荡。我停了下来。如果他希望我追上他，早就让我追上了。

我们的神经一下子垮了下来，就像一辆返程马车上陈旧的车架和轮轴。没有人说话。我不知道是什么令我们愈加恐惧——是在深夜穿越丛林，或是回到家后等待我们的未知的东西。

36．蒙哥马利的药水

此后几天，父亲再也没有提起过这些事——无论是安提戈那斯的背叛，还是致使爱丽丝丧命的残酷谋杀。他反而完全投入到了工作中，没日没夜地待在实验室里，只有吃饭或是和帕克进丛林做什么事时才会出现。而其他人则时刻保持着警惕。

一天晚上，在尴尬中结束晚餐后，蒙哥马利、爱德华和我待在客厅里。整个过程中，父亲拒绝接受哪怕一点点对危险的警示。蒙哥马利如困兽般在窗边踱步，眼睛紧盯着外面的一片漆黑。我坐在琴凳上，一个个敲击着长长的黑键，听着尖锐的共鸣声溢出整个房间。

"我们需要造一艘筏子。"爱德华说，"在怪物和野兽中，我们很难幸运地活过下周。"

我敲出一个升C，"那太费时间，父亲会发现的。"

蒙哥马利顿了一下，双臂交叠着，他的眼神仍然凝视着窗外。"还有一条船。"他简略地说道。

我的手指从琴键上滑了下去，敲击在C、D音上，一阵刺耳的回声骤然响起。

爱德华跳起来。"在哪儿？为什么你没早点和我们说？"他问。

"不在码头上的，是为我们逃跑准备的。"他拨过一缕头发，"在村子里。"

我把脚从延音踏板上拿开，回音戛然而止。"我们不能再回到那里去。你看到了，它们的情况一天比一天糟。"

蒙哥马利一只手抚着头发。"回村子确实不是件容易的事，可那船是凯撒做洗礼用的。"

"接下来你会说那些动物们会举行圣餐仪式。"爱德华说。

蒙哥马利眯起眼睛。我想要提醒爱德华，他是和岛民一起长大的，而不是像一个将军的孩子那样，和女家庭教师、兄弟姐妹以及仆人们混在一起。"你觉得它们不配拥有宗教，是吗？"

我又踏上踏板，感觉着音锤的张弛，希望这一切都能像钢琴发音一样简单。

爱德华捏着他的指关节，指节接连劈啪响起。气氛有点紧张。"圣经讲道应该不会让人切开别人的喉咙吧。"

蒙哥马利在身侧卧紧了拳头。"你不能责怪它们的报复行为。你了解它们在人类手上所遭受的痛苦吗？"

"我不知道，"爱德华说，"但我打赌你知道。"

我的拳头重重敲在低音键上。房间也为低音符野性的组合震了震。"停下！如果愿意，你们可以一回到伦敦就把彼此打得遍体鳞伤。但现在先让我们搞到那艘船，离开这个岛，"我砰地一声合上琴盖，"行吗？"

他们盯着彼此，紧张的气氛如钢琴的弦一般。最后爱德华转过去，他注视着我。我一阵战栗，想到我们三个回到伦敦后的情形。离开这个岛并不能解决所有问题。

"那么，船在哪儿？"爱德华问。

"那边有个教堂，是一座石头建筑，门上有木质的十字架。小船就在教堂后面的棚子里。正如我们所知，它们也可能已经把它劈碎了当柴火。"

"我们没有其他选择。"我说。

"我们得等到医生离开。"蒙哥马利说。"就在下次他带帕克出去干那什么蠢差事时。"

"我们怎么知道野兽不会杀掉我们？"我问。

蒙哥马利又将双臂叠在一起，盯着窗外。"我们只能祈祷他们对我要比他们对医生更忠实吧。"

那天晚上我根本无法入睡。梦境中不断回放着我和蒙哥马利接吻的场景：在谷仓里他的手臂环着我，将我拉近，他的手沿着我的头发滑下。梦境又转换成爱德华在瀑布后面抱着我。接着我不安地惊醒了。天还很早，尽管已经有点儿热了。我坐起来，脚不经意间踢到放药的盒子。我的药前天就吃完了，但我没告诉任何人。如果我今天不服药，症状就会出现。

我把那个锁着的盒子推进床下。尽管蒙哥马利竭尽所能试着让我相信，我的治疗方式和那些岛民不一样，但关于这些我都需要自己去找寻答案。

天刚亮，我便来到客厅。壁炉架上的钟细小的滴答声打破了清晨浓重的沉寂，令人不安的梦境、父亲的疯狂、在逃的杀人犯、爱丽丝的死。

蒙哥马利走进来，看到我他显得很惊讶，而我也一样。

"我睡不着，"我说，"太热了。"我没提那个梦境。

他好像知道我很紧张，但他什么都没说。"我说不清是不是想在一天开始前和你在一起。"我的胃压迫着脊柱，难以呼吸，仿佛空气一下子被抽走了。他轻轻抓起我的手腕，吻着柔软敏感的皮肤，手指在我的胳膊上游走着。我想，这就是人们所谓的死于安乐吧。如果他能再次亲吻我，我可以为此而欣然赴死。但他只是抚摸着，却并未亲吻。

我猛地睁开双眼。

"你今天早上没吃药。"他说。

我平复下情绪，期待着他的抚摸。"你怎么知道的？"

"因为你已经没有药了。我记得，你带的药只够这几天用。"他把手放在我的前额上。"你发烧了。"

也许我发热不只是因为想到他和爱德华。我转开头，"没关系。也许我会溺死在海里，或者被野兽撕碎，也可能是其他任何方式，而不是病死。"

但是他摇了摇头，眼睛锁住我的。"你是故意的，"他说，"你想看看如果不治疗会发生些什么。你认为自己会变得像他们一样。"

一串汗珠从我的太阳穴滚下。"这是个实验。"我说，"你应该庆幸，作为一个搞科研的人。"

"我说过，你和他们不一样。"

"那么，我的实验将会证明这些。"

他的身体绷紧了，二头肌也拉紧着。他离得很近，低下头来吻我。"如果太长时间没有注射，你将会陷入昏迷，然后死去。"

"然后我们就可以确信了。"我说。

他叹了口气，那深邃的蓝眼睛仿佛要把我吞没，而我毫无办法。"朱丽叶……"

他的嘴唇贴在我跳动的静脉上，我的脸颊发烫，我大脑一片空白。我眨了眨眼，试图让自己清醒一点儿。如果他不是那么迷人的话，他很容易在争论中输掉。

"如果你现在吻我，我会立刻给你一个耳光。"我说。但是我的恐吓仅仅像是低声的抱怨。他身体的温度令我的皮肤嘶嘶作响。

他咧开嘴笑起来。"我向你保证，我和爱德华等回到伦敦再解决我们之间的分歧。但你也要保证，等到伦敦，要接受治疗。如果你坚持的话，可以继续你的实验。"

时间随着壁炉上滴答的钟声一秒秒地流逝。当然，他是对的，他总是对的。不管实验最终证明了什么，现在我们仍被困在岛上，而当下这对我而言是有益的。

我手臂交叠着，"你知道吗，如果不是因为这个岛，我猜你和爱德华会成为好朋友。"

他的眼睛涨红，"让我们做不成朋友的不是这个岛。"

我的心猛烈跳动着，无言以对。

他抓过我的手，温柔地吻了吻指节，沿着那吻过的痕迹，手臂上如火烧般一阵发烫。"我给又你做了一批药剂，在实验室里。"

"但是父亲……"

"他黎明前就离开了，几个小时内不会回来。"

尽管没有了父亲在时的那种压抑，但实验室仍然让人感到一阵阵的寒栗。我能听到关在笼子里的动物在后面走来走去，它们的呼吸很沉重，眼睛在阴影里闪着凶光。这是我第一次到里面来，但我仍旧能想起那个罪恶的手术。那儿有个鞭打那些东西的木制桌子，但现在是冰冷的、完全清除了那些罪恶痕迹。地板上有蜡烛上掉下的坚硬的蜡，蜡烛都已经熄了。

屋子没有窗户，蒙哥马利点了提灯。大量的玻璃标本缸反射着提灯燃烧的火焰。经过的时候我注视着它们：动物的心脏、胎儿、一个我无法辨识的器官。我凝视着，逐渐靠近。水中的肉团突然移动了，游进了玻璃缸中，剧烈地颤抖着。

"上帝啊！这是什么？"我惊恐地问。那东西咧着没牙的嘴，像一条濒死的鱼一般。

蒙哥马利带我经过父亲的写字台，上面整齐地放着一堆纸，散发着印度墨水和化学药剂残留的气味。锡质的墙使得房间像烤箱一样。但是这太黑了，它应该是建在地下，在一个冰冷的、被遗忘的地方。

蒙哥马利打开后墙上的壁橱，"你不会想知道的。"

他拿出他的医药袋和一个雕刻的木盒，放在台子上，冲着手术台点了点头。"坐吧，一会儿就好。"

他取出闪着微光的注射器和一个大药水瓶。我踌躇着走到台旁。手术台上的托盘里盛放着干净的手术器械，皮质的手铐用足有我手腕粗的链子焊接在上面。

蒙哥马利将药水瓶对着光，一种浑浊，泛着浅黄色的试剂。"这个是一种有些微不同的化学药剂，"他说。"我们找不到未被改造的牛来提取胰腺素。我需要它起效，而且我相信这会有效的。如果你觉得不适就告诉我。"

"遵命，医生大人。"我试图使自己的话听上去幽默些。但声音被实验室尖利的边缘吞没了。房间很冷，也可能是我在发烧的缘故，我起了鸡皮疙瘩。

蒙哥马利准备好了注射器，走向台子。"你自己来还是我来？"

我的整个身体都在颤抖，我很可能会找不到血管而刺伤自己的胳膊。我略略想了下，他是用什么来替代牛胰腺素的。

你不会想知道的，我对自己说。

“你来。”我说。

“把手给我。”

我伸出手。我的手指抖得像提灯里的火焰一样。蒙哥马利放下针头，握住我的手。他把它们合在一起摩擦着，以此来温暖我。那种温暖的感觉沿着我的血液蔓延，裹挟着他的体温传到我的心脏、我的四肢和每条跳动的血管。

“很快就好了。”他说。他的声音很柔软，仿佛爱抚一般。爱丽丝是对的，从他安抚病人的方式上看，他是个特别的医生。标本瓶、手铐、被关着的动物走来走去的声音——它们都渐渐淡入背景。

他拿起注射器。我的心里开始慌乱。

“准备好了吗？”

我点了点头。冰冷的金属尖端刺入我手肘薄薄的皮肤下。我闭上了眼睛。光线很昏暗，但是他立刻找到了血管。紧接着他注进那种液体，一阵疼痛的压力充斥着我的胳膊。我每天都要做这样的事，流程早已很熟悉。但这次并不像以前那样——一种缓慢的抽痛，混合着他的亲近带来的令人兴奋的愉悦。

我的嘴唇微张，那种新的化学药剂便被灌进去了，让我头昏眼花。我紧紧握住台子的边缘，手术器械因为我的用力而发出咯咯的碰撞声。我的视线停在沿着他下颌线垂下的一缕头发上。

“你感到有什么不适吗？”

我的嗓子发紧。感觉有什么事发生，但和这种新的药剂无关，而是和折射在他脸上的光有关。他的手握着我的手腕，在检查我的脉搏。

“你衣领上有泥土。”我说。我的声音嘶哑着。

他嘴角的一侧翘起，露出一个帅气的笑容。“这很常见。”

我用拇指和食指擦去他衣领上的泥土。他的头本能地转向我的手，嘴唇擦过我手腕内侧。一种气喘吁吁的感觉油然而生。明明只是这样一个简单的触碰，却为何能使我身体的每一寸激动起来。

他将嘴唇印在我的手掌，我的指关节，我的每一个指尖上，使我沉溺于喜悦的波浪中。他呢喃着我的名字。他唇上发出的声音，如此令人心痛，挟着让我窒息的热情。

我抓住他的领口，拉近我们的唇，碰到一起。不管这是对是错，不论年月几何。完全不需要任何劝说，他如此激烈地吻着我，手术台在我们身下晃动着。托盘从手术台落下，手术工具也被碰到地上。我才注意到，他环着我的腰将我抱起，让我坐到台子的更后面，靠着他，他的胸膛如暴风雨中的潮汐般剧烈起伏着。我颤抖的手指擦过一副手铐，不小心将它碰落，跌在地上的铁链发出咯咯声。

"朱丽叶，"他轻呼着。他的手纠缠在我的发间，他的唇距我很近，但是他没有吻我，这使我对我们之间的距离感到痛苦。"你不该和我扯上任何关系。我为自己犯下的诸多罪行而感到愧疚。"

我的手指紧扣着他的肩膀，头斜斜地歇在他的脖颈处，贪婪地呼吸着他的气息。我有太多的话想说。他觉得他是有罪的，但他甚至都不知道什么是罪恶。他犯了错，但他从不残忍。不像父亲。

也不像我。

"我不值得你这样。"他喃喃道。

"这是我的事。"我的嘴唇摩擦着他的下颌，品味着他，沉溺于他。

实验室的门发出咯咯的响声。我被这突如其来的声音猛地惊起。门上的铰链吱嘎作响，斑驳的阳光随着门摇晃着打开倾泻进来。

蒙哥马利揽紧了我的腰。我本该从桌上跳下，装作我们只是在注射药剂。但没用，父亲已经看到了一切。

他走进实验室，门缓缓关上。

37．朱丽叶是一只什么动物

父亲慢慢走近，脚步声在寂静的房间中回响。实验室看上去瞬间变得狰狞了起来。到处都是锋利的金属、玻璃和用墨水绘着恐怖图案的图表。蒙哥马利的手指还纠缠在我裙子的褶皱里。

"我并不惊讶。"父亲说道。他黑色的眼中闪烁着如同那些玻璃标本瓶一般的光。"就像一条狗,你告诉它不要做什么事,但它恰恰就那样做了。"

我的手指在桌边蜷起,愤怒得几乎要把它撕成两半。

"我警告过你,蒙哥马利。"父亲冷冷地说道。

蒙哥马利没有回答。他的拳头在我的裙褶中紧攥着。

"他不是你的,你无权命令他。"我厉声道。我的头眩晕着。蒙哥马利谨慎地望了我一眼,我没理睬他。"你对他甚至不如对待一个奴隶。"

"我是像儿子一样对待他的。"

"你利用了他。当你把他拖到这里的时候,他只是个孩子。"

父亲的双眼仿佛燃烧的煤炭。他沿着有壁橱那面墙走来,盯着我,像看着一个标本瓶一样。"出去,朱丽叶,这与你无关。"

"是我先挑起的。"

"你是女人,你不能控制自己。"

"见鬼!我不能?"我从台子上跳下,挥舞着拳头。他轻易地躲开,给了我一记耳光。蒙哥马利像光一样闪过,将父亲扔向装有壁橱的那面墙上。窗格的玻璃碎裂开来,破碎的玻璃如同雨点一般倾泻向地板。我抱着头,尖叫着。混乱中,父亲从他的夹克里掏出一把手枪,对准了蒙哥马利的胸膛。蒙哥马利仍不顾一切地冲向他。

他会因为我而被子弹打中的。

"住手!"我喊道。

他的动作僵住了,呼吸和我的一样急促。父亲用衬衫的袖口擦拭着嘴唇,衬衫粘上了斑斑点点的血迹。他对准蒙哥马利挥动着手枪。"到那去,"他咆哮着说,"靠着墙。"

蒙哥马利慢慢后退。当他一退到远得无法再冲过来的地方的时候,父亲就抓住我的手腕把我拖到手术台上。"你证实了我的观点,"他说。"你知道在疗养院怎么控制一个歇斯底里的女人吗?"

"放开我！"我喊道。我用肩膀猛撞他，但是他这样一个看上去瘦弱的男人竟如此结实，而我却因发烧还虚弱着。

他将手枪的枪口抵在我脑后。"他们会在她伤害自己之前先把她锁起来。"他空着的手翻弄着近处的皮带锁扣。他修长的手指活动着，仿佛蜘蛛腿一样打开锁扣。有什么东西发出咔哒声，是锁。他将我的手腕紧锁在皮扣里，金属重重地陷进我的手腕里。

"我回来再处置你。"他说。我踢他，但是手铐把我锁在桌子上。

"别把她一个人留在这儿。"蒙哥马利恳求到，"那些野兽曾经进来过。如果它们又进来，她根本逃不了。"

父亲抓住蒙哥马利的衣领，将枪抵在他的太阳穴上。"我对你说过。"他的声音满含震怒，说着便拖着蒙哥马利穿过冰冷的地板。"他们没有恶意。"

疯了，他疯了。

"放开他！"我喊着。我用力扯着手铐，但它太牢固。

如果他已经疯狂到认为野兽是无害的，他就会疯到将蒙哥马利拖到外面杀掉。我扭着手腕，扒着手铐，但没用。我看了下手铐，发现侧边有个用来插钥匙的小黑孔。

如果有手术用的器具的话，也许我能撬开它。我趴在地板上，使劲伸开被扣着的手腕。解剖刀、钳子、针……都凌乱地散落在地板上我够不到的地方。我尽力撑开脚趾，但还是隔了数英寸远。

"啊！"我尖锐地吼道。我在手铐里急剧扭动。链子咯咯作响——正是我被囚禁的宣言。

我爬向桌子。我的指尖刚刚蹭到黄铜把手。我咒骂着，用力拉扯着链子。链子都扭成一团。我跌跌撞撞地站起来，反向转动身子，想要把链子解开。链子抻直了可能只会长出半寸，但已经足够了。

我再次伸向那个抽屉，这次中指勉强勾到了把手。我拉开抽屉，希望能找到一个开信刀或羽毛笔。我的心沉下去了。一大堆文件，精心贴着标签，捆得紧紧的。实验室里满是尖锐物体，但是我够得着的却都是些没用的纸质文件。

我的拳头猛地砸在文件上。蒙哥马利也许被子弹射穿了头骨。他也许也会杀掉我。但是，也可能不会。在这座岛上，还有比死更可怕的事情。

我手上的汗水和眼泪弄污了一份文件。我在裙子上擦了擦手，读着上面的文字。

巴尔达沙。

我抽出这份文件，里面是用严谨工整的笔迹书写的内页。头骨，医学图表，他制造的那些狗和熊的行为、饮食以及起源。父亲五年前经历的精细记录。

我快速地浏览着，五根手指飞快翻动。上面写着：差强人意的外观，仍然无法复制阿贾克斯的程序，适用于家庭服务。

我把文件丢在地板上，开始看其他的。

辛白林。

奥赛罗。

伊阿古。

奥菲莉亚。

所有的名字都是出自莎士比亚的戏剧，这是他命名他的创造物的方式。那儿应该有上百份文件，每份都有详尽的笔记和检测数据，仿佛岛民们只是纸上的实验品，不会呼吸，不会思想，也不会杀戮。

我的手指按在一个熟悉的名字上。

朱丽叶。

有那么一会儿，时间似乎停止不再流动。我的嘴唇呢喃着三个字，我的名字——朱丽叶，朱丽叶，朱丽叶——一遍又一遍地重复着，直到自己确信真是自己。但是我始终不相信这竟是真的。怎么会这样？我从冰冷的地面上抽出那份文件，但好像是别人的手放在文件上一样。打开它，浏览着那几页父亲用他那独特的字体做了注释的纸页。

当我的眼神再度集中到纸页上的文字上时，时间似乎再度开始流动，我的意识又回到了自己的躯体。我很清楚地意识到自己被汗水浸湿的指尖抓在纸上，地上的粗砂陷进了腿上的皮肉里。

纸页上有日期——1879 年 7 月，我出生后的一个月。笔记比巴尔达沙和其他生物的更简略也更凌乱。连纸都不一样——这几张看上去是从旧日记本上撕下来的，它们肯定要比父亲发现分类他的创造物系统更古老。只有一些潦草的文字描述着当我还是个婴儿时他进行手术的文件。这些文字只是简单地记录了一点东西，根本证明不了什么——直到我找到一堆用拉丁文写的不认识的东西。其中只有一个词是我认识的：

Cervidae 鹿科

鹿。

这才是我需要的。任由纸张飘落到地上，感到要从手指间融化掉似的。我抚着自己的脸和头发，但触觉仿佛溜走了——好像触碰到的是一具不属于自己的躯体。也许还真不是我的。也许它属于某个动物，一头鹿。这个身体，我的眼睫毛、脚趾、富有曲线美的腰腹——这一切都是谎言。这样一个令人信服的谎言，让我甚至骗了自己。

我顺着手术台跌下，抱紧了自己。闭上眼睛，试着去审视自己的内部，去感知这到底是不是真的。不知什么时候提灯熄灭了，睁开眼时，我独自处在黑暗中。也许已经过去几小时或几分钟——但这都不重要了。

实验室的金属门吱嘎打开，我遮住眼睛遮挡刺亮的阳光。有关我的身世的文件散乱在脚边。父亲走进来，他的手背在后面仿佛一个绅士。我的眼睛也逐渐适应了光线。他的脸孔冷静得像下午的大海。直觉涌回我麻木的躯壳。我捏紧拳头。愤怒在我的血液中沸腾，几乎可以让我从台子上挣脱手铐。

"他在哪儿？"我问。

"他不值得你关心。他是一种低贱的物种。他的母亲是伊芙琳在基督慈善堂中使唤来清扫我们楼梯的娼妓。"

"他比你要聪明，"我说。"他在你的工作上超过了你。"

他抬起一只手要打我，眼睛却被散落在地上的纸张所吸引。他用靴子将文件拢近。"这是怎么回事？"

"我找到了文件，"我眯起眼睛。我的话听起来拒他于千里之外。"我知道了。"

"确切地说，你知道了什么？"

我猛地将脸转向盛装那些文件的抽屉。"知道我是他们中的一个。知道我是一个被你扭曲，并教授说话的动物，就像是杂耍表演用来吸引人的东西。"我尽可能地靠近，希望可以打到他，链子在我缓慢地走路的时候发出咯咯声。"感谢上帝，我宁可是一个动物也不愿你残酷的血液流淌在我的血管里。"

他的眼睫抬起，捡起文件夹，将纸张小心地码齐在桌上。"你很有想象力。"

"不要试图说谎骗我。"我猛地转过脸。"有一份文件，上面有我名字的，和其他人的一样。"

他从容地整理着纸页。"那么你在里边找到什么有价值的东西了吗？图表还是兔子？关于我如何将一只羊变成一个女孩并且把她叫做我的女儿的记录？有趣，我没看到任何有关这些的东西。"

我的手指渴望着撕下他脸上伪笑的面具。"你把我命名为你书里的一个角色，就像他们一样。你把针扎进了我的血管，像对他们一样。这些就写在那儿。"我僵直的手指着首页。

他顺着我的手指看去，轻敲着那个单词。Cervidae。"你搞错了。我没有像对待他们一样对待你，我是像对待你一样对待他们。"他合上文件。"你是第一个。"

38. 海滩遇险

目力所及都在下雨，我不由得一阵晕眩。

父亲继续说到，"虽然外表看起来不尽相同，但他们合成的基本原理是一样的。"他手指舒张，跃跃欲试，仿佛在怀念那种握住手术刀的熟悉感觉。"你知道的，你刚出生的时候——是的，刚出生——你的脊柱是有缺陷的。医生说你活不过几天。但是你母亲不相信。她求我无论如何都要治好你。"

他斜倚着书桌，眼神游离，仿佛陷入了某些久远的回忆。"之后我确实治好了你。过程都有记录，白纸黑字，写在你的档案里。但中间出了点儿意外：手术行将结束的时候，你还缺几个重要的器官。"他一只手抚摸着下巴。"医务处总会为动物学的课程保存着一些活标本。那有一头鹿——哦，它履行了它的使命。"

手指戳着胸口……试图找到些不一样的东西来证实他的疯狂言论。但即便如此，我又怎么能知道呢？我的身体还是和往常一样，没什么不适。

"他们说你会死，所以我并不担心会失去什么。我做了任何一个父亲该做的。幸运的是，我还是英国最好的外科医生。"

我将手伸到后背柔软处，肾的上方，感觉着肋骨的下沿。"你不能用一个鹿的器官去代替人的。那不可能。"

"活剖一条狗和一头熊来创造一个人也是这样，至少他们是这样告诉我的。也许他们应该问问巴尔达沙。"他的眼中精光一闪，仿佛我就是放在他解剖台上的新鲜标本。"这些针剂可以防治你的身体发生排斥反应。如果不用血清，你的内脏就会衰竭。你不会像他们一样退化——你会直接死亡。"

"你疯了。"我说。我颤抖着望向玻璃橱窗，那儿，一道黑影诡秘地游移在成行的广口瓶上。

"你还不清楚吗？"他继续说道。"他们皆是因你才存在的。如果不是你快要死了，如果我没冒险移植动物器官救你，我也决不会想到这竟然是可行的。而如果不是因为这一切，我就只会待在伦敦，教那些无知的医学生怎样解剖流浪狗。"

我闭上眼睛，但仍能感觉到那道黑影在靠近。

"如果不是为了你，我永远也不会剖开第一条狗，也不会来到这个岛，更不会挑战上帝造物的能力。你使一切都变得可能，朱丽叶，你才是这一切发生的根源。"

我感到一阵阵的晕眩，润了润颤抖的嘴唇。这经年累月所有的担忧，所有无眠的夜晚，我一直以为是父亲解开了某种黑暗科学的封印，然后变成了一个怪物。但现在，这些归根结底竟然都是因为我。是我，该为这一切负责。所有的谣言、诽谤，甚至蒙哥马利像个奴隶一样在这个疯狂的男人身边度过的这些年。

都是我的错。

风把门吹得半关着，光线黯淡下来。

"你看，你确实继承了我的血脉，我们比你想象的更相像。"

我捏紧拳头，感到他那恶毒的血液如同传染病一般在我体内流窜。那是我阴暗倾向的源头——是他。我将永远也不能逃脱流淌在我体内的东西，直到他死了。

从壁橱那边，窗格玻璃碎掉的地方，传来靴子压过碎玻璃的声音。黑影一步步靠近。父亲转过身去，但终究还是晚了一步。

爱德华将针头插进他脖子里，父亲抓住他的胳膊，但爱德华竟然不可思议地反而抓住了父亲。最后，父亲瘫软下来。爱德华任他倒在地板上，不省人事。

我后退着靠着桌子，大口喘着气。爱德华摸索着父亲的衣兜，寻找钥匙环。

"我以为他把你杀了。"我有气无力地说着。

爱德华找到了那个小钥匙打开了手铐。"我也这么以为。"

他抓住我的手，奔向大门。我绕过父亲倒下的身体。也许我是他的骨血，也许我和他一样冷酷，但我并不是完全没有感情的。

我恨他。

我们冲出实验室。脑海里闪现的全是刚刚听到的一切。只是跌跌撞撞地跟着爱德华冲向木门，我能做的也就只有这些了。

"等等，他抓走了蒙哥马利。"我喘着气。"他有枪。我担心他已经被……"

"蒙哥马利还活着。医生把他关在墙外的笼子里。"

我如释重负。他还活着。我们还能逃离。爱德华翻弄着父亲的钥匙环，沮丧地摇了摇头。

"他一定把大门的钥匙放在哪儿。但我们没法穿过谷仓的茅草屋顶。"

"不需要钥匙。"我飞一般冲进谷仓，翻遍马具室里的工具箱。我的手落到一根光滑而沉重的撬棍上。我们尽力猛扭门上的木板。一块厚木板终于掉了下来。我们从刻着上帝之羊和犹大之狮的墙下面爬过，爬进厚厚的草堆。

"这边。"爱德华说。我们迅速沿着北墙潜行，因为那边的丛林最为茂盛深邃。没进入丛林前，朝阳狠狠地照在我们脖子上，仿佛再深入这幽深的丛林，我们就将溺毙其中，除非穿过这些蔓藤和枝桠。植物铺天盖地地压过来，我开始恐惧。我想象着植物诱捕我，把我困在这儿，等着父亲醒来带着狗发现我们。父亲，或者说是那个怪物。

我拨开一片光滑的树叶，手指被某种金属物擦伤——是一根铁条。

"在这儿。"我喊道。

我们冲出去，到了一块空地，周围满是疯狂生长的藤蔓。一圈大得足以抓住一头熊或老虎的生锈的铁笼，立在地面上，像一种新奇的可怕灌木丛一般。

我瞥见最远的笼子里有什么动了。有人站了起来。

是蒙哥马利。

我冲过去，将手指伸入生锈的铁栏间。他的下颌上横亘着一道深深的伤痕。"你还活着。"

他的双手用力握在铁栏上。"他要惩罚我。有反抗的岛民他就把他们关在这里，锁起来几天，不给食物，不给水，也没有什么遮蔽物。他告诉我……啊，现在这已经不重要了。"他不需要说完，我理解他眼中那敏感的痛苦。蒙哥马利一直认为他就像我父亲的儿子一样，但最后却发现我们于他而言都是动物。

爱德华在生锈的笼子上搜寻，找到锁后就一把一把地试钥匙。钥匙一把把失败，我的心脏也因此而颤抖起来。我来回踱着步子，咬着手指甲。

"你怎么知道这些笼子在这儿？"我问。

爱德华试了另一把钥匙，仍然不起作用。"我是在寻找回去的路时偶然发现它们的，在我射杀了那个……"回忆起杀掉那个怪物的经过，他的声音像是从牙缝中挤出来的一般。一把钥匙吱嘎旋开了锁，那些可怕的回忆也随之消散。笼门拖着生锈的铰链打开了。

蒙哥马利爬出来，捶了捶爱德华的肩，又意味深长地看了我一眼，仿佛想要对我做一切令人害羞的事。我的身体渴望触碰他，但我告诉自己，现在还不是时候。

"这边。"他说。

我们在丛林里艰难地行进着，和太阳升起的速度一样缓慢。正午又热又潮，我们很快便汗流浃背。蒙哥马利带着我们远离车道而行，以防有人找到我们。他未曾对路线上有丝毫犹疑，他对这个岛如此熟悉，就像我们对童年时的家一样。

他在一片竹林的边缘停下，凝视前方。我眯起眼用力看，但只看到了树叶。

"那是什么？"我问。

"是村子。前方二十码。"

"我什么也没听到。"

"我也是。所以我才担心。"他冲爱德华手中的铁棍点点头。"如果你要用到那个，别犹豫。他们也不会犹豫的。"

爱德华的表情看上去捉摸不透。那个不记得如何摆西洋双陆棋盘的海难者，如今已逐渐消失——粗犷的那半灵魂接管了他，现在的他能不惜一切代价地活下去。这个岛将他变成了一个杀人犯。如果他再次被迫杀人，我担心他的灵魂将会被撕裂。

"你得待在这儿，朱丽叶。"蒙哥马利说。

"这儿像地狱一样。"

蒙哥马利叹了口气。"那就待在近处。不要贸然行动。"

我们爬过竹林，向村庄进发。屋顶渐渐出现在树隙间，或倾或倒。没有锤击声，没有祷告声，没有任何人类的声音。风裹挟着焦木的气息吹到我们的脸上。

蒙哥马利第一个过去。他沿着木栅栏的边沿爬过去，身体保持警觉。我凝视着积满灰尘的街道。空无一人。

"他们去哪儿了？"

蒙哥马利没有回答，但我能从肩膀的紧绷状态中发觉他也不清楚。

走得越远，我们越放下心来。泥泞的小道上仅有的脚印都是陈旧的，早已风干。蒙哥马利把头探进一座茅舍中。空无一人。

"他们都已经走了。"他推断道。

"去了哪里？"爱德华问。

蒙哥马利耸了耸肩。"这座岛屿很大。"但他眼中也并不那么肯定。岛民现在已经失去了人性，他们会在任何地方：树林中，草丛中，像动物一样盯视着我们。他指了指主广场后的一座石头建筑。"教堂在那里，我们去拿船吧。"

我们匆匆穿过广场。村庄已经废弃，尽管几天前这里还满是近乎疯狂的生物，他们散发着恶臭，咆哮着，用四条腿爬行着。那个半人半蟒的女人在哪里？辛白林呢？还有凯撒？

蒙哥马利把头探入每个小屋中。每看过一个，他的表情就变得愈发困惑。但他什么都没说。

教堂前面的木制十字架被扯了下来。蒙哥马利的手指抚过它曾立过的空地，然后带我们绕过侧面，走向后面的一个粗糙的石井。他僵住了。当爱德华和我赶上他时，我明白了原因。

小屋不见了，被烧毁了。如果那里曾经有一艘船，现在除了灰烬也什么都不剩了。

"噢，不，"我说，"不要这样。不要是现在。"教堂的门敞开着，我的脚深陷在门外柔软的泥土中。没有船，我们要等到下一艘船到这儿来——至少要一年。我们不可能在这种情况下活到那么久。我头昏脑胀，蹒跚向前，突然一只纤手从门里伸出，扣住了我的手臂。

我尖叫起来。那只手野蛮地将我猛拽进教堂。教堂里边，柔和的光斑透过没有损坏的彩色玻璃窗户，照亮了周围的墙壁。缤纷的色彩充斥在眼前，有那么一时间竟使我忘记了身在何处。直到爱德华在我身后匆匆闯入，抬起手里的棍子准备攻击，我才惊醒。蒙哥马利紧随其后。

"不要！"他大声喊道，"那是凯撒。"

我狂乱的心跳渐渐平复。巨兽含胸蜷缩在地上，头上残留着树桩碎屑，这与之前那个鹿角君王判若两人，那马一样的嘴唇撕裂到脸颊，纵使舌头尚存也绝无讲话的可能了。

他让我过去，然后站起来跟跟跄跄地晃荡着走过地板，他的后腿弯曲着，硬化得像蹄子一样。教堂里回响着他颠簸走过地板时留下的声音。蒙哥马利毫无畏惧地蹲到他身旁。

"大家都去哪儿了啊？"他温柔地问。

凯撒机械地摆了摆头，他残余的角刮到了石墙。他的目光迷离。

"我们需要那艘船，"蒙哥马利说。"是他们烧了它吗？"

凯撒环视四周，搜寻着外面烧焦的屋棚，情绪愈加焦躁不安。他急促地四处翻找，僵硬弯曲的手指落到翻倒在地的碗口上。碗边污水四溅，陶瓷碎片散落一地。

他用蹄子把一块弯曲的碎片推到湿湿的土地上，紧挨着一块烧得焦黑的木片。他将木片移近，然后看向蒙哥马利。

"他在做什么？"我问。

蒙哥马利跳起来。"他在告诉我们船在哪儿！"

到达海岸的时候，正是正午，太阳照得我们大汗淋漓。蒙哥马利把我们带到了红树林边缘的阴凉处。在沼泽中生长的细长的、纺锤形的树木看起来像是巨大的骷髅。我踩在松软的土地上。咔嚓！我停住了。紧接着又是咔嚓一声。

"是这些树，"蒙哥马利说。"它们过滤了水中的盐分，使得根系能够相互连接并且延展开来。"

我抱紧双臂。咔嚓声在鬼魅一般的树林里回响，仿佛在讲述一个故事。

"他以前有时会把小船停在这里。红树林能保护船免遭暴风雨的袭击。他肯定在退化开始前移动过它。"蒙哥马利趟入水中，穿过茂密的树林。他的靴子在沼泽泥中不断下陷，水位很快就到达了他的腰部。接着他穿过水中纠缠的树木，消失在深处。

我和爱德华孤零零地站在海岸边，一阵令人不安的沉默在我们之间蔓延开来。自从他杀死安提戈那斯之后，爱德华身上就笼罩着一层阴影。他那么轻易就麻醉了父亲。就是这座岛，慢慢腐蚀着他的心灵，它正在使一切事物堕落。在我们之间的关系变得不可挽回之前，我们必须离开这座岛。

离开这座岛，我告诉我自己，然后，整理好我们一团糟的生活。

水面泛起微澜，优美的弧线蔓延至整个入潮口，拍打着我们的脚面。几分钟后蒙哥马利回来了，拉着一艘蓝白相间的船穿过水域。对于一个荒凉而又野蛮的岛来说，它的颜色显得过于明艳。他将船拖到淤泥处。"上来。我们得划到港口处，将船停在那儿。它太重了，没法搬到岸上。"

爱德华帮着他扶住船。我将裙子拢起，然后跳上船，并试着保持平衡。脚下一滑，温暖的海水就灌入靴中。爱德华相当优雅地跳上了船。蒙哥马利拉着船穿过树丛，拖着我们远离海岸，直至水位到达他的腰部、胸部，最终到达肩膀处。我们离开了树林。

哦，宽阔的海洋。感觉自由触手可及。我想告诉蒙哥马利就这样继续走下去，走向更远的大海，再也不要回到这个岛上。

爱德华锐利的眼神望着我。"没有遮蔽物和水，我们根本坚持不了一天。"他说道，摧毁着我的希望。

蒙哥马利撑起自己的身体进入船内，水涌出没过了他魁梧的肩膀。他擦了把脸，捡起一把桨，将另一把扔给爱德华。

"往海岸边靠近。"他指着前面说。"海滩在红树林的另一边。"

潮汐带着船远离岛屿，但是爱德华和蒙哥马利拼命稳住船。从外面看，红树林稠密得难以穿越。些微的呼吸间隙中，我能听到树根轻轻地咯哒声，提醒着我们，它们也是这个岛上的一部分。

"今晚我们必须走。"蒙哥马利说。他的表情很严肃，难以分辨他的想法。"爱德华。"

"如果能找到一艘船的话。"爱德华说。

蒙哥马利打量着天空。"昨晚是满月。那些波利尼西亚商人也许还在外面。他们的航线在距这里五英里远的地方。潮汐会把我们带到他们航线的南端。我们需要划向偏北几度的方向跟上他们的航线。"

我开始觉得有些头晕，体内产生收缩感，迫使我把胆汁从空空的胃里吐出来。我无法摆脱这种感觉，似乎有什么事情不对头。

蒙哥马利把手放在我身上。"别担心。"他说。"我知道路，我们会找到船的。"

红树林的响声更大了。我们头上掠下一块阴影。我感到一阵突如其来的颤栗。风在水上泛起微波，仿佛有什么东西在水下游动一般。

转过弯，长长的码头在前方延伸着。我长吁一口气。很快，整个海滩出现在我们的视线中。

就在今夜。我暗暗给自己鼓劲儿。一切显得如梦似幻。理智明明告诉我这一切不可能，不可信，但我却无法忽视狂跳的心脏。

爱德华的桨在水中撞到了什么坚硬的东西。他猛地一拉，但桨被卡住了。我皱了皱眉。我们已经驶离得足够远了，应该不会擦到海岸边沿海底生长的什么东西。"它被什么东西卡住了。"

"也许是珊瑚礁，"我说。"或是船的残骸。"我瞥了蒙哥马利一眼，但他的注意力并没有在桨上。他正仔细审视着海滩，身体绷得紧紧的，像猎人一样专注地眯起眼睛。

"你看到了什么？"我问，感受到恐惧像是爬行的卷须一般爬上后背。

他轻轻摇头，"没什么。"

但他并没有移开视线。我又坐直了一些，抓紧了船沿。霎时间，我们感觉船像是汪洋大海中上下浮动着的玩具一般。

爱德华倾身过去，手指没在水中，似乎在摸索卡住桨的东西。整个船因为他的动作而一下子失去平衡，开始摇晃。我紧紧抓住船沿，恐惧开始蔓延，我的脚趾都蜷缩了起来。

蒙哥马利偏了偏头，视线仍集中在海岸上。"停下，爱德华，把手从水里拿出来。快！"

爱德华想要收回手，但什么东西迅速地从水下重重撞上了船底。

我尖叫起来。突如其来的颠簸将我摔向船底，手腕擦在坚硬的船板上。蒙哥马利支撑着自己，尽力使自己不要被摔下船去。

"爱德华，把你那该死的胳膊拿出来！"他咆哮道。

"我做不到啊！"爱德华的肩膀已深深没入水中，船也受他的影响倾斜到极致。他泛着金色的瞳孔紧紧注视着我，情绪慌乱。"有东西拽着我。"

"是什么？"我问，身体僵直，不敢靠过去，害怕那样船会斜得更厉害。

爱德华紧握住手中的桨来抑制内心的恐惧。"是一只手。"

39．这才是最大的冲突

突如其来的动荡使船剧烈摇晃起来。我从船上掉下，感到自己在坠落。这一切就发生在一瞬间。我看到爱德华从船上摔下去，被一只恶毒的手拖向深渊。

船翻了。我掉到水里，水刺痛我的眼睛和耳朵，又灌进我嘴里。我想叫，但被水呛得无法呼吸。

我不会游泳。这种感觉无比陌生，仿佛恐惧在缓慢移动。我剧烈挣扎着，但水仍是那样的——水，没什么能让我攀爬的。我胡乱拍打着，不知道是碰到了爱德华，还是蒙哥马利，抑或别的什么东西。有什么东西从我身边滑过，一个人或是什么动物。从水中微弱的波动来看也许是个水母，但大小却更像个人。带有鳞片的触手——像手指一般——缠在我乱踢的腿上。我的尖叫在水里显得如此无力，仅从水中深处爆发出一串气泡。

最终，我的手抓住了什么固体的东西，像是木制的。我把自己拉了上去。

整个世界似乎都变得阴暗潮湿。我拼命吸了几口气，之后才意识到我是在翻过来的小船下面，仅有的空间刚好可以容纳我的头。

我抓住上方的座椅，狠命地吸气。我没再踢水，但水中的波动并未消失，黑影在水下深处移动着，猛烈而带有敌意。

一个身影浮现，迅速地向上方冲过来，接着头露出水面。

是爱德华。

我颤抖着呼出一口气。"这里！"我说。"抓住长凳。"他的胸膛剧烈起伏着，血水从他前额上一个很深的伤口中流出，混合着海水从他的脸上流下。"发生什么事了？"我问，呼吸紧促。"蒙哥马利在哪儿？"

"我不知道。"他大口呼吸。

"是什么把船弄翻的？"

"一个被制造出来的怪物。"他猛咳着。"是生活在水里的一种野兽。"

"水怪。天哪，那蒙哥马利……"我的声音带着深深的惧意，诡异地回响着。

"你看到他了吗？他怎么样了？他也许在这儿，在水里……"

爱德华抹掉脸上咸涩的海水。"他会游泳，我确信他还安全。"

又一条触手缠住了我的脚踝，像蛇一样缠绕着。我猛踢着，压制着想要尖叫的欲望。"你不知道！他也许受伤了，也许已经死了！"船下一片漆黑，令人生惧，只有一点柔和的光线从船的裂缝中透过来，在水上投下几道跃动的光线，勉强能让我看见血顺着爱德华的脸淌下来。

"别就这样悬在这儿，爱德华。我们得做点什么！"

"你想我怎么做？"他厉声说，与我的语调恰好相配。"我不会游泳，我不知道他在哪儿！"

"他可能已经溺死了！"

"如果我放手，我也会溺死！这就是你希望的，让我为了找他而溺水？"他将这些字句砸向我，混合着海水和血水。

"他救过你的命，爱德华。你怎么这么刻薄——"

"别以为这和我有什么关系！这和我没关系。如果消失的那个人是我，你绝不会要求蒙哥马利冒着生命危险去寻找。"我快被气疯了，但不等我叱问，他已经从船边没入水中，到这艘翻过来的船所形成的黑暗空间外的光明世界中去了。

我很孤单，水在我的裙摆之间打着旋，腿无助地空悬着，仿佛饵虫一般浸于深邃冰冷的海中。蒙哥马利也许就在那里，一具浸水的尸体沉在我的脚下。爱德华的确可能受到了伤害，可我难道就没有为蒙哥马利担忧的权利吗？他曾伴我左右，如同我生命的一部分，但现在可能已经死了。

我担心不已，试着去找寻他的影子，试着去寻找他的声音。我闭上眼睛，想要尖叫出来，去释放这样纠结的感情，这几乎侵蚀灵魂的感情。

我爱他。

这句话一下子涌现，仿佛一阵强劲的波浪冲击而来，惊得我险些松开抓着船沿的手。心中的疼痛感松弛开来，被一种浅浅的、坚定的悸动所替代。我爱上了蒙哥马利。爱德华从我脸上的焦急中读懂了这一切，而这又为他的痛苦增添了另一个疮疤。

脚边的海水似乎更冷了。我闭紧双眼从船沿没入水中。尽管只在水中停留了一个呼吸的时间，但这足以使我的肺仿佛燃烧起来似的。紧接着我破出水面，到了令人目眩的阳光下。我喘息着。爱德华引导我抓住船的木沿。整个世界充斥着强烈的光线。海水蛰痛我的眼睛。我环视四周，想尽力搞清状况。红树林，海滩，还有海。

"他游水游得很好。"爱德华说，声音中带着勉强的温柔。"他一定已经到了岸边。我很抱歉——不该那样冲你喊。"

我需要拼命眨眼才能听清他说的话。血仍旧从他前额的伤口处滴下，沿着伤口的轮廓蜿蜒落入海中。我想道，这会引来鲨鱼，或任何可能被血腥味吸引的东西。"没关系。"我咕哝道。

"我来试试把它翻过来，"爱德华说。他在水下猛推船沿，船的另一侧突然涌过来一股急流，我一下子回过神来，帮着他把船翻过来，

爱德华撑着爬进船去，小心地站稳之后拉我上去。他双手冰冷，这种触感让我被一种负罪感紧紧揪着。我能够想到的所有事情都是关于另一个男人的，即使他仍然在我身边帮助着我。水沿着脸颊流下，在衣服中蒸发掉，但是这种负罪感却无法就此消除。

船缓缓前行。我们用手划着水，心中充斥着担忧，似乎随时都会有什么东西抓住我们毫无防备的手指。每一秒钟，蒙哥马利都可能正在被抓、被砍、被刺——假使他还没有溺死的话。我划着水，直到船头最终撞在码头上。爱德华把缆绳系在一根栏杆上，我们爬了出去。我绕着码头转圈，搜寻着水中、海滩、树木虬结的边线。

"那里。"沙子里有什么深色的东西攫住了我的视线。我用最快的速度沿码头跑下，无视肺腑中的烧灼感和肌肉的疼痛。裙子紧贴在腿上，紧紧拖着我的步伐。爱德华的脚步声在我身后响起。我的脚深深陷入沙子里，紧接着，当我看到自己正踏在新印上去的脚印上时，我僵住了。

爱德华抹去脸上的水和血，艰难地呼吸着。"那是什么？"

我们面前的沙子粗糙而令人烦乱。脚印从海滩延伸向丛林的方向，大约每五尺远就有一个深色的斑点。是血。

我将手压在其中一个脚印上。

还是湿的。

这使得我统计脚印变得很容易，不正常的大号印记只能是野兽的。太阳落下，烧灼着我们浸满盐渍的皮肤。

"看，那有一串小点儿的印迹。"

我发现了他正看着的那些——小号的靴印，是一个男人的尺码。我发现，这些印迹的周围，血液的痕迹还要更重些。

恐惧又一次滋生蔓延。"他在流血。"

"这说明他还活着。"爱德华说。"并且还能走。至少他们并没有拖着他。"

一阵奇异的呜咽声从我们身后，从海上传来——那是海豹的喉音，只不过更高亢些。但大海看上去如此平静。我颤抖着。

"脚印到丛林中就断了。"爱德华说。"我们不能再追踪他到更远处去了。"

"我们不能，"我说。"但是我父亲可以。"

我们不停地沿着布满车辙的马车道奔跑着，丛林在我们的视线中模糊起来，只有脚上的疼痛真实可感。

前门开着。他们正等着我们。

我们慢慢走着。我累得几乎虚脱，裙子紧贴着我的皮肤——灼烫的，盐渍的，被汗水濡湿的皮肤。爱德华的脸被太阳灼伤，写满了疲惫。从海滩到院子的路长得令人痛苦。随着每一下沉重的脚步声，我的恐惧都在渐趋转化成愤怒。

蒙哥马利被野兽抓走了，父亲必须帮我们把他救回来，这是他欠我们的。

我们看到巴尔达沙跪在花园里，正在种植他抢救下来的那仅存的几株柔弱的西红柿秧苗。触目间，我的心冷漠地扭曲起来。生活不可能像什么都没发生那样继续下去。爱丽丝的骨灰仍然在风中飘浮着。蒙哥马利也不知道在哪儿，又或者已经死了。怪物就在那儿，潜伏着，等候着。

"别麻烦了，巴尔达沙。"我轻声说，"一旦怪物杀了我们所有人，就不会有人留下来吃这些了。"

"不会的。"爱德华说。

"不，会是这样的！"连鸡都被我的喊叫声惊起，四散开去。"你清楚这是真的。这都是我父亲的错。"我抓住巴尔达沙的衬衫。我的手指在他的衣领上留下脏污的条痕。"他在哪儿？"

他的嘴唇颤动着。"在实验室，小姐。"

我感觉到爱德华的手放在我的肩膀上。我让巴尔达沙走开，他偷偷摸摸离开的样子就像一只受伤的狗。很好。他应该流着莫洛的血，他应该去惧怕所有人——我们都有些疯了。

我勉强站起，擦去手掌的泥土。我以为这座岛要把爱德华逼疯了，但也许被玷污的不仅仅是他的理智，还有我的。

爱德华的手收紧了。"朱丽叶，仔细想想，他把蒙哥马利锁在笼子里，他为什么会帮我们去找寻他恨的人。"

"他并不恨他。"我说，蹒跚地走开。"他把他当做儿子一样爱着。"

实验室的门闩和其他的一样——有迷惑性但很简单，这是父亲傲慢态度的标志。我的手指滑进那个特别的孔洞并按下去，同时为他的虚荣而愤怒着。没有锁——他认为自己是不可摧毁的。

他完全是个傻瓜。

我猛地把门扭开，他正坐在写字台后，盯着关着猴子的笼子，在一张便笺上潦草地记录着些什么。一堆制作粗糙的儿童积木——毫无疑问是蒙哥马利的手工制品——堆在桌子上。我一步步靠近他，自始至终，父亲都没有抬头看我一眼。

我的脚步声沿着有壁橱的墙壁回响。破碎的玻璃杯已经被清扫干净，我的新一批血清药剂整齐地放在盒子里，摆在擦亮的工作台上。我们之前争斗的痕迹，除了那个空空的窗格外，似乎无迹可寻。他仍在埋头书写，偶尔停下，注视着猴子瞎搞那个玩具积木，然后略略记下几处笔记，笔迹严谨而一丝不苟。我期待着一场争吵。我甚至期待着再次被掴耳光。但是我并不期待被安静地无视掉。

"父亲。"我叫到。

"我正在尝试些新东西。"他咕哝道，并没看我。"一个新技术，不需要手术，是另一种方式的变更。这在一定程度上会改变细胞的组织结构，但完全不需要用手术刀。如果成功了，那么它衍生出的一系列东西将会是惊人的。

我一步步踏入房间深处，影子投在便笺上。"经历了发生的这一切，你还是只关注你的工作。难道你就不打算对我说我是个多么可怕而不孝的孩子吗？"我拾起一块积木，检视着每个面上细心雕刻上去的文字。"或者我需要像这些猴子一样玩积木才能得到你的关注？"

他在便笺上又记下一个符号。"和猴子不一样，你从未向我展现过任何希望，所以我宁愿把你和我的那些失败品一起丢弃。"

我猛地将积木打倒在桌子上，那一堆积木塌下来。碰撞使我的脉搏加速跳动，使我渴望更多的毁灭。我斜靠在桌子上，头发像预言家的面纱一般垂下，覆在脸上。

"你失败的物品们要找到你，并且杀死你。这就是你丢弃他们应得的报应。"

他把积木堆成整齐的一堆。他的平静反而使我的愤怒沸腾起来。"我给了他们最珍贵的礼物，你真的认为他们会报复他们的创造者吗？"

"你带给他们的只是痛苦。他们是动物，一直都是，不管你把他们的四肢和思想如何转变。他们会回来报复的。"

猴子从笼子的铁栏间去触碰积木。父亲则接着做他的笔记。

"所以你一直在逃避自我。"我继续道。"你以为自己是安全的，但是……为什么，只有几道门闩？"

他砰地敲在便笺上。猴子尖叫着躲在笼子的角落里。但我没有退缩。我微笑着。这正是我所要的。

一场战斗。

我还没反应过来，父亲已经抓住了我的手腕，在桌上摊开我的手掌。我本能地想要抽离，但紧接着我意识到，他并不是要打我。

"人的手掌，"他用演讲般的沉稳声音说道，"是最能区分我们和动物的东西，你难道不知道吗？"

他的声音很平静，但我仍捕捉到了隐藏其中的一丝波动，就像水怪们在海里游动时泛起的波纹一般。一阵恶寒从脚趾尖窜上脊骨，沿着一节节脊椎向上蔓延。他缓缓地用蘸水笔在我手上沿每根手指描绘着，留下粗黑的线条。"侧边的四根手指只是动物原始指骨的延伸。几乎不需要达尔文先生来告诉我们——当我们对比任何哺乳动物、人类或是别的什么的肌肉组织时，这显而易见。

他用钢笔锋利的尖端轻轻点了点我的拇指。"但这对生拇指啊，这才是秘密之所在。远节指骨和手腕通过一块活动的掌骨相连，赋予拇指以特殊的功能。这种能力可以控制物体——武器、工具，可以攀爬，可以建造，哪怕，仅仅只是握住一根蘸水笔。"

他画的那些精确的黑线沿着我的皮肤由手腕放射向每根手指，每个指节，一个解剖图示呈现在我的手上。手指对进行手术而言太重要了，所以父亲对手和手指如此着迷也就并不奇怪了——甚至于可以将他个人的安全建立在自以为聪明的自己设计出来的门闩上，来替代锁。

"没有拇指，动物就只是愚蠢的野兽，由于他们受限的生理机能，也就无法在智力上得到进化，所以他们不会进入院子。只要它们没有对生拇指，我们就非常安全。进化的下一个阶段将不会发生，直到，哦，十万年之后。"

他的话语听起来如此富有逻辑，如果不是我早知道他已经彻底疯了，可能会很轻易地相信他。他的假定建立在野兽不能翻过屋顶或损坏大门的基础上，但他们可能两样都能做到。只是他自己不愿意听到这一点而已。蒙哥马利提醒过我——父亲永远不会承认他的错误。

我的手开始颤抖。我把手指向内蜷起来，不希望成为他演讲的例子。他的自大会害死他，也可能会害死我们所有人。

"他们抓走了蒙哥马利。"我的话仿佛一记耳光，我希望他能和我们一样尽可能多地感受到那些痛苦。

他漆黑的眼眸猛然和我对上。他放开我的手腕。"你说什么？"

"那些东西把他拖到了丛林里，他还在流血呢。"

他放下蘸水笔，手指微颤。他环视着那些积木、猴子，仿佛第一次看到它们似的。他焦虑地捋着胡须，一点人性的色彩从他的脸上一闪而过。他站了起来。"哪些东西？"

"水里的生物。"

"见鬼！"来自他的压力使我差点跳起来。我退了一步，感受着他的狂怒风暴般翻涌。他从墙上的挂钩上一把抓过帆布夹克，从橱柜中取出左轮手枪。"都是你的错。"他厉声说，挣扎着套上夹克。"是你蛊惑了他！在你降生之前一切都很美好。我本不想要女孩，蒙哥马利出身微贱，但至少是理智的男人，而非歇斯底里的女人。真希望你和你那个痨病鬼母亲一起死掉，好让我清静一点！"

我眨了眨眼。尽管身体仍然颤抖着，但头脑却出奇地冷静。"你怎么会知道母亲死于肺痨？医生的报告上只说是一种慢性病。"

父亲眯起眼睛。他将左轮手枪的弹膛转正了，啪地一声将子弹上膛。"在她死前六个月，蒙哥马利恰好在那儿补给物资。他派巴尔达沙带信给我，让我回去。那些庸医救不了她，他知道我能。"

愤怒慢慢地在我的体内充斥，在我肋骨间横冲直撞，拉扯着我的肌腱像拉扯琴弦一样。"可你没去。"

"当然没有，我在这里有工作。"

"你本来可以的。你本来能救她。"

他摆了摆手。"你没听到我说吗，孩子？我有工作要做。不能为了一个女人而特意停下来，将凡人的需要摆在永恒的科学研究之上。"他拉平夹克。"我要去村子里。他不是在那就是被撕成碎片散布在丛林里了。"他离开了实验室。

他疯了，而且还疯得很厉害。我告诉自己。但我对他仍然生不起丝毫怜悯。他本可以救母亲，但他没有。我的手指紧握成拳，盯视着猴子。

也许我也要疯了。

40．摧毁了疯人的实验室

我的心砰砰直跳，但并不是出于恐惧。一阵似有若无的危机感萦绕在周遭，像烟雾般涌入我的口鼻，消耗着我，控制着我。

我把手伸进那个关着猴子的笼子里。父亲说他不会在这只猴子上做手术。他掌握了一种新的技术——细胞移植。他打算从猴子的内部来改变它，但这样不能摧毁动物的本性。猴子还是一只动物，还得忍受无尽痛苦的折磨。

我的手指滑向笼子的门闩，这是父亲设计的改进过的门闩。猴子有五个手指，但要操纵一个特制的机械装置，他的手指还是太小了。愤怒在我的体内膨胀着，逐渐增长放大，直到我觉得自己都快要涨裂开了。我的指甲敲击着冰冷的金属。猴子竖起了头。

我毫不犹豫地打开了笼子。

猴子猛地冲出笼子，铰链尖锐刺耳的声响让我心跳加速。他猛跃过桌子，将积木和父亲的便笺撞落地板，没等纸张落地，它已经消失在实验室外。

我大口地喘着气。我感到生命如此蓬勃旺盛，放掉一只猴子还远远不够。

紧接着，我用力打开鹦鹉笼。那只鸟抬起了头。我向里边儿扔积木，惊得它飞起来。之后，我放了那只猪和树獭。我摇晃着笼子，让树獭快一点出去。

"出去！"我大喊道。我身体里那些动物的肉体碎片仿佛控制了我。"从这里出去！"我把树獭赶向外面，它扒在柱子上爬向房顶。我回来还想要打开别的笼子，但我的手顿住了。

都空了。我把所有的动物都放了。但是我对毁灭的渴求并没有就此消失。无论怎样，它在滋长着，渴望去释放更多的动物，去做更多的事破坏父亲的工作，让他不能再继续下去。

我沿着有玻璃壁橱的墙缓缓地踱过去，全身颤抖着，尽情品味着我隐秘的想法。玻璃如此易碎，我能完全砸碎它，让它如雨一般落向地面。我的心脏也因这样的想法而欢呼雀跃，渴求着毁灭。那个反射着阳光的玻璃瓶吸引了我。那个活样本——像水母一样张着大嘴的怪物——在玻璃箱里向着我伸展开来。

我冷酷地一笑。不等自己阻止便不顾一切地打开了玻璃壁橱，捧出那个标本瓶，用力旋开盖子。那个蠕动着的东西贪婪地紧盯着我。我将标本瓶抱在胸前，把里面的东西倒在地板上。房间中间，粘液四溅，一片混乱，有些还粘到了我的脚上。那个东西卡在瓶颈上，我把它抖了下来，掉到地板上，发出咯吱一声。

我用鞋跟踩在那个正扑腾的肉质东西上，有什么东西被碾碎了。我更用力地踩脚，直到那个罪恶的东西被踩成两半。

我瞬间变得疯狂起来，把标本瓶用尽全力丢向地面，玻璃瓶四散成无数锋利的碎片。我拿出另一个广口瓶，一颗泛灰色的心脏漂浮在血色的液体中。液体喷涌而出，在地板上流淌开来，一片浑浊。那颗心脏最后落下。化学防腐剂的味道让我感到头晕，我的肺烧灼着，渴求空气，但是我仍不顾一切地把空的标本瓶摔得粉碎。各色大小的标本瓶，在提灯下闪着光，每个里面都有一个变异的灰白色的器官。这几乎是他十年的工作成果。

我的手因为沾满了粘液而变得滑腻，同时粘液也浸湿了我的裙子，动物组织的残余物渗在蕾丝花边里。我旋开另一个标本瓶，手指在玻璃上留下湿湿的水痕。瓶子里面，老化了的组织呈薄纱状落下，像蜘蛛网一样。看上去很美。我注意到，一般的标本瓶中盛的是什么——脾脏、大肠、大脑之类的。但随即出现了一些我不认识的东西。那些困扰着我却又吸引我的东西。

倒空了另一只标本瓶，地板上满是腐臭的器官和滑溜的防腐剂。我用手背抹了一下前额，留下一道粘滑的痕迹。化学药剂的气味充斥在周遭，紧逼着身体每个毛孔。我微笑起来，去够下一个保存着的器官，准备将那玻璃容器也摔在地上，摔得粉碎。

"朱丽叶，住手。"

爱德华在门口出现，冲向我。不等我摔碎，他已经抢过标本瓶。而我被黏液浸过的双手也在他的衬衫上留下了一片脏污的痕迹。

"放开！"我喊道。我的眼前因愤怒而变得一片漆黑。"我得毁了它。"

"朱丽叶，冷静下来！住手！都结束了。"

标本瓶从我手中滑下，在地面上碎成一片。毁灭到此为止。

爱德华没有退缩。"一切都结束了。"他艰难地喘着气。

我强忍着，突然注意到脸上的粘液，灰色的器官碎片悬在我的皮肤上。由于如旋风般来临的精神错乱，我使得整个实验室一片混乱。一阵令人战栗的恐惧攫住了我的后脑。

"他本可以救她的，"我说，"但是他认为他的工作更重要。"

爱德华的指节摩挲着我的脸颊，擦去我脸上的沙砾和粘液，他的眼睛深邃而充满力量。"你不需要解释。"他说。

我渐渐平复下来，盯视着他的眼睛。我当然不需要。爱德华也同样伤痕累累。不管他做了什么，不管他在逃避些什么，我们并没什么不同。爱德华不在乎我疯狂得可以不顾及自己的理智。就像我不在乎他做了什么而非得逃离英国一样。我们都有着对过去不美好的记忆，我们可以在一个更深的层次上彼此相惜的，——一个蒙哥马利永远也无法达到的层次。蒙哥马利也许有能力做这些同样邪恶的事情，但是他并不邪恶，他的本质并不是这样。不管父亲转变了他多少，他一直是个辛勤工作的，诚实的男孩。即便是为了自己的生存，他也不会对人撒谎，去欺骗任何人。爱德华和我则不同，或许我们并不邪恶，但已不再纯真。

有什么温暖而潮湿的东西渗进我的靴子——是标本瓶里的液体。爱德华的手温柔地擦过我的颊骨。有些事看上去似乎不大合适，至少是对这样一个在海上度过了二十天后存活下来，面对着一个把自己埋在碎玻璃和腐烂的器官中的半疯狂女孩却连眼睛都不眨的男孩而言。

他试着去适应，就像我刚尝试时一样。他很擅长这些——比我更擅长。

我的手环入他的衬衫。"你怎么了？"我屏住呼吸低语道，"你在逃避什么？"

有一会儿，他闪着金色的眼睛闪了闪，接着他明白了，我是在说他那个专制的父亲。我的意思是他实际上在一直逃避着的——他深植于心中的痛苦的根源。他摇了摇头，动作几乎有些粗暴。"没关系，我们会回到伦敦的，一切都会变好，只有你和我。朱丽叶……"

我知道他想说什么。他爱我。他爱着这个站在一地甲醛中的半疯狂的、污浊的女孩。但我们一回到伦敦，他的理智就会全盘回笼。他会隐藏起他的伤疤，就像他所擅长的那样，并且找到一个像露西一样的女孩——甜美、富有、理智。而所有一切都本该如此。除此之外，我早已决定了。我选择了蒙哥马利。

但是，为什么我仍然会想起瀑布后面的那个洞穴？我明明想着蒙哥马利的脸，为什么在深夜睡去的一瞬间，又变成爱德华。

"还有蒙哥马利。"我说，尽管我的喉头发紧。我希望念出他的名字可以唤醒他的心，同时也能缓解这种揪心的紧张气氛。"蒙哥马利也会回来的。"

爱德华的下巴颤动了一下。他的手抚到我的腰上，拉近我，直到我们紧挨着彼此。防腐剂渗进他的衣服里，将我们绑在一起。但他没有放开，他的眼睛睁开，如夜般漆黑。"有些话我想跟你说……"

我用力地摇着头。我不希望他说爱我。因为我意识到自己对他已经有些不能自己了，而这已经足够让我感到恐慌的了。

我抬起手指，堵住他的唇。"父亲带着狗去了村子，他会找到蒙哥马利的。我们会回到伦敦，再也不会提到这个地方了。"

在房间里，我脱掉污浊的裙子，塞进房间小窗户的铁栏间。我把那些泥巴、盐和汗水都还给了这座岛屿。洗去脸上和手上烧灼般的化学药剂，我换上了刚上岛时穿的旧棉布裙子。我不需要母亲那些华丽的东西。我只是希望能重新找回自己。

我弯腰系靴带时，一阵战栗袭上我的后背。是种被人窥视的奇怪感觉。我疾步走向窗子，什么都没有。一阵极微弱但很熟悉的气味还飘散在空气中。

"是谁在那儿？"我说。

靴子的尖从门缝露出来了。

"我看到你了。"我说，"出来。"

巴尔达沙慢吞吞地走进来，透过缝隙凝视着我。他的眼睛仍然是人的，没有像其他人那样退化。

我手放在胸前，迅速扣好纽扣。"你在这做什么？"我厉声道。他看到我没穿衣服的样子了吗？他退了退，好像以为我要打他。我感到一阵懊悔。巴尔达沙不是一个邪恶的怪物，他像孩子一样单纯。

我缓缓打开门。他拿着从实验室拿来的木盒，里面装着我的新一批血清药剂。"对不起，我不是在生你的气。"我解释着。

他羞怯地把盒子递给我。"我想把这个给你。"

我接过它，感到一阵愧疚。"谢谢你。"

他空空的大手紧张地扯着衣兜。"我还想请求你……请求你……"

我把头转向房间。"进来吧。"我把试剂瓶放在梳妆台上，试着去聆听，但我的脑中飞速思索着接下来该做些什么——我们得装满那些罐子和水袋，找到些可以遮蔽自己的东西，和一件趁手的武器——一杆枪或一把刀。我挖掘着关于箱子的记忆，找一把剪刀。我不知道放在哪了。

我瞥了巴尔达沙一眼，他在房间里来回踱步。"什么？向我请求些什么？"

"带上我一起吧。"他说，"带我去伦敦。"

我的手握在了两条裙子之间什么坚硬锋利的东西上，是剪刀。但是很快地，我的手指松开来。"你这是什么意思？"我问。

"蒙哥马利说你们要离开这座岛。你和其他……有五个手指的。"他的嘴唇颤抖着。"我也有五个手指。"他说着，伸出手来。"我出过海，去过伦敦。我可以假装，就像剧中的演员那样，蒙哥马利说的。我会帮到你的，你也需要一个仆人。"他咧着嘴，脸上晃动着那古怪的笑容。看得出，他很紧张。

我斜靠在梳妆台上，闭着双眼。无疑他是花了些时间才提出这个请求的。确实，他可以化妆成人——一个残疾丑陋的，在街上人人躲闪的人，但那不是我犹豫的原因。

我害怕带上巴尔达沙——或是带上任何父亲的创造品——离开这个岛。父亲杰出而恐怖的发现必须留在这个南太平洋的小岛上，和他一起被流放，永远不能离开。

巴尔达沙仍微笑着，他对打动我抱有很大希望。我盯着自己在那裂开的镜面中的影像，知道我没有勇气告诉他真相。

"向我保证，你不会告诉任何人。"我问。我恨自己说谎。摧毁父亲的实验室很容易，但对这个长着狗脸的野兽的一个简单的谎言却让我心绪不宁。他激动地连连点头。我平复了一下情绪，试图压下那份苦涩。"你不能告诉任何人这个地方，我希望这是个秘密。"

他又连连点着头。"就像剧中的演员那样。"他的手紧张地握在一起。

我从他的左耳看过去一点，似乎这样撒谎更容易些。"那么你可以来。"

他的脸上绽放出真诚的微笑。他抓了抓鼻子，试图掩藏心底的兴奋。我的心仿佛撕裂开了一般，沿着心脏的隔膜。

我把剪刀放进口袋里。"但是如果父亲找不到蒙哥马利，我们就哪儿也不能去。"我抬起头，想象着巴尔达沙听到它的主人被抓走后会有什么反应。我把手放在他笨重的肩膀上，想着该如何解释。"一些岛民抓走了他，我不知道在哪儿。我希望不管发生什么事，你都能坚强，不要担心。你能做到吗？"

他挠了挠后颈。"我不担心，我知道蒙哥马利在哪儿。"

我的身体僵硬起来。"你知道？他在哪里？"

"他和阿杰克斯在一起。我听到鸟们在谈论这件事。"

我盯着他，完全说不出话来。鸟在说话？我在丛林中所听到的那些低语竟然并不是我的臆想。但这些都不是我最担心的。"阿杰克斯？那只捷豹？你确定吗？"

"是的，小姐。是真的。"

我跌倒在床上。巴尔达沙对这一切都显得很平静，"他难道不知道……阿杰克斯很危险？"我小心地说着。"他已经不再是从前的那个阿杰克斯。他现在是个野兽。他已经退化了——你知道这是什么意思吗？"

巴尔达沙皱着眉头。在他的记忆中捷豹仍是那个会睡前给爱丽丝讲故事的人。

他说的另一些事浮现在我的脑中。"但是父亲去了村子里。"

巴尔达沙摇了摇头。"他在那儿找不到蒙哥马利的，阿杰克斯几乎总是……"

"在他的小屋里。"我接道。父亲走错了方向。不等他回来，捷豹也许已经杀了蒙哥马利，如果现在他没有杀死他的话。

我必须要回小屋。

41．捷豹的暗号

我冲向谷仓，内心恐惧，脚步轻盈得仿似一声声叹息。捷豹狡黠的双眼萦绕在我的脑海中。父亲确信怪物和捷豹只是相似的两只，但是我知道事情远不只这么简单，这并不意味着它不再危险。他像人一样聪明，而且没什么能约束他捕食的本能。不管那个怪物是什么，我也只能得出这些半成的认知。一个怪物自行退化了，有什么东西从父亲的实验室逃脱了。这都比我想象的更糟。

父亲骑走了公爵夫人那匹聪敏的马。我进去时，公爵正喷着鼻息扒拉稻草。我抚摸着它。

"我们会找到他的，"我说，将手放到它鼻子上的白纹上。我拾起马鞍，被它的重量压得摇晃了几下。自蒙哥马利上次清洁过之后，马鞍闻上去仍有微弱的油味。

"你不能去。"一个声音从我背后传来，惊得我差点丢掉马鞍。爱德华站在门廊外，急促地喘着气，一身凌乱。"这太冒险了。"

我用膝盖抵住马鞍，试图把它抬起来放到公爵背上。我一边用力一边咕哝着。"父亲去了村子，但是蒙哥马利不在那儿，他被捷豹抓走了。"

"这太危险了！捷豹已经退化了，他们都是。而且那个怪物……"

"我见过那个怪物，"我说。回想起它的爪子握在我卧室窗户铁栏上的画面，我一阵紧张。我想起了那个没有灯光的谷仓，那个怪物的气味，它存在时的压抑感如此逼近。"它本可以杀了我，但它没有。"

"你为什么认为它不是在玩弄你？它没有理智，朱丽叶。它是个野兽。"

我抻直马鞍。"把那个肚带给我。"我说。

他没有动。我已经下定决心！我径直绕过他，将带子从墙上扯下来，扣在一侧，然后从公爵的肚子下面绕过。我在带扣上打了个环，尽可能紧地系住，但是肚带并没有绑紧。

"该死！"我低声咒骂到。

爱德华的手覆在我的手上。我强忍着，希望他会离开，让我们两个都轻松些。

"别去。"他声音中的温柔搅动了我心灵深处的什么。

"我必须去，对不起。蒙哥马利……"

"有些话我必须要对你说。"他的手理着肚带的扣，好像那是我一样，是他想要握住的，但马鞍的皮革只是我可怜的替代品。

他必须放开我。因为只有那样我才会放开他。

"别说了，"我说道，几乎是在恳求，"我爱蒙哥马利。"

但在内心深处，上帝啊，我希望他能说出来。我希望他会疯狂地吻我，然后结束我们之间这可怕的牵绊。

他的嘴唇微微张了张。我张开嘴，努力呼吸着。第一次看见他，我就为他所倾倒。那样的孤寂，那样的残破，我了解。他离我很近，近得我都能嗅到他衣服上盐的味道。欲望在他的眼中燃烧，几乎要夺去我的呼吸，我感到自己正在靠近他。

公爵跺着蹄子，发出一阵尖锐的马嘶声，那种气氛也随之消失了。

爱德华深深地吸了口气。我转过去，被自己的行为惊呆了——我的手指摸索着系紧了皮带扣。

"那么，我和你一起去。"他说。

我摇摇头，爬上马，迅速地理了理马鞍周围裙子上的褶皱。"只有一匹马。"事实是，如果我在他身边多待一刻钟，我不确信自己可以不倾倒在他伤痕累累的臂挽中。

在丛林穹顶的掩盖下，天已经开始黑了。马车道很好找，但树叶在昏暗的光线下混在一起，遮住了两旁通向小屋的小道。

我只知道大概的方向：靠近海滩，就在蜿蜒的溪流旁。我寄希望于公爵能认识路，这总比我看到哪里像有空地就把它引向哪里要好，但它停下了。我踢着它的身侧，可它一动不动。

"打起精神来，你这个老笨蛋。"我喃喃说着。

一阵咆哮声撕裂了树林。公爵的肌肉在我的双腿间紧绷起来，我刚警觉起来，它便弓背跃起，突然沿小道冲了下去。我攥住一把鬃毛，倾身向前，试图在树叶和枝杈的拍打下还能待在马背上。

我气喘吁吁的。它突然斜冲下小径到一条狭窄的小道上。我斜着眼睛集中注意力。细小的树枝划过头发，一根低小的树枝就可能将我从它的背上掀翻下来，我身子伏得更低了，几乎抱住了它的脖子。

小径突然一转进了山谷。马背上的颠簸让我差点飞起来。我的脚踝紧紧夹住公爵的身侧，用力拉住缰绳。但根本没用。它仅仅在我们靠近谷底的时候减了减速，由狂奔变成了小步跑，接着又变成了走。我无助地环视着四周。

我们完全迷路了。

碰撞声和沙沙声每隔几分钟就会在我们身后响起，但我转身去看时却又什么都没有。我的心跳开始加速。

一阵碰撞声响起，而且离得更近了。

我的喉咙哽住了。脑海里只有爱丽丝滴血的双脚，门廊上的三道横亘我窗外的爪印，脚印。我闭上眼睛，默数到五。公爵在迷宫般的树林中毫不犹豫地选了条路。黄昏迅速降临，等我睁开眼时，震惊地发现丛林已经这么黑了。

前方，有些明亮的白色光点透过树丛闪着光。随着我们渐渐靠近，我才看清那是太阳落下时在锡制房顶上折射的光线。我的手握紧了缰绳。房顶是拼凑而成的，只有几处残存着闪亮的锡板面。

这是捷豹的小屋。

公爵在空地的边缘停下。我查探着寂静的小屋，猜想这会在里面发现些什么。也许是一只凶猛的捷豹，正准备好去撕裂从门口穿过的一切温热的、有呼吸的东西。我从马上下来，迅速打了个结，将它系在栏杆上。我攀上木制的门廊，感受着喉咙间的蠕动，像是第一次体会到的那种恐惧一般。三个指印的痕迹早就消失了，但它们仍然徘徊在我的记忆里。

我透过玻璃窗向里边凝视着，但里面太黑了。鼓起残存的勇气，我打开了门闩。门只开了一英寸就不动了，可能锁着或是卡住了。我把整个身子压在门上，更加用力。终于，门被推开了，我掉进了捷豹的小屋。

我颤抖着，连脚都站不稳。壁炉架上的花被人搬走了，这儿看起来像是被人遗弃了，显得比之前的树林更为空旷。我将枯萎的叶子踢到一边，发现玻璃花瓶散成了碎块。我跑回窗户去看公爵是不是还在那儿，以使自己安下心来。

它在前院昏暗的光线下冷静地凝视着前方。我深深地出了口气，将前额抵在冰冷的窗玻璃上。我不确定自己是否有一种强烈的去哭或去笑的冲动。

公爵突然猛地抬起头，草屑从它的嘴里掉了出去。它看上去像是直直盯视我，耳朵摆动着，尽管我知道小屋内太黑了可能什么都看不到，可我的心里还是激起了一阵不安的感觉——我感到自己被困住了。一种压倒性的强烈本能拉扯着我，要我走出小屋。也许是体内鹿的碎片，那种动物的本能，感受到捕食者就在附近。

我推开门。

蒙哥马利站在门廊上，他的衬衫撕破了，头发散乱。

"朱丽叶？"他开口道。但我攥紧了他的衬衫。我抚摸着他的脸庞，他的胸膛，他的头发，确认那就是他。

"你在这儿。"我说，"你还活着。"

"你来这儿做什么？"

我把头埋在他胸膛前，呼吸变得凌乱而急促。他还活着。我们会一起离开这个岛，所有人，一起离开。我的身体开始颤抖，他的手臂环在我的背上。

"冷静点儿，"他说，"一切都会好的。在这儿，先坐下来。"他牵着我向着一张有点脏乱的床走去。"你来这儿做什么？"他问，"这儿很危险，我告诉你永远别再回到丛林里。"

"我必须得找到你。捷豹在哪儿？你还好吗？海滩上发生了什么？"

他把头发拢到后面。他的手上有一道新的伤痕，但已经止血了。他正要开口，但我跳了起来。

一个身影出现在门廊上。

"捷豹。"我说。我把手伸入衣兜，抓着那把大剪刀。

他停在门廊处，紧眯成缝的猫眼在我们之间来回移动着。他直立行走，但是很勉强。他的衣服不见了，优质的金色毛发布满全身，像厚厚的鬃毛一般。他退化了，但并不像其他的动物那样严重。我把大剪刀从口袋里拿出来，但是蒙哥马利又把它塞了回去。

"我们可以信任他。"

相信他？捷豹滑进来，却只是盘桓在房间的边缘地带。他也许会随时变回四条腿走路，然后潜行过来，但至少现在看上去他走动起来比之前更优雅了。它长长的爪子敲在木制地板上。他只要轻轻一扫就可以切断我们的喉咙，而我要相信他。

他金色的瞳孔凝视着我。我感到心被揪起来了，恐惧和怀疑交织在一起。

"他失去了说话的能力，但并未失去理智。他和其他的动物不一样。"蒙哥马利在写字台前的椅子上坐下来。

"他和水怪合力弄翻了我们的船，把我拖到了这里。"

我把头猛地转向捷豹："是你？我们差点被淹死！"

"他们想要的是我。他们并没想要杀掉我，只是想提醒我而已。他们不知道你和爱德华能否信任。"

我用眼角的余光扫到捷豹。他蹲在角落里，半个身子隐藏在阴影里，一动不动，几乎连胡须都没动一下。

"提醒你什么？"我屏住呼吸问道。

蒙哥马利一只手拨弄着头发，眼睛转向捷豹。"野兽将要袭击院子。他们追踪着医生，它们会杀掉所有能找到的人。"

我手臂上的汗毛竖起来，皮肤一阵刺痛。"什么时候？"

"就在今晚。"

"今晚？爱德华还在那里！"我跳起来，来回踱着步子。"我们必须离开这个岛，现在。"但是蒙哥马利仍然坐在那儿，摩挲着下巴。他还有事情瞒着我。

"什么东西？"我问。

角落里传来一阵低沉的咆哮声。捷豹从阴影里走出来，绕过壁炉向我们走来。我往后退了一步，但蒙哥马利看上去似乎并不担心。

他的靴跟不安地轻敲着腐朽的地板。接着他突然地站起来，说道："这没什么，你说得对，我们得离开。"

他离开小屋，从门廊跳下去，松开公爵的辔头。我紧随其后，但是，捷豹粗糙的爪子突然搭在了我的胳膊上，把我往后拉。尖叫到了我的唇边又被我压了下去。只消看他的眼睛我就明白他并不是想要伤害我。

"你要干什么？"我轻喃着，感受到和他单独在一起的紧张压抑。

他嗅着我的手掌，我尽力控制着自己，不由想起他粗糙的舌头舔过我皮肤时的触感。

他伸出一只长长的黑色爪子。尖指在我的小臂上画着，先是很轻，接着重了一些，刚好可以划出印记但又不会出血。我的呼吸几乎停住了。疼痛是可以忍耐的，但他正在做的事情却让我难以忍受——

写字。

他在我手臂上小心翼翼地刻下三道抓痕。三条直线排成一排，一个粗糙的圆圈环绕着那三条线。

"三？"我说。三个脚趾？受害者身上的三道爪印？

但他只是在喉咙深处低吼了一声便又潜回阴影中去了。

42. 爱德华三世

夜幕降临，我们乘着月光骑马回家。蒙哥马利用鞋跟踢着公爵，催促着马在柔软的地上飞奔。我的手臂紧紧环着蒙哥马利，将脸埋在他的肩膀上。树叶从耳边萧萧而过，不及捕捉。但还是不够快。我总担心会有什么事发生，却无法捕捉到那到底是什么。我想要抓住空气，让我们跑得更快些。我们随时都可能被野兽袭击。爱德华在院子里等着我们，丝毫没有意识到即将到来的风暴。

我们到达的时候，月光正投到园内的石墙上，在云母颗粒上闪着光。

蒙哥马利跳下马，帮我从热气腾腾的马身上爬下。我们迅速冲进院子，重重地敲着门。

巴尔达沙打开门，我蹒跚着进去，快速骑行后，我脖子都快折断了，以至现在还有些眩晕。我转向蒙哥马利，他咧开嘴露出笑容，但很快，这笑容在看到我们脸上空洞的表情时就消失了。

"所有人都安全了吗？"蒙哥马利上气不接下气地问道。

巴尔达沙点了点头。他的眼睛飞快转动着，显得有些紧张。他也许并不聪明，但他能感觉到事情不对头。

"爱德华在哪儿？"我问。

"在他房间里。"

我如释重负，仿佛沐浴在月光中。但穿过泥泞，听到蒙哥马利的话时，我停住了。

"医生呢？我们至少该提醒他。"

"还没回来。"巴尔达沙回答道。

蒙哥马利投给我一个询问的眼神，"他离开了？为什么？"

我深吸口气。我们安排好了所有关于逃跑的事，但从未想过父亲身上会发生些什么。我从没打算带上他，和我们一起，甚至都没想过向他告别。我以为蒙哥马利和我想的一样。但是现在看着他的脸，我意识到他仍被束缚在他们的约定中。尽管发生了这么多事，但蒙哥马利仍把他当父亲一样看待。

"他去村子找你了。"

有一瞬间，寂静一片。我知道他在想什么。野兽在丛林里某处找到了父亲，像对待其他人一样把他的心剖成一片一片的。我们可能再也见不到他了。第一次，这种感觉那么真切。我们也许将不作任何告别地离开，只是乘一艘船飘向大海，永远不再回来。

我开口想说些什么，但蒙哥马利按住我的胳膊，将我拖出去，直到巴尔达沙听不到我们说话。"没关系的，我来套马车。去带上爱德华，装好水和补给。尽可能快。"

尖叫声从丛林中传来，尖锐而刺耳。

他们来了。

大门晃着缓缓打开。巴尔达沙蹒跚着冲向它，去够木头横梁。蒙哥马利也冲过去帮忙。他们整个地压在门上，仓促地想要关紧大门。

"快点儿！"蒙哥马利头也不回地喊道。

恐惧弥漫，我的心惊得砰砰直跳。脚像是陷在泥浆里一般根本跑不快。可野兽像闪电一样追着我们。他们也许会越过房顶，飞奔过来，或是直接推倒大门。

我蹒跚着走进房间，将能带的东西丢进那个老旧的毡布旅行袋中。一条床单足以让我们遮蔽残酷的太阳，母亲的珠宝和银梳子以及发刷应该可以换些钱。木箱里装着我的药剂。我又看了看那些我没办法带走的——爱丽丝留在我梳妆台上的薰衣草，母亲美丽的睡袍，我从贝尔格雷夫广场上的图书馆中救下来的朗文解剖参考文献，现在我再也不想看见它了。

我把旅行袋拖到外面，迅速沿着门廊跑向爱德华的屋子。一片云遮住了月亮，庭院陷入阴影。眼睛似乎在和我开玩笑。我看到一个影子爬出窗户，越过屋顶。但当我甩了甩头后，却什么都没有。

帕克在前门帮巴尔达沙的忙。他们把耳朵贴在木板上，看上去很困惑。他们不知道那些野兽就在外面，计划着进行攻击。我猜想着他们会不会回击。帕克瞥见了我，他有鳞的嘴咧出一个冷酷的笑容。

帕克也许足以残忍到可以加入个狂暴的群体，但巴尔达沙不是。巴尔达沙会把自己搞得一团糟，然后野兽会把他撕裂。他发现我在注视他，脸上瞬间放出光彩。又一次，我对自己的谎言感到苦恼，并产生一种负罪感。但我没得选择。如果他向其他人一样退化了，变成伦敦大街上人群中的暴力分子……

一片瓦摔到地上，我跳了起来。我在房檐附近巡视着，以为是野兽在那里，观察着、等待着、潜行着，被一个有黑爪子的怪物带领着。

我摸到了爱德华房间的门把手，握紧了门闩。"我们得离开了。"

我冲进去说。

但房间里空空如也。空气中漂浮着刚刚燃过的火柴留下的硫磺味。提灯在它用来当床用的货板旁边。在那旁边还有一叠从蒙哥马利那儿借来的衣服，一双旧鞋，一堆从客厅拿的书和一个水晶细颈壶。

我们可以把它卖了，我想着，抓起了它们。

水晶壶在一本书上留下了一个湿湿的环印。封面吸引了我的视线。刚到这儿的时候我在客厅的架子上看见过这本书，但后来它就消失不见了。

《爱德华三世》。

很久以前我读过这本书，那时它还在贝尔格雷夫广场的图书馆里。这部剧本鲜有人知，从某种程度上这还归功于莎士比亚。书被包在深绿色的布面里，标准的尺寸，没什么引人注意的，除了书脊上烫金的大字和一个符号：三道直线和环绕在外的一个圆圈。

和捷豹刻在我皮肤上的符号一样。

我的手开始颤抖。我迅速浏览着这本书，几乎把书页撕坏了。有一半书页折了起来，有些被撕坏了，一道长长的裂痕穿透了背面的封面，像是被什么锋利的东西割开的。我随意打开其中一张有标记的书页，有几行字用黑色的墨水一遍又一遍地作了下划线，划得如此之重，甚至把纸张都割裂了。

> 他自那变异的嗜血血统中孕育
> 在我们熟悉的轨迹上纠缠着我们
> 见证我们不堪承受的耻辱
> …………
> 带着那个黑暗的名字，爱德华，威尔士黑王子

爱德华。黑王子。我试图回忆起读过的关于黑太子这个角色在剧中的所有信息。对法国人来说，爱德华三世是个年轻男孩，被残暴的

父亲抚养长大——他是个将军——怂恿爱德华通过野心和暴行获得军事上的胜利，将一个可怜的男孩变成一个可怕的魔鬼。不像爱德华讲给我们的那些支离破碎的故事那样，情绪是一点点从脚底开始蔓延的，我跪在地上，疯狂地搜寻着那些有标记的书页。

都在这儿了，同样的故事，同样的人物。

爱德华对我们撒了谎。他不是爱德华·普林斯，他是爱德华王子——莎士比亚剧本中的那个黑王子。这是他的秘密。他从一部鲜为人知的戏剧中获得了自己的身份。

书从我的手中掉落。这个发现意味着其中一种可能是，爱德华也许真像他所讲的那样是个逃亡者，他给自己换了一个新身份以逃避罪行或是逃避一个因他而怀孕的女孩。不然这就意味着……

我擦掉脸侧滴落的汗水，做了几次深呼吸。我抗拒去用头脑思考而不是用自己的心，我内心里想要大声说出爱德华是无辜的，但我的心很懦弱，我需要把它从胸膛中割出来，理性的思考。

而另一种可能则意味着爱德华也是我父亲的创造物之一。

用莎士比亚的角色命名，就像巴尔达沙和辛白林以及其他所有人一样。

就和我的一样。

一个模糊的想法在脑海中慢慢成形。爱丽丝一直在避开爱德华，辛白林和其他仆人也是如此。他们知道吗？他们避开他是因为他们怕他——因为他们知道他是那个怪物？

我跌坐在膝盖上。不，这不可能。我们上岛前，那个怪物谋杀事件就已经开始。至少……爱德华从未在维奥拉待过。他可能已经乘小船离开了这座岛，为了躲避什么——比如我的父亲——但是命运又把他带了回来。

我的大脑飞速运转，试图想起凶案发生时，他在哪里。很多次他都是溜回房间或是遁入黑夜。他有上百次的机会去杀人。但爱丽丝被杀时，他一直和我们在一起。不，不完全是这样。在杀了安提戈那斯

之后他就跑掉了，他可以在我们回去之前迅速回到院子，杀了爱丽丝，之后再绕回去。毕竟，他身上布满了血迹和伤痕。

荆棘刺伤的，他是这样说的，但那更像是爱丽丝的指甲弄的伤痕。

我撕开那堆衣服，扯掉花边，翻找口袋，试图寻找更多证据。我猛地拉下他稻草床上铺着的床单。我的情感拒绝相信理智。爱德华不是怪物。他保护了我，也保护了父亲！安提戈那斯被杀时我看到了他的脸，他的脸色苍白得像一具尸体，为他的所谓杀人而感到惊骇。他绝不可能抓死一个人。他没有爪子！我曾见过那个怪物。我能闻出他身上发霉的气味，能感受到他存在时的压力。

我摸到大剪刀，插入他的床垫，在粗麻布上割开一道大口子。我把它撕开，拉出一把稻草，感觉着一切可能向我昭示真相的东西。

里边一无所有。

我捏紧几把稻草，拳头嘎吱作响。捷豹的记号突然嘲弄似的在我脑中闪过。捷豹已经知道了，他还试着警告我们。父亲一定也知道了，但却引导我们相信爱德华是个彻头彻尾的陌生人。第一天，他把爱德华推入水里的时候，他就想杀了他？也许是作为擅自离开的惩罚，或者是一个向他的创造品说明谁才是控制者的实例。他用什么造了爱德华——另一个美洲豹？一头猎犬？他一定是在蒙哥马利离开的时候做了这件事。他一定感到无比骄傲，为创造出一个比爱丽丝更为完美的人，为他比捷豹还要聪明。直到他完美的创造物抛弃了他。

我将一个半空的床垫狂暴地丢向后墙。稻草倾泻而下，落在掩在床垫下的潮湿的地面上。我的呼吸停滞了。爪印遍布石头地板。长、深、猛烈。爪痕中间，深棕色的血痕已经干涸。印迹穿过血痕，是三个指头的。

我的血液几乎冻住了。爪印间，什么有光泽的东西闪烁着，我拾起来，是一个银色的纽扣，和我们在小艇上找到爱德华时他衬衫上的纽扣一样。

我的内心纠葛起来，试图去抗拒这个答案。但真相是无可辩驳的，他布满伤痕的脸仿佛是嗜血的魔鬼的面具。我不知道父亲是怎么做到

的，或者爱德华自己制造了那些血乎乎的脚印。我只知道真相渗透进了我的骨头里。

我感到脖颈后面温暖的呼吸。紧接着一个声音在我耳边响起，熟悉却那么令我恐惧。

"别跑，朱丽叶。"在他的手捂住我的嘴前，爱德华这样说道。

43. 令人崩溃的谜底

我奋力击打他，但是他强壮得不可思议。

"只要你不喊，我就放开你。"他用手紧紧地捂住我的嘴说，他身上一股硫磺和灯油的味道充斥着我的鼻孔。

我使劲地点头，他的手臂便不再加力。突然胸前的压力消失了，我一下从他臂挽钻出来，爬向后边的墙。终于能呼吸到新鲜的空气了。蒙哥马利应该还在外面，应该就在仓房里。要是我喊出来他一定会赶来，不过，来得及吗？

"别费力气了，"他似乎看穿了我的小心思，"他帮不了你的。"

但是，一种本能的求生欲主宰着我，只有这一次我的脑子一片空白，完全屈服于那野性的力量。我咆哮着把一个酒瓶扔向他，他用他的眉骨迎了上来，瓶子碎了，变成了碎片，如同春雨打在石头上一样落下。有那么一瞬间，我以为我又回到了贝尔格雷夫广场的那栋房子里，看着外面街上午后的暴雨。我眨了眨眼，是不是我们把一切都弄错了。我们毕竟不是动物，至少还不彻底是。那儿还是那个爱德华，那个救过我，来到岛上依然保护着我的爱德华。

那个爱我的爱德华。

爱是人类所特有的东西，不管父亲用什么材料创造的他，爱德华现在还是个人类。难道仅仅因为这一点他就该死吗？

但是我的本能驱使着我去逃生，而且这种感觉越来越强烈了。我从他身边挤过去，猛抓了一把把门弄开。外面的庭院里鬼影绰绰，我甚至能听见野兽窸窣的脚步声，还有它们的喘息。它们一定虎视眈眈地看着这里。我咬紧牙关，冲过院子，跑向仓房，爱德华紧紧追着我。我只有这一次机会了。

我不顾一切地推开仓房那半开的门。

"蒙哥马利！！！"我尖叫着。

但是，马车走了，公爵也不在马厩里。我跑向马具室，里面也空无一人。不过这一切都不重要了，因为爱德华已经在门口了。

我紧紧地靠着马具室的墙，躲在那一堆缰绳和皮质马鞍之间。爱德华慢慢地走近，他伸出双手，手掌朝下，像要去抓一匹受惊的马一样。

"没关系的，朱丽叶，我不会伤害你的。"

可能这会儿他看起来本该阴险又凶残，可是并不是那样。他的眼神看上去就像那个浑身是伤、衣衫褴褛的遇难者，在库里蒂巴号上紧握着一张破烂的照片。他闪闪发亮的眼睛是那样的深沉、睿智，正是那双眼眸让我魂牵梦绕。

我摇了摇头，压抑下那份温情："你怎么能这样，爱德华？"

"我试着告诉过你，"他说。他那黑色的双眸直视着我的双眼，"你走之前，我试过了……但是我又该说些什么呢？你会讨厌看到我。"

"那是因为，你是个怪物啊，"我低语道，"你杀了爱丽丝，你把他们都杀了！"我的脚蹭到了地上的一个硬东西，"铛铛"声回荡起来。是一把干草叉。我向着那把干草叉冲过去，可是他却以一种不可思议的速度赶上我，扳过我的手把它抢走了，狠狠地丢开。我冲向他，可他像提一个布娃娃一样把我拽起来按在墙上。

他双眼里怒火熊熊。"别逼我，"他低声念叨着，"别再跟我打了，这只会让我变形。"

"什么变形？"我问他，在他手里，我的手腕像芦苇做的一般快要折断了。"什么变形？"

"到底是什么啊！"他没说话，当然也不用再回答什么了。我看到了有三个趾头的脚，还有六英寸长的爪子。他离我这么近，我能看到他张大的鼻孔，他的瞳孔放大了，变黑了，微微拉长，有点儿像野兽的。我紧张得连大气都不敢出。"这不可能，在林子里这家伙追过我们。"

"那只不过是只从实验室笼子里逃出来的山猫而已，你们就已经那么害怕了。向你证实它是个怪物其实并不难，我只不过想让你回到院子里，在那儿我能更好地照看你。我从来就没想要伤害你或者他们中的任何一个，我甚至根本想不起是我杀了他们，而事实却并非如此。甚至连我也变成了怪物。"

他的下巴抽搐了一下，接着说道："是你父亲把我弄成这样的，他想试验一下他的新技术，某种革命性的、不用手术就可以的技术。他说他从人体血液中提取出了一种化合物，能改变动物肉体的构造。他觉得他把我从一个动物改造成了一个人，但是，他错了。"爱德华眼里的黑暗简直能够吞噬世界，"你们永远也不可能毁掉我们内里动物的那部分。"

他的指节又红又肿，我能感觉到当他把我按到墙上的时候他皮下的骨头在不自然地吱吱作响。这让我想起了父亲说的那种猴子。

"这是一种全新的技术，不用借助外科手术就可以改变动物细胞的结构。"

爱德华只是第一个，之后他还会继续进行下去。

"我不是怪物，朱丽叶。我完全像你父亲设想的那样。我有智慧，有同情心，还有忠诚。但是我也有阴暗的一面，我虽然看起来像人类，可那动物的肉体一直寄居在我的身体里，它的骨头就是我的骨骼，它的血流淌在我的静脉中。"他的眼睛变得炯炯有神，略带饥渴，"我控制不了它。"

"那它是从哪儿来的？"我嘶哑着喉咙问道。

他抬起头来问："你什么意思？"

"你说过，他是从人类的血液中提取出某种物质来改变细胞结构，从而把你弄成人的，那么，他用的是谁的血液？"

爱德华摇了摇头："我不知道，我从来都不知道。"

"那动物的那部分呢？"我问道，"他一定是从某种生物开始着手的。"

爱德华向门那儿看了一眼，好像记起了流落荒野的感觉。"他用了不止一种动物，以豺为主体，还加了些别的动物的细胞结构。还有苍鹭，狐狸。这几个是我知道的，还有更多我不知道的，但我感觉得到。"

他握了握拳，细细看着自己的骨头，仿佛不相信自己似的。"医生解释过那些过程，不过他把我这部分给隐藏起来了。直到我成了……我想不起来了。我只记得醒来后我发现自己被绑在实验室的桌子上，一个满头银发的人在那儿记着什么。他看起来很高兴，他觉得我是个巨大的成功。我知道一些东西——文字记录、实验物品。其他的则是我看书了解到的。我看过关于男士着装的书，还有关于伦敦花卉市场的书，以及灵长动物生物学。我还从小说和戏剧中读到了关于我自己的故事。我的名字来源于《爱德华三世》，关于维奥拉的故事则是来自于《第十二夜》，而我的家产——荒凉山庄，则是出自狄更斯的作品。"

他急匆匆地继续道："仆人们——爱丽丝和别的一些仆人——都很好，但我还是感到不安。我住在院子里，从来没和村民们打过交道。但是几周之后，发生了一些事儿。有一天晚上我在湖边闻到了血腥味，是一头野兽断了腿……之后的事情我就都记不清了。好几天他们都没能找到尸体。"

"那父亲不介意他创造了个怪物吗？"

"你父亲不知道。根本没人知道，我把这事儿隐瞒得天衣无缝，爱丽丝有次看见了从我手上和嘴上流下的血迹，她开始怀疑我，但让她闭嘴很简单。她很容易就被吓到了。不过，之后不久又发生了第二次，紧接着第三次。但他们仍旧没能找到尸体。尸体没有受到感染，腐烂得很慢。"他的嗓音变得尖锐。"后来我弄走了小船。在他们都发现我之前，在我再次杀人之前，我必须得离开。"

有那么一瞬间，他看着就像我第一次见到他时那样，那么脆弱，那么迷茫，无助地趴在船底。"我以为我会死在小船上。当你的船发现我的时候，当医生的那个私人助手把我救活，然后又向着这个我逃离的地方前进的时候，似乎离开这个岛是不可能的了。我的命运仿佛跟这座岛系在了一起。这时你出现了，那个人的女儿，你根本就不知道他到底是谁，他有什么样的能力，他又会创造出别的什么怪物！"

他笨拙地从兜里摸出来一张皱皱巴巴、快要裂开的纸。我颤抖着接过来，纸的边磨的太厉害了，软的像布一样。是一张照片。

"你曾问过我这是什么，上面有一个女人在花园里抱着个小女孩。这张照片曾经和其他照片一样都是放在客厅的架子上的，我逃跑的时候把它拿了出来，因为我想记住我是为什么而逃离的，记住这个世界是美好的，有鲜花，有幸福，还有家庭，可是这样一个世界却不属于我。不管我祈祷多少次，它都不会是我的。"他顿了顿，"照片里是你和你母亲。"

我想起他离岛时的状况，手上还有血，已然做好曝晒而死的准备。但他没死。更重要的是，我们都是幸存者。

他瘫倒下来，倚在门上。"我以为我能弥补这一切。我以为我做对某些事，哪怕就这一次——保护你远离他。"

头顶瓦片咯咯作响，有什么东西在咆哮着，如此之近。

"野兽们就在屋顶，"我说，我的声音近乎耳语，"它们会杀了我们的，让我走吧！求你了，爱德华。"

"它们无法通过我，它们现在知道我是什么。"一道汗水从他的脸颊缓缓滑落。一只野兽在外面咆哮着，但他却岿然不动。

我看到一只水桶，里面除了一个铁钩外空无一物。我一边慢慢向它靠拢，一边给自己争取时间。"我们第一次到那儿的时候父亲就认出你了，所以他才想淹死你。"

"因为我逃跑把他惹急了，那天晚上他就告诉我，如果我能服从他并且隐藏身份他就会宽恕我。"

我一点点把手向桶里伸去。"有这个必要吗？即便我和蒙哥马利知道了又有什么关系？"

他迟疑了一下。"他觉得你不知道至少对他的实验有好处。对他来说，我只不过是一个大点儿的实验而已。"

"什么意思？"

"他想要我们结合，朱丽叶。他一直在把我们往一起推，还让你远离蒙哥马利。毕竟他发现了我们的用处：他想知道人类与他的创造物结合会生出什么东西来。我们对他来说只不过也是实验罢了。"

我的腿瘫软了，紧紧抓着边上的缰绳才站得住。不，他不会的。但我心里明白他是这样想的。外面玻璃碎了，我听到几声叫喊。也许是帕克的声音，但都被风吹散儿了。我扫了眼后面的墙，大来复枪不在枪架上了，蒙哥马利不知把它拿到哪了。上帝啊，他到底在哪儿？

"但我从没那么想过，"爱德华仓促地说，完全不管外面的混乱吵嚷，"我从来就没骗过你，朱丽叶。和你在一起不一样，有你在身边，我能更好地控制自己。你能平息这屋里的一切嘈杂。回到伦敦，我就不用再杀戮了，只要你帮我。"

我的手缓缓移向铁钩，但是他走近，目光落入桶中。我攥起拳头，我们都很清楚我刚才想做什么。

"求你了！他把我弄成这样，但你能使它变好起来。"

庭院里一声枪响，爱德华转过身去，咆哮着。我向门口冲去，但是他把我拦腰抱起，拖了回来。

"蒙哥马利！！"我尖叫着，"我在这儿！！"我挣扎着想从爱德华的胳膊下出来。

"他没法帮你的，你没看到吗！"爱德华低吼道，"他制造了爱丽丝，他和你那个医生父亲一样邪恶。"

我听见蒙哥马利在外面呼喊着我的名字。又一声枪响。有个东西从门口蹿了进来，速度很快，只在身后留下一尾烟尘。

爱德华听见我的喘息声，转过身来。

"它们在墙里面。"我说道。

44．毁掉荒岛的大火

咆哮声撕裂了空气，谷仓外面一个架子上的瓦片全都摔碎了。紧接着，又是两声枪响。

爱德华把我拖进食物储藏间，"砰"地猛关上门，把我们关在里面。下一秒，他转过身来，我抓过铁钩，将它藏在裙子的褶皱间。

"我能保护你，朱丽叶。"他说，"我们很相像，你和我，都是同一个怪物的孩子，都继承了他的残暴天赋。"

我的拇指紧按在铁钩的尖上。"根本不可能！我从没杀过人。"我说。

"现在是还没有，但是以后你会的。为了保护蒙哥马利，也为了保护你自己！"他猛地扑向我。我大口喘着气，拼命地挣扎，但他只是从我手中夺过了铁钩。

他细看着锋利的尖端，仿佛为了佐证他的观点一般，说道："在你的体内有阴暗面，不要违抗它——你知道这是真实存在的。你能感受到它，它是你体内动物的本性，它在期待、渴求着不近人情的东西，就像我一样。"

他转过身，将钩子猛投向后墙，"砰"地一声在木头上留下了深深的凹痕。我用双手堵住耳朵，紧闭上双眼。但我还能感受到他的存在，就在我面前，冷漠得像冰块一般。他的手抚摸着我的头发，他的手指贴着我的头皮摩挲着。

"我第一次看见你就爱上你了。无法控制，汹涌澎湃。我比他更爱你。"他的呼吸离我只有几英寸远。

"不要这样，求你放过我吧。"我更用力地闭上了眼睛。我本应挣脱开，但我的身体却不听使唤。"你知道这是不可能的。你是个杀人犯……"

他的手攥紧了我的头发，咆哮道："那你认为蒙哥马利正在那里做什么吗？你难道没听到枪声吗？我们都是动物！我们都是为了求得生存才杀戮的！"

他的皮肤仿佛着了火一般，他的嘴唇轻擦着我的脖子。我喉头发紧，几乎要尖叫出来。我的眼皮颓然睁开，视线呆滞无神。

"我们互属于彼此。并不是为了你父亲疯狂的实验，而只是因为我们是同类，是一样的。"他张开的手掌覆盖在我的胸口，手指扫过我领口上方裸露着的皮肤。我因他的触碰而喘息着，恐惧和兴奋就这样被一条细线分开，让我无法辨别究竟是哪个在拉扯着我胸膛中绷紧的弦。他真的就如此不可饶恕吗？我确实了解他所提到的那些阴暗。尽管我如此深爱着蒙哥马利，但他不可能像爱德华那样理解这件事。

什么东西"砰"地掉在地板上，木制门闩散成碎片，关紧的门突然被撞开。爱德华扫视着四周，几乎撞翻了提灯。蒙哥马利站在离我们三步远的地方，一道很深的伤口沿着他的脸划下，他的步枪直指着爱德华。

"滚开！"蒙哥马利说。他的衣服上横着几道泥印，"不然我就会在你见鬼的胸膛上射个窟窿。"

"蒙哥马利，不要！"我喊道。我本不该担心爱德华的安危。他是个怪物，又是杀人犯，是这世上我最不该维护的人。但我却这样做了。

蒙哥马利顿了一下，这时间已经足够爱德华攻击的。一阵低低的轰鸣声在爱德华的胸膛里隆隆作响，他凶猛地冲到房间的另一边，把蒙哥马利的枪撞到了地板上。

我尖叫起来——爱德华突然变成了一个完全不同的生物，野蛮而充满暴力。金光闪烁的瞳仁消失了，漆黑如夜的双眼中，只有一道慑人的黄色的环状虹膜，环绕着裂开一道缝的瞳孔。他的肌肉迅速膨胀，衣服紧绷着。他移动的方式变得灵敏而具有进攻性，仿佛在追踪要捕食的猎物一般。

他用足抵得上三个男人的力气撞倒了蒙哥马利。

我想冲他尖叫，让他停下来，但我的声音仿佛消失了，什么都说不出来。爱德华变形了。它的骨头混在我的骨头上，他这样说过的，它血液流淌在我的血管里。他身上动物的那部分——豺、狐狸，以及我父亲加入的其他什么物种的部件——确实存活在他体内，它们潜伏着，等待着要将爱德华像父亲所安排的那样转变成怪物的机会。

他的关节通红，长满了瘤，并迅速肿胀起来，感觉那会裂开渗出鲜血。就在我看着的时候，他的手指看上去又膨胀了，肌腱劈啪作响，掌骨相互摩擦着。他手臂上的毛发颜色变成了深色，看起来几乎和那些经常出没于农场外围的野狗一样恐怖。

我用力揉揉眼窝，妄图证实他的变形只是我眼睛的错觉。但当我再看的时候，他还是这个样子。手掌中隐在下方的韧带扭曲突兀，使得手指弯曲成野兽的爪子。他抓过门，砰地摔在地上。他的手指扭曲成多节的形态，从门上汗渍的手印来看，似乎他也只有三根手指，就像小屋门廊上那个三趾的印迹。但他究竟是由什么动物造出来的呢，竟会只有三个趾头？

苍鹭。爱德华曾说过这种动物。这个发现让我毛骨悚然。

蒙哥马利竭力挣扎着站起来。尽管他并没有割开它们，但血仍从爱德华的关节上滴落。他痛苦地把手缩成一团，阵阵低沉的吼声从喉咙深处发出，三根黑色的爪子从每只手的关节中间伸出。它们伸缩自如，在他的人类形态上根本看不出一点隐匿在皮肤下的痕迹。他右手上的一只爪子不见了，我这才意识到——是被我用大剪刀砍下的。

我步履蹒跚，屁股重重地撞上了立在角落里的鞍具，但是我好像什么都没感觉到，我的内心震惊得一片空白。我不想去相信这竟是真的，但爱德华的变形很难解释。他变得更巨大，更黑暗。然而当我的视线滑过他的脸和身体时，又说不出一个确切的不同点。我说过他的指甲是黑色的，但当我仔细去看时，它们又根本没什么变化。就好像看星星——你只能从眼角才能看清楚。

但至少那些爪子不是我的幻觉，对蒙哥马利而言它们如同致命的尖刀。他向着蒙哥马利举起爪子。

"爱德华，住手！"我尖叫着。但他好像不会听我的。

爱德华将蒙哥马利摔到挂满缰绳的墙上，巨大的力量足以撞碎木板。

蒙哥马利想要挣脱束缚。缰绳纷纷落下，缠绕着，落在他们身边。如果我能靠近，我能拉下一根来，试着将它像套索一样缠在爱德华的脖子上。

爱德华捏起多节的拳头，黑色的爪子滴着血。突然，他又缩了回去。他用拳猛击蒙哥马利，打得如此之狠，连墙都开始在它的暴击下碎裂。

"住手！"我疯狂地喊道。

但是蒙哥马利挣扎着站了起来，血从他的嘴角流下。爱德华又不顾一切地冲蒙哥马利打了一拳，但他躲开了。我看到有个银色的东西在他手上闪烁——从辔头上撤下来的马嚼子，尖锐的突刺从环的两侧突起，和匕首或者爪子一样危险。他将它猛刺在爱德华脖子的一侧。

爱德华发出痛苦的咆哮，他从脖颈上拽出血腥的碎肉。有那么一瞬间，他看起来似乎恢复了神智。我心如刀绞，几乎想要跑过去帮他。

但蒙哥马利迅速抓住我的胳膊。"快跑。"他说。

逃跑显然无济于事，爱德华已经堵住了门，它恐怖的爪子伸向了我们。他的脸阴沉得如风暴前夕的天空。他扑向了蒙哥马利，蒙哥马利刚一挥出那个像匕首一般的碎片边缘，他就迅速闪避，紧接着迅速扑到了蒙哥马利身上。他们倒在地面上，在稻草间厮打。灰尘堵住了我的喉咙，模糊了我的视线。爱德华的爪子如匕首般锋利可怕，他猛击向蒙哥马利，利爪对准了他的胳膊。我的背紧贴在墙上，摇晃的缰绳在我面前荡来荡去，像窗帘一般。我扯下一根将皮带缠在手上，等待着机会，勒在爱德华脖颈上，一击致命。

正当我准备要套下去的时候，他们翻滚着，撞倒了放着提灯的桌子。提灯掉到了地上，火焰在稻草中迅速燃起。

"稻草着火了！"我大喊道。

蒙哥马利一拳挥向爱德华的下巴，击退了他，然后站了起来。爱德华爬着站起身来，躲过了蒙哥马利的拳头。蒙哥马利扫出一腿，勾住爱德华的脚踝。爱德华猛然倒地，头磕到桌角，发出让人心颤的破裂声。

蒙哥马利又举起拳头，准备再补上一拳，但爱德华没有站起来。他的眼睛闭着，血从头下面涌出。突然，他看上去又是那个无辜的年轻人了。我的心哭泣着。我们犯了一个可怕的错误。这一切都是我的眼睛和我开的一场玩笑吗？亦或只是我的想象？蒙哥马利试了试他的脉搏，但我拽住了他的胳膊。

"放过他吧。"我说。

"我得杀了他。"他够到放在墙角的旧铁锹。它尖利的边缘横亘着落在爱德华脖子上的画面在我的脑海中一闪而过。我的心缩紧了。我盯着鲜血流过爱德华的黑头发，温暖而灵动。低低的几乎听不见的呻吟从爱德华口中逸出。

他还活着。

我瞥了一眼蒙哥马利。铁锹生锈的利刃缠在一团皮带中间，他正气愤地拉扯着，试图摆脱纠缠，从中拽出铁锹。

外面传来一阵野兽的咆哮声。火焰散发出难以忍受的高温，炙烤着我。眨眼间，火花一窜，一根房梁断裂落下。我尖叫着双手护住头。蒙哥马利冲向我，一手仍抓着铁锹的把手。我从他手中抢过铁锹，扔到地上。

"他现在对我们没有任何威胁了。"我说，"快跑，否则就得和他一起被烧死。"

我们踉跄地跑出谷仓，奔入月光中。

"巴尔达沙已经在外面套好了马车。"蒙哥马利急促地说。"我只需要拴住公爵就好。"他说完就走向木门，但是我拉住了他的胳膊。公爵夫人，那匹我父亲骑着去寻找蒙哥马利的母马，就在院子里。它被松松地系在走廊的栏杆上。混乱中，它的眼睛看上去仍显得纯洁而野性。

我顿时僵住。"父亲回来了。"我说。

蒙哥马利顿了一下。一道阴影在院子的边缘一闪而过，分散了我的注意。"我知道，他半个小时前就回来了。"他缓慢地说着。"一群野兽追赶着他，他惊惧失措，把自己锁进了实验室。"他一只手艰难地抚了一下脑后的头发。"他希望我们到那和他会合。他说那是唯一安全的地方。"

"可没什么地方是安全的。"他顿了一下，"我告诉他我们会收拾一些补给后和他会合。我不知道该说什么。我不能告诉他……"

我深吸口气，感觉到了那些血色建筑的重压。我想象着父亲在金属大门的那边，听着外面可怖的咆哮声——那些他珍视的创造品却正试图找到方法杀死他。而他竟在苦苦等待着蒙哥马利和我——两个永远不会去的人去救他。我们再也见不到他了，我意识到。实验室是个堡垒，他可以在那存活几天，甚至是几周——如果没有这场大火的话。烟已经涌出了谷仓，实验室的墙是锡制的，不会很快被烧穿，他也许能逃脱，但之后呢？他还会重新开始实验吗？

客厅里什么东西被撞碎了，蒙哥马利抓起我的手。"快。"

我们解开公爵夫人，冲出正门，飞奔到巴尔达沙那去。他正在往马车后面装广口瓶。他用仅存的没有被毁掉的标本瓶装了水，供我们航行使用。它们咯咯碰撞着，像我木头盒子中的小玻璃瓶一样。治疗药剂完好地放在我的旧旅行袋中，蒙哥马利早把它放进了马车里。我粗略计算了下——可以坚持几周。我已经带上了所需的全部。

然而，好像有一只看不见的手把我拉回院子里。它正召唤着我返回火焰中，回到那个血色油漆烧得毕剥作响的锡制房子里。

"我忘了带药。"我突然说。谎言使我的嘴发干，"我得拿上它。"

蒙哥马利扫了一眼如巨浪般直冲天际的烟雾，将注意力转回，为公爵系上最后的几个皮带扣。"快点。"他头也不回地说，被汗浸湿的头发对着我。

我猛冲回院子。谎言折磨着我的心，但是那只看不见的手是如此有力。庭院因火的咆哮而变得寂静——大火吓退了野兽们。烈火在客厅玻璃窗上明灭反射着。往里我能看到钢琴、餐桌和母亲的照片。火焰将烧毁所有记忆的残片和父亲可怕工作的所有证据。

但这是唯一的办法。这样的科学不该存在，我们不该挑战上帝。

然而我仍然有点儿哀叹惋惜地看着这一段灭。我的那个部分——阴暗的部分——将会永远存活于我的体内，只要莫洛的血液还在我的血管里流动着。它将父亲逼得疯狂，又想对我做同样的事情——我不知道我是否足够强悍，可以控制它。

我迅速冲回房间，抓起一个简单的木盒子，这样蒙哥马利就不会因我两手空空地返回而怀疑。我没有任自己为丢弃的那点贫乏的个人物品多想。明天早上，所有我在岛上存在过的证据也都将消失得一干二净。

我面朝着实验室的红墙，那只看不见的手握得更紧了。那个血宅，父亲正待在里面，和一些麋鹿山白兰地及一本好书躲在一起？等着我们进去，却从未怀疑过我们会抛弃他独自逃跑？

这就是那只手推动着我朝向的目标——父亲。说再见或抓他的脸？亦或索性在他被火焰吞噬之时站在门外平静地看着，随便以哪种方式结束。

大门外，蒙哥马利和巴尔达沙在等我。只需要跨过门槛永不回头，忘掉和解，忘掉终结。我们就将驶向伦敦，再也不会想起这个岛。

但我情不自禁走向实验室的大门。谷仓那边传来的温度让我汗流浃背。油漆在锡上毕剥作响，我的手指顿了顿，深吸口气。他现在就站在那边等着我们吗？

他可以不说只言片语，把我丢下，为什么我就不能对他做同样的事？报纸上把他称作天才，但是他们永远也不会提到他遗弃的那个小女孩。就像世界所关注的那样，亨利·莫洛医生写出过杰出的研究论文，同时也是个可怕的人物。于我而言，除了这些，他对我还有什么意义？他是个合格的父亲吗？他仅仅把我当成另一场实验，一个可以看到人类与他的创造品相结合会发生什么的试验品。

愤怒在我的体内盘旋。我将手指抵到燃烧着的大门上，让疼痛烘烤激起我的愤怒。眼角掠过什么东西吸引了我的注意力——一道黑影沿门廊偷偷摸了过来。他没有奔跑，也没有攻击。只是悄悄向前行来，眼睛在月光下闪着光。

"捷豹。"我喃喃道。

也许我应该害怕，但我没有。它并不是在追我。

他在几步远的地方停下。这是蒙哥马利曾称作兄弟的生物，但我们事实上又有什么不同呢？从某种意义上来说我们都是动物。即使是一个十六岁的女孩也需要吃喝来维生——也许还会为此而杀人。

实验室内发出的沙沙声引起了捷豹的注意。他绕过我，尾巴在它偷偷潜向大门时轻轻敲了敲我的脚。它厚厚的手掌猛抓在门闩上，上面的爪子和我的手指一样长。它试了几次，在门上留下几个凹槽，但始终没法抓住门闩。咆哮声在它的喉咙里隆隆作响，低沉而愤怒。它金色的眼睛回望向我。

我知道它想要干什么。

但是扭开门闩并不仅仅意味着打开一扇门，还意味着谋杀。捷豹会毫不犹豫地把父亲撕碎。这就是它想要的——它们所有人想要的。复仇。如果捷豹会说话，它会告诉我它必须这样做。父亲很聪明，他会从燃着的实验室里逃脱，他会重新开始，会有另一座岛，另一个捷豹，另一个爱德华，甚至更多。

我的手指落向门闩。

捷豹的后腿绷紧了，随时准备着一跃而上。但我怎么能打开呢，明知道父亲在里边？没有再见，没有和解，有的只是一个苦涩又破碎的结局。

谷仓的房顶在火焰中碎裂，一串火花倾泻而下。下一刻，整个建筑物就会坍塌下来。爱德华没有活下来，我的心告诉我其实他也不该死。这不是他的错，而是他的创造者的错。当他的孩子被活活烧死时，他正躲在屋子里，紧锁着门。

爱德华说过我能让一切都好起来。

也许我真的可以。

我的手指摸到了门闩。火焰迅速窜到了工作人员的简易住屋那边。

它很快就会着火，接着是客厅，然后我的房间。旁边，捷豹的爪子陷入了门廊的地面，准备好随时冲出去。

我压下门闩。

门在我手中打开，这太容易了。父亲考虑到了野兽有限的敏捷，以为这样就是绝对安全的防御，却没考虑到欺骗。他太自大了，认为我们没人会背叛他。

我把门打开了一道缝——仅仅一英寸，但已经足够了。

我向后退去，脸被热量烘烤着。捷豹悄无声息地偷偷潜入。

谷仓的房顶呼啸着塌下。热量烤焦了我的脸颊，我将木质盒子紧紧压在胸前，跟跄着返回大门。蒙哥马利还在那儿，在入口通道处呼唤着我。我不知道他是否看见我打开了门。他抓住我，将我拉出着火的院子，进入清凉的夜风中，公爵在那里不耐烦地刨着地，准备出发。巴尔达沙拿起缰绳，我们爬入马车后，消失在黑夜的丛林中，将猛燃着的废墟远远丢在后面。

45. 孤单离去

远远地，从海边沙滩上，我们仍能听到火焰的咆哮声。随着火势增大，野兽纷纷开始哀嚎，使得夜晚充斥着野性的尖叫。蒙哥马利在马车的后面紧紧抱着我，双手覆在我的耳朵上，但都阻挡不了那代表着死亡的声音。这声音自童年时代就萦绕于我身边，并将永远缠着我，让我不得安宁。

巴尔达沙在码头停了马车。我们蓝白相间的船就在那儿,拴在桩上，准备好带我们出海。直到巴尔达沙从驾驶位上爬下来，将它巨大的手掌递给我时，我才想起了我的承诺。你可以和我们一起走，这是我承诺给他的，可我却从未有过任何要带上他的打算。总有人会发现他是什么，并且试图复制他。而有的人则会更甚，就像我父亲那样疯狂。

巴尔达沙因我的犹豫竖起了头，我抓住他的手爬出马车。这时蒙哥马利已经带着一捧广口瓶走下了码头。他的脚步明确而坚决，就像和我准备好逃离这座岛的决心一般，尽管这意味着他将遗弃这个六年来他当作家的地方。

是该由他来告诉巴尔达沙，还是我来。我们从未谈论过这件事，但是我知道蒙哥马利和我想的一样——这座岛是父亲的监狱和墓地，一切有关他工作的证据都应该和他一同被埋葬在这儿，也包括巴尔达沙。

巴尔达沙拾起两个装水的广口瓶，舌头耷拉在嘴外面，跟着蒙哥马利走下码头。我的心纠结起来。如果丢下它，我的行为与怪物们又有何异？巴尔达沙是我们中最单纯无罪的，他从未杀过任何人。我并不觉得是他没能力这样做。

我把一个玻璃瓶放在我的臂弯处，在明亮的月光下看他们忙碌着，本该有很多像我们这样的人的——爱丽丝、爱德华——他们的灰烬将他们的灵魂牢牢地锁在这座岛上。

蒙哥马利回来取了一个小箱子，里面装着一套昂贵的瓷器。他瞥了我一眼，我感到他的决心更坚定了，好像他也为这个糟糕的任务——将巴尔达沙留下——而变得冷酷无情了。

"我们别无选择。"我轻声说，我把玻璃瓶移到另一只手上，"它们一出生就被诅咒了。"

他没有回答，将箱子扛在肩膀上，沿着码头走下。巴尔达沙负重跟着蒙哥马利，像是影子一般。我将头发从眼睛上拨开，回头望向烈火中燃烧着的院子。我看不见火焰，但升腾的黑色烟柱说明了一切。

我抱着广口瓶迅速冲下码头。蒙哥马利已经搬起了另一件行李。他每次行动都很快。我担心乘小艇出发的那个时刻，我害怕对巴尔达沙说那些话——留在码头，作为岛上最后一个纯洁的存在。

"在下一场旅程你可以做到的。"蒙哥马利低语着。我们拿起最后的货物，蒙哥马利也松开公爵，拍了拍它的肩。

"去吧，老伙计。"他斥责道，但声音哽咽着。公爵退后几步却没有离开。它的耳朵警觉着，注视着它的主人，准备好跟着他去地球的尽头。可蒙哥马利拾起最后一个水罐，再没回头看那匹马。

沿码头每走下一步，我在岛上要走的路就少一步，也向着英国更靠近一步。蒙哥马利和我将在那儿一起开始新的生活，舒适、平静。我们再不会提及过去。如果他看到了我在对父亲的谋杀中所扮演的角色，他也永远不会说什么，就像我永远不会问他是否思念巴尔达沙一样。我们也许会忘记爱德华——不，那不可能的。

我永远不会忘记爱德华。

一步一步，我踏上小船。

"我们别无选择，"我说，声音颤抖着。蒙哥马利的眼睛同时也流露出和我一样的纠结情绪。我注视着月光下他的脸，想象着我们的关系到伦敦后是否会变得不同。但现在，似乎他和我必然会在一起，永远。

我够到系住小船的绳子，蒙哥马利却温柔地触碰着我的肩膀，他将我转过来面向他。他的表情显得渴望而紧张，但紧接着他的嘴唇张开了："朱丽叶……"

他拉过我深吻下去。我惊呆了，但紧接着便深陷其中，回应着他的亲吻。我的手找到了他胸膛坚硬的轮廓，用颤抖的手指拉住他的衬衫。我希望可以这样永远抱着他。除了他的真实我什么都不愿相信，他对自己犯的所有错误都像大海一样沉着，像太阳一样诚实。我的眼睛被意想不到的泪水浸湿，我用力地、绝望地吻着他。这并非一个美好的结局，我们会回到真实的世界，但留给巴尔达沙和其他人的却只有痛苦。

蒙哥马利勉强中断了这个吻，艰难地忍耐着。他和我一样恐惧未来。有那么一阵就只剩下我们和大海，以及未知的前方。

"好了。"他说，做了一次深呼吸，"是时候离开了。"他爬进船稳住自己，向巴尔达沙和我打手势，让我们把行李递给他。我们迅速忙碌着，一言不发。他小心地把行李固定好，防止船在遇到风暴时翻掉，接着爬出来，手透过海浪吹动的头发擦了擦。

下腹搅起一阵糟糕的呕吐感，仿佛没注射药剂一般。但我记得注射了的。我接下来要做的事是种耻辱，让我内心矛盾不已。我不知道该如何告诉巴尔达沙，我们要把他留下。

最后蒙哥马利清了清嗓子："好吧，那么，你先上去，朱丽叶。"

我惊讶地抬起头。我们难道要爬进船，退离岸边，留下毫不知情的巴尔达沙黯然伤心，而我们就这样漂走吗？我观察着蒙哥马利的面色，但他就像石头一样，面无表情。他伸出手，我犹豫着握住，爬进摇晃的小船。我坐在船尾两个箱子中间，试图止住泪水。

"我并不希望这样的。"我说着，弓起背蜷缩成一团。我知道他懂我的意思。不仅仅是留下巴尔达沙，而是留下他们所有人——父亲，爱德华，所有那些无辜死去的人。这些事情本该永远都没有发生过的。

"我也是。"蒙哥马利说，他耳语的声音低得几乎能被风带走。但是他凝视着我，眼神如此怪异。我凝视着巴尔达沙，感到自己被负罪感冲击着，而蒙哥马利要告诉他这件事，他的负罪感会更为强烈。

"恐怕只能如此了。"他说。

我点了点头，紧紧并着膝盖。我不敢看巴尔达沙的脸。这也许很懦弱，但我不能脑中永远带着他心碎的表情生活下去。

"对不起，朱丽叶。"蒙哥马利突然蹲伏在栏杆上，不等我有所反应，他解开了绳子。抱歉？为什么他不上船？

我突然意识到。他不跟我一起走。这如海浪般拍打我的内心。

他不和我一起走。

心头的重压将我压在船底。我盯着他，又盯着，巴尔达沙竭力不看我，他一直都知道，这不是在向他道别。

这是给我的道别啊。

我猛地转过身爬过来，以致船都开始倾斜。"蒙哥马利，别，等等……"

　　但是他已经整个压在船首，让我漂浮着。我们之间就只剩下那么一根细绳，轻轻地拉在他手上，那么松，准备好随时放手。

　　"你怎么敢！"我尖叫着，爬向船首。"别放开绳子！"我的膝盖磕到了箱子锋利的边缘，眼中充满泪水，不仅仅是因为疼痛。"你怎么敢离开我，蒙哥马利·詹姆斯！"

　　我爬着去够小船的边缘，但是磨损的绳子脱离了他的手。须臾之间发生了。几秒钟前蒙哥马利还牵着它，现在我却完全漂浮着，独自一人。我震惊地看着他。

　　"对不起，"他说，他的表情黯淡，"我不能离开。我是他们唯一的家人。我得对他们负责。"

　　"那我呢？"随着船飘向大海深处，我几乎窒息。我拼命去够，抓向一只永远不会伸过来的手。"你对我也有责任！"

　　"你最好离开。没有我在，你会忘掉所有的一切。而我只会将你束缚在这个地方。"他的声音破碎开来。"我不属于那儿，我是个罪犯，一个畸变者。"

　　"你是蒙哥马利。"我喊道，"我们互属于彼此。"

　　他摇了摇头，脸被汗水濡湿："不，我属于这个岛。"

　　背叛将我分裂开来，感觉更甚于父亲的任何一次手术所能达到的。蒙哥马利移开目光，就像我打算避开巴尔达沙心碎的脸一样。一阵海浪赶上小船，我滑向更远的开阔海域。我紧抓住船的边缘，好像紧握住的是生命一般。

　　"不！"我尖叫着，又一次，哽咽堵住了我的喉咙。我不是一直都知道蒙哥马利和他创造的生物一样狂热，不能离开他们吗？烟味消散在空气中，这种感觉让人难以忍受，像是院子外的东西也燃烧了起来。

　　也许他说了些别的什么。我不知道。码头随着每一次波浪的袭来而渐行渐远，直到蒙哥马利和巴尔达沙成为眼睛和我开的一个玩笑。

我被推向海洋深处，昂贵的饰物意味着我可以回到伦敦，能买到食物。爱德华都悉心包裹好了。小岛在水天相接的地方变成一条遥不可及的线。我看到曾是院子的地方变成一片火海，两道烟柱直冲天际——其中一个来自火山，另一个来自院子。之后便什么都看不到了，波浪起起伏伏，带我打转，小岛逐渐消失在夜色中，除了摧毁着实验室红墙的鲜红火焰还依稀可见。

后　记

亲爱的读者：

　　现在你们一定能理解我写这本回忆录的动机了。至于几天之后的故事，恰如蒙哥马利预计，我乘上了一艘波利尼西亚人的小船，踏上了印度之旅，并从那里返回伦敦。露西的堂兄给我找了份工作，在钢铁和玻璃筑就的皇家宫殿里作学徒。薪水少的可怜，但我并不介意。植物不会思考，更不会背叛。

　　然而接下来，谋杀案发生了。因为深嵌在受害者尸体上的三道爪痕，那个恶行累累的罪犯被报纸称作狼。但我知道他的真实姓名：爱德华·普林斯。他像野兽一样肆无忌惮地杀戮，但又像人一样，聪明地只锁定社会渣滓为猎物。当露西在报亭发现那本《莫洛医生的岛》的薄册子时，我的怀疑获得证实。唯一的可能是爱德华写了这本书，因为他在故事里更改了自己的姓名，并完全对我只字不提。这让我暗自庆幸。但这又带来一个新问题。明知写这个会暴露自己，他为什么要写这个故事？是忏悔？还是狡辩？答案也许永远无从知晓，但我又禁不住去猜想。他会怎样待我？他在暗处注视着我吗？在那些晦暗的日子里，他的脑海中会浮现什么？我试图忘掉这些。露西努力让我开心起来，温室里有我的工作，但在晚上，我仍不由自主地回想这一切。

　　在怪诞事件频发的子夜时分，我时常梦到我是父亲的一个创造品。我数着自己的手指醒来，脊梁上的伤痕隐隐作痛。也许父亲没有用活体解剖方式创造我，但这与我是不是个怪物无关。我确信自己一定是个怪物，因为只有怪物才会在亲生父亲的谋杀案中助力。如果我能再次见到爱德华，我会对他说——我理解成为一个杀人犯意味着什么，以及热爱生活意味着什么——无论我们以怎样的方式来到世上，是出于上帝的意志，或是源于手术刀尖利的锋刃。

　　诚挚的，

朱丽叶·莫洛

1897 年 5 月 13 日